林巨正

벽초 홍명희 소설

8

화적편 2

사계절

일러두기

1   이 책은 본사에서 펴낸 1985년 1판과 1991년 2판, 1995년 3판을
    토대로 하였고, 이미 2판과 3판에서 시행한
    조선일보 신문연재분과 1939년, 1940년에 나온 조선일보사본,
    1948년에 나온 을유문화사본 대조작업을 한번 더 거쳐 나온 것이다.
2   표기는 원문의 느낌을 최대한 살리는 선에서 현행표기법에 따라 바로잡았다.
    지문에서는 표준말을 원칙으로 하였으나 표준말이 없는 것은 그대로 놔두었다.
    대화에서는 방언이나 속어를 살리되 현행 한글맞춤법에 맞도록 표기하였다.
3   원전에 나와 있는 한자 가운데 일반적인 것은 더러 빼기도 하고
    필요한 한자는 더 보충해 넣기도 하였다.
4   독자들이 읽기에 편리하도록 현재 흔히 쓰지 않거나
    꽤 까다로운 말은 뜻풀이를 첨부하였다.

차례

008 송악산

120 소굴

헛 살인 소동이 났다가 가라앉는 동안에
그네는 처음에 백손 어머니가 실컷 뛰고
그 뒤에 서림이의 아내와 곽능통이의 아내와
배돌석이의 아내가 잇대어서 뛰고 황천왕동이의 아내가
배돌석이의 아내의 뒤를 받아서 뛰는 중인데,
여러 사람들의 눈이 모두 그네판으로 쏠리게 되었다.
「선녀가 하강하지 않았나?」
「그네터가 홀제 환한 것 같애」

송악산

송악산

 송악산은 송도의 진산鎭山이요, 국내의 서악西岳이니 산신 송악대왕이 영검하기로 유명하였다.

 태조 개국 후 이년, 도읍을 한양으로 옮기기 전에 팔도 성황을 벼슬을 봉하는데 송악산 성황은 진국공鎭國公을 봉하고, 화령和寧(지금 함흥), 안변安邊, 완산完山(지금 전주) 성황은 계국백啓國伯을 봉하고, 금성산錦城山(지금 나주), 계룡산鷄龍山(공주), 감악紺岳(지금 적성), 백악白岳(지금 서울), 삼각산三角山(지금 서울) 성황과 진주晋州 성황은 호국백護國伯을 봉하고, 그외의 성황들은 몰밀어 호국지신護國之神이란 칭호를 주었다. 이로써 송악산 성황은 팔도 성황 중에 지위가 가장 높았다. 성황과 산신이 이름은 다르되 나라에서 봉한 진국공과 민간에서 일컫는 송악대왕이 실상 한 귀신이건만, 진국공 위패를 받드는 성황당과 송악대왕 목상木像을 뫼신 대왕당이 각각 따로 있고 그외에 출처 모를 귀신들을 위하는 국사당國師堂, 고녀당姑女堂, 부녀당府女堂이 있어서 송악산 위에는 신당이 자그마치 다섯이나 되었다. 다섯 신당에 매달려 사는 무당과 박수들은 서울 반연이 많아서 재상가와 궁가宮家는 고사하고 대궐 안에까지 셋줄이 닿는 까닭에 유수부留守府 관속들이 함부로 침책할 마음을 먹지 못하였다. 대왕대비나 왕대비의 몸을 받은 나인들이 치성이나 기도하러 내려와 있을 때는 유수 사또도 꿈쩍을 하지 못하니 그 아래 관속들은 더 말할 것이 없었다.

　궁중으로부터 여염간에까지 송악산을 위하는 것이 성풍成風하던 시절이라, 다섯 신당의 굿, 장구소리가 사시사철 그치지 아니하는 중에 봄 가을보다 여름 겨울이 심하고 겨울보다 여름이 더 심하고 여름에는 오월굿이 가장

● 성황(城隍)
서낭의 원말. 토지와 마을을 지켜준다는 신.

많고 오월에는 단옷날 굿이 제일 굉장하였다. 단옷날은 다섯 신당에서 함께 모여 큰 굿판을 차릴 뿐 아니라 대왕부인이 그네를 뛴답시고 대왕당의 목상을 들어내다가 그네 뛰는 시늉을 내게 하였다. 대왕부인이란 대체 무엇인가. 어느 때 어떤 무당이 대왕의 신이 내렸다 하고 홀아비로 지내기가 적적하니 부인 하나를 만들어달라고 말하여 대왕 목상 옆에 계집의 목상을 해 앉히게 되었는데, 이것을 대왕부인이라고 일컬었다. 그네 뛰는 것은 사내, 여편네가 다같이 하는 놀음이라, 대왕부인이 그네를 뛴다고 말하지마는 대왕부인의 목상만 그네를 뛰게 할 뿐 아니라 대왕의 목상도 그네를 뛰게 하고 더구나 대왕과 대왕부인이 두 목상을 함께

쌍그네도 뛰게 하였다. 목상이란 나무토막이니 나무토막이 그네를 어찌 뛰랴. 목상을 그네 밑싣개 위에 올려 세우고 떨어지지 않도록 잡아매고 무당과 박수가 뒤에서 물을 먹이는 것이니 송악대왕이 영검한 귀신이라면 무당과 박수에게 벌역을 내릴 듯한 설만한˚ 장난이다. 대왕부인과 대왕이 쌍그네 뛰고 난 뒤에 그 그네 위에 한번 올라만 서도 불화한 내외 화합하고, 무자無子한 사람 생자生子하고, 또 다병多病한 사람 무병장수한다고 무당, 박수의 말을 곧이곧대로 믿는 어리석은 남녀들은 그네 맨 동구나무 아래 백차일 치듯˚ 모이어서 그네 참례하려고 서로 떠밀다가 다쳐서 병신되는 사람까지 생길 때가 있었다.

단옷날 부중에 편쌈이 있고 씨름판이 있어서 구경꾼이 더러 갈리지마는 대왕당 그네 뛰고 큰굿 구경하고 또 사람 구경하려고 부중에서 쏟아져 나오고 촌에서 밥 싸가지고 들어오고 원처에서 노자 써가며 전위해 와서 송악산이 사람산으로 변하도록 사람이 들끓었다. 남녀가 뒤섞여서 비비대기치는 판에 난잡한 일이 생기는 건 예이제가 없겠지만, 그래도 일년 전이 옛날로 해마다 점점 더 심하여 서로 눈이 맞은 젊은것들이 으슥한 곳을 찾아다니는 것도 훨씬 많아지고 삼삼오오 떼를 지어 돌아다니는 왈짜패가 처녀와 유부녀를 우격으로 욕보이는 일도 종종 생기어서 예법을 아는 선비님네는 눈살을 찌푸리고 말세 된 것을 탄식들 하였다.

이해에 나이 열살 된 왕세자를 관례시키고 장차 세자빈을 간택하게 되었는데, 대왕대비는 귀중한 손주님을 위하여 오월 오일

천중절˚에 송악산에 큰 치성을 드리기로 작정하고 미리부터 분부를 내리었다. 사월 보름께 나인 두엇이 먼저 내려와서 송악산 신당들을 봉심하고 사월 그믐께 대왕대비의 신임을 받는 늙은 상궁이 무수리, 각심이,˚ 교군꾼 여러 사람을 거느리고 미곡, 과품果品, 포목, 여러 바리 봉물을 영거하고 단골무녀에게 내려와 앉아서 모든 준비를 정성껏 차리었다.

송악산에서 나라 혼인의 여탐굿˚을 한다고 소문이 굉장히 높이 나서 경향 각처에서 전에 구경 안 오던 사람까지 구경을 오려고 벼르게 되었는데, 부근 사람들은 단옷날이 되기를 손꼽아 기다리고 원처 사람들은 오월을 잡아들며 벌써 송도로 모여들기 시작하였다.

청석골 꺽정이패 도중에도 송악산 굿구경을 가고 싶어하는 사람이 한둘이 아니었지만, 그중에 배돌석이의 아내는 구경을 가면 반드시 오래 그린 동생도 만나보게 되고 아비가 데리고 사는 무당도 상면하게 될 터이라 기어코 가려고 몸을 달이었다. 대장의 허락을 맡아내라고 남편을 오복전같이 조르는 중에 그 동생아이가 아비와 계모를 따라서 송도를 온 길에 누이를 찾아보러 왔는데, 그 아비가 기별하기를 검은학골 대왕당 큰무당의 집 근처에 사첫방까지 말하여 놓았으니 내외 같이 구경을 나오라고 하고 또 여러 두령 댁 내권과 함께 작반하여 나오다면 넓찍한 방 하나를 더 변통해보마고

● 설만(褻慢)하다
하는 짓이 무례하고 거만하다.
● 백차일(白遮日) 치듯
흰옷 입은 사람들이
매우 많이 모인 모양을 이르는 말.
● 천중절(天中節) 천중가절.
좋은 명절이란 뜻으로,
'단오'를 달리 이르는 말.
● 각심이 조선시대에
상궁이나 나인의 방에 속하여
잡역에 종사하던 여자 종.
● 여탐굿 집안에 경사가 있을 때
먼저 조상에게 아뢰는 굿.

하여 배돌석이의 아내는 동생의 얼굴 보니 반갑고 아비의 기별 들으니 좋아서 깡충깡충 뛰다시피 하였다.

꺽정이 집 사랑에 여러 두령이 모여 앉은 자리에서 배돌석이가 김억석이의 기별한 사연을 말하고 자기의 의견으로 여러 두령 집 안팎식구가 다같이 구경을 갔으면 좋겠다고 말한즉, 맨 먼저 황천왕동이가 재치있게

"굿구경하구 떡이나 얻어먹으러 갈까?"

하고 콧살을 짚어지고 그다음에 곽오주가 심술궂게

"나라 여탐굿은 무슨 별놈의 굿인가?"

하고 입귀를 실쭉하였다. 그 뒤를 달아서 다른 두령들이 구경가는 것을 좋으니 그르니 말하는데 꺽정이는 잠자코 듣기만 하더니 남나중에

"여러 집 식구가 다 간다면 사람이 여간 많은가."

불쾌스럽게 말 한마디 하였다. 불쾌할 것도 없는데 불쾌스럽게 말하는 것은 꺽정이의 버릇이고 그 어운으로 보면 꺽정이도 가고 싶은 마음은 없지 않으나 동행이 많은 건 좋지 않아서 주저하는 모양이었다. 눈치 잘 채고 비위 잘 맞추는 서림이가 꺽정이를 보고

"그렇지요. 여러 집 안팎식구가 죄다 간다면 사람이 좀 많습니까. 그렇지만 안 갈 사람두 있구, 못 갈 사람두 있을 테니까 먼저 안식구들 중에 갈 사람이 몇이나 되나 물어보구, 그담에 대장께서 몇분 두령을 지정하셔서 데리구 가게 하시면 좋지 않을까

요?"

하고 말하니 꺽정이는 고개를 끄덕이었다.

황천왕동이가 안에 들어가서 대장의 명령이라고 뒤설레를 떨어서 각 집 안식구를 한자리에 모아놓고 굿구경 갈 생각이 있나 없나 각기 말하라고 하였더니 공연히 긴 사설들만 늘어놓아서 한 사람씩 차례로 가느냐 안 가느냐 다져보았다.

꺽정이의 누님 애기 어머니는 구경가고 싶은 마음이 없지 않으나 나이보다 숙성하여 제법 계집아이 꼴이 박힌 애기를 난잡한 데 데리고 가기도 싫고 구경 좋다는 소문을 듣고 지각없이 가고자 하는 애기를 떼어놓고 가기도 어려워서 자기까지 고만두고 안 간다고 하고, 꺽정이의 아내 백손 어머니는 태기인지 병인지 잘 먹지 못하고 시름시름 앓는 중인데 가겠다고 말하여 가는 것이 부질없다고 애기 어머니가 타이르고 집에서 조섭하는˚ 것이 좋다고 오가 마누라가 권하여도 그예 간다고 고집을 세우고, 오가의 마누라는 한편 다리가 불인하여 행보가 어려운 까닭에 안 간다고 하고, 이봉학이의 소실은 아들 아이가 성치 않아서 못 가겠다고 하고, 박유복이의 아내는 굿에 혼이 난 사람이라 굿이란 건 꿈에도 보고 싶지 않다고 안 간다고 하고, 배돌석이의 아내는 혹시 가지 못하게 될까 겁을 내는 사람이니 더 말할 것이 없고, 황천왕동이 저의 아내는 시누님이 가게 되면 따라간다고 하고, 길막봉이의 아내도 간다고 하고, 서림이의 아내도 간다고 하고, 이외에 또 곽능통이의 아내가 간다고 하

˚ 조섭(調攝)하다
건강이 회복되도록
몸을 보살피고 병을 다스리다.

여 안식구의 구경갈 사람이 모두 여섯이었다.

　황천왕동이가 사랑에 나와서 안식구들의 가고 안 가는 것을 자세히 말한즉 꺽정이는 백손 어머니의 간다는 것을 좋게 여기지 아니하여

　"너의 누님은 가지 말라구 일러라."

하고 말하였다. 황천왕동이가

　"녜."

하고 대답하면 고만일 것을

　"왜 누님은 가지 말라세요?"

하고 물어서 꺽정이의 비위가 거슬리었다.

　"가서 이르라면 이르지 무슨 잔소리냐!"

　"애기 어머니하구 오두령 부인이 조만히 말해두 자꾸 간다구 고집을 세우든데 내가 말해서 고만둘라구요."

　"내 말루 이르란 말이야."

　"그럼 형님이 친히 말씀하시오."

　"내 심부름을 못하겠단 말이냐!"

　꺽정이의 언성이 높아졌다. 황천왕동이가 다시 안으로 들어간 뒤에 서림이가 꺽정이의 역증을 눅이려고

　"태기시라구 말들 하니 정말 태기시라면 근 이십년 단산하신 끝에 희한한 일입니다."

하고 말하니 꺽정이는 서림이를 돌아보며

　"태긴지 무언지 누가 아우? 그렇지만 잘 먹지두 않구 앓으니

까, 앓는 사람이 구경이 다 무어란 말이오."
하고 대답하였다.

"태기시든 병환이시든 좀 행기하시는 건 해롭지 않을걸요."

서림이의 두번째 말은 꺽정이가 대답 않고 한참 있다가 벌떡 일어나서 안으로 들어갔다.

"왜 가지 말라느냐?"

"내가 가시지 말라우? 형님이 가지 말라지."

"형님이구 누구구, 왜 가지 말란 말이야?"

"그야 낸들 아우. 형님더러 물어보시구려."

"너 좀 가서 물어보렴."

"난 싫소."

"누이 말은 하치않으냐?"

백손 어머니가 황천왕동이와 아귀다툼하듯 말하는 것을 애기 어머니가 딱하게 여겨서 가로막고 나섰다.

"자네가 몸이 성치 않으니까 조심이 되어서 가지 말라는 게지."

"조심이오? 그런 성가신 조심 고만두라시오."

"엊그제 내가 대장더러 자네가 태긴가 부다고 말하니까 대장이 좋아하면서……."

"고만두어요. 다 알았세요."

"무얼 다 알았어? 남의 말을 다 듣고 나서 말하게."

"태기가 무어요? 죽을병이지."

"글쎄 내 말을 들어봐."

"듣고 싶지 않아요."

"듣고 싶지 않다면 고만두겠네."

방문 밖에 섰던 졸개 계집들이

"대장께서 듭십니다."

외치는 바람에 방안의 여러 사람이 일시에 모두 일어났다. 혹은 윗간에서 대청으로 나가고 혹은 아랫간에서 윗간으로 내려갔다.

꺽정이가 아랫간에 들어와 앉아서 고개만 끄덕끄덕하여 각 집안 식구들의 인사를 받은 뒤에 아랫간 한구석에 비켜섰는 백손 어머니를 보고 말을 내었다.

"자네는 구경 못 가네."

"왜 못 가요?"

백손 어머니는 한바탕 시비를 차리려는 것같이 앉아서 몸을 도사리었다.

"아프다구 밥두 잘 안 먹는다며 구경이 무슨 구경이여?"

"구경은 고만두고 쌈을 하러 나가래도 나갈 테니 염려 마시오."

"쓸데없는 소리 지껄이지 마라!"

"글쎄 내 몸은 염려 말아요. 그리고 그런 고마운 염려는 두었다가 서울 기집년들이나 염려해주시구려."

백손 어머니 말에 강짜가 섞여 나오기 시작하였다. 꺽정이가 대번 불호령으로 윽박지를 듯한데 도리어 껄껄 웃고

"기집년의 소견이란 할 수가 없다."
말하며 보기 좋은 채수염을 쓱쓱 쓰다듬었다.

"소견 넓은 사내 다 보았소."

"허, 그거 참."

"나를 정히 못 가게 한다면 도망이라도 해서 갈 테니 그리 아시오."

"어디 도망해보게."

"어쨌든지 가고야 말 테요."

"못 간다거든 못 갈 줄 알아."

"내가 따라가면 구경터에서 잡년들의 궁둥이를 쫓아다니기가 거북할 테니까 그래 나를 못 가게 하지요? 나도 속을 다 알아요."

"무엇이여? 별 우스운 년의 소리를 다 듣겠네. 자네만 가지 말라는 게 아니야. 나두 안 갈 테야. 인제 더 할 소리 없지?"

"나는 꼭 한번 가야겠소."

"꼭 갈 일이 무언가 말하게."

"꼭 갈 일이 있소."

"공연히 악지를 부리느라구 자네가 그렇게 내 말을 어기면 다른 사람까지두 다 못 가게 할 텔세."

꺽정이의 말 한마디에 구경을 간다던 여러 여편네가 모두 낙심이 되었다.

꺽정이가 사랑으로 나간 뒤에 배돌석이의 아내가 곧 울상을 하

고 백손 어머니 옆에 와서 붙들고 매어달리다시피 하며

"우리들 구경 가고 못 가는 것이 형님 손에 달렸으니 형님 좀 생각해주세요."

사정을 하고 평소에 말수 적은 박유복이 아내까지

"대장께서 형님을 위해서 가지 말라고 말씀하시는 걸 그 말씀을 어기시면 됩니까. 형님이 고만두셔야지요."

사리로 권하였다. 여러 여편네들이 입을 모은 것같이 다같이 백손 어머니더러 구경갈 생각을 고만두라고 권하고 달래는 중에 오직 황천왕동이 아내만 말이 없었다. 여러 입이 백손 어머니의 고집덩이를 녹이어서 시원치 않게나마 아니 갈 의사를 말하게 되었다. 백손 어머니가 안 간다고 하니 시누님을 따라다니던 황천왕동이의 아내도 체면을 차리느라고 자기 역시 안 가겠다고 말하는데, 가라고 권하는 사람도 없고 가자고 끄는 사람도 없어서 마침내 안식구의 구경 갈 사람이 여섯이 넷으로 줄었다. 배돌석이의 아내가 백손 어머니에게 치사하는 뜻으로

"저희들 이번 구경은 형님께서 시켜주시는 셈입니다."

하고 말하니 백손 어머니는 골을 내면서

"그런 소리 난 듣기 싫어."

몰풍스럽게 핀잔을 주고 마음에 안 되었던지 뒤를 풀어서

"대왕당 그네를 꼭 한번 뛰어보려고 맘을 먹었는데 그만 것도 맘대로 되지 않으니 사람이 속이 상하지 않겠나."

하고 말하였다.

"내년에 가서 뛰시지요?"

"신병 있는 사람이 효험을 본다니까 올에 가려고 하지."

"형님 병환은 아는 병이라는데 무얼 그러세요?"

"그런 당치 않은 소리 곧이듣지 말게. 이십년 동안 단산한 사람이 물경스럽게˙ 아이가 다 무어란 말인가."

백손 어머니 말끝에 애기 어머니는 영락없는 아이니 두고 보라고 우기었다.

이때 사랑에서는 안식구 데리고 구경갈 두령을 작정하게 되었는데, 꺽정이가 누구누구 지정하지 않고 각각 의향을 물어보았다.

처음에 이봉학이를 보고

"자네 갈라나?"

하고 물으니

"가구 싶지 않습니다."

대답하고 그다음에 박유복이를 보고

"너는 갈라느냐?"

하고 물으니

"저두 안 가겠습니다."

대답하고 또 그다음에 서림이더러

"서종사는 어떻게 하겠소?"

하고 물어서

"대장께서 가라시면 가겠습니다."

● 물경(勿驚)스럽다
너무 놀랍고 갑작스럽다.

대답하니 곽오주가 무릎을 치면서

"그러면 그렇지."

하고 말하였다.

"너 그게 무슨 소리냐?"

"서종사는 가겠습니다, 안 가겠습니다 그런 싱거운 대답을 안 하려니 생각했더니 내 생각이 꼭 들어맞았지요."

"누가 너더러 남의 대답할 말 생각하라드냐?"

"누가 생각하래요, 내가 생각했지."

"주둥이 닥치구 가만있거라."

꺽정이가 곽오주를 윽박지른 뒤에 의향 묻던 것을 다시 계속하였다.

"돌석이는 갈 테지?"

"네."

"천왕동이두 갈 테냐?"

"네."

"막봉이는?"

"갈랍니다."

"산이는?"

"고만두겠습니다."

"그럼 자원하는 사람 셋하구 서종사하구 가면 사람 수가 꼭 안식구 마찬가지 넷이 되는군. 그렇게 넷이 가지."

"꼭 넷이 맛입니까? 한두 사람 더 가두 좋지 않습니까."

서림이가 물었다.

"누구 더 갈 사람 있소?"

"우선 오두령께서두 저더러 구경가게 되거든 같이 가자구 말씀하든걸요."

"오두령은 늙은이가 무슨 구경이여? 내가 고만두랄 테니 염려 마우."

"나는 사람값에 못 가우?"

곽오주가 꺽정이를 보고 들이대듯 말하였다.

"구경터에 어린 자식새끼를 뒤처업구 오는 여편네가 많을 텐데 그 어린것들이 모두 울어두 네가 미쳐 날뛰지 않을 테냐?"

"그까진 놈의 구경갈 생각은 없지만 나 하나만 쑥 빼놓구 수에두 쳐주지 않으니 내가 서운하지 않으면 사람이 아니오. 나는 고만두구 형님두 다시 생각해보면 서운하리다."

• 요개(搖改)하다 흔들어서 고치다.

곽오주의 두덜거리는 말을 꺽정이는 웃고 들었다. 서림이가 먼저 말을 다시 이어 내어서

"그러면 오두령은 고만두드래두 대장께서는 가시겠지요?"

하고 말하니 꺽정이가 고개를 가로 흔들었다.

"아무 일 없는 때니 소풍삼아서 가시지요?"

"안 가겠소."

꺽정이의 말이 요개할* 나위가 없어 보여서 서림이는 다시 더 권하지 못하였다. 두령들 외에 대장 시위란 소임을 가진 신불출

이와 곽능통이는 대장이 가지도 않고 또 보내지도 아니하여 가지 못하게들 되었다.

두령 넷이 안식구 넷을 데리고 단오 전날 송도에 가서 하룻밤 자고 단옷날 종일 굿구경하고 저녁때 돌아오기로 작정한 것이 단오 전전날 일인데, 이튿날인 단오 전날 아침에 꺽정이가 안에 들어와서 조반을 먹을 때 애기 어머니만 상머리에 와서 앉고 백손 어머니는 눈에 보이지 아니하였다.

"어디 갔소?"

"생병이 나서 누웠어."

"생병이라니?"

"구경을 못 가서 병이 났대. 구경을 보내주었으면 좋겠어."

"글쎄 무슨 병이란 말이오?"

"구경을 가려고 골독하다가 못 가게 되는 데 애성이 나서 어제 점심 저녁 두 끼니 물 한 모금 안 먹고 오늘도 머릴 싸고 누웠으니 보는 사람이 답답해 죽겠어. 제발 구경을 보내주어요."

"구경을 못 가서 굶어죽을 작정하는 그런 못생긴 년은 굶어죽어두 좋소. 가만 내버려두오."

"사내들은 잘 모르는 일이지만 여편네가 아이 설 때는 공연히 성정이 까다로워져요."

"정 그렇게 굿구경이 하구 싶다면 송악산 단오굿이 끝난 뒤에 무당년들을 붙잡아다가 여기서 큰굿을 한번 시킬 테니 그때 실컨 구경하라구 이르시우."

"굿구경은 여차고 대왕당 그네를 뛰러 갈라고 그 애야."

"그 그네는 무슨 별난 그네요?"

"단옷날 대왕당 그네를 뛰면 내외간 의초도 좋아지고 귀한 아들도 낳고 신병도 없어진대."

"난 모르우. 누님에게 맡길 테니 구경을 보내든 말든 맘대루 하우."

꺽정이의 반허락과 애기 어머니의 온허락으로 백손 어머니와 황천왕동이의 아내가 다시 가게 되어서 안식구의 구경갈 사람이 넷이 모두 여섯으로 늘었다.

청석골 도중의 사내 여편네 열 사람 일행이 단오 전날 저녁때 송도로 나왔다. 송도부중에는 도중과 기맥을 통하는 관속도 있고 도중에 거래까지 하는 상민도 있어서 하룻밤쯤 어디 가서든지 유숙할 수 있고 또 보은리報恩里 사는 김천만이는 도중의 장물을 팔아들이는 사람이라, 이 사람의 집에 가면 하룻밤은 고만두고 며칠이라도 편히 묵을 수 있지마는 김억석이가 전위해 청좌를 보냈을 뿐 아니라 굿구경을 하는 데는 무당집 반연을 찾아가는 것이 좋을 듯하여 검은학골로 오게들 되었다. 길 아는 황천왕동이가 앞서서 인도하여 일행이 대왕당 큰무당의 집 앞에 와서 보니 삽작 안에 사람이 들썩들썩하는데 그중에 눈선 복색이 더러 섞여 있었다. 개떡쪽 같은 큰머리를 얹고 푸르둥둥한 큰 띠를 띤 여편네도 있고 털벙거지를 쓰고 송기떡군복을 입은 사내도 있었다. 개떡쪽 큰머리가 무수리요, 송기떡군복이 무예별감인 것은 서립이가 잘 알아서 안식구들에게 자상하게 일러주었다. 김억석이를 찾아도 대답이 없어서 일행이 삽작 밖에서 서성거릴 때 하루 먼저 내보낸 억석이의 아들이 옆집에서 뛰어나와서

"이리들 오세요."

하고 그 옆집으로 인도하였다. 방은 그 집의 건넌방, 아랫방 둘을 얻어놓았는데 건넌방은 간반이 좁고 아랫방은 한 칸이 좀 넓어서 비슷비슷한 것을 간반이 명색만이라도 한 칸보다는 넓다고 억석이가 널찍한 방이라고 기별한 모양이었다. 널찍하다는 건넌방은 안식구들을 주고 아랫방에 사내 넷이 들어앉았다. 억석이의 아들만 공연히 왔다갔다할 뿐이요, 억석이는 꼴도 볼 수 없었다. 아들놈의 말이 아비가 산 위 굿당에 가서 있는데 곧 내려오리라고 하더니 해가 다 지도록 오지 아니하였다. 다담 대접을 바라다가 턱이 떨어질 뻔한 것은 고사하고 저녁밥 공궤를 기다리느라고 창자에서 쪼르륵 소리들이 났다.

   저녁밥을 무당 집에서 가져올 터이라는데 소식이 감감하여 몸 가벼운 황천왕동이가 동정을 보러 갔다. 삽작 안마당에 멍석을 연폭하여 깔고 여러 사람이 둘러앉아서 밥들을 먹고 송기떡군복은 마루 위에 따로 외상을 받고 앉았는데, 이 여편네가 술을 따라 올리고 저 여편네가 갈비를 구워 바치고 안방에도 또 어떤 귀빈이 있는지 여러 여편네가 들락날락 시중들 하였다. 황천왕동이가 곧 쫓아들어가서 송기떡군복을 집어치우고 그 술, 그 고기를 뺏어먹고 싶은 것을 꿀꺽 참고 돌아왔다.

"모두 저녁들을 먹는데 우리만 안 주니 그것들이 먹던 대궁을 우리 줄라는 거야."

황천왕동이 말 한마디에 여러 사람의 속에 있던 불만이 쏟아져 나왔다.

"사람을 푸대접해두 분수가 있지."

"우리가 이게 무슨 꼴이람."

"망신이오, 착실한 망신이오."

"대관절 억석이놈을 낯바대기나 좀 봐야지."

"제가 일찍 못 올 것 같으면 말이라두 일러두고 갈 게지."

"긴말할 것 없이 우리 다른 데루 갑시다."

"어디루 갈까?"

"어디루 가. 제일 친숙한 김천만이게루 가지."

"처음부터 천만이 집으루 갈 걸 공연히 이리 왔어."

다른 세 사람은 말할 것 없고 배돌석이까지 보은리로 가자고 말하여 네 사람이 함께 아랫방에서 나왔다. 건넌방에 가로 세로 드러누웠는 안식구들더러 일어나서 나오라고 말하고 기다리고 섰는 중에 억석이의 아들이

"아버지 저기 옵니다."

하고 소리치며 곧 억석이가 급한 걸음으로 쫓아들어와서

"지가 이런 미안할 데가 없습니다."

"지가 이런 황송할 데가 없습니다."

하고 이 사람에게 굽실하고 저 사람에게 굽실하였다. 대답 한마

디 아니하는 네 사람 중에 황천왕동이는 눈을 똑바로 뜨고 억석이를 노려보더니

"이놈아, 이게 사람 대접이냐!"
하고 눈결에 대들어서 보기 좋게 뺨을 치는데 섣달그믐께 흰떡 치는 소리가 났다.

"그저 소인이 잘못했습니다, 용서합시오."

김억석이가 전에는 두령들을 보고 제 말할 때 반드시 소인이라고 하였지만 배돌석이의 가시아비 된 뒤로 소인보다 저라고 많이 하고 도중에서 나와 살게 된 뒤로 소인은 아주 없애고 한껏하여 저라고 하더니 지금 다급하여 소인을 개올린 것이다.

"내가 소인 소리에 허기 들린 줄 아느냐! 골백번 소인을 개올려두 너는 용서할 수 없다."

황천왕동이가 팔을 걷어붙이며 뒤로 피해 나가 섰는 억석이게로 다가설 때, 버선발로 뛰어내려온 배돌석이 아내가 팔을 잡고 매어달리면서

"이게 무슨 일입니까. 제 낯을 좀 보아주세요."
하고 우는 소리를 하는데 배돌석이가 그 아내를 잡아제치고 다시 황천왕동이의 손을 잡고

"여게, 요란스럽게 손찌검 말구 조용조용히 말을 들어봐서 고의루 우리를 망신시켰거든 잡아가지구 가서 톡톡히 치죄하세."
하고 은근히 말리었다.

"그럼 보은리루 끌구 가서 말을 들어볼 테요?"

황천왕동이가 배돌석이를 돌아보며 물었다.

"글쎄, 여기서 잠간 물어보구 가는 게 좋지 않을까?"

"보은리가 여기서 초간한데 안식구들을 데리구 가자면 캄캄하게 어둡소. 지체하지 말구 곧 가야 하우."

"남의 집에까지 끌구 가는 건 재미없을 듯해서 말일세."

"그러면 물어보구 말구 할 것 없이 고만두구 갑시다."

황천왕동이가 다시 김억석이를 향하여

"우리 속상한 걸루 말하면 너를 곧 박살해두 시원치 않지만 안면을 보는 데가 있어서 고만둔다."

말하고 걸어붙였던 소매를 도로 내리었다. 김억석이가 허리를 굽실하면서

"황송합니다."

하고 말한 다음에 배돌석이 옆으로 가까이 와서

"지금 보은리루 가신다니 그게 될 말씀이오? 여러분 방으루들 들어가시게 하우. 곧 저녁 진지를 내오두룩 하리다."

넌지시 청하듯 말하는 것을

"우리가 빌어먹는 거진가. 대궁밥술을 얻어먹구 있게."

배돌석이는 매몰차게 핀퉁이주었다.

"대궁밥이라니 웬 말씀이오?"

"다들 밥을 처먹구 우리만 안 주니 우리를 대궁밥 먹이려는 게지 무어야!"

"설마 남 먹던 대궁이야 드리겠소. 그런 말씀은 공연한 말씀이

오. 그저 내가 조금만 일찍 내려왔드면 좋을 것을."
 김억석이의 말이 채 다 끝나기 전에 배돌석이가 말끝을 채었다.
 "누가 일찍 내려오지 말라든가?"
 "일찍 내려올 수가 있으면 왜 이때까지 있겠소. 인정으루 생각하든 도리루 생각하든 벌써 뛰어내려왔지. 여기 대왕당 성관˚이 중병을 앓구 난 뒤에 소성이 아직 다 못 돼서, 내 처 되는 사람이 저의 고모 대신으루 굿당 일을 전부 주간主幹해 보는데 그 뒤를 거들어주느라구 요새는 노박˚ 산 위에 가서 살았소. 내일 준비가 미진한 것이 많아서 오늘두 어떻게 바쁜지 점심때부터 내려온다는 것이, 막 내려올라구 하면 이것 좀 해다구 저것 좀 해다구 일이 끝이 나야지요. 그래서 이렇게 늦었소. 일부러 한만하게 늦게 내려올 리야 있소."
 "바쁜데 미안해서두 우리는 다른 데루 가야겠어."
 "이놈을 죽일 놈이라구 치도곤을 먹이시는˚ 게 낫지, 다른 데루 가시다니 말이 되우? 그런 말씀 말구 여러분을 방으루 들어가시게 좀 하시우."
 배돌석이가 어떻게 하려느냐 묻는 눈치로 다른 세 사람의 얼굴을 돌아보았다.
 "알구 보니 저 사람이 고의루 우리를 푸대접한 건 아니구려. 단지 주선이 좀 부족했지."
 서림이는 주저물러앉자는 의사로 말하고
 "점점 더 어둬가는데 어떻게 할 셈들이오?"

황천왕동이는 보은리로 가자고 재촉하는 의사로 말하고 길막봉이는 주저물러앉아도 좋고 보은리로 가도 좋다는 의사인지 검다 쓰다 말이 없었다.

건넌방 앞에 나와 섰던 안식구들이 어느 틈에 다 도로 방으로 들어가서 무슨 공론을 하더니 백손 어머니가 머리를 방 밖으로 내밀고서

"동생, 이리 와!"

하고 천왕동이를 불렀다.

"왜 부르셨소?"

"마전댁이 분해서 자꾸 울길래 내가 네 대신 빌었다."

마전댁이란 배돌석이의 아내 말이다. 아무 두령이니 아무 두령댁이니 하는 칭호는 도중 밖에 나와서 쓰기 어려운 까닭에 이번에 청석골서 나올 때 사내들은 모두 성 밑에 서방을 붙여서 아무 서방이라 부르기로 하고 여편네들은 본집의 골 이름을 따라서 아무댁이라 부르기로 하여, 황천왕동이의 아내는 봉산댁이 되고 길막봉이의 아내는 안성댁이 되고 서림이의 아내는 양지댁이 되고 곽능통이의 아내는 죽산댁이 되었는데, 백손 어머니는 본집이 없는 사람이라 전에 살던 양주로 양주댁이라고 하고 배돌석이의 아내는 마전 무당의 집을 본집이라고 말할 수 없지만 그래도 그대로 마전댁이라고 하게 되었던 것이다.

● 성관(星官)
굿을 주관하는 무당.
● 노박
노박이로. 줄곧 계속하여.
● 치도곤을 먹이다
심한 벌을 주다.

"아버지 대신 따님이 울구 동생 대신 누님이 빌었으면 고만 쑥

싹 다 됐구려. 그래 그 말 할라구 부르셨소?"

"마전댁 낯을 보아서 내가 다른 데로 안 가고 여기서 자겠다고 빌었으니까 그리 알란 말이야."

"대체 빌긴 무얼 잘못했다구 빌었소? 난 잘못한 것 없소."

"무슨 사정이 있어서 늦게 왔나 말이나 들어보고 시비를 해야지 말도 안 들어보고 대변 손찌검한 것이 잘못 아니냐?"

"그래 그건 누님 말대루 잘못이라구 칩시다. 그러니 누님이 여기서 푸대접받구 잘 것이 무어 있소?"

"나 하나뿐 아니라 우리 안식구들은 다 여기서 자기로 공론했다."

"그럼 우리 사내들두 다른 데루 못 가는 게지."

황천왕동이마저 주저물러앉게 되어서 사내 네 사람은 다시 아랫방에 들어앉았다.

김억석이는 네 사람이 아랫방에 들어앉는 것을 보고 그제야 비로소 건넌방 앞에 가서 면면이 인사를 하고 무당의 집으로 가더니 얼마 아니 있다가 관솔불을 가지고 와서 두 방으로 다니며 등잔불을 당겨놓고

"밥을 새루 또 짓는데 곧 뜸이 들겠답니다. 시장들 하실 테지만 조금만 더 참아줍시오."

말하고 다시 간 뒤 한동안 지나서 저녁상들이 나왔다. 건넌방에는 셋 겸상이 둘이요, 아랫방에는 겸상이 둘이었다. 밥은 갓 지은 것이라 기름이 흐르고 찬은 상이 어둡도록 가짓수가 많았다. 김

억석이가 술 양푼을 들고 아랫방에 와서 반주를 권하는데 술맛이 좋지 않아서 서림이와 황천왕동이는 갱지미로 두엇씩 받아먹고 그만두고 청탁*을 안 가리는 배돌석이와 길막봉이는 갱지미를 여남은 번 둘이 서로 주고받았다.

네 사람이 밥을 먹기 시작한 뒤 김억석이는 한옆에 앉아서 아까 다 못한 발명을 하였다.

"지금 저의 처고모의 집은 서울서 오신 노상궁마마 일행이 통차지하다시피 했습니다. 원채, 아래채에 방이 넷인데, 안방에는 상궁마마가 기시구 건넌방은 상궁마마 뫼시구 온 여인네들이 쓰구 아래채에 있는 방 하나두 역시 상궁마마 뫼시구 온 사내 하인들이 쓰구 아랫방 하나 남은 것을 주인 성관이 엊그제까지 쓰다가 의외에 또 서울서 무예별감 한 분이 내려와서 그 방마저 뺏기구 지금은 안방에 가서 상궁마마를 뫼시구 있습니다. 몸이 부실한 주인 성관두 방 한 칸을 따루 못 쓰니까 다른 식구야 더 말할 것이 있습니까. 굿당에 가서 일보는 사람은 게서 자구, 여기서 일하는 사람은 잘 때가 되면 모두 이웃집에 가서 부쳐 잡니다. 원집안 사람은 몇 안 되지요만, 난데서 일 봐주러 온 사람이 많습니다. 저 집에 사람 들끓는 것 보셨지요? 굿당은 더합니다. 먼데 사람, 이웃 사람 모두 와서 일한답시구 먹습니다. 그래서 종일 먹는 빛입니다. 우선 이 집의 여섯 식구두 넷은 굿당에 가 있구, 둘은 저 집에 가 있습니다. 일하러 온 사람보다 먹으러 온 사람이 더 많으니까 일은 뒤죽박죽이에요.

* 청탁(淸濁)
청주와 탁주를 아울러 이르는 말.

여러분이 오시거든 서울 손님과 층하 말구 대접하라구, 저는 말할 것 없구 주인이나 다름없는 제 처가 집안 사람에게 미리 일러두었는데, 일러둔 보람이 뒤쪽으루 났습니다. 아까 가서 말을 들어보니까 서울 손님 대접하느라구 정신들두 없었지만 첫째 제 자식놈이 똑똑지 않아서 어떤 손님이 오신 것을 알두룩 잘 일러주지 못한 모양이에요. 그러구 그 자식은 저녁 재촉 한번 안 하구 아비 오기만 기다리구 있었답니다. 그런 탯덩이˚가 어디 있겠습니까."

김억석이의 긴 발명이 아들 사살로 변할 때 서림이가

"참, 자네 저녁은 어떻게 했나?"

하고 물었다.

"아직 안 먹었습니다."

"그럼 우리하구 같이 먹을 걸 그랬네그려. 지금이라두 밥 한 그릇 더 내오래서 여기서 같이 먹세."

"아니올시다. 나중 먹겠습니다."

"그럴 것 무어 있나?"

"저는 이따가 굿당에 가서 먹을랍니다."

"여기서 자지 않구 또 산 위에를 갈 텐가?"

"오늘 밤에는 밤들을 새울는지 모르는데 가봐야지요."

"어둔데 산에를 어떻게 올라가나?"

"발씨가 익어서 불 없이두 다닙니다."

서림이가 일변 밥을 먹으며 일변 김억석이와 수작하는 동안에 다른 세 사람은 거의 밥들을 다 먹어서 서림이도 수작을 그치고 수저를 부지런히 놀리었다.

아랫방과 건넌방의 저녁상을 다 물려내고 김억석이가 무당의 집에 간 동안에 서림이가 다른 세 사람을 보고

"우리가 여기 와 있는 것을 김천만이에게 기별만 하면 오늘 밤에 술을 먹게 될 테니 억석이 가기 전에 기별 좀 해달라구 부탁합시다."

하고 공론을 내어서 세 사람은 다 좋다고 찬동하였다. 김억석이가 굿당으로 올라간다고 인사하러 왔을 때 서림이가 보은리에 사람 하나를 보내달라고 말하니, 김억석이는 자기가 분봉상시˚ 옆에 사는 김천만이의 집을 짐작한다고 그리 다녀서 굿당으로 가겠다고 하였다.

밤이 이슥하였을 때 서림이의 요량과 틀림없이 과연 김천만이가 술방구리와 도야지 다리와 그외의 다른 음식을 큰 목판에 담아서 사람에게 지워 가지고 왔다. 건넌방의 안식구들은 밤참도 싫고 잠자는 것이 달다고 일어나지들 아니하여 아랫방에서 김천만이까지 다섯 사람이 닭이 두서너 홰를 치도록 술장˚을 보았다.

밤 지나니 단옷날이다. 지난밤에 김억석이가 굿당으로 올라갈 때 딸보고 말하기를 구경할 자리는 미리 잡아두지마는 늦으면 남에게 뺏기기 쉬우니 일찍들 나서시게 하라고 한 까닭에, 건넌방의 안식구들은 첫새벽부터 일어나서 발동發動하고 아랫방의 늦

• 탯덩이 아주 못생긴 사람을 낮잡아 이르는 말.
• 분봉상시(分奉常寺) 조선시대에 주로 국가의 제사와 시호 따위를 맡아보던 관아.
• 술장 술마당. 술자리가 벌어진 마당.

잠 든 사내들은 안식구의 성화같은 재촉을 받고 할 수 없이 일어났다. 술 취하고 밤 깊어서 가지 못하고 한구석에 쓰러져 잔 김천만이는 저의 집에 가서 보고 나중 굿당으로 찾아온다 하고 일어나는 길로 바로 갔다. 외인이 간 뒤에 안식구들이 잔소리를 퍼부어서 네 사람이 바쁘게 소세를 마치고 나니 조반상이 알맞게 나왔다. 안방에서 자고 나간 사람들이 건넌방에서 일찍 서두르는 것을 보고 가서 말한 모양이었다. 조반이 일러서 좋건마는 사내들은 입이 습시하고˙ 안식구들은 구경에 들떠서 모두 조반을 먹는지 만지 하고 상들을 내놓았다.

안식구들이 청석골서 나올 때는 행세하느라고 일제히 삿갓을 썼지마는 구경을 가는 데는 삿갓이 말썽되어서 쓰자거니 말자거니 두 패로 갈리었다. 사람 붐비는 구경터에 삿갓을 쥐고 다니기 주체궂다는 건 쓰지 말자는 패의 말이고, 난잡한 구경터에 얼굴을 내놓고 다니기 창피하다는 건 쓰자는 패의 말이었다. 마음이 사내와 같은 백손 어머니는 쓰지 말자는 패의 괴수가 되고 얼굴이 꽃과 같은 황천왕동이 아내는 쓰자는 패의 괴수가 되어서 나이 젊은 올케가 어머니 비슷한 시누님을 겨우 항거하는데 황천왕동이가 아내를 버리고 누님에게 가담하고 다른 세 사내마저 황천왕동이를 조력하여 원래 힘이 기운 쓰자는 패가 다시 더 힘을 쓰지 못하게 되어서 안식구는 모두 삿갓을 두고 맨얼굴로 나섰다.

햇살이 아직 퍼지기 전이라 풀섶의 이슬을 염려하여 검은학골서 나섰으니 무던히 일찍 나선 폭이건만 진언문進言門 안을 들어오기 전부터 동행이 띄엄띄엄 생기고 구융바위 동네 옆을 지날 때는 구경꾼이 앞뒤에 그치지 아니하였다.

 송악산 산길을 잡아들었다. 사내들과 안식구 중에 백손 어머니는 평지나 다름없이 힘 안 들이고 수월하게 걷지마는, 안식구 다섯 사람은 그렇지 못하여 발을 떼어놓는 것이 차차로 더디어졌다. 황천왕동이의 아내가 맨 뒤에 떨어지기를 잘하므로 황천왕동이는 올라간 길을 되내려와서 아내의 걸음을 재촉할 때가 많았다. 산중턱을 채 오기 전에 황천왕동이의 아내가 다리는 아파서 한 걸음 떼어놓기가 약약한데 산꼭대기는 눈에 보이지도 아니하여 남편에게

 "인제 얼마나 남았소?"

남은 길을 물어보다가

 "아직 멀었어."

대답을 듣고는 다리가 갑자기 더 아파져서

 "난 다리 아파 못 가겠소. 좀 쉬어나 갑시다."

하고 길가에 주저앉았다. 황천왕동이는 웃으면서

 "내게 업혀 갈라나?"

아내를 조롱한 뒤 앞서가는 일행에게 쉬어 가자고 소리를 쳤다.

 한 굽이 위에 앉아 쉬기 좋은 널으석바위가 있어서 황천왕동이가 아내를 끌고 더 올라와서 길 옆에 있는 반석 위에 일행과 같이 앉아 쉬었다. 일행 중에 여편네가 많고 여편네 중에 나이 젊은 새댁네가 많고 새댁네 중에 얼굴 고운 황천왕동이의 아내가 있으니

● 습시하다
삽시하다. 입맛이 깔깔하고 떫다.

여러 사람의 눈이 반석 위로 끌리지 않을 수 없었다. 옆으로 보며 가다가 다시 뒤로 돌아보는 사람은 여간 많지 않고 일부러 걸음을 멈추고 서서 바라보는 사람까지 더러 있었다. 황천왕동이의 아내가 길을 걸어올 때는 길만 보고 걸은 까닭에 남들이 자기를 보는지 안 보는지 잘 몰랐다가 앉아 쉬는 동안에 비로소 아니, 여러 사람의 눈이 많이 자기 몸에 와서 실리는 듯 몸이 근지러워서 옆에 앉은 남편을 보고

"삿갓을 쓰고 왔으면 좋을 것을 공연히 쓰지 말라고 해서 남들이 보는 것 창피해 못 견디겠소."

하고 매원하였다. 황천왕동이는 속으로 은근히 자랑할 일같이 생각되어서 싱글벙글 웃기만 하는데 백손 어머니가 올케를 돌아보며

"어떤 놈이 보든지 자네만 본체만체하면 고만 아닌가."

하고 타박을 주었다.

쉬고 일어난 뒤 한동안은

"아이구, 길도 험해라."

"이런 데를 어떻게 밤에 올라다닐까?"

"무서워 못 가겠소. 나 좀 붙들어주우."

"먼저들 가지 말고 같이 가요."

이런 말들을 지껄이던 안식구 다섯 사람이 한참 동안 가파른 길을 도드밟고 나서는 숨이 턱에 닿아서 말 한마디 지껄이지 못하고 땀을 철철 흘리고 걸음을 통히 걷지 못하였다.

사내 네 사람이 걸음 못 걷는 안식구 다섯 사람을 앞세우고 올라오면서 떠밀어주기도 하고 붙들어주기도 하게 되었다. 그러자니 자연 내외끼리 손을 맞잡을 때가 많아서 곽능통이의 아내 하나만 외톨로 비어지는 것을 백손 어머니가 보고
  "여게 마누라, 이리 오게. 우리두 손 붙잡구 가세."
사내의 목소리를 흉내내서 말하여 일행이 다 웃을 뿐 아니라 같이 가던 다른 구경꾼까지 웃었다. 참내외 네 쌍, 거짓 내외 한 쌍 각각 쌍을 지어서 붙들고 올라왔다. 서림이의 아내는 부끄럼이 없는 나이라 말할 것이 없고 배돌석이의 아내는 사람이 당돌하고 길막봉이의 아내는 사람이 어리무던하여 모두 부끄러운 줄을 모르나, 오직 황천왕동이의 아내만은 외모와 같은 고운 마음에 여러 사람 보는데 사내에게 손목 잡힌 것이 부끄러워서 걸어가는지 끌려가는지 발이 건공중(乾空中)에 놓이는 것 같았다. 올라가고 또 올라가고 올라가는 길이 끝이 없는 듯 지루하여 이렇게 고생할 줄 알았다면 오지 아니할 것을 공연히 왔다고 구경온 것을 속으로 후회까지 하였다. 앞서가던 사람 중에서 누가
  "인제 다 왔다."
하고 외치는 소리에 황천왕동이의 아내는 귀가 번쩍 뜨이어서 줄곧 들지 못하던 얼굴을 비로소 쳐드니 집채 같은 큰 바위가 머리 위에 솟아 있었다. 바위 아래 굽이진 길을 돌아서 올라가니 건너편 산등갱 위에 당집이 여러 채 있고 또 이편 큰 바위 비슷 뒤에 큰 당집이 한 채 있고 큰 당집 앞 비탈 위에 둥구나무˚가 섰고 그

둥구나무에 그넷줄이 매여 있었다. 아래서 위로 올라가는 길은 그네터 옆의 층층대요, 건너편에서 이편으로 다니는 길은 장등 위에 있었다. 장등은 좌우쪽으로 휘어서 활등 같고 장등 아래는 비탈이고 비탈 아래는 평바닥인데 평바닥도 물매˚되지 않은 지붕만큼 기울어졌다. 기울어진 평바닥에 멍석을 쭉 늘여깔고 차일을 높이 친 것이 굿할 자리를 만들어놓은 모양이었다.

여러 당집에 사람들이 들락날락하고 장등길에 사람들이 왔다 갔다하고 길 위의 잔디밭에 사람들이 웅긋중긋 섰기도 하고 또 퍼더버리고 앉았기도 하고, 굿은 아직 시작이 안 되었는데 굿할 자리에도 사람들이 많이 있었다. 쌍을 지었던 내외들이 각각 떨어져서 서로 뒤섞일 때 황천왕동이는 먼저 층층대를 뛰어올라가서 큰 당집 안으로 들어가더니 얼마 아니 있다가 김억석이와 같이 나오면서 층층대 아래에 모여 섰는 일행을 올라오라고 손짓하였다.

김억석이가 일행을 인도하여 여러 굿당을 잠깐잠깐 구경시켜 주었다. 이편의 큰 당집이 곧 대왕당인데 대왕당 앞은 한편에 매로바위가 있고 한편에 그네터가 있고 매로바위로부터 그네터까지 아래가 모두 낭떠러지 아니면 비탈이라 앞마당이 좁디좁아서 큰 당집에 어울리지 아니하였다. 건너편에 있는 네 당집은 성황당, 국사당, 고녀당, 부녀당인데 바로 북성문北城門 안이요, 북성문 밖으로 달리골이 내려다보이었다. 김억석이가 대왕당에서 가까운 비스듬한 잔디밭에 미리 자리를 잡고 멍석 한 닢을 깔아두었는데, 멍석은 작고 사람은 많아서 사내들이 안식구를 편하게 앉히려고 멍석 밖에 나가 앉으니 김억석이가 이것을 보고 멍석 한 닢을 더 갖다 깔아주어서 사내와 안식구가 모두 멍석 위에 다리들을 뻗고 앉았다. 조반들 설치고 왔단 말을 김억석이가 딸에게서 듣고 요기할 떡도 가져오고 군입 다실 과실도 가져왔다. 김억석이가 뻔질 자주 올 뿐 아니라 억석이의 처 되는 무당이 그 바쁜 중에 일부러 와서 보고 또 억석이의 아들이 심부름하려고 아주 옆에 와서 있었다.

해가 차차 늦어갈수록 구경꾼이 더욱 올려밀려서 굿당 근처에 사람이 와글와글하게 되었다. 구경꾼에 여편네가 사내보다 더 많은 듯 푸른 나무 사이에 울긋불긋한 무색옷이 꽃밭을 이루었다. 서울서 내려온 상궁 일행이 늦게야 비로소 올라오는데, 상궁 탄 보교가 사람을 헤치고 오는 품이 기구 있어 보이어서 누가 보든지 부러울 만하였다. 황천왕동이의 아내가 올라올 때 고생한 것을 돌이켜 생각하고 옆에 앉은 배돌석이의 아내더러

● 둥구나무
크고 오래된 정자나무.
● 물매
기울기. 지붕이나 비탈길의 경사진 정도.

"우리는 언제나 저렇게 기구 있게 다녀볼까?"
하고 한탄하여 말하는 것을 황천왕동이가 어느 결에 듣고서
"나인이 되구 싶단 말이야?"
하고 빈정대어 책망하였다.

각 굿당의 무당과 박수들이 층층대 아래로 몰려내려가서 상궁이 보교 밖에 나설 때 일제히 문안들을 드리었다. 상궁은 좌우의

부축을 받고 층층대를 올라와서 대왕당으로 들어가고 상궁 일행과 같이 온 대왕당 큰무당은 바로 굿할 자리에 가 서서 여러 무당, 박수를 지휘하여 차일 친 안에 가욋사람을 들어서지 못하게 금하고 전물상들을 날라내다가 자리잡아서 벌여놓게 하였다. 이때 해가 벌써 아침때가 지나서 굿 시작이 늦은 까닭에 전악들이 빨리 악기를 잡고 앉고 무당들이 지체 않고 복색을 차리고 나섰다. 장구소리가 땅 하고 나고 징소리가 쾅 하고 났다. 큰굿이 시작되었다.

 단옷날 굿을 예전에는 다섯 굿당에서 각각 하던 것인데, 대왕대비가 왕비 적에 몸받아 내려온 나인이 별비를 쓰는 데 공평치 못하여 굿당 사이에 말썽이 난 것을 왕비가 알고 이후는 굿을 한데 같이 하라고 분부를 내려서 큰굿판 하나를 벌이게 되었고, 대왕부인의 그네놀음을 예전에는 점심 쉬는 동안에 하던 것인데 그네 덕을 입으려고 헛애쓰는 사람이 연년이 엄청 많아지는 까닭에 큰굿판을 벌이던 첫해부터 그네놀음을 점심 전에 일찍 하기 위해서 굿을 두세 거리 마친 뒤에 한차례 길게 쉬는 동안을 넣게 되었다. 굿을 처음에 늦게 시작하면 오뉴월 긴긴해에도 해동갑하여 겨우 열두거리를 다 하게 되므로 뒤를 몰아칠 때가 많은데, 대왕대비의 치성굿을 겸친 특별한 큰굿은 함부로 몰아칠 수도 없는데다가 시작이 늦게 되었으니 굿판이 밤까지 걸리기가 쉬웠다.

 굿판 근처에 사람이 겹겹이 둘러서서 평바닥에 선 사람들은 말할 것 없고 장등 위에 선 사람들도 굿구경을 잘하기가 어려웠다.

청석골 일행 앉은 자리에서는 무당의 노는 꼴이 잘 안 보이건만, 그래도 보려고 앞에 와서 서는 사람을 비키라고 야단치고, 무당의 지껄이는 소리가 통 안 들리건만, 그래도 들으려고 옆에서 떠드는 사람을 조용하라고 책망하였다. 무당이 바가지를 들고 돌아다니며 무엇을 뿌리는 것 같으니 부정풀이가 끝나가는 줄 생각하고 무당이 너푼너푼 절을 하는 모양이니 가망청배가 시작된 줄 짐작하였다. 가망노래를 하는지 만수받이를 하는지 모르면서도 그래도 바라보고들 있는 중에 굿자리에 앉았던 사람들이 일어나더니 대왕당 큰무당이 여러 무당과 박수들을 데리고 구경꾼을 헤치고 층층대를 올라와서 대왕당 안으로 들어가고 그 뒤에 기대는 장구를 메고, 전악들은 제각기 악기를 들고 올라와서 대왕당 앞마당에 모여 섰다.

"대왕부인 그네 뛰신다!"

소리가 여기저기서 들리며 굿 구경꾼들이 그네터로 몰려들어서, 둥구나무 아래는 사람이 빽빽하고 올라다니는 층층대도 사람에 묻히었다. 청석골 일행도 그네터 가까이 가려고 잔디밭에서 길로 내려오는데 김억석이가 대왕당에서 올라오다가 보고도 사람에 취하여 정신이 없는지 아무 말도 않고 그대로 지나가려고 하여 일행의 앞에 섰던 황천왕동이가 그 어깨를 툭 쳤다.

"어디루들 가실라구 내려오십니까?"

"자네는 어딜 가나?"

"저 건너 무엇 좀 가지러 갑니다."

"자네 바쁜가?"

"바쁘구말구요."

"바쁘드래두 내 말 좀 듣구 가게."

"무슨 말씀입니까?"

"그네를 대왕부인이 뛰구 난 다음엔 곧 우리 누님을 뛰게 해드리게."

"그건 제 수로 할 수 없습니다."

"할 수 없으면 고만두게. 우리가 해보지."

"상궁마마가 그네를 뛰신다니까 그 양반이 뛰신 다음에야 다른 사람이 뛰게 될걸요."

"마마구 별성이구 다 고만두라게. 순리로 말해서 안 들으면 집어치우구 우리 누님을 뛰게 할 텔세."

"그러면 큰일납니다. 대왕대비전 몸받아가지구 온 상궁마마를 조금이라두 건드리시기만 하면 뒤가 무사할 리 만무합니다."

"뒤가 무사하지 못하드래두 겁 안 나니 염려 말게."

"굿당은 결딴나고 저는 죽습니다. 제발 덕분에 고만둬주십시오."

"바쁜데 고만 볼일이나 보러 가게."

"아니올시다. 고만두시겠단 말씀을 듣지 않구선 갈 수가 없습니다."

"내가 고만두구 싶지 않은 걸 자네 말루 고만두어?"

"나중 뛰시면 어때서 그러십니까. 그네 뛰는 보람은 대왕께서 굽어 살피시기에 달렸지 처음 나중에 달린 것이 아닙니다."

"인제 잘 알았네. 고만 가게."

황천왕동이는 그예 자기 누님을 상궁보다 먼저 그네 뛰게 할 생각이 있어서 김억석이의 말을 귀담아듣지도 아니하였다.

황천왕동이가 김억석이와 수작하는 동안이 비록 잠시 동안이지만 적지 않은 일행이 넓지 못한 길을 차지하다시피 하여 다른 구경꾼들에게 이아치고˚ 부대껴서 가만히 섰을 수가 없으므로 길을 틔워놓고 대왕당 담 옆으로들 들어섰다.

"이야기가 길거든 이리 와서 이야기를 하게."

배돌석이가 소리쳐 불러서 김억석이는 먼저 오고 또 백손 어머니가 손짓하여 불러서 황천왕동이는 뒤에 왔다.

● 이아치다 거치적거려 방해가 되거나 손실을 입히다.

백손 어머니가 김억석이더러

"그네를 맨 첫번에 뛰면 보람이 더 날 것 같은데 참말 먼저 뛰나 나중 뛰나 매한가지요?"

하고 물어서

"아까두 말씀을 여쭸지만 보람은 대왕의 영검이 내리시기에 달렸으니까 맨 처음에 뛴다구 보람 있으란 법두 없구요, 맨 나중에 뛴다구 보람 없으란 법두 없습니다."

김억석이가 대답하는 것을 황천왕동이가 옆에서

"그건 자네가 공연한 말일세. 먼첨 뛰는 것이 좋기에 상궁이 맨 첫번에 뛴다는 것 아닌가?"

하고 타박을 주니

"제가 공연한 말을 할 리가 있습니까. 작년에 국사당 성관의 사촌 되는 속병 있는 아낙네가 맨 첫번에 그네를 뛰었다는데 그 속병은 지금두 전이나 마찬가지랍니다. 그러구 그 아낙네의 시누이는 십년 소박데긴데 나중에 뛰었건만 대왕의 영검이 내리셔서 내외가 곧 잘살게 되었답니다. 지금 두 아낙네가 다 국사당에 와 있습니다. 만일 제 말이 미심하거든 그 아낙네를 대어드릴게 친히 물어보십시오."

김억석이는 저의 말의 증거될 만한 사실을 들어서 주작부언 아닌 것을 구구히 발명하였다.

백손 어머니가 대왕당 그네를 뛰려고 오기는 실상 신병 때문이 아니다. 남더러 말하는 데는 신병을 내세웠지만 자기의 속생각은 따로 있었다. 남편이 원체 계집을 좋아하여 딴 계집 보는 일은 자기 알기에도 종종 있었지만 아주 들여앉혀서 데리고 산 일은 한번도 없었는데 늦게 바람이 일었는지 서울 가서 계집을 들여앉힌 것이 첩도 아니고 아내라고 하고, 하나도 아니고 셋이나 된다고 하니 남에 없이 된시앗˚을 본 셈이다. 그 뒤로 남편이 자기에게 하는 것도 전 같지 않거니와 자기 역시 남편에게 대한 향념이 전만 바이 못하여져서 어떻게 하면 내외 사이가 전과 같이 탐탁하여질까 살풀이도 하고 싶고 예방도 하고 싶던 차에 대왕당 그네가 보람 있단 말을 듣고 머리악을 쓰고 온 것이다. 일심정념으로 그네를 뛰러 왔으니 보람을 남에게 앗기지 않도록 남들 뛰기 전에 먼저 뛰고 싶었으나, 김억석이의 말을 듣고 본즉 그네를 나중 뛰고도 신통한 보람을 본 사람이 있다는 바엔 구태여 말썽을 내가며 첫번 뛰려고 할 것이 없었다.

"먼저 뛰려고 애쓸 것이 없으니까 말썽을 부리지 마라."

백손 어머니가 동생더러 말을 일렀다. 황천왕동이가 누님의 말에는 대답 않고 김억석이더러

"그럼 상궁이 뛴 담에는 아무가 뛰어도 좋은가?"

하고 물으니

"상궁 일행의 뛸 사람이 다 뛴 담에, 인제 그네들 뜁시오 하구 외친다니까 외친 뒤에 뛰시두룩 합시오."

하고 김억석이가 대답하였다.

"한 년이 뛰나 두 놈이 뛰나 남이 먼저 뛰기는 매일반이니까 아무래두 좋지."

• 된시앗
남편이 얻은 몹시 악한 첩.

"저는 여러분이 말썽을 내시까 봐 겁이 더럭 났었습니다."

김억석이는 비로소 안심이 되는 것같이 길게 숨을 내쉬었다. 배돌석이의 아내가 앞으로 나서서

"아버지, 너무 지체되어서 지청구나 듣지 않으시겠소?"

하고 말을 하니 김억석이가 한번 웃고

"너두 그네를 뛸 테냐?"

하고 물었다.

"뛰게 되면 뛰지요."

"참말루 여러분들이 그네 뛰는 법이나 다 아시나?"

김억석이가 딸에게 말하면서 여러 사람의 얼굴을 둘러보았다.

"뛰는 법이 무어에요?"

"이 그네는 남이 뛰는 그넷줄이 몸에 와서 닿으면 지궐*을 입는다구 대기다 굿당 식구들만 기하지 않는데 그 대신 굿당 식구들은 그네를 뛰어두 보람이 없단다. 그래서 처음에 그네를 차지하려구 우들 달려들다가두 한 사람이 그네에 올라서면 다른 사람은 그넷줄이 몸에 닿지 않을 만큼 피해 서서 그 사람이 다 뛰구 내려오기를 기다리구 오래 뛰면 고만 뛰라구 소리는 질러두 가서 붙잡지는 못한단다. 만일 질감스럽게 오래 그네를 내놓지 않으면 굿당 식구가 가서 말한다더라."

"그네를 서로 뺏지 못한단 말은 우리도 듣고 왔세요."

"응, 듣구 왔어?"

김억석이는 딸과 말을 다 한 뒤에 여러 사람을 보고

"인제 고만 갑시다."

하고 곧 건너편 굿당으로 건너가고 여러 사람들은

"그네를 맨 첫번에 뛰지 않을 바엔 일찍 가서 사람들 틈에 비비대기치느니 도루 자리에 가서 앉았다가 나중 갑시다."

황천왕동이의 발론을 좇아서 다시 멍석자리로 돌아왔다.

무당과 박수들이 그네터 가까이 들어섰는 사람들을 훨씬 뒤로 물리고 그네터 옆에 새 멍석을 깔고 멍석 위에 등메*를 덧깔고 그리하고 풍악을 잡히면서 대왕과 대왕부인의 목상을 조심조심 받들어 내다가 등메 위에 세워놓았다. 장구 멘 무당과 징 든 무당이 저, 피리, 해금 등속을 가진 악수들을 데리고 그네 뒤에 멀찍이 둘러섰다. 장구소리로 풍악이 시작되며 대왕을 그네 위에 올려세웠다. 함진아비의 질빼˙와 같고 내행 보교의 얽이와 같은 무명끈으로 아래위를 동여매는데, 아랫도리는 좌우쪽 그넷줄과 함께 아울러서 친친 감고 윗도리는 좌우쪽 그넷줄에 각각 따로 잡아매었다. 젊고 깨끗한 무당들이 그네 뒤에서 슬쩍슬쩍 물을 먹이면서 바로 세게 먹이는 것처럼 '이잇' 소리들을 질렀다. 얼마 동안 그네가 나갔다 들어왔다 한 뒤에 징소리로 풍악이 그치며 대왕을 그네에서 끌어내렸다. 대왕 다음에는 대왕부인의 차례인데 장구소리 나며 올려세우고 풍악소리 중에 동여매고 물먹이고 징소리 나며 끌어내리는 것이 다 똑같고 동안만 좀더 길었다. 건너편 굿당으로 가던 김억석이는 어느 틈에 돌아왔는지 무명 여러 끗˙을 풀어주고 사려놓는 것으로 일 한몫을 보고 있었다.

● 지궐 뜻밖에 신체상의 횡액을 당하는 것을 이르는 말.
● 등메 헝겊으로 가선을 두르고 뒤에 부들자리를 대서 만든 돗자리.
● 질빼 질빵. 짐을 걸어서 메는 데 쓰는 줄.
● 끗 피륙의 길이를 나타내는 단위.

대왕과 대왕부인의 어우렁그네는 그네 너비에 두 목상을 어울려 세울 수가 없으므로 몹쓸 장난꾼들이 부끄럼 타는 신랑 신부를 마주 앉히고 한데 동이듯 두 목상을 배 맞춰서 잔뜩 동인 뒤에 따로 유난히 크게 만든 밑싣개 위에 반을 타서 올려세우고, 위니 아래니 중간이니 할 것 없이 모두 좌우쪽 줄에 단단히 잡아매었다. 어우렁그네를 사내끼리 뛰는 것도 좋고 여편네끼리 뛰는 것도 좋으나, 사내와 여편네가 섞여서 뛰는 것은 난잡한 짓이라 대왕과 대왕부인이 난잡한 짓을 하는 까닭인지 풍악소리도 먼저와 달라서 간드러지고

자지러질 때가 많고 물먹이는 무당들도 '이잇' 소리 대신에
 "잘 뛰신다. 어허 잘 뛰신다!"
말하는 것을 노랫가락하듯 하였다. 한동안 지난 뒤에 대왕과 대왕부인의 어우렁그네가 끝이 났다. 두 목상을 그네에서 끌러내려서 등메 위에 세웠다가 당집 안으로 받들고 들어갔다. 무명끝을 거두고 멍석과 등메를 말고 그네 밑신개를 바꾸어 끼우느라고 분주할 때 벌써 한편에서 그네 뛰려는 사람들이 밀려들어서 무당과 박수들이 결진한 듯 늘어서서 그네 앞을 막으며 그중에 한 박수가 큰 소리로
 "대왕대비전 몸을 받아오신 상궁마마께서 뛰시구 상궁마마를 뫼시구 온 여러분이 뛰신 다음에 그네가 날 테니 좀 참읍시오."
하고 외치었다. 대왕대비전 몸받은 상궁마마란 말 한마디에 밀려들어오던 사람들이 겁이 났는지 모두 슬금슬금 뒤로 물러나섰다. 그 뒤에 상궁이 여러 여편네의 옹위를 받고 그네 앞으로 나오는데 사람은 늙었건만 복색은 젊어서 아래에는 남치마요, 위에는 옥색 삼회장 겹저고리다. 그러나 시골서 다들 홑적삼을 입을 때에 겹저고리를 입은 것은 서울 풍속이 아니면 나이 늙은 탓일 것이다. 늙은이가 복색을 젊게 차린 것도 궁중의 항습恒習을 모르는 시골 사람들 눈에 설거니와, 그보다도 더 눈에 익지 못하여 기이하게 보이기는 머리에 쓴 것이 있으니 그것은 곧 개구리 달린 첩지˚다. 젊은 무당 너덧이 상궁을 떠받들어서 그네 위에 올라서게 하고 한번 물을 먹이니 나간 그네가 다시 들어오기 전에 주저

앉으면서

"아이구, 어지럽다. 내려다구."

하고 소리를 질렀다. 무당 하나가 그넷줄을 붙잡고 또 무당 서넛이 상궁을 받들어 내린 뒤에 곧 좌우에서 부축하고 전후에서 호위하고 대왕당으로 들어갔다. 상궁이 나올 때 옹위하고 나오던 무당 외에 여편네 너덧은 상궁이 뛰는 그네를 피하여 한옆에 물러섰다가 상궁이 내려온 뒤에 한 사람씩 차례로 나와서 그네를 뛰는데 제법 줄을 벌려가며 잘 뛰는 사람도 있고 그네터 아래가 비탈진 데 겁이 나서 어린아이들같이 앉은그네를 뛰는 사람도 있었다. 여편네들이 다 뛰어갈 때 또 복색 다른 사내 서넛이 당집에서 나와서 여편네의 뒤를 대었다. 그네 나기를 고대하는 사람들 중에 여편네들만 뛰고 말기를 바라다가 사내들마저 뛰는 데 속이 상하던지

• 첩지 예전에 부녀들이 예장할 때에 머리 위를 꾸미던 장식품.

"잠깐잠깐 뛰구 그네 내놓으시우."

"다른 사람두 좀 뜁시다."

하고 소리들을 지르니 그네 위에 올라섰는 송기떡빛군복을 입은 사람이 소리나는 곳을 내려다보며

"소리들을 지르면 일부러 더 오래 뛸 테니 아무 소리 말구 가만히 있거라."

하고 맞소리를 질렀다. 그 사람 외에 두 사람이 그네를 마저 다 뛰고 나자, 곧 박수 하나가 여러 사람들을 향하고

"자, 인제 그네 났습니다."

하고 소리질러 외쳤다.

　대왕당 대왕부인의 그네놀음을 청석골 일행은 멍석자리에 편히 앉아서 구경들 하였다. 그 야단스러운 어우렁그네가 끝나고 상궁이 그네 앞으로 나올 때 백손 어머니가
　"우리도 인제 고만 그네터로 내려가지."
들떼어놓고 말하고 곧 먼저 일어섰다. 다른 사람들이 백손 어머니를 따라서 부산하게 일어서는데 황천왕동이는 앉은 채 누님을 치어다보며
　"나인 일행이 한둘이 아닐 테니 좀더 있다가 가두 좋소."
하고 말하였다.
　"잠깐잠깐 뛰면 얼마나 걸릴라구 그래. 미리 가서 기다려야지 남에게 뺏기지 않지."
　"첫번은 벌써 뺏겼는데 더 뺏길 거 있소?"
　"잔소리 말구 어서 일어나."
　"일어나라면 일어나리다."
　황천왕동이가 벗어놓은 미투리를 발에 꿰면서
　"그런데 여보 누님, 이따가 내가 어떻게든지 먼저 들어가서 그네를 차지할 테니 누님은 내 뒤만 따라오두룩 하시우."
말하여 백손 어머니가 미처 대답을 하기 전에 길막봉이가 불쑥 중간에 나서서
　"그런 구차한 짓 할 거 무엇 있소? 우리 넷이 여러 사람 앞에

나가 섰다가 저기 저 사람들 하듯이 팔을 벌려서 그네에 못 덤비두룩 막읍시다."
말하니 여러 안식구들이 모두 길막봉이의 말을 좋다고 하였다.

　일행이 그네터에 가까이 와서 사람에 막히어 들어가지 못하게 되었을 때, 사내들은 억지로 틈을 뚫고 앞으로 나가서 사람이 많은 층층대 쪽에 힘이 센 길막봉이가 서고 사람이 적은 대왕당 앞마당 쪽에 힘이 약한 서림이가 서고 황천왕동이와 배돌석이가 그 중간에 띄엄띄엄 서고 안식구들은 사람 틈에 끼여서 꼼짝을 못하다가 조금씩 틈을 비집고 들어가서 대왕당 담 모퉁이에 여섯이 함께 뭉쳐 섰다. 안식구 중에 백손 어머니는 성미가 겁겁한 사람이라, 상궁 일행에 그네 뛰는 사람이 너무 많은 데 화증이 나서 곧 대왕당 담을 상궁으로 보고 주먹질이라도 하고 싶은 미친 생각이 나기까지 하였다. 그네 났다고 외치는 소리가 나자마자 여러 사람이 와 하고 그네터로 달려드는데, 사내 네 사람이 그네를 등지고 팔을 벌리고 서서 들어오는 사람들을 못 들어오게 막았다. 사내 네 사람은 곧 청석골 사람들이니 길막봉이는 힘으로 내밀고 배돌석이는 악지로 막고 서림이는 뒤로 차차 밀리는데 황천왕동이가 의사스럽게 박수의 외치던 것을 본떠서

　"먼저 일행들 외에 또 그네 뛰실 행차가 기시니 잠깐만 더 참으시우."
하고 소리를 질렀다. 여러 사람이 다 무춤하였다. 그동안에 청석골 안식구들은 앞마당 쪽으로 들어왔다. 그중에 백손 어머니가

제일 앞서서 거의 그넷줄 앞에 다 왔을 때, 그악스럽게 아래 비탈로 기어올라오는 여러 여편네 중의 한 사람이 손을 내밀어서 그넷줄을 먼저 잡았다. 김억석이가 청석골 일행 까닭에 일부러 나와서 그네 앞에서 돌다가 이것을 보고 얼른 그넷줄을 채쳐 뺏어 백손 어머니를 주었다. 백손 어머니가 그네 위에 올라서니 그네 아래로 올라오던 여편네들은 굴러떨어지듯 내려가고 그네 뒤로 들어오던 여러 사람은 덴겁들 하여˙ 비켜나섰다. 그러나 억지를 쓰고 속임수를 써서 그네를 차지하였으니 다른 사람의 마음이 좋을 까닭이 없었다.

"행차가 무슨 기겁할 놈의 행차야."
"대체 그놈들이 웬 놈들인가?"
"그래 저놈들을 가만두어?"
"다리뼈들을 퉁겨놨으면 좋겠다."

이런 욕설이 여기저기서 나던 끝에 층층대 쪽에서 수건으로 머리를 동인 막된 사내 하나가 사람을 헤치고 앞으로 나오더니 다짜고짜로 발길을 날려서 길막봉이의 등판을 내찼다. 길막봉이가 백손 어머니의 그네 뛰는 것을 바라보고 있다가 무심결에 이것을 당하였으니, 여느 사람 같으면 반드시 앞으로 고꾸라졌을 것인데 막봉이는 아무 일 없는 것같이 예사로 돌아서서 그 사내를 보았다. 그 사내가 주먹을 부르쥐고 달려드는 것을 막봉이가 한손으로 그 주먹 쥔 손목을 붙잡으니 그 사내 입에서 대번 아이구 소리가 나왔다.

"쌈났다!"

다른 사람들 외치는 소리에 막봉이는 창피한 생각이 나서 손목을 놓고 그대로 용서하기는 싫어서 괴춤과 허리끈을 겹쳐서 움켜잡으며 곧 팔이 머리 위로 쭉 뻗치도록 치켜들고 걷어차려고 놀리는 두 발을 다른 한손으로 제어하였다. 황천왕동이가 쫓아와서

"그깐 놈을 왜 하늘 구경을 시켜주나? 땅 구경을 시켜주지."

하고 부추겼다.

"땅 구경이라니?"

"꺼꾸루 들면 땅 구경을 하지."

"어디 하늘 구경, 땅 구경 다 시켜줄까."

막봉이가 그 사내를 내려세우며 곧 허리춤을 비틀어 뒤잡고서 거꾸로 치켜들고 다른 한손으로 그 두 손을 놀리지 못하게 하였다.

• 덴겁하다
뜻밖의 일로 놀라서
허둥지둥하다.

"아이구 죽겠다."

다 죽어가는 소리가 그 사내 입에서 나자 곧 옆에 구경꾼들 사이에서

"살인이야!"

아우성소리가 났다.

장난꾼 한두 사람이 거짓말로 아이 났다고 떠들어도 사람들이 이리 몰리고 저리 몰리고 하는 구경터의 일이라, 사람이 죽지도 않았는데 살인났다고 헛소동이 생겨서 여러 사람들이 한참 술렁거리었다. 서림이와 배돌석이가 급히 와서 공연한 소동을 내지

말고 참으라고 말들 하고 그네 뛸 차례를 기다리던 막봉이 자기 아내와 그네를 다 뛰고 내린 백손 어머니까지 쫓아와서 말썽을 부리는 것이 부질없다고 말들 하여, 길막봉이는 그 사내를 내려 앉혀놓고 소위로 말하면 단단히 속일 것이지만 그만하고 용서하니 다시는 그런 버릇을 하지 말라고 바로 점잖게 일러서 놓아주었다. 허우대 큰 장정을 어린아이처럼 다루는 것을 목도한 여러 사람들은 무서운 장사니 천하장사니 하고 떠드는데 그중에

"저게 임꺽정이 아니까?"

"임꺽정이는 수염이 좋다는데."

"수염을 몽탁 자르고 온 게지."

"구경을 오자구 수염을 잘라?"

이렇게 쑥덕거리는 사람들도 있었다.

헛 살인소동이 났다가 가라앉는 동안에 그네는 처음에 백손 어머니가 실컷 뛰고 그 뒤에 서림이의 아내와 곽능통이의 아내와 배돌석이의 아내가 잇대어서 뛰고 황천왕동이의 아내가 배돌석이의 아내의 뒤를 받아서 뛰는 중인데, 여러 사람들의 눈이 모두 그네판으로 쏠리게 되었다.

"선녀가 하강하지 않았나?"

"그네터가 홀제 환한 것 같애."

"고 아주머네 한입에 꿀딱 집어삼켰으면 좋겠다."

"나하구 어우렁그네 좀 뛰지 않나?"

사내들 입에서 된 소리 안 된 소리 칭찬하는 말이 나오는 것은

말할 것 없고 같은 여편네끼리도

"저렇게 이쁜 사람 처음 보았어."

"참말 얌전한데."

이와같은 말로 칭찬들 하였다. 황천왕동이의 아내가 뛰고 난 뒤 끝으로 길막봉이의 아내가 뛰어서 안식구 여섯은 모조리 다 뛰고 사내 넷은 그네를 다른 여편네에게 내주라고 하나도 뛰지 아니하였다.

청석골 일행이 그네터에서 멍석자리로 돌아왔을 때, 자리를 보라고 한 김억석이의 아들은 어디 가고 없고 다른 사람들이 자리를 차지하고 앉아서 일어나지 아니하여 황천왕동이가

"이것이 임자네들 자리요?"

하고 시비조로 말을 붙이니 그중에 한 사람이

"빈자리에 누구는 못 앉겠소."

말대꾸를 하였다.

"빈 자리엔 앉아두 좋겠지만 주인이 왔으면 내놔야지."

"앉았는 사람이 주인이지 또 따루 주인이 어디 있단 말이오?"

말하는 꼴이 문문히 자리를 내놓을 것 같지 않더니

"임자들두 한번씩 꺼꾸루 치어들려 보구 싶소?"

황천왕동이의 으름장 한번에 말대답하던 사람과 앉아 보던 사람이 모두 흘낏흘낏 눈치를 보며 슬금슬금 일어나서 다른 데로 가버렸다. 한동안 지난 뒤에 김억석이의 아들이 와서

"자리 안 보고 너 어디 갔었느냐?"

그 누이 배돌석이의 아내가 나무라니

"혼자 앉았기가 심심해서 굿자리에 갔었소."

하고 발명하였다.

"아버지 거기 기시드냐?"

"아버지는 점심밥 짓는 데서 일 보시우."

"어디 대왕당 안에?"

"아니요. 대왕당 밖에 한뎃솥 걸어논 데가 있소."

"굿은 지금 몇 거리째냐?"

"굿은 다시 시작한 뒤 한 거리 하구 지금 두 거리째 하우. 그런데 이번 거리 끝나면 점심들 먹을라구 또 쉰답디다."

"벌써 점심때가 다 됐나?"

배돌석이의 아내가 해를 치어다보았다.

"참말 해가 한나절이 다 되었구나. 열두거리굿에 겨우 네 거리 하고 점심 먹으면 여덟 거리를 해지기 전에 다 할까?"

"다 하는 게 무어요? 밤까지 걸리겠답디다. 그래서 서울서 온 상궁마마란 이가 유수 사또께 대초를 보내라구 기별하구 대왕당 성관이 홰하구 광솔을 많이 준비시키라구 이릅디다."

"상궁이 어느 틈에 굿자리에를 내려갔든가?"

"아까 살인났다구 떠들 때 내려갔소."

"너는 그 전에 먼저 갔드냐?"

"그래서 사람 공기 놀리는 구경을 못했소."

"누가 사람 공기를 놀려?"

"사람을 손바닥 위에 올려놓구 공기를 놀렸다며, 저기선 모두 그렇게들 이야기합디다."

여러 사람이 일시에 길막봉이 얼굴을 바라보며 웃었다.

"이애, 우리 점심은 어떻게 하실라나 아버지께 가서 좀 여쭤보구 오너라."

"그러리다."

김억석이의 아들은 앉지도 못하고 바로 대왕당으로 내려갔다.

"그네를 뛰어 그런가, 나는 벌써 배가 고파."

"그네 안 뛴 우리두 속이 출출하우."

"우리가 조반을 설쳐서 그런 거야."

"그 대신 여기 와서 떡 먹지 않았소?"

"그까진 군음식 잠깐 요기밖에 더 되나."

● 해망쩍다
영리하지 못하고 아둔하다.

이와같이 시장하단 말들이 나온 끝에

"이애가 가더니 오지 않네."

"이놈이 해망쩍게˙ 또 어디 구경을 가지 않았나."

"점심 올 때 같이 오려고 기다리고 있는 게요."

"점심이 미처 안 됐으면 먼저 와서 말이라두 해야지."

김억석이의 아들이 오래 오지 않는 것을 말들 할 때 아이놈이 아니꼽게 뒷짐을 지고 아슬랑거리며 올라오더니 뒷짐진 채 자리 앞에 와 서서

"엿들 좀 잡수실랍니까?"

히고 뒷손에 들고 온 큰 엿조각을 자리에 내놓았다. 황천왕동이

가 자살궂게˚

"이걸루 점심 요기하라드냐?"

하고 물으니 김억석이의 아들은 시뜻하면서˚

"아버지가 보낸 줄 아시네. 내가 사온 건데."

하고 대답하였다.

"네가 무얼루 샀어?"

"공것이에요."

"공것이라니 엿장사한테 공히 얻었단 말이냐?"

"아니요."

"그럼 훔쳤구나."

"별소리 다 하시네. 저기 굿당 앞마당에서 땅에 떨어진 장도 하나를 주웠세요. 임자는 찾아줄 수 없구, 나는 가지기 싫구 그래서 엿을 샀지요."

여러 사람이 저고리 옷고름에 찬 장도가 있나 없나 보는 중에 서림이가 겉옷 위로 바른편 젖가슴께를 만지더니 부지런히 겉옷 자락을 헤치고 보며

"이애, 내 장도가 없어졌다."

하고 말하여 김억석이의 아들은 저더러 훔쳤다는 것처럼 눈이 휘둥그레졌다.

"너 주운 것이 칼집이 어떻드냐?"

"새까만 나뭅디다."

"끈은 무엇이드냐?"

"다 해진 명지끈입디다."

"그게 틀림없이 내 것이다. 그 엿장수 어디 있느냐?"

"엿을 다 팔구 빈 목판 가지구 내려갔는걸요."

"내려간 지가 오래지 않거든 엿 가지구 쫓아가서 장도를 물러 오너라."

"글쎄, 벌써 갔는데 지금 쫓아가서 될까요?"

김억석이의 아들이 머리 뒤를 긁적긁적하였다. 황천왕동이가 어느 틈에 엿을 떼어서 먹어보고

"그 엿 맛나다."

하고 깔깔 웃었다.

"지금 물르긴 어디 가 물르우. 내가 벌써 호닥했으니˚ 고만 그대루 먹읍시다."

"자, 엿을 이리 내시우. 엿 임자는 내니까 내가 노느리다."

● 자살굿다 성미나 하는 짓이 싹싹하고 부드럽다.
● 시뜻하다 마음이 내키지 않아 시들하다.
● 호닥하다 물건의 값을 치르다.

서림이가 엿을 갖다가 사람 수대로 몫을 지어 나누는데 김억석이의 아들을 한몫 주면서

"옜다, 이놈아. 이담엔 너의 아버지 장도 훔쳐다가 엿 사먹어라."

하고 우스갯소리하였다. 엿들을 다 먹고 난 뒤에 김억석이가 일꾼 한 사람과 같이 점심 국밥 열 그릇을 두 목판에 갈라 담아가지고 올라왔다. 서림이가 김억석이를 보고 바로 정색을 하고서

"자네 아들이 내 장도를 갖다가 엿을 사먹었으니 자네가 물어

내게."
하고 말하는데 다른 사람들도 웃거니와 아들까지 픽픽 웃어서 김억석이는 어리둥절해하다가 장도로 엿 사먹게 된 이야기를 듣고 비로소 웃으면서

"저는 장도가 없으니까 환도루 대신 드릴까요?"
하고 서림이의 말대꾸를 하였다.

"그러면 내가 대리大利를 보게? 그렇지만 장도 대신 선선히 내놓는달 젠 환도는 다 봤네. 내던져두 주워갈 사람이 없는 게지."

"참말 제가 이번에 여기 와서 환도 한 자루를 샀는데 물건이 제법 좋습니다."

"자네두 또 땅에 떨어진 걸 줍지 않았나?"

"실없는 말씀이 아닙니다. 가을에 벼 닷 말 주기루 하구 샀습니다."

"자네가 지금 환도는 무엇에 쓸라구 샀나?"

"전에 몸에 지녀보던 물건이라 공연히 탐이 나서 샀습지요. 여러분 숙소하신 집 주인이 들구나는 것이 있다구 살라느냐구 묻기에 실없이 가져오라구 말했드니 가져왔는데, 물건이 탐나길래 그대루 차지했습니다."

"그럼 그 환도는 내 겔세."

"벼 열 말 주신다면 드립지요."

"저런 욕심쟁이 보게. 앉아서 곱장사할 셈이야."

서림이 말끝에 황천왕동이가 손을 내저으며

"환도 흥정은 나중 하구 점심이나 먹읍시다."
말하고 국밥을 먼저 먹기 시작하였다.

 점심이 끝난 뒤에 배돌석이가 사내들끼리만 편쌈을 구경하러 가자고 발론하였더니 황천왕동이는 편쌈 구경 재미없다고 싫다고 하고, 서림이는 김천만이가 찾아온다고 하였으니 다른 데 가지 말고 기다리자고 하고, 길막봉이는 처음에 갈 듯이 하다가 안식구들이 편쌈 구경은 무엇하러 가느냐고 말리는 데 쏠리어서 마침내 고만둔다고 자빠졌다. 배돌석이는 동무 없으면 혼자 간다고 분분히 옷을 떨뜨리고 산 아래로 내려갔다. 배돌석이 간 뒤 남은 사내 세 사람이 근처에서 돌아다니자고 말들 하고 함께 나서서 이리저리 다니는 중에 매로바위 뒤 한뎃솥 걸린 곳을 와서 보니 김억석이 부자가 그제사 점심들을 먹는 중이었다. 마침 다른 사람보다 한 걸음 앞을 섰던 서림이가 먼저

• 들고나다 집안의 물건을 팔려고 가지고 나가다.

 "자네 부자는 인제 점심 먹나?"
하고 소리치니 김억석이가 한번 치어다보며 곧 밥그릇을 손에 든 채 일어섰다.

 "어서 먹게."
 "어째들 오십니까?"
 "왜 못 올 데를 왔나? 자네 보러 왔네."
 "무슨 시키실 일이 있습니까?"
 "자네가 자랑하던 환도 좀 구경할라구."

"그건 못하겠습니다."

"어째? 여기 없나?"

"여기 있는 제 보퉁이 속에 들었지만 안 보여드릴랍니다."

"장도 대신 뺏을까 봐 겁이 나나?"

"구경하신다구 아주 차지하시면 저만 낭패 아닙니까."

"안 먹을 의심은 먹지 말구 먹을 밥이나 먹게."

서림이가 김억석이와 실없는 수작을 하는 동안에 황천왕동이와 길막봉이는 매로바위 밑에 와서 바윗돌을 치어다보며 서너 길 되느니 못 되느니 눈어림을 다투고 있었다. 서림이가 와서 바위를 치어다보고

"이 바위 높이쯤은 긴 바지랑대루두 잴 수가 있을지 모르지만 잴 수 없다구 치드래두 망해도법望海圖法만 알면 대번 바위 높이를 알 수가 있소. 그 아는 법은 조그만 나무때기를 바위와 같은 방향으로 세우구 그림자 길이를 재어보구 그다음에 바위의 그림자 길이만 재어보면 바위 높이는 자연 알게 되우. 지금 가령 한 자 되는 나무때기의 그림자가 두 자가 되었는데 바위 그림자는 스무 자라구 하면 바위 높이가 열 자가 아니겠소."

수리數理를 알거냥하고˚ 한바탕 잘 지껄이었다. 김억석이 부자가 먹던 밥을 다 먹고 옆에 와서 섰는데, 서림이의 수리 자랑이 끝난 뒤에 김억석이가 새삼스럽게

"참말 환도 구경들 하러 오셨습니까. 지금 이리 갖다 드리리까?"

하고 물어서 서림이가 미처 대답하기 전에 황천왕동이가 웃으면서

"누가 환도 구경하러 왔단 말인가? 자네두 꽤 어리숙한 사람일세. 그런 말을 다 곧이듣나."
하고 말하였다.

"실없는 말씀인 줄 알면서두 혹시를 몰라서 여쭤봤습니다."

"사람을 한번 들었다 놔두 살인났다구 야단치는 판에 환도를 번쩍번쩍 내둘러보게. 송도부 군관들이 줄달음박질하네."

"그럴 염려두 없지 않지요."

"환도 이야기는 고만두구, 여보게 이 바위 위가 편편한가 어떤가?"   ● 알거냥하다
모르면서도 아는 척하다.

"올라가보지를 못했으니까 모르겠습니다."

"여기 올라가본 사람이 없나?"

"아마 올라가본 사람이 없을걸요. 연전에 초군 하나가 동무들과 술내기하구 올라가다가 떨어져 죽었답니다."

"내가 올라갈게 자네 술 한턱을 낼라나?"

"술은 달라시면 드릴 테니 위태한 일 마십시오."

"이까짓 데가 무에 위태하단 말인가?"

황천왕동이가 바위 위를 올라가본다고 갓과 옷을 벗어서 김억석이 아들에게 맡기었다. 황천왕동이는 백손 어머니와 두 남매가 백두산 속에서 자랄 때에 층암절벽에도 다람쥐같이 다니던 사람이라 매로바위쯤 여반장 올라가려니 생각하였더니, 수십년 동안

팔다리를 편히 놀린 까닭에 생각과 달라서 바위 위를 올라오는 데 힘이 들었다. 그러나 올라올 때 힘이 든 만큼 올라온 뒤 마음이 더 상쾌하였다. 이 세상에 혼자 우뚝 높은 듯도 하고 또 이 세상에 홀로 외로이 남은 듯도 하였다. 편편치 못한 바위 위에 꼿꼿이 서서 휘파람을 획획 불었다. 이것이 남매 같이 산속에서 돌아다닐 때 서로 잃어버리고 서로 찾는 군호로 불던 휘파람이다. 휘파람소리 크기가 여간 피리소리만 못지아니하였다.

  매로바위에 사람이 올라간다고 여기저기서 바위를 바라볼 때 청석골 안식구들도 죽 일어나서 바라보았으나 바위가 대왕당에 가려서 보이지 아니하여 다들 다시 앉았는데 휘파람소리가 풍편에 들려왔다. 백손 어머니가 홀제 깜짝 놀라면서

  "그게 내 동생이야."

소리를 지르고 벌떡 일어나서 마주 휘파람을 불었다. 휘파람소리가 오고가는 동안에 백손 어머니는 아득한 아잇적 일이 생각에 떠올랐다. 아렴풋한 꿈자취와 또렷한 환조각이 한데 뒤섞여서 나타나는 듯 사라지고 사라지는 듯 나타나서 정신 놓고 멍하니 서 있는데 다시 들리는 휘파람소리, 동생이 자기를 오라고 부르는 것만 같아서 허둥지둥 신발을 신었다.

  "어디를 가실라고 그러세요?"

  "아이, 고만두시지. 거긴 가 무어하세요."

  다른 안식구들이 말하는 것을 백손 어머니는 듣는지 만지 대답 한마디 아니하였다. 백손 어머니가 멍석자리에서 길로 내려설 때

"우리 영감을 혼자 가시랄 수 있나, 내가 따라가야지."
하고 곽능통이의 아내가 뒤쫓아 내려왔다.

"갈 테면 사람 없는 데로 해 갑시다."

"아무러나."

백손 어머니가 곽능통이의 아내와 같이 대왕당 뒤를 돌아서 매로바위께로 오면서 바라보니 천왕동이는 바위에서 내려오는 중이었다.

"저애가 벌써 내려오네."

"황서방께서 의관을 벗고 올라가셨구먼. 보지도 않고 용하게 아셨네."

"진작 올걸."

백손 어머니가 공연히 맥이 풀리는 듯 바삐 걷던 걸음까지 저절로 늦춰져서 천천히 걸어오는 동안에 천왕동이는 땅에 내려서서 손과 몸에 묻은 이끼를 떨고 의관을 다시 차리었다.

"누님, 어째 오시우?"

"나도 바위에 올라갈라고."

"누님은 못 올라가시우. 보기엔 우스워두 꽤 힘듭디다."

"너 올라가는데 내가 왜 못 올라가?"

"옛날 말씀이오."

"지금 나이 좀 많기로서니 설마 아주 그럴라고."

"나두 전과 다른데 누님이야 더 말할 것 있소?"

"어디 내 좀 올라가보마."

"당치 않은 말씀 말구 고만두시우."

천왕동이 말끝에 곽능통이의 아내가

"망령이지, 어디를 올라간다고 그러시오."

말하며 손목을 잡아끌고 서림이와 길막봉이와 또 김억석이까지 모두 나서 말리어서 백손 어머니는 바위를 올라가지 못하였다. 백손 어머니가 눈 뜨고 꿈을 꾸며 동생을 쫓아왔으나, 꿈도 이미 오는 길에 깨졌고 동생도 벌써 바위에서 내려온 때 혼자 따로 올라가기도 점적한˚ 생각이 나서 여러 사람이 말리는 데 못 이기는 체하고 고만두었다.

"고만 자리루들 가십시다."

서림이가 말하고 여러 사람의 앞을 서서 그네터 뒤를 지나 자리로 올라오는데 의관한 사내 하나가 자리 앞에 서서 남아 있는 안식구들에게 무슨 말을 묻는 모양이라, 서림이는 김천만이가 와서 자기네 간 곳을 묻는 줄로 생각하고

"인제 왔나?"

하고 소리를 치니 그 사내가 한번 돌아보며 곧 빠른 걸음으로 건너편 길로 가다가 비탈 아래로 내려가서 뭇사람들 틈으로 들어갔다. 서림이뿐 아니라 다른 사람들까지 괴상하다 생각하며 자리에 왔을 때 백손 어머니가 먼저

"지금 여기 와 섰던 놈이 웬 놈인가?"

하고 물으니 자리에 일어섰는 안식구 중에 배돌석이의 아내가 앞으로 나서서 대답하였다.

"글쎄, 모르겠세요. 나이 한 이십 남짓한 젊은 사람인데요, 처음에 와서 청석골 임장사가 여기 왔다더니 어디 갔느냐고 묻습디다. 그런 사람 없다고 대답하니까 우리들의 얼굴을 뚫어지도록 들여다보면서 잼처 청석골서 오지 않았느냐고 묻습디다. 그래 마전서 왔다고 대답했지요. 또 무슨 말을 물으려고 하다가 여러분이 오시는 걸 보더니 온다간다 말도 없이 저 건너로 가버렸세요."

배돌석이의 아내가 말을 다 한 뒤에 황천왕동이의 아내는 자기 남편에게로 가까이 와서 나직한 말로

"염려스러운 사람은 아닐까요?"

하고 물었다.

"글쎄, 좀 수상스러우나 별 염려 없겠지."

- 점적하다 부끄럽다.
- 요요(了了)하다 뚜렷하고 분명하다.

황천왕동이가 아내의 말에 대답하며 의견을 묻는 눈치로 서림이를 바라보니 서림이는 남들이 들어도 좋으라고

"청석골에 임가 성 가진 유명한 장사가 있는 것은 세상에서 다 아니까 길서방을 그 장사루 잘못 알구 그것을 말거리삼아서 안식구들에게 말을 좀 해보려구 한 것 같소. 말하자면 왈짜겠지. 그렇기에 우리가 오니까 내뺐지요."

하고 요요하게˚ 말하였다.

김천만이가 늦게야 찾아왔는데 옳게 차린 음식 한 목판을 일꾼에게 지워가지고 와서 안식구들을 대접하고 사내들은 따로 술 먹을 데가 있으니 같이 가자고 청하였다. 서림이는 김천만이가 오

면 술대접을 받으려니 장대고 기다리던 터요, 황천왕동이와 길막봉이도 술 먹으러 가자고 청하는 것을 배각할˙사람들이 아니라 세 사람이 다같이 김천만이를 따라가려고 일어설 때 황천왕동이의 아내가

"나 좀 보시오."

남편을 불러가지고

"아까 그런 사람이 또 혹시 오더래도 우리 여편네끼리만 있으면 말대꾸하기가 거북하니 당신은 가시지 않는 게 좋겠소."

말하는 것을 황천왕동이는 갈 욕심이 있어서

"어째 그렇게 염려가 많아. 그러다가는 머리 시겠네."

씨까스르고 백손 어머니는 여편네의 기세를 올리려고

"우리 여편네는 사람 아닌가. 못생긴 소리 하지 말게."

핀잔을 주었다. 황천왕동이의 아내가 말은 다시 더 하지 아니하나 눈치는 더 할 말이 있는 듯하였다.

사내 세 사람이 김천만이를 따라서 송악산 중턱을 더 지나 내려왔다. 술 먹을 자리를 시냇가에 잡아놓았는데, 뒤에 수목이 울창해서 산에 오르내리는 사람이 보이지 아니하였다. 술 많고 안주 좋고 술 권할 계집까지 둘이 있었다. 김천만이가 계집들을 가리키며

"다른 볼일두 있었지만 저런 미인들을 청해 오느라구 더 늦었습니다. 여기는 지금 기생이 씨가 졌으니까 더 말할 것두 없지만 설혹이 있드래두 저런 미인이 어디 있습니까. 저 기생들은 서울

서 굿구경 온 것을 반계곡경˚으루 길을 뚫어서 청해 왔습니다. 저 미인들이 큰 대접입니다. 그런 줄이나 아십시오."
하고 말한 뒤 곧 다시 이어서

"배서방이 마저 오셨드면 좋을 걸 빠져서 섭섭하지만 언제 오실지두 모르구 기다릴 수 없으니까 나중에 사람이나 한번 올려보내볼 작정하구 우선 우리 넷이 어젯밤 승부를 끝내봅시다."
하고 말하였다. 맑은 물 푸른 숲 사이에서 기생들의 권주가를 들으면서 한잔 한잔 또 한잔, 잔들을 기울였다.

사내 세 사람이 산 아래로 내려가고 안식구들만 남은 뒤 한동안 지났을 때, 갓을 삐딱하게 모로 쓰고 웃옷 소매를 거드쳐서 어깨에 붙인 어뜩비뜩한˚ 젊은 사람 대여섯이 패를 지어가지고 멍석자리 앞을 지나서 건너편으로 가더니 얼마 아니 있다가 그 패가 되돌아오는데 사람 수가 늘어서 여남은이나 되었다. 먼저 와서 말 물어보던 젊은 사람도 그중에 끼어 있는 것을 말 대답한 배돌석이의 아내가 선뜻 알아보았다. 그 패가 멍석자리 앞에 와서 우뚝우뚝 서더니 말 한마디 않고 바로 신발들 신은 채 멍석 위에 올라와 앉았다. 백손 어머니가 두 눈썹을 거스르고

"남의 자리에 왜들 와 앉소?"
하고 나무라니 그 패의 한 사람이

"이게 멍석자리지 ㅣ나무자리야?"

- 배각(排却)하다 밀어내거나 거절하여 물리치다.
- 반계곡경(盤溪曲徑) 서려 있는 계곡과 구불구불한 길이라는 뜻으로, 일을 순리대로 하지 않고 옳지 않은 방법을 써서 억지로 함을 이르는 말.
- 어뜩비뜩하다 행동이 바르거나 단정하지 못하다.

엇조로 게다가 반말지거리로 대답하였다. 백손 어머니가 자리를 걷어차고 일어서서
 "되지 않은 것들 다 보겠다. 빨리들 일어나 가거라!"
통통히 꾸짖자 그 패가 일시에 쫙 일어나서
 "이년, 뉘게다 놈을 붙이느냐?"
 "네년은 눈깔두 없느냐?"
 "이년, 양반을 몰라보구 괘씸한 년."
 "이년, 죽일 년 같으니."
이런 욕설을 중구난방으로 지껄이며 백손 어머니게로 대들었다. 백손 어머니가 이놈 치고 저놈 치고 죽을힘을 다 들여서 여러 놈과 싸웠다. 백손 어머니의 마음은 열 사내 백 사내를 우습게 여기지만, 힘은 한두 사내도 당하기 어려운데 그래도 바락바락 덤비다가 어떤 자의 발길에 배를 걷어채어서 자리에 고꾸라졌다. 다른 안식구들도 다 가만히 있지 않고 혹 돌멩이로 때리고 혹 짚신짝으로 두들기고 혹 물고 꼬집어뜯었으나 한껏해야 백손 어머니의 조력꾼들이라 백손 어머니가 한번 고꾸라지고 다시 꼼짝 갱기˚를 못하니 모두 백손 어머니 옆에 와서 매어달렸다. 그자들이 다른 여편네들은 다 놓아두고 황천왕동이의 아내만 잡아 일으켜 세우며 곧 힘꼴 든든한 자들이 양쪽 겨드랑 밑을 바짝 치켜들어서 오둠지진상˚을 하고 다른 자들이 전후에 옹위하고 산 아래로 몰려내려갔다. 이것을 본 여러 구경꾼들 중에는 눈살을 찌푸리고 혀를 쩟쩟 차는 사람도 많고

"저런 죽일 놈들 봤나."

"저놈들이 벼락맞아 죽지 않나."

이렇게 욕하는 사람도 적지 않았으나 붙들려가는 여편네를 구해주는 사람은 하나도 없었다.

 그 왈짜패가 청석골 안식구를 칠 때에 여편네들이라고 사렴도 두었겠지만, 그보다 치고 달코 하는 것이 엄포에 불과한 까닭으로 손찌검들을 몹시 하지 아니하여 다친 사람은 백손 어머니와 서림이의 아내 둘뿐인데 백손 어머니는 얻어맞아서 뺨이 부어오를 뿐 아니라 걷어채어서 뱃살이 꼿꼿하여 한동안 쩔쩔매었고, 서림이의 아내는 신짝을 들고 얼쩡대다가 어떤 자에게 떠다박질려서 나자빠지는 바람에 허리를 삐었다. 그외의 다른 사람들은 혹 머리가 흐트러지고 혹 옷이 찢기어서 꼴들이 사나울 뿐이지 별로 다친 데는 없었다. 백손 어머니가 올케의 잡혀가는 것을 보고 쫓아가려고 일어서다가 못 일어서고 배를 움켜쥐고 앉아서 김억석이를 불러오란 말인지 쫓아보내란 말인지

● 갱기(更起) 다시 일어남.
● 오둠지진상 상투나 멱살을 잡고 번쩍 들어 올리는 짓.

"억석이, 억석이!"

하고 이름만 불렀다. 배돌석이의 아내가 대왕당에를 뛰어가서 그 아버지를 보고 대강 이야기한 뒤 곧 쫓아가보라고 말하니

"나는 바빠서 갈 수두 없지만 가드래두 나 혼자 가선 아무 소용 없다. 그자들 가는 데나 알구 오라구 네 동생이나 보내보자."

김억석이가 아들아이를 불러다가 말을 일러서 왈짜패를 뒤쫓아

보내고 백손 어머니를 와서 보려고 딸과 같이 오면서

"네 동생 녀석이 너를 굿구경시키려구 애를 부등부등 쓰기에 동기간 우애가 기특해서 너더러 오라구 하구 이왕이면 네 낯을 좀 내주려구 같이들 오라구 했더니 내가 생각이 부족해서 당초에 안 할 일을 공연히 했다. 처음부터 이것저것 속상한 것두 기가 막히는데 종말엔 이런 의외 일까지 생겨서 뒤가 조용치 못할 모양이니 어쩐단 말이냐? 후회막급이다."

하고 연해 쓴 입맛을 다시었다. 김억석이가 백손 어머니 앞에 와서 미처 위로 인사도 하기 전에

"빨리 쫓아가지 왜 이리 왔소?"

백손 어머니가 책망하여

"제 자식놈을 쫓아보냈습니다."

하고 발명하였다.

"그까짓 아이를 보내서 무어해?"

"저는 가면 무어합니까. 그놈들 십여명을 저 혼자 당할 수 있습니까."

"내 동생을 얼른 찾아가서 말 좀 하오."

"이 여러 인총˚ 중에 어디 가 찾습니까? 만일 장안으루들 내려가셨으면 더구나 찾을 수 없습니다."

"그럼 어떻게 해야 좋소?"

"제 생각엔 아무 별 도리 없는걸요."

"그럼 그 사람은 죽는 사람이야."

"잡놈들이 욕만 보이지 죽이진 않습니다."

"욕보면 죽는 게지."

"보입기에 대단 괴로우신 모양이니 당집 아래채 마루방을 치워드릴게 가서 좀 누워 기시지요. 그러구 여러분두 다 그리 가십시다."

백손 어머니가 싫다고 고개 외치는 것을 다른 식구들이 우겨서 마침내 백손 어머니는 배돌석이 아내와 곽능통이 아내의 좌우 부축을 받고 서림이 아내는 길막봉이 아내의 어깨를 의지하고 다같이 김억석이를 따라서 대왕당으로 내려갔다.

그 왈짜패가 험한 산길에 발버둥이치는 여자를 억지로 끌고 가느라고 빨리 가지 못하여 김억석이 아들이 곧 뒤를 쫓아오게 되었다. 그자들이 송악산의 수풀 속 시냇가 으슥한 곳을 다 버리고 멀찍이 부산동扶山洞까지 와서 어느 산모퉁이 구석진 곳으로 들어갔다. 산모퉁이를 돌아 얼마 아니 들어가서 나지막한 언덕 아래 편편한 잔디밭이 있는데 아늑하기가 방안과 같았다. 미리 자리를 잡아놓은 듯 잔디밭에 기적이 서너 닢 깔려 있었다. 김억석이 아들이 아이들 마음에 그자들 하는 짓을 보고 가려고 산모퉁이에 선 큰 소나무 뒤에 와서 은신하고 바라보았다. 아무리 약한 여편네라도 죽기 한정 날뛰는 것이란 무서워서 여러 사내의 힘으로 좀처럼 주저앉히지 못하였다. 죽이라고 악쓰며 날뛰는 황천왕동이의 아내를 중간에 넣고 왈짜들이 둘러서서

● 인총(人叢) 한곳에 많이 모인 사람의 무리.

"아무리 악을 써두 소용없다."

"목청 떨어질라."

"날뛰지 말구 가만있거라."

"지랄발광 네굽질 다 해봐라."

이런 말을 제가끔 지껄이는 중에 어떤 자가 저와 마주 선 얼굴 곱살스러운 자를 가리키며

"저 양반이 이아˙의 아자제˙시다. 이아 아자제께 수청을 들면 네게는 큰 호강이다."

말하고 나서

"이아 아자제란 말을 너 알겠니? 지금 송도도사 나리 자제란 말이야."

말하는데 황천왕동이의 아내가 기진맥진하여 악도 못 쓰고 가만히 있는 것을 도사 나리 자제의 위풍이 떨친 줄로 알았던지 얼굴 곱살스러운 자가 앞으로 나와서 허리를 끼어안으려고 하였다. 황천왕동이의 아내가 그자의 뺨을 찰싹 치면서

"이놈아, 날 죽여라!"

전보다도 더 모질게 악을 썼다.

"죽일 년 같으니, 양반의 뺨을 치구."

"죽여달라구 지다위하는 년 죽여버리지."

그자들이 곧 죽일 것같이 서두르는 것을 보고 김억석이 아들이 비로소 가서 일을 생각하고 줄달음을 쳐서 오는데 송악산 밑에 다 왔을 때

"너 어디 갔다오느냐?"

하고 붙드는 사람이 있었다.

배돌석이가 편쌈터를 찾아갔더니 편쌈판이 한참 어울려드는 모양이나 큰 편쌈판에서 전고에 없는 편쌈꾼으로 유명하던 배돌석이 눈에는 편쌈이라고 아이들 장난 쉽직하여 구경할 흥치가 없었다. 그리하여 도로 산 위로 올라가려고 오는 길에 처남아이가 정신없이 달음박질하여 오는 것을 보고 어디 갔다오느냐고 붙들고 물었다.

김억석이 아들이 가쁜 숨을 돌린 뒤에 전후 사단을 얼추 다 이야기하였다. 배돌석이가 듣고 나서

"산 위로 갈 것 없이 나하구 같이 부산동으루 가자."

말하여 처남아이를 앞세우고 오는 길에 팔매질하기에 알맞은 조약돌을 주워서 소매에도 넣고 손에도 들었다. 김억석이 아들이 소나무 선 산모퉁이를 가까이 왔을 때 뒤에 오는 자형을 돌아보며

● 이아(貳衙)
감영이 있는 곳의 군아.
● 아자제(衙子弟)
아버지를 따라 지방 관아에 묵고 있는 수령의 자제.

"인제 다 왔세요. 요기만 돌아서면 고만인데 어떻게 하실 텝니까? 저 소나무에 가 붙어서서 엿보실랍니까? 그동안에 그놈들이 사람을 죽여놓구 내빼지나 않았는지 모르겠습니다."

하고 말하니 배돌석이는

"가만히 있거라."

대답하고 나서 소매 속에 든 조약돌을 따로 꺼내놓고 소매 달린

거추장스러운 웃옷은 벗어서

"이 옷은 저기 어디 풀섶에 갖다 놔두구 돌멩이는 네가 적삼 앞에 싸들구 내 뒤를 따라오너라."
하고 처남아이에게 맡기었다.

배돌석이가 조약돌을 바른손에 한 개, 왼손에 댓 개 골라서 쥐고 소나무 선 곳에 와서 구석진 안침을 들여다보니 한 놈이 방장 황천왕동이 아내를 겁탈하려고 서두르는데 네 놈은 조력을 들고 대여섯 놈은 대가리들을 한데 모으고 낄낄거리고 있었다. 배돌석이의 바른손이 번쩍 들리며 겁탈하려는 놈의 뒤통수에 돌이 들어가 맞았다. 그놈이 한손으로 뒤통수를 만지며 뒤를 돌아보자, 잼처 쏜살같이 들어가는 돌이 양미간을 때려서 그놈은 그 자리에 고꾸라졌다. 황천왕동이 아내의 사지를 각각 잡고 있던 네 놈이 일시에 우 일어서는데 여기서 딱, 저기서 딱, 두 놈은 앞이마들이 깨지고 한 놈은 망건 뒤가 끊어졌다. 배돌석이가 처남아이에게 손을 내밀어서 적삼 앞에 싸든 돌을 집을 때에 예닐곱 놈이 소리들을 지르며 쫓아나왔다. 김억석이 아들은 겁이 나서 들고뛰고 배돌석이는 일변 뒤로 피해 나오며 일변 돌팔매를 쳤다. 팔매질 댓 번에 번번이 한 놈씩 맞았건만, 그중에 설맞은 놈이 있어서 쫓아오는 놈은 너댓이나 남고 손에 돌은 하나도 없어서 배돌석이가 장달음을 놓아 처남아이를 쫓아왔다. 돌을 달라고 손을 내미니 처남아이가 적삼 앞을 내려다보며 고개를 가로 흔들었다. 적삼 앞섶을 붙잡았던 손이 뛰어오는 중에 제풀로 놓여서 돌을 떨어뜨려도 몰랐던 것이다. 길에 돌이 많더라도 박힌 것을 빼내거나 더욱이 손에 알맞은 것을 고르자면 동안이 걸려서 쫓아오는 놈에게 잡히기가 쉬운데 우거진 풀속 외자국길에 돌이 눈에 띄지 아니하여 쫓아오는 놈들과 맨주먹으로 싸우는 수밖에 없었다. 돌이 열 개 있으면 열 사람을 대적할 수 있고 돌이 백 개 있으면 백 사람을 대적할 수 있지만, 돌 없이 맨주먹으로 대적하기는 너댓 사람도 힘에 벅차서 배돌석이가 도망질을 치려 들었다. 그동안 쫓아오는 놈들이 벌써 가까이 다가와서

"이놈, 어디루 내빼느냐!"

"이놈, 게 있거라!"

소리들이 곧 등뒤에서 들릴 즈음에 배돌석이는 별안간에 돌쳐서서   ● 방장(方將) 방금. 곧 장차.

"이놈들, 돌 받아라!"

소리를 크게 지르며 빈손으로 팔매질치는 시늉을 내었다. 그놈들이 벌써 돌팔매가 무서운 줄을 알아서 납작납작 풀속에 엎드렸다. 배돌석이와 김억석이의 아들이 이 틈을 타서 도망질을 하여 부산동서 송악산으로 올라가는 원길까지 나왔다. 배돌석이가 길바닥에서 조약돌을 여러 개 주워 쥐고 한참을 기다려보았으나 뒤쫓던 놈들이 그림자도 보이지 아니하여 되짚어 쫓아오려고 생각하였다. 처남아이더러

"너는 빨리 산 위에 올라가서 너의 아버지더러 안식구 하나를 데리구 내려오라구 말해라"

하고 일러서 산 위로 올려보내고 배돌석이 혼자 차츰차츰 다시 오면서 앞을 바라보니 너댓 놈이 헛팔매에 속은 자리에서 멀지 아니한 곳에 모여 서서 무슨 공론들을 하는 모양이었다.

"어따, 인제 돌 받아라!"

배돌석이가 소리지르고 쫓아들어가며 팔매질을 다시 시작하였다. 한 놈은 그 자리에 엎드러지고 한 놈은 몇걸음을 달아나다가 쓰러지고 두 놈은 꿩의 병아리같이 기어서 풀속으로 들어갔다. 황천왕동이 아내가 어찌 된지 궁금하여 배돌석이가 앞으로 더 들어오는 중에 풀속에 가뭇없이 숨었던 두 놈이 눈결에 뛰어나와서 바짝 가까이 대들었다. 배돌석이는 손에 남은 돌을 내던지고 주먹다짐과 발길질로 두 놈과 마주 싸웠다.

김천만이가 배돌석이의 오고 안 온 것을 알아보려고 먼저 음식목판 지워가지고 갔던 일꾼을 산 위에 올려보냈더니 그 일꾼이 내려와서

"자리에는 아무두 없구 옆에 사람들에게 물어보니까 아낙네 한 분이 건달패에게 붙들려 갔다고 합디다."

하고 말하여 청석골 사내 세 사람이 모두 술자리를 마치지 못하고 급히 산 위로 올라오는데, 세 사람 중에 황천왕동이는 원래 빠른 걸음을 더욱 빨리 걸어서 한달음에 올라왔다. 대왕당에 와서 김억석이를 부르니 마루방에서 배돌석이 아내가 뛰어나왔다. 자기 아내가 건달놈들에게 붙들려 가지 않았나 의심먹고 온 것이 틀림없는 사실임을 알고는 가슴이 내려앉으며 눈앞이 캄캄하였

다. 자기 누님이 어린아이처럼 엉엉 우는 것을 보고도 울지 말란 말 한마디 못하고 그대로 돌아설 때, 배돌석이 아내가

"제 동생이 그놈들 간 곳을 알고 올 테니 여기서 좀 기다리시지요."

말하는 것을 고개 외치는 것으로 대답하고 바로 나와서 층층대를 몇 층 내려오다 말고 되올라가서 김억석이를 찾아보았다.

"환도 좀 주게."

"환도는 드리기 어렵지 않지만 환도를 가지구 가시는 게······."

"못 주겠단 말인가?"

"드리긴 드리겠습니다."

김억석이가 굿당 안에 들어가서 환도를 가지고 나왔다.

"혼뜨검들만 시키지, 아예 인명은 상하지 맙시오."

"잘 알았네. 이리 내게."

김억석이 손에서 환도를 뺏듯이 받아서 손에 든 채 돌쳐서는데 김억석이가 소매를 붙들었다.

"왜 붙드나?"

"여러 사람들 보는데 손에 들구 가시는 게 부질없습니다. 철릭 속으루 허리끈에 지르십시오."

하고 철릭자락을 쳐들어주기까지 하였다. 환도를 몸에 지닌 뒤에 조금도 지체 않고 나는 듯이 내려오다가 길막봉이와 서림이를 오며가며 만났다. 길막봉이가 먼저

"어덴 가우?"

하고 물었다.

"여편네 찾으러 가."

"여편네를 찾으러 가다니?"

"내가 여편네를 잃었어."

서림이가 그다음에

"어디루 간 것을 아셨소?"

하고 물었다.

"모루."

"간 곳을 모르구 어떻게 찾을 작정이오?"

"억석이 자식이 뒤를 밟아 갔다니까 가다가 만나면 데리구 가겠소."

"그럼 우리 셋이 같이 갑시다."

"뒤에 천천히들 오우. 나 먼저 가우."

두 사람이 같이 가자고 붙들어서 더 지체시킬까 저어하여 일변 말을 하며 일변 걸음을 떼어놓았다. 빨리 걸으면서도 김억석이 아들이 어디서 나올까 연방 살펴보았으나 만나보지 못하고 산 밑에까지 다 내려왔다. 어디로 갈까 잠깐 망설이다가 입속의 침을 돌려서 왼손바닥에 뱉어놓고 바른손 지가락*으로 한번 톡 쳐서 침이 많이 튀는 방향을 잡았다. 으슥한 곳과 후미진 곳을 유심히 보살피면서 구융바위 동네 근처까지 내려갔다가 송악산 속에 숨어 있는 것을 못 찾고 지나 내려온 듯 생각이 나서 다시 되쳐 산을 향하고 올라오는 중에, 길막봉이와 서림이가 김억석이 아들을

만나서 데리고 산 밑으로 내려오는 것을 멀리서 바라보고 달음질로 쫓아왔다. 서림이가 앞으로 나서서

"어디루 가신지 몰라서 한시름이 되드니 잘 만났소."
말한 뒤에 와서 귀에 입을 대고

"저애가 그놈들 가는 데까지 가보구 오다가 천우신조루 배두령을 만나서 같이 갔다는구려. 배두령 돌팔매에 여러 명이 다 꺼꾸러지구 너덧 놈 남았는데 돌이 없어져서 쫓겨나오다가 배두령은 돌을 주워가지구 도루 가시구 저애는 산 위에 말하러 가는 것을 우리가 바루 요 위에서 만나서 길라잡이루 데리구 오는 길이오. 배두령이 일찍 가신 까닭에 아주머니가 욕은 당하지 않았다니 불행중 다행이오."

● 지가락 집게손가락.

김억석이 아들의 소전小傳을 대강 이야기하였다. 황천왕동이는 비로소 적이 안심이 되어서 숨을 한번 길게 내쉬었다.

"내가 저애를 데리구 한 걸음 앞서가보겠소."
서림이더러 말하는 것을 김억석이 아들이 듣고

"달음박질을 어떻게 했든지 인제는 다리가 아파서 달음박질할 수 없세요."
하고 말하여 황천왕동이도 먼저 갈 생각을 고만두고 두 사람과 같이 김억석이 아들을 앞세우고 부산동으로 넘어왔다.

배돌석이의 돌팔매를 맞은 왈짜들이 모조리 죄다 면상을 맞아서 혹은 이마가 깨지고 혹은 볼이 터지고 혹은 입술이 짜개진 위에 앞니까지 부러지고 처음에 뒤로 설맞아서 망건 뒤만 끊어진

자도 나중에 앞으로 쫓아나가다가 삭은코˚를 맞아서 코피로 옷을 물들이었다. 그러나 얼마 동안 지난 뒤에는 고꾸라지고 엎드러진 자들이 거진 다 정신을 수습하고 일어나서 상처들을 서로 보아주고 만져주고 하였다. 그중에 영수 격인 도사의 아들만은 뒤통수에 한번, 양미간에 두 번 되게 맞고 고꾸라질 때 까물친 채 이내 피어나지 아니하여 여럿이 모두 와서 구원들 하였다. 반듯이 눕혀놓고 띠 옷끈 다 풀고, 버선 행전 다 벗기고 중간에서 가슴을 문지른다, 갈빗대를 문지른다, 옆에서 손바닥을 비빈다, 발바닥을 비빈다, 한동안 좋이 애들을 쓴 뒤에 도사의 아들이 겨우 사람을 알아보게 되었다. 인제는 빨리 부중으로 내려가자고 공론들 하였으나 이아 아자제가 걸어갈 가망이 도저히 없으므로 준비를 차리러 한 사람이 먼저 부중에 내려가기로 작정하였다.

　황천왕동이의 아내는 여러 왈짜가 억지로 자빠뜨리고 사지를 지지누를 때 어진혼이 다 나가서 수족을 마음대로 놀리게 된 뒤에도 한동안 자빠진 채 꼼짝 아니하다가 어떻게 정신이 돌아서 일어나려고 움직이는 것을, 먼저 기신을 차린 왈짜 하나가 발길로 몇번 차서 못 일어나게 하고 그 뒤에는 여럿이 이놈 와서 걷어차고 저놈 와서 걷어차서 이리저리 굴리고 그리고 또 위아랫도리를 함부로 짓밟았다. 그자들 하는 짓이 보기 좋은 꽃을 꺾어서 내던지고 그것도 부족하여 짓밟아 망가지르는 것과 같았다. 이런 몹쓸 짓을 돌팔매 맞은 분풀이로 한 자도 있었을 것이고, 또 남이 하니 덩달아 한 자도 있었을 것이나 대개 속에 불같은 욕심이 있는데 경황없어 욕심을 풀지 못하고 배짱 없어 욕심을 채우지 못하여 못 먹는 감 찔러보는 심사로 한 자들이 많았을 것이다.

먼저 부중으로 내려가려고 나가던 자가 즉시 도로 뛰어들어오며

"팔매질하던 놈 저기 잡혔으니 어서들 나오게."

하고 소리를 쳐서 운신을 못하는 도사의 아들 외에는 모두 다 뛰어나갔다.

배돌석이가 왈짜 두 놈과 싸워서 한 놈은 다시 대들지 못하도록 꺼꾸러뜨리고 한 놈을 마저 해내려고 힘을 갖은것 다 쓰는 중에, 예닐곱이 전후좌우로 에워싸고 달려드는데 돌팔매 원수에 눈들이 발갛게 뒤집혀서 작은 환도만 한 큰 장도로 찔러 죽이려고 덤비는 놈까지 있었다. 배돌석이 ● 삭은코 코를 몹시 다쳐서 골병이 들어 조금만 다쳐도 코피가 잘 나는 코.

는 당차고 다부진 사람이지만 형세가 도망 못하면 죽을 판이라 그중 만만하여 보이는 놈을 발길로 동가슴을 내질러 자빠뜨리고 에워싼 속에서 뛰어나올 즈음에 어떤 놈이 눈결에 발을 걸고 덜미를 짚어서 자빠뜨린 놈 옆에 와서 엎드러졌다. 배돌석이가 목숨이 위태하게 되었을 때

"이놈들!"

난데없는 큰 소리가 들리더니 황천왕동이가 큰 환도를 빼어들고 비호같이 달려와서 닥치는 대로 내리쩍었다. 서너 놈은 칼 맞고 꺼꾸러지고 네댓 놈은 칼 무서워 들고뛰었다. 배돌석이가 일어나는 것을 황천왕동이가 와서 거들어주었다.

"다친 데 없소?"

"나는 괜찮으니 아주머니나 어서 가보게."

"어디 있소?"

"저 안에."

배돌석이가 산모퉁이 안을 가리켰다.

황천왕동이가 아내를 와서 보니 참혹한 꼴이 차마 눈으로 볼 수가 없었다. 다 죽은 사람인데 이따금 코로 나오는 안간힘 쓰는 소리가 죽지 않고 살아 있는 표이었다.

"나 여기 왔어."

"눈 좀 떠보오."

황천왕동이가 아내의 몸을 만지기도 하고 흔들기도 하다가 나중에는 흐르는 눈물을 씻어가며 들여다보고만 있는 중에, 김억석이 아들이 앞서 들어오고 그 뒤에 서림이와 길막봉이와 배돌석이가 다같이 들어왔다. 서림이가 약낭에서 사향소합원을 꺼내서 황천왕동이를 주며 씹어서 입속에 흘려넣으라고 하고 또 무엇을 한참 생각하다가 안옷고름에 찬 갓모를 끌러서 김억석이 아들을 주며 갓모로 물을 떠오라고 하여 찬물을 얼굴에 끼얹게 하였다. 얼마 만에 황천왕동이의 아내가 감았던 눈을 떠서 남편을 한참 보더니 웃는 듯 마는 듯 웃고 다시 얼마 만에 손으로 입을 가리켜서 찬물을 한 모금 받아마시고 남편의 손을 더듬어 만지면서 모기소리만 한 목소리로

"이게 저승이오?"

묻고 눈에 눈물이 핑 돌았다.

 아내가 완구히 정신을 돌린 뒤에 황천왕동이가 비로소 아내 옆을 떠나서 배돌석이를 와 보고 다시 새삼스럽게

 "겉이구 속이구 다친 데 없소?"

하고 물으니

 "더러 살 터진 데두 있구 멍든 데두 있지만 아무렇지두 않아."

배돌석이가 대답하고 나서 한옆에 죽은 듯이 누워 있는 도사의 아들을 가리키며

 "저놈이 아주머니를 겁탈하러 덤비던 놈일세."

하고 말하자 김억석이 아들이 말끝을 달아서

 "저 사람이 송도도사 나리의 아들이랍디다."

하고 말하였다. 황천왕동이가 칼집에 꽂아놓았던 환도를 다시 빼서 손에 들고 도사의 아들 옆에 와서 발끝으로 직신직신 건드렸다. 도사의 아들이 감고 있던 눈을 슬며시 뜨고 보더니 힘없이 두 손을 마주 붙여서 비는 뜻을 보이었다.

 "봐하니 버릇은 톡톡히 배운 모양인즉 만일 네가 부중 장사치의 자식이라면 그대루 용서해주겠다. 그렇지만 도사의 자식은 용서할 수 없다. 너같이 못된 놈이 이다음에 네 아비처럼 도사가 되거나 어디 원이 되거나 하면 백성에게 갖은 못된 짓을 다 할 테니 너 같은 놈은 진작 없애는 게 좋다."

 황천왕동이의 불호령이 끝난 뒤, 도사의 아들이

 "나는 도사 아들 아니오."

하고 거짓말하는데 말소리가 똑똑지 못하나마 알아들을 만하였다. 그 거짓말에 의심이 생긴 황천왕동이가 멀리 섰는 김억석이 아들을 가까이 오라고 불렀다.
 "이놈이 분명히 도사의 자식인 줄 너 아느냐?"
 "다른 사람이 이 사람을 도사 나리 자제라구 말하구 아주머니더러 수청을 들면 호강이라구까지 말합디다. 이 사람이 아주머니를 끼어안으려구 하다가 보기 좋게 뺨을 얻어맞았습니다. 아주머니께 물어보십시오. 내 말이 거짓말인가."
 황천왕동이가 다시 도사의 아들을 내려다보며
 "인제두 도사의 자식이 아니라구 할 테냐! 어디 또 말 좀 해봐라!"
하고 꾸짖으니 도사의 아들이 눈을 감고 부들부들 떨기만 하였다. 황천왕동이 손에 든 환도가 한번 번쩍하며 도사의 아들은 영구히 감은 눈을 다시 뜨지 못하게 되었다. 이동안에 서림이는 배돌석이, 길막봉이 두 사람과 같이 청석골로 나갈 일을 공론하였는데, 배돌석이는 사내 네 사람을 둘씩 두 패로 나누어서 한 패는 황두령의 아내를 번갈아 업어가며 먼저 나가고 또 한 패는 산 위에 올라가서 안식구들을 데리고 뒤쫓아 나가자고 말하였으나, 서림이가 말하기를 두 패로 나누는 것보다 한데 모여 가는 것이 좋을 뿐 아니라 산 위에서 북성문 밖으로 나가 달리골로 내려가면 길에서 군관을 만날 염려가 없어서 좋다고 다같이 산 위로 올라가자고 하고, 산 위로 올라가는 데는 길두령이 황두령의 아내를 업고 가는 게 좋겠다고 하여 길막봉이는 말할 것 없고 배돌석이도 자기 말을 고집하지 않고 서림이의 말대로 작정들 하였다. 황천왕동이는 나중에 세 사람이 작정한 것을 서림이가 말하여 듣고 바로 좋다고 찬동하였으나, 황천왕동이 아내가 남의 사내에게 업히려고 하지 아니하여 하릴없이 황천왕동이가 아내를 업고 길막봉이가 뒤에 붙어 가며 거들어주기로 하였다. 아내 업은 황천왕동이와 길막봉이가 앞서간 뒤 또 배돌석이는 잔디밭에 벗어놓은 왈짜들 갓을 하나 골라서 자기의 부서진 갓과 바꾸어 쓰고 나오다가 풀섶에 놓아둔 웃옷을 찾아 입어서 찢어진 적삼을 엄적하였다. 배돌석이가 의관을 차리는 동안 서림이와 김억석이 아들이 기다리어서 어른 아이 세 사람이 같이 오는데, 앞서간 사내 여편네 세 사람은 벌써 어디만큼 갔는지 송악산을 한참 올라오도록 눈에 보이지도 않더니 산중턱을 다 못 와서 위에 올라가는 것이 멀리 바라보이고 중턱을 지나온 뒤 얼마 만에는 뒤를 바짝 따라오게 되었다. 걸음 잘 걷기로 유명한 황천왕동이가 걸음을 못 걷고 허덕허덕하였다. 뒤떨어졌던 어른 아이 세 사람이 앞서 올라와서 대왕당 마루방에서 안식구들과 이야기를 일장 늘어지게 하고 난 뒤 사내 여편네 세 사람이 겨우 올라오는데 황천왕동이는 땀을 어떻게 흘렸던지 고의적삼이 물에 담가낸 것 같았다.

　백손 어머니와 기외의 다른 안식구들이 황천왕동이 아내를 보고 눈물을 흘리며 반기는 동안에 사내들은 마루방 밖에 모여 앉아서 걸이기지 못할 안식구 세 사람을 어떻게 데리고 가면 좋을까 공론들을 시작하였는데, 김억석이더러 사람을 몇만 얻어달래서 번갈아 업고 가는 수밖에 없다고 의논이 될 때에 아내를 업고 오는 데 진력이 난 황천왕동이가 승교바탕과 교군꾼을 얻어달래서 태워가지고 가자고 극력 주장하였다.

　무당과 박수들은 거지반 굿판에 내려가 있고 일 보는 사람들은 저녁밥들을 준비하느라고 한뎃솥 걸린 곳에 나가 있고 혹간 들어오는 사람이 있어도 볼일 보고 곧 도로 나가고 기외의 다른 사람은 당집 문안에 발을 들여놓지 아니하여 청석골 안팎식구가 대왕당을 차지하다시피 한 까닭에 공론들을 마음놓고 할 수가 있었던 것이다.

　황천왕동이의 승교바탕 주장을 길막봉이는 대번에 좋다고 찬동하고 배돌석이는 승교바탕을 한 채도 아니요, 세 채씩이나 김억석이 수로 얻지 못할 테니 부탁해야 쓸데없다고 우기다가 김천만이더러 부탁하거나 그렇지 않으면 황천왕동이 자기가 청석골 나가서 가져온다고 말하는데 그러면 될 수 있다고 굽히었으나 유독 서림이가 내처 고개를 외치면서

　"지금 천만이를 찾아서 부탁해야 천만이가 여기저기서 얻어서 장안에서 이 산 위루 올려보내자면 동안이 얼마나 오래 걸리며, 또 청석골을 나가신다니 나가시는 동안은 얼마 안 되겠지만 교군꾼들 들어오는 동안이 있지 않소. 그동안에 금도군관이 우리 뒤를 밟아서 여기를 들이치면 낭패가 아니오? 늦잡도리다가는 낭패 볼 테니 한 시각이라두 바삐 나갈 도리를 차립시다."

하고 이승˙하게 말하여 황천왕동이도 자기 주장을 더 고집하지 못하게 되었다. 이때 마침 김억석이 아들이 밖에서 들어와서 보은리 사는 사람이 밖에 왔다고 연통하여 황천왕동이가 반색하고 쫓아나가서 김천만이를 맞아들이었다.

"자네 지금 어디서 오나?"
하고 서림이가 먼저 말을 물었다.

"여러분 올라오신 뒤에 보낼 사람 보내구 치울 것 대강 치우구 여기를 쫓아올라왔드니 한 분두 안 기십디다. 그래서 공연히 이리저리 바장이다가 집으루 내려가는 중에 부산동서 살인이 났단 말을 듣구 여러분 일이 궁금해서 집에두 못 가구 도루 올라오는 길이오."

● 이승(理勝) 모두 이치에 맞음.

김천만이 말이 끝나자 곧 황천왕동이가 부산동서 일 저지른 것을 대충 이야기한 다음에 걸어가지 못할 안식구가 세 사람인 것을 말하고 승교바탕 세 채를 교군꾼 껴서 얻어달라고 부탁하였다.

"교군바탕은 세 채 아니라 여섯 채라두 얻어드릴 수가 있지만 나중에 발설이 나면 나는 송도서 못살게 되지 않소."

"송도서 못살게 되거든 청석골루 들어오지."

"가만히 기시우. 내가 집에 내려가서 어떻게 잘 해보리다. 그러구 나는 다시 안 올 테니 그리 아시우."

"교군꾼만 보내면 우리를 찾아올 수가 있을까?"

"이 대왕당 앞마당에 교군바탕 세 채가 와 놓이거든 어디서 왔느냐 누가 보냈느냐 묻지두 말구 그대루 태워가지구 가시구려."

　김천만이가 총총히 돌아서 나갈 때 서림이가 뒤를 따라나오며 늦어서는 소용없으니 그저 아무쪼록 속히 보내달라고 신신당부 하였다.

　이때 해가 거의 다 져서 매로바위에는 아직 햇발이 남아 있으나 층층대 아래 굿판에는 벌써 땅거미 다 되었다. 그네 뛸 사람도 훨씬 줄고 굿구경하던 사람도 많이 빠졌다. 굿은 점심 전 세 거리 점심 후 일곱 거리, 모두 열 거리를 마치고 앞으로 두 거리가 남은 것을 저녁들 먹고 마저 하기로 되어서 상궁이 굿판에서 대왕당으로 올라오는데 당집 안에 잡인을 금하였다. 청석골 사내들은 김억석이의 말을 좇아서 안식구들만 마루방에 남겨두고 밖으로 나와서 매로바위 밑에 와 모여 앉았다. 길막봉이는 여느 때와 다름없이 태평이고 황천왕동이와 배돌석이도 별로 염려하는 빛이 없는데, 서림이만 혼자 조바심을 하였다.

　"천만이가 산 밑에 다 내려갔겠지?"

　조금 있다가

　"천만이가 제 집에 갔을까?"

또 조금 있다가

　"교군꾼이 지금쯤 여기 올라왔으면 좋겠다."

하고 연해 혼잣말을 지껄이었다.

　배돌석이와 황천왕동이 두 사람에게 참혹하게 봉패한 왈짜들은 관덕정觀德亭 한량패인데 총수효 열두 사람 중에서 칼에 죽은 사람이 하나요, 칼에 중상을 받은 사람이 셋이요, 돌팔매에 면상만 상한 사람이 여섯이요, 칼도 안 맞고 돌팔매도 안 맞은 사람은 둘이나 하나는 아랫배를 발길에 걷어채어서 거의 다 죽게 되고 오직 하나만 별로 상한 데 없이 성하였다. 죽은 사람은 도사의 아들이요, 성한 사람은 도사의 문객이요, 그 나머지 한량들은 도사에게 활을 배운 사람이니 말하자면 도사의 제자들이었다.

임꺽정이가 청석골에 웅거하고 있는 까닭에 지난해 삼월에 나라에서 송도도사를 특별히 호반으로 보내게 되었었는데, 호반 도사가 송도에 내려온 뒤 사정射亭에 드는 부비浮費를 자기 녹미로 쓰고 활 쏠 줄 모르는 사람을 자기 손으로 가르쳐서 관덕정 한량들을 길러놓았었다. 이날 도사의 아들이 자기 집 문객 한 사람과 동무 한량 중에 나이 젊은 장난꾼 열 사람을 데리고 굿구경을 나왔는데, 굿구경보다 계집 구경에 반하여 예쁜 계집만 듣보고 다니다가 큰 벌집을 모르고 건드려서 아까운 목숨을 맹랑하게 버리게 된 것이었다.

상한 데 없는 문객과 상처 중하지 않은 한량들은 도사의 아들이 죽어자빠진 곳을 다시 가서 보고 즉시 육가각리六架閣里 이아에 뛰어와서 도사를 보고 참혹한 변이 생긴 것을 고하는데, 변이 생기게 된 시초만은 젊은 계집 하나를 두 패가 서로 뺏으려고 하였다고 모호하게 말한 뒤에 변을 당한 것은 대강 다 사실대로 말하고 끝으로 그 패가 흉기들을 몸에 지니고 다니는 것이 필시 적당이라고 붙이어 말하였다.

　도사가 눈물도 안 내고 말도 안 하고 한참 동안 넋잃은 사람같이 앉았더니 별안간에

　"원수를 갚아줘야지."

듣는 사람이 초풍할 만큼 소리를 크게 지르고 벌떡 일어났다. 도사가 통인 하나만 데리고 걸어서 유수아문으로 간 뒤 얼마 만에 원문轅門 안에서 불시에 긴대답 청령소리가 야단스럽게 나며 곧 군관청軍官廳의 군속들이 근두박질 뛰어들어가고 서리청書吏廳의 이속들이 썰썰 기어들어갔다. 한동안 지난 뒤에 금도군관 서넛이 십여명 군졸을 거느리고 송악산으로 살인범인을 잡으러 나가는데, 그 뒤에는 관덕정 한량과 이아 사령이 십여명 따라나갔고 다시 한동안 지난 뒤에 유수가 도사와 비장과 검률, 형리, 사령, 기타 검시장에 청령할 관속과 도사의 문객, 부상한 한량, 기타 검시장에 등대할 사람들을 거느리고 부산동으로 친히 검시하러 나갔다.

　부산동에 살인이 난 것을 부중 안에서는 빨리 안 사람이 금도군관 일행이 나갈 때 알았고 대개는 유수 행차가 나갈 때 비로소 알았지만, 산 위의 구경꾼들 사이에는 군관 일행도 나가기 훨씬 전에 소문이 먼저 퍼졌었다. 이것은 구경꾼 중에 부산동 살인난 것을 짐작한 사람이 더러 있었던 까닭이다.

　"부산동서 살인이 났다네."

　"기집 잃구 찾으러 갔던 사람이 쌈 끝에 살인했다네."

"백주에 남의 기집을 훔쳐가는 놈들 죽어두 싸지."

"그 아주머네 자네 똑똑히 봤나? 누구든지 훔칠 생각 나겠데."

"아까 업구 오는 사람이 그 여편네의 사낼 테지. 그 사람은 선비 같데. 그 사람이 사람을 죽였을까?"

"뒤에 따라오는 우악스럽게 생긴 사람이 사람을 죽인 게지."

"옳지, 그 사람이 손에 환도를 들구 오든구먼. 환도 들구 오는 걸 보구 나는 벌써 일난 줄 알았네."

"그게 사람을 공기같이 놀리든 장사야."

"살인할 뻔한 사람이 그예 살인을 했네그려."

"생김생김이 사람 죽이게 생겼데."

"그 사람 일행이 지금 저 매로바위 밑에 앉았데. 도망을 하든지 자수를 하든지 양단간에 하지 않구 태평 앉았으니 무슨 믿는 구석이 있는 모양이야."

"무얼 믿어? 잡으러 오길 기다리구 있는 게지."

산 위의 구경꾼들은 대개 다 길막봉이를 살인 원범으로 알아서 이와같은 말이 이 사람 저 사람의 입에서 나왔다.

서림이가 승교바탕이 오기를 기다리고 조바심을 하는 중에 비탈 아랫길로 내려가는 사람들의 지껄이는 말이 들리는데, 길막봉이를 부산동 살인범인으로 지적하는 말들이라 가슴이 선뜻하여 세 사람을 돌아보니 배돌석이, 황천왕동이 두 사람은 다같이 빙글빙글 웃고 길막봉이 당자는 콧방귀를 뀌고 있었다. 서림이가 손가락으로 황천왕동이의 몸을 직신직신하고

"이 산 위에까지 소문이 퍼졌을 젠 부중 안은 지금 발끈 뒤집혔을지두 모르겠소. 아무래두 우리가 이렇게 하늘만 쳐다보구 있다가는 큰코다치겠소. 잠깐 내려가서 유수아문 동정을 좀 살펴보구 오시우. 내려가는 길에 교군꾼들을 만나거든 육가각리까지 갈 것 없이 도루 올라오시구 육가각리를 가서 별반 동정이 없어 보이거든 보은리까지 가서 교군바탕을 재촉하구 오시우."
하고 말하니 황천왕동이는 선선히

"그래 봅시다."
대답하고 곧 일어섰다. 황천왕동이가 부산동 뒷일이 궁금하여 한번 가보고 싶은 생각이 있던 차라 대답이 선선하게 나갔던 것이다.

황천왕동이가 산 아래로 내려간 지 얼마 아니 되어서 급한 걸음으로 도로 올라왔다. 서림이는 교군꾼을 만나서 도로 오는 줄만 여기고 오는 황천왕동이게로 몇걸음 나가면서

"어디 옵니까?"
하고 물으니 황천왕동이가 고개를 절레절레 흔들며

"큰일났소."
하고 대답 안 되는 대답을 하였다.

"큰일나다니 군관이 옵디까?"

"언뜻 보기에 한 삼십명 올라옵디다. 안식구들을 업든지 끌든지 하구 도망합시다."

배돌석이와 길막봉이가 모두 일어섰다. 서림이가 손을 내저

으며

"지금 안식구들을 끌구 업구 도망하다가는 창피만 더 볼 게니까 여기 앉아서 당할 도리를 생각합시다."
하고 잠깐 동안 양미간을 찌푸리고 고개를 기울이고 있다가
"자, 인제는 칼 물구 뛰엄뛰기니 세 분은 아무 소리 말구 나 하자는 대루 하시우."
하고 말하는데 세 사람은 모두 잠자코 있었다.
"우리 상궁을 가 보구 말 좀 해봅시다."
서림이의 말끝에
"상궁더러 무슨 청을 하실라우?"
황천왕동이가 물으니
"나중 보면 아실 테니 다들 나만 따라오시우."
서림이가 앞서 휘적휘적하고 대왕당으로 오는데 세 사람도 하릴없이 그 뒤를 따라왔다. 대왕당 문간에 앉았던 상궁의 교군꾼들과 박수들이 우 일어나서 못 들어오게 막는 것을 서림이가 잡아제치면서
"우리가 상궁마마께 뵈일 일이 있어 왔는데 왜 못 들어간단 말이오?"
하고 언성을 높이었다. 들어간다거니 못 들어온다거니 떠들썩할 때 무수리 한 사람이 문간방의 외쪽 지게문을 열고 내다보며 왜 그렇게 떠드느냐, 마마께서 떠들지 말라신다 말하여 구종, 별배, 박수들이 무춤하는 틈에 네 사람은 모두 대왕당 안으로 들어

왔다.

 대체 대왕당 집이 어떻게 된 집이냐 하면 위채 삼 칸, 아래채 삼 칸, 도합 여섯 칸 집으로, 위채는 대왕과 대왕부인의 목상을 뫼신 이간 전각이 있고 전각 한쪽 머리에 단간 곳간이 있고, 아래채는 문간이 한 칸이요, 서편으로 마루방이 반 칸이요, 동편으로 방이 간반인데 마루방에는 북향으로 외쪽 지게문이 있을 뿐이고 방에는 북향으로 쌍바라지가 있는 외에 문간으로 난 외쪽 지게문과 동쪽으로 난 들창이 있었다.

 지금 청석골 안식구 여섯이 모로 세로 누워 있는 곳은 어둠침침한 반간 마루방이요, 상궁이 무수리, 각심이들을 데리고 사처한 곳은 좀 명랑하고 통창通敞한 간반 방이다. 서림이가 지쳐놓은 쌍바라지 앞에 와 서며 세 사람에게 오라고 손짓하여 줄느런히 늘어세우고

 "상궁마마께 문안드립니다."

하고 소리치니 먼저 외쪽 지게문으로 내다보고 떠들지 말라고 말하던 무수리가 쌍바라지를 열어젖힌 뒤에 다른 무수리에게 다리를 치이고 누웠던 상궁이 무당들의 부축으로 일어앉아서 밖을 내다보며

 "너희들이 누구냐?"

하고 물었다.

 배돌석이는 한편 다리를 앞으로 내세우고 얼굴을 되들고 있고 황천왕동이는 반몸을 비틀고 딴 데를 보고 있고 길막봉이는 어줍

은˚ 모양으로 몸을 가지고 두리번거리고 있는데, 서림이 혼자 두 손길을 맞잡고 공손히 허리를 굽히었다.

"상궁마마께서 해서˚대적 임꺽정이의 명자를 들어 기신지 모르겠습니다만, 저희는 임꺽정이 수하에 있는 두령들이올시다."

서림이의 말 한마디에 방안에 있는 상궁 이하 여편네들은 고사하고 당집 안마당에 들어섰는 교군꾼들까지도 모두 다 놀라는 모양이 현저하였다.

"이번에 임대장의 부인이 두령의 안식구 다섯을 데리구 굿구경을 왔는데 저희는 보호하러 따라왔습니다. 보호할 직책을 가진 저희가 한만히 다른 데 놀러간 틈에 잡놈들 십여명이 떼를 지어 가지구 와서 대장 부인과 다른 안식구들을 때려 눕히구 안식구 하나를 붙들어갔습니다. 일 다 난

• 어줍다 말이나 행동이 익숙지 않아 서투르고 어설프다.
• 해서(海西) 황해도.

뒤에 저희가 비로소 알구 그놈들 뒤를 밟아서 부산동을 쫓아가서 다 죽게 된 안식구를 찾아왔습니다. 그놈들 십여명이 수 많은 것을 믿구 저희에게 대들다가 몇놈은 중상하구 한 놈은 죽었는데 말 들으니 죽은 놈이 지금 송도도사의 아들이랍니다. 도사가 제 아들이 죽어 마땅한 짓 한 건 생각 않구 아들 원수 갚으려구 송도부 금도군관을 있는 대루 다 풀어 내놓을는지두 모릅니다. 그런 줄을 알면서두 저희는 대장 부인과 다른 안식구들이 꼼짝 운신을 못하는 까닭에 얼른 피신을 못하구 이러구 있습니다. 저희가 올 때 저희 대장 분부 내에 대왕대비 치성굿판에서 조금일지라두 야료를 하지 말라구 하셨는데, 지금 사세가 큰 풍파를 내지 않을 수

없게 되었습니다. 저희만이면 대장 분부두 있구 하니 뒤는 어찌 되든지 순순히 잡혀가기라두 하겠는데 대장 부인과 다른 안식구들을 군관의 손에 넣을 수가 없습니다. 저희가 죽거나 군관들이 죽거나 끝장나두룩 싸울 수밖에 없습니다. 저희 네 사람에 저 하나만 오죽잖지˙ 하나는 고금에 드문 석전군이요, 하나는 비호같은 사람이요, 또 하나는 아까 그네터에서 사람 공기 놀렸다고 떠들던 천하장사니까 적어두 열 곱절 사십명 사람쯤 죽이기 전에는 문문히 죽지 않을 겝니다. 대왕대비 치성굿이 아직 끝두 나기 전에 대왕당 안에 뭇사람의 피를 흘리는 것은 저희의 본의두 아니요, 더구나 저희 대장의 분부두 아닙니다. 대왕대비 몸받아오신 상궁마마를 놀라시게 할 일이 황송해서 미리 말씀을 여쭙는 것이 올시다."

　서림이의 말이 거침없이 흐르는 물과 같았다. 서림이가 말을 그친 뒤 한참 만에 상궁이 외면하고
　"쌈을 하더라도 당집 테 밖에 나가서 하면 어떻소?"
하고 말하였다.
　"대장 부인 이하 여러 안식구들이 저편 마루방에 와 있는 까닭에 여기를 떠날 수가 없구요, 또 당집을 성城삼아서 의지하구 싸우는 것이 저희에게 유리한 까닭에 다른 데루 갈 수가 없습니다."
　"그럼 안식구들은 내가 담당하고 잡혀보내지 않을 테니 항거들 않고 잡혀가겠소?"

"말씀하긴 황송하오나 마마께서 담당하시는 걸 저희가 믿을 수가 있습니까. 피차간에 좋을 도리는 꼭 한 가지 있습니다."

"무슨 도리요?"

"마마께서 군관들을 이 당집 안에 들어서지 못하게 하실 수가 있지 않습니까?"

"공사를 내가 어찌 막겠소."

"대왕대비의 몸을 받아오신 마마께서 대왕대비의 치성굿을 하시는 날이니 마마께서 당집에 못 들어온다구 말씀만 하시면 군관은 말할 것두 없구 송도유수라두 문안에 발을 들여놓지 못할 줄 압니다."

"그러면 어떻게 한단 말이오?"

"저희가 오늘 밤 안으루 안식구들 모면하두룩 조처해놓구 밝는 날 식전에 잡혀가겠습니다. 그러면 치성굿은 무사히 끝나구 마마께서는 목전에 사람들 죽는 걸 보시지 않구 또 저희는 저희의 직책을 다하게 될 테니 이리저리 다 좋지 않습니까."

● 오죽잖다 예사 정도도 못 될 만큼 변변하지 아니하다.
● 뒷전 굿을 끝맺는 마지막 거리로서 굿에 청했던 모든 신을 전송하는 과정.

"나는 굿이 끝나면 곧 산 아래로 내려갈 사람이오."

"오늘 밤 삼경까지만 여기 기셔주시면 저희 조처두 그 안에 다 될 듯합니다. 그러구 굿은 앞으루 뒷전●이 남았다니까 두 거리가 다 대단치 않아서 마마께서 친히 굿자리에 내려가보시지 않아두 좋겠습지요. 하여튼지 삼경까지는 마마께서 잠시라두 이 방을 떠나시면 안 됩니다. 저희가 이 방 밖에서 뫼시구 있겠습니다."

상궁은 한다 못한다 말이 없었다. 대왕당 성관이란 검은학골 늙은 무당이 상궁 옆에 가까이 가서 귓속말을 하듯 소곤소곤 여러 말을 지껄이고 상궁이 무수리 하나를 보고 나직나직 몇마디 말을 이르더니 그 무수리가 곧 외쪽 지게문을 열고 교군꾼과 박수들을 내다보며
 "마마 말씀이 없이는 누구든지 당집 안에 들어오지 못하게 하라시니 그리들 아우."
하고 말을 일렀다.
 이때 땅거미 지나 어두워서 무당이 상궁 방에 촛불을 켜고 일꾼들이 당집 바깥마당에 큰 횃불을 놓고 또 안마당에 화톳불을 놓았다. 안마당의 화톳불은 문간과 전각 중간에 놓는 것을 서림이가 상궁의 한다 못한다 대답을 기다리는 중에 곁눈으로 보고 일꾼을 불러 말을 일러서 마루방과 문간 어름에 옮겨놓게 하여 상궁방 맞은편 곳간 앞은 불이 멀어서 어슴푸레하고 문간에서 바로 보이는 전각 안은 불이 미치지 못하여 어둠침침하였다.
 무수리가 사내 하인들에게 말하는 상궁의 분부를 서림이는 듣고 고개를 끄덕하며 씽긋 웃고 먼저 곳간 앞으로 가면서 세 사람을 손짓하여 불렀다. 네 사람이 머리들을 맞대다시피 하고 쭈그리고 앉은 뒤에 서림이가 옆엣사람 겨우 들을 만한 입속말로
 "황두령, 인제 청석골 나가서 교군을 가지구 오시우."
하고 말하니
 "승교바탕을 천만이가 보낼 텐데."

황천왕동이가 말을 반동강하고 서림이의 얼굴을 들여다보았다.

"천만이게 부탁한 승교바탕은 다 틀렸소. 군관들이 여기 온 뒤에는 보내드래두 소용없구 그리구 군관들 나온 소문을 들으면 천만이 같은 약은 사람이 애초에 보내지두 않을 게요. 여기 승교바탕을 보내주지 않는 대신 청석골루 보발꾼 하나는 띄워줄 듯하지만 우리가 그걸 믿구 있을 수 있소? 황두령이 얼른 가시우."

"나더러 가서 구원병을 끌구 오란 말씀이구려."

"그렇소. 지금 우리 형편이 대장의 구원밖에 바랄 것이 없소."

"잠깐 마루방에 가보구 곧 가리다."

"군관들 오기 전에 얼른 빠져나가시우."

"산중턱쯤 올라오는 걸 내가 보구 왔으니까 아직은 여기 못 올 것이오."

황천왕동이가 마루방에 가서 밖에서 들여다보며 누님과 아내의 아픈 것을 물어보는 중에 문간이 홀제 떠들썩하여졌다. 황천왕동이가 아무 소리 말고 가만히 있으라고 부탁하고 마루방 지게문을 고이 닫고 전각 앞을 휙 지나서 곳간 앞으로 도로 왔다.

"저것들이 이렇게 빨리 올 줄은 몰랐소. 인제 문간이 막혔으니 어떻게 나가면 좋소?"

"의관을 벗어버리구 굿당 일 보는 사람인 체하구 나가보지."

배돌석이가 말하고

"담을 넘어가우."

길막봉이가 말하는데 서림이가 손을 가로젓고서

"일 보는 사람인 체해선 안 되구 담을 넘어가는 게 좋은데 담 밖을 벌써 둘러쌌는지 누가 아우? 억석이 부자 중에 하나가 들어오거든 바깥 형편을 알아보구 합시다. 그러구 당장 염려는 없을 듯하지만 그래두 혹시를 모르니까 우리가 죽게 되면 고깃값이라두 하구 죽을 준비를 차리구 저 쌍바라지 앞에 가서 있다가 군관들이 들이닥치거든 우리는 방안으루 뛰어들어가서 상궁과 무수리들을 붙잡아서 방패루 씁시다."

하고 말하였다. 병장기는 네 사람 틈에 환도가 한 자루뿐이나, 배돌석이가 매로바위 밑에 나가 앉았을 때 돌을 집어서 소매 속에 넣은 것이 여남은 개 되어서 설혹 군관들이 몰려들어오더라도 첫번 기세는 능준히 꺾을 수가 있었다.

네 사람이 다같이 의관을 벗어서 곳간 지댓돌˚ 위에 놓아두고 상궁방 앞에들 와서 섰는데, 그동안에 사내 하인 한 사람과 금도군관 한 사람 사이에는 언왕설래에 시비가 톡톡히 되었다.

"우리는 그예 들어가야겠는걸."

군관의 말은 반말이요,

"들이지 않는다거든 못 들어올 줄 아우."

하인의 말은 하우였다.

"빨리 비켜나지 않을 테냐!"

군관의 말이 해라로 나오니

"으르면 누구를 어쩔 테야! 우리가 도둑놈인 줄 아나?"

하인의 말도 반말로 나갔다.

"살인한 적당이 분명히 이 안에 있는 줄 아는데 우리를 못 들어가게 하는 것은 적당을 감춰주는 것이니까 도둑놈이 아니라두 도둑놈의 와주˙루 볼 수 있다."

상궁은 당집 안에 군관들 못 들어오게 하는 것을 하인들에게 맡겨두고 자기가 알은체 아니하려는 것같이 방안에 가만히 앉아서 문간의 시비를 듣기만 하더니 도둑놈의 와주란 말이 마음에 찔리던지 별안간 외쪽 지게문을 열어젖히고 문간을 내다보며

"대체 무엇들이 여기 와서 그렇게 떠드느냐!"

하고 큰 소리를 내었다.

문간 앞에 섰는 군관 세 사람이 상궁의 첩지 쓴 머리를 바라보고 허리들을 굽실굽실한 뒤에 세 사람 중에 한 사람이

"저희는 송도부 금도군관들이올시다. 오늘 부산동서 살인한 적당이 이 당집에 와서 숨어 있는 줄을 알구 잡으러 왔읍는데 상궁 마나님의 분부라구 못 들어가게 막으오니 적당은 들이구 저희 군관은 들이지 말라구 분부하셨을 리가 만무할 줄루 생각하와 그럴 법이 없다구 나무라느라구 좀 떠들게 되었나 봅니다."

● 지댓돌
건축물을 세우기 위해
잡은 터에 쌓은 돌.
● 와주(窩主) 도둑이나
노름꾼 소굴의 우두머리.
● 언죽번죽
조금도 부끄러워하는 기색이
없고 비위가 좋아 뻔뻔한 모양.

하고 언죽번죽˙ 말하였다.

"법을 잘 아는 사람이라 나더러 도둑놈의 와주라고 말했나?"

"천만의 말씀이지 상궁 마나님께 그런 무엄한 말을 할 리가 있소리까?"

"내 사람더러 도둑놈의 와주라니 그게 곧 나더러 하는 말이지 무어야! 도둑놈의 와주, 육십 평생에 더 들어볼 소리가 없다. 괘씸한지고."

"저희가 생각이 부족한 탓으루 상궁 마나님께 촉노될 줄은 미처 생각지 못하구 말을 지망지망히 했소이다. 용서합시오."

"송도유수 같은 재상의 눈에는 내가 하치않게 보이겠지만 나도 정오품 내명부˚야. 더구나 이번에 나는 대왕대비 마마의 몸을 이어온 사람이야. 내가 사처한 데서 죄인을 잡아가려면 유수가 내게 전갈 한마디쯤은 있어야 옳지, 중대한 죄인이 지금 이 당집 안에 와서 잠복해 있더라도 내가 대왕대비 마마의 치성굿을 다 마치고 산 아래로 내려가기 전까지는 당집 안에서 야료를 내게 할 수 없으니까 그리들 알고 그대네 유수 사또께 가서 내 말씀으로 말하라고."

상궁이 할 말 다 하고 지게문을 닫은 뒤에 쌍바라지 앞에 섰던 네 사람은 곳간 앞으로 다시 왔다. 황천왕동이가 혹시 빠져나갈 틈이 있을까 하고 침침한 전각 안에 들어가서 문간 밖을 내다보았다. 군관 세 사람이 한데 붙어서서 숙덕공론을 하는 모양이더니 군관 한 사람은 먼저 다른 데로 가고 군관 두 사람은 나중에 군사와 한량 수십명을 세 패에 나누어서 군사 한 패는 앞에 남기고 군사 한 패와 한량 한 패는 좌우 옆으로 갈라 보내었다. 어림에 군관 한 사람은 유수께 사연을 고하러 간 성싶고 군사 한 패와 한량 한 패는 당집 담 밖을 지키러 보내는 것 같았다. 그 뒤에 문 앞에는 군관 두 사람이 댓돌 위에 쭈그리고 앉아 있고 군사 칠팔 명이 댓돌 아래 둔취˚하여 서 있었다.

상궁방에서 저녁밥을 재촉하라고 무당 하나를 밖으로 내보내더니 곧 외상, 겸상, 두루거리상˚을 일꾼들이 들고 들어오는데, 김억석이가 일꾼 틈에 끼여 들어왔다가 곳간 앞에 앉았는 네 사람에게로 쫓아와서

"여러분 저녁 진지는 어떻게 하면 좋습니까? 군관들이 당집 안에 드릴 상 수효를 묻는데 까부새˚ 박수 하나가 방정맞게 방에 외상 하나, 겸상 셋, 문간에 두루거리상 하나, 모두 다섯이라구 대답해놔서 인제 상을 더 들여올 수가 없게 되었으니 어떻게 하면 좋습니까?"

하고 말하는데 황천왕동이가

"저녁 한 끼 굶어서 죽겠나. 그건 염려 말구 이따가 상 내갈 때 나 하나 일꾼 틈에 묻어 나가두룩 해주게."

하고 부탁하니 김억석이는 고개를 가로 흔들었다.

"사람 수효가 맞지 않아서 탈이거든 일꾼 하나를 이 안에 남겨두구 내가 그 일꾼 대신 상을 들구 나가면 되지 않겠나."

"여기 들어오는 사람을 수효만 셀 뿐 아니라 일일이 얼굴을 살펴보구 나서 들여보내는걸요."

김억석이 말끝에 서림이가

"담 밖을 다 둘러쌌겠지?"

● 내명부(內命婦)
조선시대에 궁중에서 품계를 받은 여인을 통틀어 이르는 말.
● 둔취(屯聚)
여러 사람이 한곳에 모여 있음.
● 두루거리상 여럿이 둘러앉아 함께 먹도록 차린 상.
● 까부새 까불이.

하고 물으니 김억석이는 고개를 끄덕이었다.
"무예별감은 어디 갔나?"
"그건 왜 물으십니까?"
"눈에 보이지 않으니 말이야."
"고녀당 젊은 무당에게 반해서 굿자리에서 고녀당으루 갔답디다."
"그러면 자네가 가서 상궁마마께서 얼른 오라신다구 어주전갈을 좀 해주게."
"그래서 어떻게 하실랍니까?"
"우리가 무예별감을 보구 사정을 좀 할 일이 있네."
"말썽만 더 되지 않을까요?"
"지금 말썽 더 될 것이 무어 있나."
"그렇습지요. 가겠습니다."

김억석이가 나간 뒤에 서림이가 다른 세 사람과 소곤소곤 이야기하고 웃옷 안고름에 찼던 긴 노랑수건을 끌러다가 황천왕동이를 주었다. 한동안이 지난 뒤에 무예별감이 들어와서 쌍바라지 앞으로 가는 것을 서림이가 가로막고 허리를 굽실하며
"저희가 말씀 좀 여쭙겠습니다."
하고 말하여 무예별감이 잠깐 어리둥절할 즈음에 뒤에서 황천왕동이가 노랑수건을 홱 둘러서 입을 막아 동이고 또 뒤에서 길막봉이가 두 손으로 몸을 바짝 끼어안았다. 네 사람이 무예별감을 쥐잡듯 잡아가지고 전각 안으로 들어갔다.

얼마 만에 무예별감이 문간으로 나가는데 금도군관이 앉았다 일어나서

"어디를 가시우?"

하고 물으니

"유수 사또 좀 뵈러 가우."

하고 일변 말을 대답하며 일변 걸음을 걸어서 순식간에 층층대 아래로 내려갔다.

무예별감이 군복자락에서 바람이 나도록 빨리 걸어 산 아래로 내려간 뒤 금도군관들은 미심스러운 생각이 나던지

"걸음걸이가 아까 저기서 올 때 틀 짓던 것과는 아주 딴판 달레."

"걸음걸이뿐 아니라 사람까지 딴사람같아 보이네."

"딴사람이라니 말이지 나올 때 고개 푹 숙인 게라든지 말할 때 외면하든 게라든지 다시 생각해보니 모두가 좀 수상해."

"쟤들 하나 딸려보낼 걸 우리가 잘못했나 봐."

이런 말들까지 하다가

"대체 무슨 일루 그렇게 급히 갔을까?"

"상궁의 전갈을 맡아가지구 간 게지."

"우리가 일껀 인사성으루 일어서기까지 하는데 말대답두 변변히 안 하구 도망하는 놈같이 내빼니 사람 대접을 그따위루 하는 법두 있나."

"서울놈이 본래 반지빠른데,' 게다가 대궐 안 물을 먹으니 우

리가 눈에 보이겠나."

다시 이렇게들 말하는 것이 딴사람으로는 생각지 않는 모양이었다. 안마당의 화톳불은 마루방에 비치는 것을 박수들이 좋게 여기지 않는지 관솔이 잘 안 타는 것을 보고도 내버려두어서 거의 다 꺼지고, 바깥마당의 큰 횃불은 군사들이 홰 끝을 타는 대로 두들겨 떨어서 불길이 활활 잘 탔다. 문간에서 밥 먹는 사람들이 다니는 길을 틔워놓느라고 각각 밥그릇을 들고 이리저리 나앉고 또 밝은 데를 향하느라고 거지반 전각을 등 뒤에 두고 돌아앉아서 모두 먹기에 골몰하였던 까닭에 무예별감이 전각 안으로 붙들려 들어가는 것을 본 사람은 별로 없었겠지만, 문간으로 나가는 무예별감의 얼굴을 본 사람은 더러 있을 것인데 적당의 일에 선불리 말밥에 오르면 화를 받을까 두려워하는 까닭인지 들어온 무예별감과 나간 무예별감이 딴사람이니 아니니 말하는 사람은 하나도 없었다.

    김억석이가 무예별감에게 어주전갈하고 죄상이 탄로될까 겁이 나서 당집 안에를 못 들어오다가 무예별감이 산 아래로 내려간 줄 안 뒤에 어찌 된 곡절이 궁금하여 숭늉 심부름을 빙자하고 당집 안에 들어와 보니 곳간 앞에 사람은 그림자도 없고 잠겼을 곳간 문은 빼끔하게 열리었었다. 캄캄한 곳간 속에서 버스럭 소리가 나서 네 사람이 다 곳간 속에 들어가 있는 줄로 짐작하고 빼끔한 데로 캄캄한 속을 들여다보며

    "여기들 기시우?"

하고 물어보니 한참 만에

"나만 여기 있네."

하고 대답하는 것이 배돌석이의 목소리이었다.

"이 속에 어째 들어와 기시우? 또 자물쇠는 어떻게 여셨소?"

"반쇠˚ 띄워논 걸 누가 못 열겠나."

"대체 이 캄캄한 속에서 무얼 하시우?"

"밧줄이 있나 찾아봤네."

"밧줄은 무엇에 쓰실라우?"

"무감을 결박 지우려구."

"무감을 결박 지우다니 방금 산 아래루 내려갔다면요."

"그건 정말 무감이 아니라네."

"누가 무감 복색을 뺏어 하구 나가셨소?"

● 반지빠르다
언행이 어수룩한 맛이 없이
얄밉게 민첩하고 약삭빠르다.
● 반쇠
온전히 채우지 아니한 자물쇠.

"황두령이."

"키하구 몸집은 비슷 같을는지 몰라두 얼굴이 팔팔결 다른데 용하게 속이구 나갔구려."

"눈깔 없는 군관들이 송기떡군복에 속았겠지."

"하여튼 용하게 빠져나갔소. 그럼 청석골 간 게구려."

"아직 말은 내지 말게."

"그런 당부는 하실 것두 없소."

"밧줄이 있거든 하나 찾아주게."

"밧줄이 없을걸요."

"옳지, 낮에 그네터에서 쓰던 무명끈은 어디 있나?"

"그건 이 속에 있지요. 가만히 기시우, 내 찾아드리리다."

김억석이가 곳간 속에 들어와서 무명 두 끗을 더듬어 찾았다.

"한 끗만 드리리까?"

"넉넉히 두어 끗 주게."

배돌석이가 무명끝을 가지고 전각 안으로 오는데 김억석이도 구경하러 따라왔다. 길막봉이가 손으로 붙잡고 다리로 누르고 있던 무예별감을 무명 두 끗으로 윗도리 아랫도리 친친 동이었다. 어둔 속이라 똑똑히 보이지 않지만, 무예별감의 꼴이 그네 위의 목상과 다름없는 듯하였다. 서림이가 무예별감의 아갈잡이한 것을 다시 고쳐서 숨 잘 쉬도록 콧구멍을 내놓아준 뒤에

"서울서 오신 귀한 손님을 너무 참혹하게 대접해서 미안하우. 벙거지와 군복을 빌려주셨으니 고만 고녀당 젊은 무당에게루 도루 가시게 해두 좋겠지만, 문 앞에 파수 보는 군관들과 한데 섭슬려서 짝짜꿍이를 놓으실 염려가 불무한 까닭으로 이런 참혹한 대접을 하우. 미안하지만 좀 참구 기시우."

얄미운 말로 흠씬 조롱하고

"우리는 인제 나갑시다."

하고 말하여 김억석이까지 네 사람이 다같이 전각 밖으로 나왔다.

상궁 이하 여러 여편네들이 모두 저녁밥을 점고만 맞고 말아서 벌써 상들을 물려내게 되었다. 김억석이가 상 하나를 들고 나가려고 하는 차에 그 아들이 들어와서

"아버지, 내 말 좀 듣구 나가시우."

하고 나가지 못하게 하였다.

"무슨 말이냐?"

"상은 여기 놔두구 저리 가서 말합시다."

아들은 사람 없는 마루방 앞을 가리키는데 아비가 배돌석이, 서림이, 길막봉이 세 사람이 앉았는 곳간 앞으로 데리고 왔다.

"무슨 말이냐? 말해라."

"이아 사령이라나 사령 둘이 한뎃솥 걸린 데 와서 아버지를 찾다 갔소. 모두들 말이 아버지가 나오기만 하면 재없이˙잡혀가리라구 합디다."

김억석이가 아들의 말을 들은 뒤 세 사람을 보고

"바람이 어디서 새어나간 모양인데 어떡하면 좋을까요?"

● 재없이 틀림없이.

하고 물으니 서림이가 선뜻

"밖에 나갈 거 없이 우리하구 여기 같이 있세."

하고 대답하였다.

"나중은 어떻게 하나요?"

"나중이라니?"

"여러분 가신 뒤 말씀이오."

"우리 갈 때 같이 가거나 뒤에 남아 있다가 잡혀가거나 그건 자네 요량해 하게."

"처 되는 사람더러 말을 못해봤는데요."

"갈 때 임시해 말해두 낭패될 거 없네. 같이 가다면 데리구 가구 같이 안 간다면 버리구 가지 별수 있나."

"장래 고모의 대를 받아서 이 대왕당을 맡을 사람인데 여간 낭패가 아닙니다."

"바람 잔 뒤에 다시 나와서 송악산 다섯 굿당을 도거리루 맡아볼 수두 있네. 염려 말게."

상궁방에서 굿을 다시 시작하려고 박수가 나가고 방안에 있던 무당이 나가는데 곳간 앞에 있던 사람들은 모두 쌍바라지 앞으로 왔다. 서림이가 환도를 가지고 와서 짚고 서서

"상궁마마께서는 안 나가시구 여기 기시겠습지요?"

하고 말하니 상궁은 들은 척도 아니하고 대왕당 늙은 성관이 방에서 나오면서

"마마께서 신기가 좋지 못하셔서 이 방에 누워 기실 테니 밖에서 떠들지들 마우."

하고 말하였다. 이동안에 김억석이는 나가는 처를 붙들고 자기가 밖에 못 나가는 사정을 총총히 이야기하고 배돌석이는 옆에 섰는 처남을 보고 바깥 동정을 알아들이라고 두어 마디 말을 일러서 김억석이의 아들이 저의 의붓어미를 따라나갔다.

상궁의 시중을 들고 심부름을 하려고 방안에는 무수리가 남아 있고 문간에는 상궁의 교군꾼이 남아 있었다.

마루방의 안식구는 쥐죽은 듯 아무 소리 없이 가만히들 있더니 무당들 나갈 때 배돌석이의 아내가 사내들에게로 와서 황두령이 변장하고 빠져나간 것과 청석골서 구원하러 몰려들어올 것을 다

알고 갔다.

　김억석이가 곳간 지댓돌 위에 놓인 의관들을 전각 편으로 멀찍이 치워놓고 곳간 속에서 멍석을 꺼내다 곳간 앞에 까는 것을 서림이가 쌍바라지 앞으로 끌어오게 한 뒤, 네 사람이 다같이 퍼더 버리고 앉았다.

　마루방, 상궁방 문간이 모두 다 조용하였다. 굿판에서 장구소리, 풍악소리가 들려왔다. 조용하던 문간에서 홀제 떠들썩한 말소리가 났다. 유수부 비장이 유수 사또의 전갈을 맡아가지고 왔다고 상궁께 여쭈라고 하여 무수리가 지게문을 열고 내다보며

　"무슨 전갈입니까?"

하고 물었다.

　"살인죄인을 잡으러 나간 군관들이 기신 굿당에를 막 뛰어들어가려구 했다니 작히 놀라셨겠습니까구. 그러나 굿당에 기신 줄을 모르구 한 일이라니 용서하시구 살인범인은 도타하기 전에 잡두룩 해주시면 좋겠습니다구."

　비장이 유수의 전갈을 옮긴 뒤에 무수리가 상궁의 답전갈을 받아 말하였다.

　"하치않은 이 사람에게 전위해 비장을 부리셔서 황감합니다구. 살인죄인은 이 사람이 어떻게 잡게 할 수가 있습니까구. 폐일언하구 이 사람은 대왕대비 마마의 굿을 다 마치고 산 아래로 내려가면 고만이니 그리 압시사구."

　비장이 군관들을 데리고 숙덕공론을 하는지 수군수군 지껄이

는 소리가 한동안 나다가 그치고 문간이 다시 조용하여졌다. 얼마 뒤에 김억석이의 아들이 들어와서 말하여 비장이 올 때 군관, 군졸 이십여명을 데리고 와서 먼저 있던 사람과 합치어 사오십명 사람으로 당집을 철통같이 에워싸놓은 줄을 알았다.

청석골 꺽정이 사랑에는 저녁마다 모이는 축인 이봉학이, 박유복이, 곽오주, 김산이 네 두령 외에 저녁에 별로 오지 않는 늙은 두령 오가까지 모두 와서 굿구경 간 사람들이 돌아오기를 기다리고 있었다. 일찍들 올 것인데 늦도록 아니 온다고 꺽정이는 이것들이 사람이냐 마냐 하고 화를 내는 중에 밖에서

"그게 누구냐?"

신불출이의 놀란 말소리와

"황두령 아니세요?"

곽능통이의 의심쩍어하는 말소리가 연달아 들리더니 변복한 황천왕동이가 방에도 들어오지 않고 마루 앞에 와 서서 꺽정이를 들여다보며

"형님, 큰일났습니다."

호들갑스럽게 말하였다. 꺽정이는 황천왕동이를 뻔히 보기만 하는데 이봉학이가

"무슨 일인가? 어서 이야기하게."

뒷말을 재촉하여 황천왕동이가 마루 끝에 걸터앉아서 사본事本이 이만저만하여 도사의 아들을 죽이고 서종사가 꾀를 이리저리 내서 아직 관속들 손에 잡히지 않고 있다고 일장 이야기를 하는

데, 이야기가 미처 다 끝나기도 전에 꺽정이가 신불출이와 곽능통이더러 소임 없는 졸개들 중에서 교군꾼 열두 명과 홰꾼 열 명을 뽑아서 교군바탕 여섯 채와 홰 사오십 자루를 준비시켜 등대하라고 분부하고, 또 여러 두령들더러 오두령만 고만두고 그외의 다른 두령은 모두 출전할 준비를 차리고 오라고 명령하였다.

청석골 안이 불시에 떠들썩하여졌다. 한동안 지난 뒤에 꺽정이가 두령과 졸개 삼사십명 사람을 거느리고 골 어귀로 몰려나오는데 골 어귀 동네 앞에서 김천만이가 보낸 보발꾼을 만났다. 황천왕동이 한 사람 외에는 모두 장달음을 놓다시피 하여 어느덧 삼거리를 지나 탑골 가까이 왔을 때, 꺽정이가 걸음들을 멈추게 하고 달리골 들어가는 갈림길과 북성문 올라가는 산길을 잘 아는 사람이 있거든 앞서라고 말하였다. 청석골 두령과 졸개들은 모두 초행인데 마침 김천만이가 보낸 사람이 길을 소상히 잘 알아서 그 사람과 홰꾼을 앞세우고 큰길에서 달리골로 갈려 들어와서 북성문 산길을 도드밟아 올라올 때 밤은 벌써 이슥하였다.

● 준좌(蹲坐) 주저앉힘.
● 지가(知家) 높은 벼슬아치가 지나가는 길을 침범한 사람을 붙잡아서 길가의 집에 한동안 맡겨두던 일.

이때 산 위에서는 큰굿이 다 끝나서 상궁이 산 아래로 내려가려고 하는 것을 서림이가 위협도 하고 사정도 하여 겨우 준좌˚를 시키었다. 상궁은 도적놈들에게 지가˚를 잡힌 셈인지 볼모를 잡힌 셈인지 내려가지 못하고 잡혀 있는 것도 분하거니와 이런 때 자기 대신 말 한마디라도 쾌쾌히 할 만한 무예별감이 유수를 보러 간다고 핑계하고 혼자 어디로 피신한 것이 분하여서 애매한 무예별감을 모주 먹은 돼지 벼르듯˙ 별렀다.

　굿판 뒷설거지를 다 하고 들어간 건너편 네 굿당의 무당과 박수들이 대왕당 일을 수군수군 이야기들 하는 중에 북성문에서 난데없는 고함소리가 나며 횃불이 꾸역꾸역 네 굿당 앞으로 올라왔다. 꺽정이가 길에 오는 중에는 홰 두엇으로 길만 밝히고 산에를 거의 다 올라온 뒤에는 홰꾼들 외에 교군꾼들까지도 홰를 켜서 들게 하고 두령과 졸개 삼사십명이 일자로 늘어서서 올라온 것이다. 꺽정이가 장검을 비껴들고 여러 두령, 졸개의 앞을 섰다. 대왕당 뒤와 옆에 화톳불들을 놓고 앉았던 군사가 우들 일어섰다. 꺽정이가 대왕당으로 건너오는 길 위에 서서

　"송도부 군관, 군졸 말 듣거라! 나는 청석골 임꺽정이다. 목숨들이 아깝지 않거든 나와서 내 칼을 받아라!"

하고 벽력같이 호통을 하였다. 꺽정이 호통소리에 산이 울리었다. 군졸들은 말할 것도 없고 군관들까지 도망질을 치기 시작하였다. 대왕당 안에서 네 사람이 큰 소리들을 지르며 문간으로 내닫는데, 문간을 지키고 있던 군관과 군졸들은 그네터 아래로 뛰어 내뺐다. 첫째, 임꺽정이가 무섭고, 둘째 횃불이 줄달은 것이 수가 없어 보이고, 셋째 이편은 한껏 몽치들을 가졌는데 저편은 모두 병장기를 가진 듯하여 도저히 당치 못할 줄 알고 삼십육계의 상책들을 부른 것이었다. 꺽정이 호통 한번에 군관과 군졸과 이아 사령과 관덕정 한량이 다 도망하고 굿구경 다 하고 범인 잡는 구경하려고 남아 있던 구경속 좋은 사람들까지 모두 쥐구멍을

찾았다.

  꺽정이가 서림이의 말을 좇아서 대왕당 안에 들어와서 벌벌 떠는 상궁보고 겁내지 말라고 안위시키고, 무예별감을 결박 풀고 데려내다가 위로인사하고 황천왕동이 입고 갔던 복색을 돌려주고, 그 뒤에 안식구 여섯을 보교바탕에 태우고 햇불을 앞뒤에 밝히고 오던 길로 도로 갔다. 군관, 군졸 중에 몇사람이 산 위에서 도망하여 내려가는 길로 곧 유수아문에 달려가서 적변을 고하였다. 유수가 도사와 상의하고 부중 군졸을 백여명 급히 조발하여 무고武庫의 무기를 내서 나눠주고 천총 두 사람을 시켜 영솔하고 미륵당으로 달리골을 가서 청석골 적당의 돌아가는 길을 막고 체포하라고 지휘하였으나, 천총이 군졸을 영솔하고 달리골에 왔을 때 동네 사람들 말이 적당은 벌써 탑고개도 더 지나갔으리라고 하여 뒤쫓을 생각도 않고 그대로 돌아갔다.

• 모주 먹은 돼지 벼르듯
좋지 않게 여기는 대상에 대하여 혼자 성을 내고 계정스럽게 몹시 벼르는 모양을 비유적으로 이르는 말.

소굴

「나를 유도산 줄루 아느냐? 이놈들아, 내가 임꺽정이다. 임꺽정이야!」

꺽정이란 이름이 마른하늘에 벼락치는 소리만 못지아니하여 사령들의 얼굴이 당장 마전한 것같이 되었다. 그중에 하나는 집을 잔뜩 집어먹어서 두 어깨를 귀밑에 닿도록 추키고 부들부들 떨기까지 하였다.

「너희 원님한테 내 말 좀 전해다우. 이틀 동안 특별한 후대를 받아서 내가 치사하더라구 하구, 그러구 말은 두구 가야 옳지만 다시 생각해본즉 전 군수 박응천이 때매 내 말 한 필이 여기 와 있으니까 그 대신으루 타구 간다드라구 해라. 똑똑히들 들었느냐!」

소굴

1

청석골 적당이 송도부 부근에서 살인한 일이 기왕에도 종종 있었으나, 백성이 적당의 보복을 두려워하여 관리에게 고발하지 못하고 혹 관리가 들어 알고서도 모른 체하고 덮어두어서 뒤가 모두 무사하였다. 그러나 송악산 큰굿날 살인은 치명소致命所가 송도부내요, 초장인初狀人이 이아 아객˚이요, 원고인元告人이 즉 송도도사라 송도유수가 친히 초검한 후 장단부사에게 복검을 통첩하고, 송도부에서 형조와 포도청에 보장할 뿐 아니라 송도유수가 상감께 장계까지 하였다.

조정에서 토포사˚를 내보내서 청석골 적당을 토벌한다는 소문이 송도 부근에 자자하였다.

꺽정이가 칼에 피 한 방울을 묻히지 않고 궁지에 빠진 안팎식구를 구하여 가지고 들어간 뒤에 그전 약국 하던 허생원을 다시 데려다 두고 백손 어머니와 황천왕동이 아내를 치료시키는데, 백손 어머니는 과연 이십년 단산 끝에 물경스러운 아이가 있어서 안태安胎할 약 몇첩 먹고 바로 기동하게 되었고 황천왕동이 아내는 속으로 골병이 들어서 침을 여러 대 맞고 약을 여러 첩 먹었건만 뒷간 출입도 개신개신˙ 겨우 하였다. 허생원 말이 약을 서너 제만 더 쓰면 쾌복이 될 터인데, 약에 흔치 않은 당재唐材가 몇가지 든다고 하여 황천왕동이가 꺽정이에게 말하고 약재 구하러 서울을 올라왔다.

  황천왕동이는 한첨지 부자에게 부탁하여 곧 구해가지고 당일로 되짚어 내려가려고 생각한 것이 남소문 안 한첨지 집에를 와서 본즉, 늙은 첨지는 중풍으로 앓아누워서 사람도 잘 몰라보고 젊은 한온이는 저의 아버지 병구완도 아니하고 돌아다니는지 어디 나가고 집에 없어서 서사 일 보는 사람에게 약재 적은 것을 주고 얻어달라고 부탁하니, 서사의 말이 주인의 말 없이 얻어드려도 좋겠지만 젊은 주인이 일찍 들어올 터이니 만나서 말하라고 하여 한온이 들어오기를 오래 기다리고 또 한온이 온 뒤에 구리개 약국에 내보낸 사람이 벽재˙를 구하여 오느라고 오래 지체하여 긴긴해가 쥐꼬리만큼 남은데다가 해질물에 어디를 간다느냐고 한온이가 붙들어서 하룻밤을 서울서 묵게 되었다.

- 아객(衙客) 조선시대에, 지방 수령을 찾아와서 관아에 묵던 손님.
- 토포사(討捕使) 각 진영에서 도둑 잡는 일을 맡아보던 벼슬.
- 개신개신 게으르거나 기운이 없어 자꾸 나릿나릿 힘없이 행동하는 모양.
- 벽재(僻材) 매우 드물게 쓰이는 약재.

  저녁밥을 먹고 조용한 틈에 한온이가 송악산에서 풍파난 것을 자세히 듣고자 하여 황천왕동이가 일장 다 이야기한 뒤 한온이에게 조정 소식을 물어보았다. 송도도사는 아들 가르치지 못한 허물로 파직당하게 된 것을 유력한 대관大官 하나가 지금 파직시키면 국가의 수치를 더한다고 말하여 아직 중지되었다는 말이 있는데 그것은 사실인 모양이고, 유수한 무장武將으로 토포사를 내서 청석골을 소탕하자고 정부에서 공론이 났단 말이 있으나 그것은 적확치 않다고 한온이가 말하여 주었다. 얼마 있다가 한온이는 저의 아버지를 보러 가고 황천왕동이는 의관을 벗고 자리에 누웠다. 누운 뒤 얼마 아니 있다가 바로 잠이 들어서 자는 중에

"이 사람, 일어나게."

한온이가 와서 깨웠다.

"왜 일어나라나?"

"술 먹으러 가세."

"단야에 무슨 술인가? 나는 잘라네."

"오래간만에 만나서 술 한잔 같이 안 먹을 수 있나. 어서 일어나게."

황천왕동이가 일어앉았다.

"어디루 가잔 말인가?"

"우리 작은마누라가 술상을 차려놓구 기다리네."

"그 술상을 갖다가 먹세."

"왜 내 첩의 집은 더러워서 못 가겠나?"

"쓸데없는 소리 고만두구 이리 가져오라게."

"글쎄 왜 이리 가져오란 말이야?"
"벗어논 옷을 다시 주워 입기 귀찮거든."
"쭉찌어질 의관 다 고만두구 그대루 가자."
"어딜 상투바람으루 가잔 말이야?"
한온이가 황천왕동이를 잡아 일으켜세우며 귀에 입을 대고
"도둑놈의 주제에 의관은 다 무어냐?"
하고 웃으니 황천왕동이도 지지 않고
"너는?"
하고 마주 웃었다.

황천왕동이가 다시 의관을 차리고 한온이를 따라 그 첩의 집에 와서 안방에 들어앉았다. 한온이의 첩은 잠깐 인사하고 건넌방으로 건너간 뒤 다시 얼굴을 내놓지 않고 할멈 하나와 아이년 하나가 방에 드나들며 술상 심부름을 하였다. 주인 손 두 사람이 마주 앉아서 권커니 잣거니 술을 여남은 잔씩 먹었을 때

● 유수(有數)하다 손꼽을 만큼 두드러지거나 훌륭하다.

"단둘이 너무 심심하니 술 칠 기집 하나 불러올까?"
한온이가 말하는 것을
"조용히 이야기해가며 술 먹는 것이 좋으니 고만두게."
황천왕동이가 밀막았다.
"자네는 천생 고리삭은 샌님이여."
"그저 샌님두 아니구 고리삭은 샌님이여? 자네가 사람 칭찬을 너무 과히 하네."

"자네가 품안으루 기어드는 젊은 기집을 내박챘다지? 그게 고리삭은 샌님이나 할 짓이 아닌가."

"만일 본서방의 칼을 맞았든들 사내대장부라고 할 뻔했네그려."

"그렇지, 사내대장부면 칼을 맞을 때 맞드래두 기집을 받아주지 내박차지 않네."

"자네 말대루 하면 홀레개를 제일등 사내대장부루 쳐야겠네."

"에라 이 자식아, 그건 억설이다. 개하구 사람하구 어디 같으냐?"

"어른더러 이 자식이 무어냐? 욕 말구 술이나 어서 먹어라."

"자네가 먹을 차례 아닌가?"

"벌써 옹송망송하나? 이건 내가 부어논 잔일세."

한온이가 술을 마시고 잔을 잔뜩 채워서 황천왕동이를 주며

"도둑놈 도학군자, 이 술 한잔 잡으시오."

권주가 흉내를 내었다.

"어른을 놀리면 종아리 맞는 법이다."

"참말 자네가 그때 기집더러 종아리채를 해오랬나?"

"나를 정말 고리삭은 샌님으루 아네그려. 종아리채가 다 무어란 말인가?"

"그래두 나는 그렇게 들었어."

"누가 거짓말을 한 게지."

"그때 이야기 한번 자세히 들어보세."

"그까진 이야길 누가 한단 말인가. 술이나 가져오라게. 술이 다 없어졌네."

"술은 얼마든지 있네. 우리 실컨 먹어보세."

"자네 술이 늘었네그려."

"전에 통이 접구接口두 못하던 술을 지금은 한자리에 이삼십 배 예사 먹으니 굉장히 늘었지. 이게 선생님한테 배운 술일세. 꺽자 정자 분이 검술 선생님이 아니라 검자 떼구 술 선생님이야."

"우리 형님이 남의 집 자식을 버려놨군."

"자네두 사람이 될라거든 선생님을 배우게. 선생님같이 기집을 좋아해야 사내대장부 값이 있네."

"배울 것두 없든가 부다."

● 내박차다 강하게 거절하다.
● 옹송망송하다 정신이 흐리어 생각이 나다가 말다가 하다.

"선생님이 기집 후리는 수단이 있어. 그 수단이 아마 검술 수단만 못지않을 겔세. 장찻골다리 소홍이란 기생년은 임선다님을 오매불망 못 잊어서 상사병에 걸리게 되었네."

"자네가 조방꾸니 노릇을 하구 뒤에 앉아서 저따위 소리를 하지."

"소홍이 하나 사귈 때는 내가 더러 글을 가르쳐드렸지만 그외는 모두 선생님의 자작자필自作自筆일세."

"들여앉힌 기집들두 자네가 천거 안 하구 누가 천거했겠나?"

"애매한 소리 하지 말게. 자네가 잘 모르면 내 이야기할게 들어보게. 박생원의 딸 순이 할미란 매파를 놓구 데려왔구, 원판서의 딸은 노밤이놈을 데리구 가서 업어왔구, 또 김씨 과부는 격장해서 사는 중에 후려왔다네. 하나나 내가 알 까닭이 있나. 나는 그때부터 이날 이때까지 세 집 뒤치다꺼리에 골만 빠지네. 이왕 말이 난 길이니 말이지만 선생님이 데려가든지 어떻게 하든지 속히 귀정˚을 내주어야 사람이 살겠네. 자네 이번에 가서 말씀 좀 하게."

"말할 것이 동이 나두 그런 말은 안 하겠다."

"자네 누님 대신 강짜하나?"

"미친 소리 하지 마라. 노밤이란 그 미친놈은 지금 대체 어디가 있나?"

"선생님의 셋째부인, 아니 자네 누님까지 치면 넷째부인인 김씨 집에 비부쟁이루 가서 있네."

"그놈이 홑으루 미친놈만두 아니데."

"미친 척하구 떡시루에 엎드러질 놈이지."

한온이가 먼저 하품을 하여 황천왕동이도 따라 하품을 하고 나서

"고만 가서 자구 내일 일찍 가겠네."

하고 일어나려고 하니 한온이가 붙들면서

"술 좀 더 먹어야 하네. 자, 우리 파탈하구˚ 앉아 먹세."

하고 자기가 먼저 의관을 벗고 황천왕동이의 의관도 억지로 벗기었다. 이야기하는 동안 술잔 놀린 오력을 내느라고 부어라 먹자 부어라 먹자 수없이들 먹었다. 주인 손 두 사람이 다같이 고주망

태가 되어서 술자리에 그대로 쓰러져서 이튿날 아침 해가 높이 솟아오르도록 정신들을 몰랐었다.

　황천왕동이가 서울서 청석골로 내려오는 길에 혜음령 도적 정상갑이와 최판돌이를 고개에서 만났는데, 청석골서 서울로 보내는 봉물짐이 어제 저녁때 고개를 넘어갔다고 생게망게한˙ 소리를 하여 황천왕동이가 근일에는 청석골서 봉물짐을 보낸 일이 없다고 말하였더니 상갑이가 판돌이를 돌아보며

　"우리가 속았네그려. 그놈의 눈치가 좀 수상하드라니."

하고 말한 뒤 황천왕동이를 보고

　"어제 저희 둘이 사람 몇 데리구 고개를 지키는데 태산 같은 봉물짐 하나가 오겠지요. 옳다, 오늘 벌이는 잘했다 생각하구 내달아서 짐을 벗어놓구 가라구 소리를 질렀더니 그 짐꾼놈이 청석골 임대장께서 서울 보내시는 짐이라구 말합디다. 그래서 뺏지 못하구 그대루 보냈습니다. 인제 알구 보니 그놈이 멀쩡하게 사람을 속였습니다그려."

- 귀정(歸正) 그릇되었던 일이 바른길로 돌아옴.
- 파탈(擺脫)하다 어떤 구속이나 예절로부터 벗어나다.
- 생게망게하다 하는 행동이나 말이 갑작스럽고 터무니없다.

하고 말하였다. 황천왕동이가 정상갑이와 최판돌이에게 군호 하나를 주어두려고 군호까지 생각하다가 말고

　"그런 일이 앞으로는 없두룩 방지할 도리를 생각해야겠네. 자네네뿐 아니구 다른 데두 그런 낭패가 있을는지 모르니까 내가 가서 대장께 말씀하구 무슨 새 법을 내서 여러 곳에 돌리게 하겠네."

하고 말을 일러두었다.

  황천왕동이가 서울서 늦게 떠나고 또 혜음령서 지체하여 다저녁때 청석골을 들어와서 꺽정이만 보고 바로 자기 집으로 가고 석후에도 아내의 식후복食後服 약시중을 하느라고 꺽정이 사랑에 일찍 오지 못하였다. 등 너머에 외따로 가서 거처하는 곽오주 같은 사람은 황천왕동이 온 줄도 몰라서 사랑에 모인 얼굴을 돌아보며

  "천왕동이 형님이 오늘두 안 왔네."

하고 혼잣말까지 하였다. 다른 두령들은 형님뻘 되는 사람을 부르자면 반드시 이두령 형님이니 박두령 형님이니 부르건만, 곽오주는 걸핏하면 봉학이 형님 유복이 형님 이놈 여보로 불렀다. 그 대신에 형님뻘 중의 맞잡이 황천왕동이가 오주야 불러도 대답을 잘하였다. 황천왕동이가 남나중에 와서 사랑마당에 들어설 때 곽오주가 내다보고

  "천왕동이 형님이 인제 오네."

하고 소리치다가 방안의 다른 사람들이 웃는 것을 보고

  "예 여보, 사람들 안 됐소. 벌써 온 걸 나만 속여먹었구려."

하고 떠들었다. 황천왕동이는 자살궂은 사람이라 여느 때와 같이 방안에 들어서서

  "진지들 잡수셨습니까?"

도거리로 석후 인사 한마디만 하고 자리에 앉은 뒤 유독 곽오주를 보고

"자네는 서울 갔다온 뒤 처음 보네."

하고 따로 인사말을 하였다.

"대체 언제 왔소?"

"아까 낮에 왔네."

"낮에 내가 넘어왔다 갔는데."

"자네 넘어간 뒤든 게지."

"그런데 왔단 기별두 안 해주?"

"나 온 줄을 참말 이때까지 몰랐나?"

"알 까닭 있소? 지금두 안 왔느냐구 말하니까 여러 형님네까지 날 속일라구 시침들을 떼구 있었소. 모두들 서종사 물이 들어서 사람들이 변했어."

곽오주, 황천왕동이 두 사람의 수작을 다른 사람들은 웃고 듣는 중에 서림이는 곽오주의 나중 말을 탄하여

"내 몸에는 왼통 곽두령의 잇자국이 백혔소. 하루 한번이라두 그예 씹히니까."

하고 깔깔 웃었다.

"실없는 소리 인제 고만둬."

꺽정이 말 한마디에 웃음판이 끝이 났다. 꺽정이가 황천왕동이더러 서울서 들은 소문과 혜음령서 안 폐단을 여러 사람에게 이야기하라고 말하고, 황천왕동이의 이야기가 끝난 뒤에 다시 여러 사람더러 그런 폐단을 무슨 방법으로 방지할까 공론들 하라고 말하였다. 혹우 규호를 정해주자고 말하고 혹은 목패木牌를 만들어

쓰자고 말하는데, 서림이가 말하기를 액내 사람이 왕래할 때는 군호를 쓰고 액외 사람을 무사히 통과시킬 때는 목패를 주되 거둬들일 지명地名을 박아서 주고 또 액외 사람에 혹시 후대할 만한 사람이 있어서 각별히 보호시킬 때는 대장이 차신 장도를 주되 장도끈에 거둬들일 지명을 써서 주기로 방법을 정하여 각처에 알리고 이 방법을 시행할 때 장도와 목패의 본보기는 한번 미리 각처에 돌려 보이고 군호는 다달이 한번씩 고쳐서 각처에 알려주자고 하여 꺽정이가 서림이의 말대로 작정하였다.

여러 두령이 한담들을 시작할 때 서림이가 꺽정이를 보고

"토포사 난단 소문이 비록 진적한 소문이 아니라두 토포사가 나면 우리가 어떻게 할 것을 미리 생각해두는 것이 좋지 아니할까요?"

하고 말하니 꺽정이는 뒤로 비스듬히 기대앉아서 수염을 쓰다듬으면서

"토포사가 나면 나는 때 어떻게 할 것을 생각해두 넉넉하겠지."

하고 대답하였다.

"생각해서 곧 할 수 있는 일은 나중이라두 넉넉하겠지요. 그렇지만 시일이 걸릴 일은 미리 예비해야 하지 않습니까?"

"토포사 나기 전에 무슨 예비할 일이 있소? 생각한 것이 있거든 말하우."

여러 두령이 모두 한담을 그치고 서림이의 말을 기다리는데,

서림이는 말을 정중하게 하려고 먼저 헛기침을 몇번 하였다. 서림이 헛기침에 곽오주 비위가 뒤집혀서

"서종사 말할 것 나는 벌써 다 알구 있소. 포도산지 무슨 산지 나오면 또 이천 광복산으루 피란가잔 말이겠지."

하고 꿰진 소리를 하여 서림이는 곽오주를 바라보며

"곽두령 지레짐작이 용하시우."

칭찬하듯 조소하듯 말대꾸를 한마디 한 뒤에 다시 꺽정이를 보고 말을 하기 시작하였다.

"토포사가 만일 나구 보면 우리가 여기서 앉아 배기진 못합니다. 손바닥만 한 산골에서 무슨 수로 토포사의 관군을 막아냅니까. 그러니까 우리가 취할 만한 방책이 두 가지가 있습니다. 한 가지는 서흥瑞興 대현산성大峴山城이나 재령載寧 장수산성長壽山城이나 또는 은율殷栗 구월산성九月山城 같은 큰 산성 하나를 뺏어서 웅거하구 토포사의 관군을 막아보는 것입니다. 우리가 군량만 있으면 몇달 동안은 접전할 수 있을 겝니다. 그러구 나중에 모두 잡혀 죽드래두 우리의 이름은 반드시 뒤에 남을 겝니다."

"도둑놈으로 뒷세상까지 욕을 먹잔 말이오?"

꺽정이의 호령기 있는 말에 서림이는 말중동이 그치었다가 옆에 앉은 이봉학이가

"또 한 가지 방책은 무어요?"

하고 물어서 이봉학이를 돌아보며 뒷말을 계속하였다.

"또 한 가지 방책은 전에두 대장께 말씀을 여쭌 일이지만 우리

가 한 군데 붙박여 있지 말구 동에 가 번쩍, 서에 가 번쩍 종적을 황홀하게 하는 것입니다. 가령 토포사가 황해도루 나온다 하거든 우리는 강원도에 가 있구, 또 토포사가 강원도루 온다고 하거든 우리는 평안도에 가 있어서 토포사를 한두 달만 헛다리 짚구 돌아다니게 하면 조정 공사 사흘이라니 조정에서 하는 일이 어디 오래갑니까? 토포사가 도루 들어가게 됩니다. 그러구 우리가 어디루든지 길을 뚫어서 대간大幹 하나만 일으켜세우면 토포사쯤 파직시키기는 여반장 용이합니다."

"여보 서종사."

꺽정이가 불러서

"네."

서림이가 꺽정이를 향하고 바로 앉았다.

"이왕에 다 말한 일인데 지금 새삼스럽게 두 가지니 세 가지니 말할 게 무어요? 토포사가 나오는 때 그렇게 하면 고만 아니오."

"그렇게 하자면 예비해둘 일이 있습니다."

"무슨 예비요?"

"우리의 소굴을 몇군데 더 예비해두어야 임시 군색˚을 면할 수가 있습니다."

"소굴을 예비하다니?"

"전자에 광복산 갔을 때 인가가 있어두 군색을 여간 겪지 않았는데 더구나 인가 없는 데 가선 어떻게 합니까. 그러니 몇군데 가서 우리가 거처할 만한 집칸을 미리 세워두잔 말씀입니다."

꺽정이가 서림이의 말을 듣고 고개를 끄덕끄덕하였다.

"토끼두 세 굴을 판다는 셈으루 소굴이 많으면 많을수룩 좋으니까 우선 먼저 성천, 양덕, 맹산 평안도에 서너 군데 만들어놓구 차차 다른 데두 더 만들두룩 하시면 제 생각엔 좋을 것 같은데 어떨까요?"

"좋겠지."

꺽정이가 한번 좋다고 말한 바에는 다른 두령들이 아무리 좋지 않다고 딴소리를 하여도 소용이 없지만, 곽오주 한 사람 외에는 좋지 않게 생각하는 사람도 없었다. 황천왕동이와 길막봉이도 송악산에서 서림이의 꾀가 신통한 것을 보아서 전과 같이 곽오주와 한동아리가 되지 아니하였다.

청석골 도중의 공용 재물은 부근 동민洞民과 인읍 이속이 갖다 바치는 것도 다소 없지 아니하나, 대개는 탐관오리나 토호 거부巨富의 재물을 뺏어들이는 것인데 한 달에 한두 번 또는 네댓 번 두령들이 졸개를 거느리고 백리 이백리 밖까지 나가서 뺏어들이었다. 뺏어온 재물에 도중의 소용없는 물건은 으레 서울이나 송도로 보내서 상목을 바꾸어다가 쓰고 남는 것을 저축하여 저축한 상목이 수천 동씩 곳간에 쌓일 때도 있었다. 이때 도중의 상목이 그다지 많진 못하나마 새 소굴을 열 군데 스무 군데 만들더라도 경비 부족할 염려는 조금도 없으므로 꺽정이가 서림이의 말을 좇아서 평안도에 소굴을 만들어두기로 작정하고 보낼 두령을 고르는데, 박유복이는 평안도 지방에 익숙하고 배돌

● 군색(窘塞)하다
필요한 것이 없거나 모자라서 딱하고 옹색하다.

석이는 집 역사 감역監役에 능란하다고 두 사람을 같이 보내기로 하였다.

꺽정이는 무슨 일이든지 작정해놓고 흘미주근˚ 오래 두지 못하는 성미라 이튿날 식전 조사에 전날 밤 작정한 두 가지 일을 다 명령으로 내리어서 각처에 돌릴 기별꾼은 당일 내로 띄워 보내게 하고, 평안도 보낼 사람들은 떠날 준비를 차리라고 겨우 하루 말미를 주었다. 박유복이와 배돌석이가 양반 행세하고 부담마들을 타기로 하여 역사에 부비 쓸 서총대무명˚을 부담상자 네 짝에 그들먹하게 담고 대목大木, 소목小木, 미장이 일 하는 졸개 십여명은 하인과 마부를 삼아서 데리고 가기로 하였다. 일행이 너무 많으면 남의 이목에 두드러져서 의심을 사기 쉬우니 맹산 가서 모이기로 하고 뿔뿔이 떠나라고 서림이가 말하여, 다음날 식전에 박유복이가 먼저 졸개 두 명을 하나는 하인, 하나는 마부로 데리고 떠나고 그 뒤에 졸개 칠팔명이 각각 괴나리봇짐을 해 지구 둘씩 셋씩 작반하여 떠나고, 맨 나중에 배돌석이가 길양식과 다른 행구를 졸개 두 명에게 나누어 지우고 말, 사람 넷이 같이 떠났다. 배돌석이는 해가 한나절 기운 뒤에 청석골서 떠난 까닭에 그날 겨우 오십리를 오고 그 이튿날 백리를 오고 사흘 되는 날 역시 백리를 와서 봉산읍에서 숙소하게 되었다. 배돌석이가 황주 경천역말서 역졸 노릇할 때 봉산서 장교 다니던 황천왕동이를 자주 찾아다녀서 봉산 장교에 안면 있는 사람이 많았으므로 마음에 서먹서먹한 생각이 없지 아니하나, 그 사람들이 그저 장교를 다니란 법도 없고 설혹 그저 다니는 사람이 있다손 잡더라도 설마 어떠랴 생각하고 봉산읍에 숙소참을 댄 것이었다.

장거리 집으로 제법 깨끗한 집에 배돌석이가 사처를 정한 뒤 길양식에서 상하 세 사람의 저녁 아침 두 끼 밥쌀을 주인에게 내주고 저녁밥 지어주기를 기다리고 있는 중에, 사첫방의 비슷 맞은편 길가방 쪽에서 주인과 어떤 사람이 수작하는 말이 바로 옆에서 말하는 것같이 들리었다.

"형님, 웬일이오?"

묻는 것은 주인의 말소리요,

"너의 집에 손님 드셨구나. 어디서 오신 손님이냐?"

묻는 것은 다른 사람의 말소리다.

"서울 손님이오."

"안전께 구걸하러 온 손님인가?"

"아니오. 평안도루 가시는 손님이라우."

말소리가 그치고 얼마 아니 있다가 신발소리가

● 흘미주근 일을 여무지게 빨리 끝맺지 못하고 호리멍텅하게 질질 끄는 모양.
● 서총대(瑞葱臺) 무명 서총대베. 품질이 낮고 길이가 짧은 무명베를 놀림조로 이르는 말.

가까이 나는 듯하여 배돌석이가 방 밖을 내다보니 어둔 속이나 눈에 보이는 것이 분명히 장교 복색이라 마음이 갑자기 뜨악하여졌다. 배돌석이는 얼굴을 보라고 들고 앉았을 묘리가 없어서 슬그머니 퇴침을 베고 드러누웠다.

한동안 지난 뒤 주인이 저녁 밥상을 가지고 와서 배돌석이가 일어앉았다. 하인 줄개가 행구 중에 찬합을 내서 열어놓는 동안에 배돌서이는 방 밖에 섰는 주인을 보고

"아까 장교가 무어 수탐하러 왔었나?"
하고 말을 물어보았다.
"아니올시다. 소인의 사촌형이 소인보구 무슨 할 말이 있어 왔다갔습니다."
"사촌형이 장교 다니나?"
"수교올시다."
주인은 손님이 수저 드는 것을 보고 길가방으로 나갔다.
일이 공교하게 되려면 억지로 꾸며 만든 것같이 공교하게 되는 수가 있다. 배돌석이가 우연히 사처를 정한 집 주인의 사촌형 봉산 수교가 역시 우연히 대단치 않은 볼일로 사촌의 집에 왔다가 서울 손님이 어떤 손님인가 들여다보았더니, 뜻밖에 그 손님의 얼굴이 눈에 익어 보이었다. 배돌석이는 어둔 밖을 내다보아서 복색을 겨우 분변分辨하였지만, 수교는 등잔불 켠 방안을 들여다본 까닭에 얼굴을 잘 볼 수 있었다. 만일 배돌석이도 수교의 얼굴을 보았던들 눈에 익어 보였을 것이 수교가 황천왕동이와 함께 장교를 다닐 때 배돌석이와 수차 안면이 있었던 까닭이다. 손님의 얼굴을 더 좀 자세히 보려고 할 즈음에 손님이 드러누워서 수교는 그대로 돌아나와 사촌보고 할 말 하고 길거리로 나오면서 고개를 이리 기울이고 저리 기울이고 하다가 나중에는
"옳지, 그놈이다."
"영락없는 배가다."
하고 혼잣말을 지껄인 뒤 두 주먹을 쥐고 달음박질하여 홍살문

안으로 들어갔다.

　문루 위의 폐문소리 끝나갈 때 수교가 삼문 안에 들어와서 미닫이 열어놓은 동헌방을 바라보니 원님이 어디를 가고 자리가 비었다. 수교가 동헌 마루에 올라서자, 방에서 아이 통인 하나가 마주 나왔다.

　"안전껩서 내아에 듭셨느냐?"

　"아니요, 뒤 납셨소."

　수교가 동헌 마루에서 내려와서 뒷간 편으로 가다가 말고 넓은 마당 중간에서 어정어정하는 중에 통인이 한손에 초롱 들고 또 한손에 인궤 들고 앞을 서고 그 뒤에 원님이 걸어오는데, 체소體小한 양반이 걸음만은 황소걸음 못지않게 무거웠다. 수교가 앞으로 나가서 두 손길 맞잡고 국궁하였다.

　"너 밤에 웬일이냐?"

　"비밀히 아뢸 일이 있소이다."

　"비밀히 말할 일이 있어."

　원님이 수교의 말을 뇌듯이 말하고 다시는 말이 없었다. 무슨 일이냐 채쳐 묻지 않는 것을 수교는 속으로 괴상히 생각하며 원님의 뒤를 따라왔다. 원님이 방에 들어가서 자리에 앉은 뒤에 통인이 앞에 갖다 놓는 인궤를 한번 열어보고 다시 닫아서 옆에 비켜놓고 좌우에 있는 통인들을 다 물리고 비로소 마루에 섰는 수교를 내다보며 나직한 말소리로

　"비밀히 말할 일이 무슨 일이냐?"

하고 물었다. 원님의 성질이 찬찬한 데 수교는 새삼스럽게 놀랐다. 이때 봉산군수는 박응천朴應川이니 사람이 찬찬하고 또 찰찰하였다. 수교가 열어놓은 미닫이 앞으로 가까이 들어서서 역시 나직한 말소리로 말을 아뢰었다.

"연전에 황주 경천역말 역졸의 배가성 가진 자가 살인하구 도타한 일이 있습는데 그자가 유명한 불한당 괴수 임꺽정이 부하가 되었단 말이 있습드니 무슨 흉곈지 모르오나 그자가 지금 가짜루 양반 행차를 꾸며가지구 읍에 와서 싸전거리 소인의 사촌 집에 사처를 잡구 있소이다."

"네가 보았느냐, 네 사촌의 말을 들었느냐?"

"소인이 사촌의 집에 갔다가 봤소이다."

"그놈들 수효가 모두 몇이드냐?"

"배가가 양반 행세하구 하인이라구 둘을 데리구 왔습디다."

"모두 세 놈뿐이야?"

"녜."

"세 놈을 잡는 데 사람이 얼마면 되겠느냐?"

"배가가 돌팔매질루 유명한 놈이오나 잠자는 것을 들이덮쳐서 잡는 데는 사람이 많지 않아두 되겠소이다."

"그러면 왁자하게 떠들 것 없이 네가 슬그머니 장교와 사령을 칠팔명 모아가지구 나가서 잡아오너라."

수교가 장청에 나와 앉아서 장교 중에 힘꼴 쓰는 사람 네 명과 사령, 군노 중에 건장한 사람 네 명을 뽑아 모아서 거느리고 싸전

거리 사촌의 집으로 몰려나왔다. 그 집은 뒤채, 앞채, 옆채 세 채 집인데, 안방과 건넌방은 뒤채에 있고 길가방은 앞채에 있고 마구간은 옆채에 있었다. 집 뒤와 집 옆은 울타리가 둘렸으나 집 앞만은 그대로 길거리고 앞채 한구석에 있는 널찍한 헛간은 밖에서 뒤채로 드나드는 길이었다. 관차들이 집 앞에 와서 보니 온 집안이 캄캄하고 안방에만 희미한 불이 비치었다.

 수교가 이럴 줄 짐작하고 홰 두 자루를 준비시켜 가지고 왔다. 가까운 술 파는 집에 가서 홰에 불을 붙여가지고 바로 안마당으로 들어오라고 두 사람을 보내고 길가방과 헛간 앞에 한 사람씩 세워두고, 나머지 네 사람은 모두 육모방망이들을 손에 들고 배가의 사첫방인 건넌방의 앞문과 지게문을 지키게 하였다. 도둑괴같이 발자취들을 숨기고 다니나

● 찰찰(察察)하다
지나치게 꼼꼼하고 자세하다.

자연 인기척이 아니 날 수 없었다. 안방 머리맡 외쪽문이 열리며 주인이 내다보는 것을 수교가 가까이 가서 손을 저어서 주인은 말없이 외쪽문을 도로 닫았다. 그 뒤에는 마구간에 매인 말이 힝힝 소리할 뿐이고 건넌방과 길가방은 사람 없는 듯 조용하였다. 횃불이 안마당에 들어오자마자 건넌방의 앞문과 지게문을 일시에 열어젖히고 수교까지 다섯 사람이 으악 소리들을 지르며 방안으로 뛰어들어갔다. 빈방이다. 행구도 있고 의관도 있는데 사람만 없었다.

 배돌석이는 잡히지 않을 운수가 뻗쳐서 관차들 오기 바로 전에 밤뒤를 보려고 마구간 옆에 따로 떨어져 있는 뒷간에 나와 있었

다. 배돌석이가 뒤를 다 보고 뒷간에서 나오다가 복색 다른 사람들이 안마당으로 들어오는 것을 희미한 별빛 아래 바라보고, 먼저 왔던 수교에게 자기 본색이 탄로되어서 관차들이 자기를 잡으러 나온 줄 선뜻 짐작하였다. 남의 없는 무기 팔맷돌주머니를 방에 두지 않고 가지고 나왔다면, 그까짓 관차 몇명 안중에 둘 것도 없었지만 무기를 안 가지고는 별수가 없어서 구차스럽게 은신할 곳을 찾았다. 뒷간 앞에서 뒤울안으로 돌아오는데 신발소리를 내지 않으려고 신을 벗어 손에 들고 맨발로 색시걸음을 걸었다. 버선은 벗어놓은 채 두고 맨발에 신을 꿰고 나왔던 것이다. 마루에 북창이 있으나 다행히 닫혀 있어서 마루 뒤 안방 뒤를 살그머니 지나 부엌 뒤에까지 와서 울타리의 개구멍으로 밖에 나가려다가 나중 급하면 어찌하든지 우선 당장 버스럭 소리 내는 것을 부질없게 생각하여 부엌 뒤에 가만히 숨어 있었다. 안마당에 불빛이 비치더니 방문 열어젖히는 소리와 여러 사람 으악 소리가 일시에 나서

'저놈들, 빈방을 들이치는구나.'

배돌석이는 관차들이 허탕친 것을 고소하게 생각하는 중에 별안간 밖에서

"여기 한 놈 뛰었다!"

외치는 소리가 나며 곧 안에서

"홰 하나, 사람 둘만 얼핏 쫓아나가게."

지휘하는 말소리가 들리었다. 잠깐 동안 신발소리들이 요란하게

나고 뒤가 괴괴하여 배돌석이가 살며시 부엌 안으로 들어와서 안마당을 내다보니 마구간 근처에 횃불빛과 사람 그림자가 어른거리었다. 마당과 마루에 사람이 없는 것을 보고 배돌석이는 부엌에서 건넌방으로 갔다. 말코지에 걸어두었던 돌주머니를 떼어내려서 손에 드니 우선 안심이 되나 방안에서 팔매질이 거북하고 또 도망질한 졸개가 궁금하여 버선만 신고 대님도 못 치고 바로 헛간으로 밖을 나오는데, 횃불은 뒤울안에 있는 듯 마루 북창문이 환하였다. 졸개들이 어느 쪽으로 도망하였는지 몰라서 배돌석이가 어둠침침한 처마 밑에 잠깐 망설이고 섰는 중에 마침 술집 앞에 나섰던 사람들이

"그놈이 도둑놈인가베."

"그놈 향교말 다 못 가서 붙잡히네."

• 우리다
달빛이나 햇빛 따위가
희미하게 비치다.

지껄이는 말이 귀에 들리어서 향교말 길로 오게 되었다. 배돌석이가 향교말을 거의 다 왔을 때, 맞은편에서 횃불 하나가 오는 것을 보고 길 옆 으슥한 곳에 몸을 숨기고 있었다. 관차 다섯이 마부 노릇하던 졸개를 붙잡아가지고 오는데, 하나는 횃불을 들고 앞을 서고 둘은 졸개의 양 죽지를 치켜들고 중간에 서고 뒤에 오는 둘은 손에 방망이들을 들었다. 배돌석이의 신통한 재주 연주 팔매가 잠깐 동안에 중간의 둘과 뒤의 둘을 꺼꾸러뜨리니 앞의 하나는 홰를 내던지고 어둔 속으로 도망질하였다. 홰 떨어진 곳에 물이 있던지 불은 뿌지직하고 바로 꺼졌으나, 늦게 뜨는 달빛이 우리기˙ 시작하여 어둠이 차차로 엷어졌다. 배돌석이가 관차

들 꺼꾸러진 자리에 와서 관차의 방망이로 관차들을 짓두들겨서 좀처럼 일어나지 못하도록 만들어놓고 비로소 졸개를 돌아보니 졸개는 양쪽 어깨를 번갈아 만지고 있었다.

"어깨는 왜 만지느냐?"

"양쪽 어깻죽지를 방맹이루 어떻게 몹시 맞았는지 살이 죄다 으스러진 것 같습니다."

"너 혼자만 잡혔느냐?"

"소인이 자다가 으악 소리에 초풍해서 일어나보니까 소인만 남았습디다. 잠든 동무를 깨우지 않구 혼자 먼저 도망하는 그런 천하의 몹쓸 놈이 어디 있습니까. 소인이 방문을 박차구 길거리루 뛰어나오는데 사령 한 놈이 방문 밖에 지키구 있다가 붙잡으러 대듭디다. 그래서 눈깔이 쑥 빠지두룩 눈퉁이를 후려갈기구 도망질을 쳤습니다. 발치만 익은 길이면 저깐 놈들한테 붙잡히지 않을 겐데 길을 몰라서 허둥지둥하다가 붙잡혔습니다."

"고만 지껄이구 가자."

"어디루 가잡시오?"

"나를 따라오너라."

배돌석이가 졸개 하나를 데리고 이날 밤에 밤길로 검수역말을 지나오고 이튿날 아침부터 과객질을 시작하여 갖은 토심을 다 당하고 사흘 만에 청석골로 돌아왔다.

배돌석이가 하인으로 데리고 갔던 졸개는 벼룩을 몹시 타는 사람인데, 봉산서 자던 길가방에 벼룩이 많아서 잠 못 자고 부스대기치던 끝에 고의 속에 든 벼룩을 떨려고 밖에 나갔다가 마침 관차들이 오는 것을 보고 그대로 들고뛰었다. 배돌석이보다 하루 뒤져서 청석골로 돌아온 것을 두령을 버리고 동무를 버리고 혼자 도망한 것이 용서치 못할 죄라고 꺽정이가 장하에서 물고를 내게 하였다.

배돌석이가 못 가게 된 것을 맹산서 기다릴 박유복이에게 기별하여 주자고 이봉학이가 꺽정이에게 말하여 황천왕동이를 보내기로 되었는데, 길은 봉산을 피하기 위하여 신계, 곡산으로 작로하게 하였다. 황천왕동이가 곡산서 양덕, 양덕서 맹산으로 가는 중에 소삽한 산골길에 여러 차례 길을 잃고 헛고생을 무척 하여 돌아올 때는 순천順川, 은산殷山, 자산慈山을 지나 평양으로 나와서 서관대로를 좇아 봉산을 지나왔다. 봉산읍에는 해진 뒤 캄캄한 때 들어가서 처가에서 자고, 밝는 날 어뜩새벽 떠나 나온 까닭에 남의 눈에 뜨일 사이가 없었다. 봉산 장교 하나와 사령 셋은 배돌석이에게 돌팔매를 맞고 또 방망이를 맞아서 모두 죽다 살아났고, 수교는 배돌석이를 잡지 못하고 놓친 죄로 원님에게 소곤小棍 오십 도를 맞았고, 배돌석이가 버리고 온 말 한 필과 서총대무명 두 상자와 기타 행구는 다 속공*되었다고 황천왕동이가 그 장인 백이방에게서 이야기를 듣고 왔다.

• 속공(屬公) 임자가 없는 물건이나 금제품, 장물 따위를 관부의 소유로 넘기던 일.

여러 두령이 황천왕동이의 이야기를 들은 뒤에
"수교놈 곤장 맞은 것 잘쿠사니요."

"그따위 놈은 대매에 때려죽여두 싸지."

"그까짓 수교놈버더 군수놈을 치도곤 한번 먹였으면 좋겠소."

"말 한 필, 무명 두 상자 뺏긴 것은 더 말할 것 없구 졸개 한 놈 죽은 것두 봉산군수의 탓이라구 말할 수 있지."

"그놈 한번 버릇을 못 가르친단 말이오?"

이 사람 저 사람이 지껄이는 말을 꺽정이가 듣고 나서 서림이를 돌아보며

"봉산군수 박응천과 신계현령 이흠례 두 놈은 가만 놔두면 우리에게 많은 해를 끼칠 테니 어떻게 처치할 도리를 생각합시다."

하고 말하니 서림이가

"네."

대답하고 바로 꾀를 생각하느라고 눈을 까막까막하였다.

"급치 않은 일이니 차차 생각해두 좋소."

"우선 박응천이부터 처치하지요."

"어떻게 처치하잔 말이오?"

"가짜루 금부도사를 꾸며가지구 가서 잡아가지구 오면 어떻겠습니까?"

"좋지, 그렇지만 금부도사를 어떻게 꾸미나?"

"두령 한 분이 두목이나 졸개 서너 놈 데리구 서울 가서 한첨지의 아들과 상의해서 금부도사 행차를 꾸며가지구 봉산으루 내려가면 되지 않겠습니까."

"금부도사와 금부 나쟁이의 복색을 얻으러 서울까지 간단 말

이오?"

"도사나 나쟁이의 복색은 얼르러 갈 것이 없지만 주장˙두 지금 우리게는 없습니다. 그리구 첫째 한첨지 집의 위조 마패를 한 벌 얻어서 역마를 잡아타구 내려가야 금부도사의 행차가 되지 않습니까."

꺽정이가 고개를 한두 번 끄덕이고

"그러면 누구를 금부도사루 만들면 좋겠소?"

하고 물었다.

"도사 노릇을 잘못하면 발각이 나기 쉬우니까 이두령께서 도사루 가시는 게 제일 좋을 것 같습니다."

서림이 말끝에 이봉학이가 고개를 외치고

● 주장(朱杖)
주릿대나 무기 따위로 쓰던 붉은 칠을 한 몽둥이.

"고양, 파주 등지의 역 사람들은 대개가 내 얼굴을 알 테니까 나는 안 되겠소."

하고 말하였다.

"낯익은 사람 보시거든 부채루 차면遮面하시지요."

"역 사람은 고만두구 임진나루 사공들이 부채 차면했다구 나를 모르겠소?"

"그러면 서울서 여기까지 다른 사람이 오구 여기서 봉산까지 이두령께서 가시지요."

"가짜에 교대까지 하면 일이 너무 구차하지 않소."

"구차하지만 다른 두령의 갈 만한 분이 없지 않습니까."

"두령 중에 도사 노릇 잘할 사람이 없으면 두목이나 졸개 중에서 물색해도 좋지 않소?"

　서림이가 자기 말로는 이봉학이를 누를 길이 없어서 꺽정이의 말을 자중˙하려고

　"대장께서 결정해 말씀하셨으면 좋겠습니다."

하고 꺽정이를 바라보았다. 꺽정이가 한참 생각하다가

　"서종사, 도사루 가보우."

하고 말하여 서림이는 고개를 살래살래 흔들고서

　"제가 어디 도사 노릇을 잘할 수가 있습니까. 대장께서 가라시면 가긴 가겠습니다만, 혹 낭패가 되드래두 제게 죄책은 내리지 마십시오."

하고 대답하였다.

　봉산은 전에 선비가 없던 시골인데 장가순張可順이란 학행 겸비한 선비가 평지돌출로 처음 나서 봉산의 때를 씻었다. 그의 이름을 위에서까지 알고 특지로 참봉 초사를 시키었으나, 그는 환로에 나서지 않고 일평생 시골에 들어앉아서 제자를 많이 길러놓은 까닭에 이때 봉산은 황해도에서 선비 많기로 평산과 같이 치게 되었다. 봉산군수 박응천이 관가에 일 없는 날, 장참봉 제자의 유수한 선비 사오 인을 데리고 계유산鷄遊山 정림사淨林寺에 나와서 봉산 십이경十二景의 하나인 양익봉兩翼峰을 시제삼아 풍월들을 짓는 중에 호장, 이방, 승발˙ 삼공형˙이 함께 나와서 급한 공사가 있다고 통인시켜 말하여 군수가 앉았는 누마루 앞으로 삼공형을 불러들이었다.

"급한 공사가 무엇이냐?"

군수의 묻는 말에

"서울서 금부도사가 내려왔소이다."

호장이 대답하였다.

"금부도사가 내려왔어?"

군수는 호장의 말을 한번 뇌고 나서

"무슨 일루 내려왔다드냐?"

하고 물었다.

"무슨 일인지는 알 길이 없사오나 금부도사가 객사에 와 앉아서 안전께 전교 받자오러 나옵시라구 성화같이 재촉하옵디다."

"내게 전교가 내렸다. 무슨 일일까?"

군수는 혼잣말로 말하는데 이방이 섰던 자리에서 한두 걸음 앞으로 나서서

"소인이 나졸 하나를 붙들구 넌지시 까닭을 물어보온즉 서울서 역적 고변告變이 생겨서 여러 사람이 잡혔삽는데 안전 성함이 한 사람 초사에 났다구 하옵디다."

하고 소리를 낮추어서 나직나직 말하였다.

● 자중(藉重) 중요한 것이나 권위 있는 것에 의거함.
● 승발(承發) 지방 관아의 구실아치 밑에서 잡무를 맡아보던 사람.
● 삼공형(三公兄) 조선시대에, 각 고을의 세 구실아치. 호장, 이방, 수형리를 이른다.

"도사가 나졸을 몇이나 데리구 왔드냐?"

"나졸이 둘이옵구 나쟁이가 하나옵디다."

"도사가 무얼 타구 왔드냐?"

"역마 타구 왔습디다."

"ㄱ. 역마가 분명히 검수역에서 온 것이드냐?"

이방이 대답을 못하고 호장을 돌아보고 또 승발을 돌아보았다. 승발이 나서서

"말두 소인이 잘 아는 말이옵구 경마 들구 온 역졸두 소인이 잘 아는 역졸이옵니다."

이방 대신 대답하였다.

"도사의 성이 무어라드냐?"

삼공형이 다 대답을 못하여 군수는 혀를 차고

"십리 밖에 쫓아나오는 것들이 그만 것두 알아보지 않구 나왔단 말이냐?"

꾸짖은 뒤 선비들을 돌아보며

"나는 곧 읍으루 들어가야겠소. 아직 잘 알 수는 없으나 여러분과 다시 만나지 못하구 작별하게 되기가 쉽겠소."

하고 말하니 선비들은

"성주의 불행은 곧 봉산 일군—郡의 불행이올시다."

"청천백일靑天白日 같으신 성주를 초사에 올린 놈이 어떤 놈인지 그놈은 봉산 일군 대소 인민의 원수올시다."

"민들두 곧 성주 뒤에 따라들어가서 다시 보입겠습니다."

"성주께서 이런 소조를 당하신 줄 알면 민들이 집에 있다가두 전지도지˙해서 들어가 뵈올 터인데 한자리에 뫼시구 있다가 집으로 흩어져 갈 수가 있습니까."

이런 말을 제각기 한마디씩 지껄이었다.

박응천이 정림사에서 읍으로 들어오는데 떠들지 않고 조용히

오고 객사로 가지 않고 동헌으로 왔다. 삼공형들이 줄달음으로 원님의 교군 뒤를 쫓아오는 중에 이방만 객사 길목에서 뒤떨어져서 객사를 들러 왔다.

"도사의 성씨는 서씨라구 하옵구 도사는 봉명한 사람을 오래 지체시킨다구 화가 천둥같이 났다구 하옵디다."

이방이 말하는 것을 군수가 듣고 곧 옆에 섰는 통인더러 문무백관의 성명들 적어 꽂는 첩책을 가져오라고 하여 의금부 관원을 찾아보니 경력 다섯에 서가 성이 하나 있을 뿐이고 도사 다섯은 모두 타성들이었다. 박응천이 의심이 없지 않던 중에 이것을 보고 확실히 깨달은 바가 있어 군노, 사령, 장교 몇십명을 떠들지 말고 시급히 모아서 대령하라고 이방에게 분부하였다.

● 전지도지(顚之倒之) 엎드러지고 곱드러지며 몹시 급하게 서두르는 모양.

군수와 같이 절에 갔던 선비들이 관가로 들어왔다. 선비 하나가

"성주께서 바루 객사루 행차하신 줄 알구 민들은 객사에를 갔었습니다."

하고 말하니 군수는

"그랬소."

한마디로 대답하고

"거기들 앉으시우."

하고 말하여 선비들이 동헌 윗간에 자리잡고 앉을 때, 이방이 한편 어깨를 처뜨리고 썰썰 기어들어와서 댓돌 아래 엎드리는 것을 군수가 댓돌 위에 올라서라고 분부하여 이방이 내다보는 원님 앞

에 허리를 구부리고 서서

"한 삼십명 모아서 삼문 밖에 대령시켰소이다."
하고 아뢰었다.

"좌우병방은 다 어디 있느냐?"

"삼문 밖에 있소이다."

"그러면 좌우병방을 시켜 삼십명을 거느리구 빨리 객사에 가서 도사 일행을 잡아오게 해라."

이방은 이때까지 도사를 가짜로 생각하지 못하다가 도사를 잡아오란 원님의 분부를 듣고 비로소 개도가 되어서

"도사가 분명 적당인 줄 아셔 기시오니까?"
하고 묻지 않아도 좋은 말을 묻다가

"잔소리 말구 빨리 나가 분부대루 거행해라! 만일 도사를 잡아오지 못하면 좌우병방은 고사하구 너부터 중책을 당할 테니 그리 알아라."

호령기 있는 군수 말에 황겁하여

"네."
대답하고 곧 밖으로 나갔다.

윗간에 앉았는 선비들은 군수의 처사를 해이하게 여겨서 말없이 서로 돌아보는 중에 말을 못 참는 사람 하나가 군수를 보고

"여느 조관두 아니요, 지중至重한 어명을 받아가지구 나온 조관을 잡는 법두 있습니까?"
하고 물으니

"지금 객사에 왔다는 것이 진정한 금부도사면 내가 잡으러 보낼 리가 있소?"

하고 군수는 웃었다.

"진정한 금부도사가 아니면 무어오니까?"

"대담무쌍한 적당이 나를 속이러 온 것 같소."

"적당인 줄을 어떻게 아십니까?"

"요전에 왔던 적당이 양반 행세를 하구 왔드라니 양반 행세하는 놈들이 조관 행세는 못할 리 있소?"

"적당이 어떻게 역마를 잡아타구 올까요?"

"글쎄, 그건 지금 알 수가 없으나 적당이 아마 마패를 위조해 가진 것 같소."

"어명을 받아가지구 왔다면 어보˙ 찍힌 문자가 있겠지요?"

● 어보(御寶) 국새.
국가 문서에 사용하던 임금의 도장.

"그런 것이 없소. 우리와 같은 일개 수령을 압상할 때는 말할 것두 없구 증왕 대신을 지낸 죄인에게 사약할 때두 전교를 쪽지에 적어가지구 갈 뿐이오."

"그러면 금부도사가 그 쪽지에 적은 것을 죄인에게 내줍니까?"

"죄인이 보여달라면 보여주기두 하겠지만, 그까짓 쪽지 보나 안 보나 마찬가지니 보여달랄 까닭 있소? 도사가 말루 옮기는 전교를 듣구 고만이지."

"막중한 전교가 도사의 입에 달린 셈이니 소홀하기 짝이 없구먼요."

"그래서 기묘년에 조정암 선생이 능주서 후명을 받을 때 상소를 하려구까지 하셨답디다."

군수가 선비들을 데리고 여러가지 수작을 하는 중에 이방과 좌우병방이 같이 들어와서 계하에 굴복들 하였다.

"어떻게 했느냐, 잡아왔느냐?"

군수 묻는 말에

"도사 일행이 잡으러 가기 전에 벌써 먼저 도망질을 쳤습디다."

이방이 대답하니 군수는 화를 내며

"무어야! 너희놈들이 놓치구 와서 하는 소리지!"

호령을 내놓았다.

"소인이 이애들하구 같이 객사에를 갔었소이다. 도사 일행이 어디 가구 없습기에 객사 앞에 섰는 백성들더러 물어보온즉 나졸 하나가 관가 근처까지 왔다가서 도사를 보구 몇마디 말을 지껄이더니 도사가 바루 나쟁이, 나졸, 역졸 다 불러놓구 큰 소리루 하는 말이 봉산군수가 전교를 받지 않으니까 내가 밤 도와 서울루 올라가서 위에 아뢰구 별반조처를 할밖에 없다, 이틀 밤 하루 낮 동안에 서울을 득달하두룩 빨리 가자 하구 곧 역마를 타구 풍우같이 몰아갔다고 하옵디다. 소인들이 객사에 갔을 때 벌써 십릿길이나 갔으리라구들 하옵기에 하릴없이 그대루 돌아와서 대죄들 하옵니다."

군수가 이방의 발명하는 말을 듣고 한동안 쓴 입맛을 다시다가

"다들 나가거라!"

이방과 좌우병방을 호령으로 퇴출시킨 뒤 선비들을 보고

"오늘 절에를 안 갔드면 일찍 서둘러서 적당을 잡는 겐데 분하게 되었소."

하고 말하였다.

봉산에 갔던 금부도사가 서림인 것은 다시 말할 것도 없다. 서림이가 봉산군수를 잡으러 갔다가 하마터면 봉산군수에게 되잡힐 뻔하고 청석골로 돌아와서 여러 두령이 모여 앉은 자리에서 봉산 가서 한 일을 자초지종 다 이야기하고 끝으로 꺽정이를 보고

"제가 금부도사 노릇은 의수하게 했지만 박응천이 워낙 참새 굴레 씌우게* 약아서 속지를 않으니 할 수 있습니까?"

자기의 실수 없는 것을 발명하여 말하니 꺽정이는 고개를 가로 흔들었다.

• 참새 굴레 씌우다
너무 지나치게 약빠르고
꾀가 많은 사람을 두고 하는 말.

"무엇이 잘못된 줄루 생각하십니까?"

"군수가 나오거나 장채들이 나오거나 양단간 끝장을 보구 올 것을 지레 도망한 것이 잘못된 것 같소."

"장채들이 나온 뒤에야 무슨 수루 도망합니까. 끝장을 보려구 있었으면 저는 지금 봉산 옥중에서 죽을 곡경을 치르게 되었을 겝니다."

꺽정이는 더 말을 아니하는데 이봉학이가 꺽정이의 뒤를 받아서

"대장 형님 말씀과 같이 지레 도망한 것이 자겁自怯해 한 일 같소. 서종사는 받가이 나서 도망했다고 하지만 뒤쪽으루 도망해서

발각이 났는지 누가 아우?"
하고 말하여 서림이가 무안 본 사람같이 얼굴을 붉히며

"나중에 알아보시면 알 일이지만 박응천이가 금부도사를 가짜루 간파하구 체포하려 든 것만은 틀림없는 사실일 줄 압니다."
하고 단언하였다. 그러나 이봉학이는 서림이의 단언을 믿지 아니하는 듯

"글쎄."
하고 고개를 한편으로 기울였다. 곽오주가 입짓 콧짓 다 하며

"서종사, 하마터면 봉산 귀신 될 뻔했소."
말로 비웃을 뿐 아니라 말없는 다른 두령들도 눈으로 비웃는 것 같았다.

"전교가 내렸다면 원이 동헌에 있다가두 근두박질해서 나올 것인데 절에서 들어와서 바루 객사루 오지 않구 동헌에 가서 안연히 앉아서 도사의 성을 알아들이는 것이 도사를 의심하구 전교를 의심하는 증거가 아닙니까. 원이 관가루 들어간 줄 알구는 곧 일어서구 싶은 것을 그래두 혹시를 몰라서 관가의 동정을 알아본즉 관문 밖에 장교, 사령, 군노들이 자꾸 모여들드라니 이것이 체포하려는 거조지 무업니까. 지레 뺑소니치지 않았으면 꼭 박응천이 손에 걸렸습니다."

서림이가 열이 나서 발명하는 말을 꺽정이는 웃으며 듣고

"지나간 일은 잘됐든 못됐든 덮어두구 박응천이를 달리 처치할 도리나 생각해보우."

하고 말하였다.

"박응천이 같은 약은 위인을 달리 욕보이기는 좀처럼 어려우니까 그저 군수나 떼어먹구 마는 수밖에 없습니다."

"군수를 떼어먹기는 그리 쉽소?"

"서울 가서 한온이 시켜 주선하면 쉽사리 될 수 있을 겝니다."

"한온이가 이조판서나 된 줄 아우? 제가 무슨 수루 군수를 떼구 달구 하겠소."

"윤원형에게나 지금 시색 좋은 이량에게 다리를 놓구 말 한마디만 들여보내면 봉산군수는 곧 떨어집니다."

"무슨 말을 들여보낸단 말이오?"

"청석골패 대장 아무개가 조관 행세하구 봉산읍에 들어간 것을 군수가 몰라서 잡지 못했다구 말을 들여보내면 박응천이의 뒷줄이 여간 좀 든든하드래두 떨어질 줄 압니다."

꺽정이는 빙그레 웃었다.

"제가 서울을 한번 더 갔다올까요?"

"천왕동이를 보내선 안 될까?"

"황두령이 간들 안 될 까닭이 있습니까? 한온이더러 그렇게 주선하라구 부탁만 하면 될 일인걸요."

꺽정이가 황천왕동이에게

"너 내일 잠깐 서울을 갔다오너라."

하고 말을 일렀다.

황천왕동이가 서울 가서 서림이 말대로 한온이에게 부탁할 때 한온이 말이 이량의 심복인 이령에게 말을 들여보낼 만한 좋은 계제가 있다고 하더니, 불과 십여일 후에 봉산군수 박응천은 체차하고 그 대代에 윤지숙尹之淑을 임명한다는 정사가 기별지奇別紙에 나게 되었다. 윤지숙은 이때 당하 호반 중 쟁쟁한 사람이라 적당을 잡으라고 특별히 택임擇任한 것이었다.

청석골 적당이 송도서 백주에 살인한 뒤 조정에서는 토포사를 내보내서 적당을 토멸시키자는 공론도 있었고, 토포사를 내보내면 민폐만 더 되니 고만두고 개성유수와 황해도관찰사를 각별 신칙하여 적당을 체포시키자는 공론도 있었다.

어느 날 영중추부사 윤원형과 대사간 이량이 편전에 입시하였을 때, 위에서 조처할 방법을 하문한즉 원형은 토포사 내보내기를 주장하고 량은 토포사 고만두기를 주장하여 각기 주장을 세우려고 말을 다투는데, 위에서 사가로 치면 외숙인 윤원형은 꺼리고 중전의 외숙 이량을 특별 총애하는 중이라 량의 주장을 옳다고 말씀하여 원형이 무료하고 있다가 합문 밖으로 물러나와서

"적당이 나라를 떠가면 내 나라를 떠가나?"

혼잣말일망정 무엄한 말을 입 밖에 내기까지 하였다. 권신들이 서로 틀개를 놓는 중에 조정 공론이 이것저것 다 무력하여져서 하등 조처가 없이 달포를 지내왔다.

적당이 조관으로 가장하고 봉산군수를 농락한 일이 위에까지 입문된 때, 위에서 삼공三公과 영부사에게 적당이 횡행하는 것을 가만두고 보는 것은 국가의 수치니 빨리 조처할 방법을 상의하라

고 하교를 내리어서 삼공과 영부사가 정부에 회좌會座하였다. 상좌에 영의정 상신尙震이 앉고 또 그다음에 좌의정 이준경이 앉고 그다음 우의정 심통원沈通源이 앉고 영중추부사 윤원형은 말좌에 앉았다. 세력 좋은 윤원형이 정부 좌차座次에 말좌하게 된 것은 이야말로 팔자소관이니 유명짜한 장님 홍계관이 윤원형의 사주를 보고 영의정이 되면 불길하다고 말하여 윤원형은 영의정을 고사하고 영중추를 자원하였었다. 상좌의 영의정이 무거운 입을 열어서

"영부사 대감 말씀하시지요."

말하고 우의정과 함께 말좌를 바라보니

"소생에게는 묻지 마시구 어서 말씀하십시오."

• 출기불의(出其不意)
일이 뜻밖에 일어남. 뜻밖에 나섬.

하고 윤원형은 도리머리를 흔들었다. 무엄한 말을 입 밖에 내던 배짱이 아직도 남아서 도리머리를 치게 한 것이었다. 그제는 영의정이 말하라는 눈치로 좌의정을 돌아보니 좌의정은 눈을 아래로 깔고 입을 다물고 있었다.

"우상 대감 먼저 말씀하시오."

"소생의 생각에는 개성유수와 황해관찰이 각각 정병精兵을 조발하여 가지고 비밀히 기일을 정해서 출기불의˚로 적굴을 음습하면 일거에 적당을 섬멸할 수 있을 줄 압니다."

"인제 대감 말씀 좀 들읍시다."

영의정이 다시 좌의정을 돌아보며 말하기를 재촉하였다.

"지금 우상 말씀이 좋습니다. 그런데 개성과 황해도에서 출병

할 때 평안, 강원 양 도에서 지경을 지켜서 도적의 도타할 길을 막으면 더욱 좋을 것 같습니다."
　영의정이 고개를 몇번 끄덕인 뒤
　"영부사 대감, 지금 두 분 대감의 말씀이 어떻습니까?"
윤원형의 의향을 물었다. 윤원형은 좌우의정의 의논을 귀담아듣지 않고 사인숲人방에서 나오는 풍류소리와 기생 노래를 듣고 있다가 영의정 묻는 말에 무턱대고
　"좋습니다."
하고 대답하였다.
　"그러면 소생이 탑전에 들어가서 개성유수와 황해, 평안, 강원 삼도 관찰에게 각각 밀유密諭를 내리시도록 아뢰고 나오리다."
　영의정만 승지, 사관들과 함께 합문 안에 들어갔다가 얼마 뒤에 다시 정부로 물러나와서 좌우의정과 영부사를 보고
　"위에서 윤종˚하십디다."
하고 말하였다. 말좌의 영부사가 먼저 일어 나가고 삼공들도 좌차대로 차차 일어나서 정부의 회자가 끝이 났다.
　송도유수와 황해감사가 상감의 밀유를 받고 군병을 조발한다는 소식이 들똘같이 청석골로 들어왔다. 꺽정이가 여러 두령을 한자리에 모아놓고 각처에서 들어온 소식을 이야기하는데, 출모발려˚를 맡아놓고 하다시피 하는 서림이가
　"우리는 차차 형편을 봐가며 자리를 옮기드래두 주체궂은 안식구들만은 먼저 이천 광복산으루 보내두는 것이 좋을 것 같습니

다."
하고 말하니 다른 두령은 말할 것도 없고 서림이의 말이라면 으레 뒤받는 곽오주까지 희한하게 찬동하였다.

꺽정이가 서림이의 말을 좇아서 안식구들을 이천 광복산으로 보내는데 두령 중에 이봉학이, 황천왕동이 두 사람을 같이 보내고, 또 양주˙ 갖춘 두목과 졸개 수십명을 따라 보내기로 작정하였다. 두목과 졸개들은 각각 저의 식구를 데리고 뿔뿔이 떠나게 하고 두령들의 안식구는 혹 말도 태우고 혹 소도 태우기로 하였는데, 탈것 외에 양식바리, 세간바리도 적지 아니하여 마소가 있는 것으로 부족되어서 근처 아는 사람의 것을 얻어들이기도 하고 또 난데 들에 매인 것을 끌어오기도 하였다. 이봉학이와 황천왕동이 외의 다른 두령들도 여러 차례에 전줄러서˙ 떠나는 내행을 배행들 하느라고 잠시는 청석골을 비우다시피 하였다.

- 윤종(允從) 남의 말을 좇아 따름.
- 출모발려(出謀發慮) 계략을 생각하여 냄.
- 양주(兩主) 바깥주인과 안주인이라는 뜻으로, '부부'를 이르는 말.
- 전주르다 동작을 진행하다가 다음 동작에 힘을 더하기 위하여 한번 쉬다.

청석골 꺽정이패가 강원도로 달아났단 소문이 있어 송도 포도군관들이 듣고 각처로 알아본즉 말 탄, 소 탄 여편네들과 빈몸, 아이 업은 사내들이 우봉길, 토산길로 십여일 동안 매일같이 나간 것이 틀림없는 사실이었다. 포도군관들이 이 사연을 유수께 아뢰니 유수는 큰 시름을 놓은 것같이 여겨서 곧 황해감사와 약회하고 만나 상의한 후에 청석골 적당이 강원도 땅으로 도망하였다고 각각 장계하고 군병 조발하던 일을 다같이 중지하였다. 청석골에 있는 꺽정이 이하 여러 두령들은 이것을 알고 감류*의 처사가 맹랑한 것을 웃었다. 서림이가 꺽정이에게 말하기를 아직 얼마 동안은 여기 있는 표적을 내지 않는 것이 좋으니 이 근방에서는 행인의 보따리 하나라도 강탈하지 못하도록 금지하자고 하여 꺽정이가 그 말을 좇아서 부하를 단속한 까닭에 송도부하府下와 강음 경내에 일시 적환이 없어졌다.

　각 집안 식구들이 죄다 없고 보니 청석골 안이 쓸쓸하기 짝이 없었다. 어린애를 기하는 곽오주가 좋아하고 홀아비로 지내는 김산이가 심상할 뿐이지 그외의 다른 두령들은 모두 불편도 하고 허우룩도 하였다. 그나마 일이 많은 때 같으면 일에나 골몰들 할 것인데 하루 한번씩 탑고개 큰길에 나가서 순을 돌던 것까지 폐지하고 가만히 산속에들 들어앉았는 중이라 밤낮으로 술판만 벌이어서 독술이 번쩍번쩍 들어났다. 꺽정이가 심심한 것을 견디다 못하여 청석골 일을 늙은 오가와 서림에게 쓸어맡기고 단신으로 서울을 올라왔다. 겉으로는 남소문 안 한첨지의 문병을 볼일로 내세웠지만 속으로는 서울 살림하는 여편네들을 와서 볼 생각이 긴하였던 것이다. 꺽정이가 서울 오던 날 바로 남소문 안으로 들어와서 한온이에게서 저녁을 먹고 남성밑골 박씨에게 가서 자고, 이튿날 아침 후에 동소문 안 원씨와 김씨를 보러 왔다. 원씨 집과 김씨 집은 서로 격장이나 김씨 집이 가는 길의 첫머리라 꺽정이가 김씨 집으로 먼저 들어가려고 집 앞에 와서 보니 문이 닫아걸려서

"문 열어라!"

하고 문짝을 흔들었다.

"누구요?"

김씨의 목소리가 나서

"나야."

꺽정이가 대답하니 김씨가 쫓아와서 문을 열어주며

"아이구, 이게 웬일이세요? 오신단 선성도 없이."

하고 싱글싱글 좋아하였다.

"내가 언제 선성 놓구 다니는 사람인가. 그런데 아무두 없이 혼자 있으니 웬일이야?"

"빨래 보냈세요."

김씨가 마루에 돗자리를 내다 깔고

● 감류(監留) 관찰사인 감사와 유수를 아울러 이르던 말.

"웃옷을 아주 벗고 앉으시지요."

꺽정이가 벗어주는 의관을 받아서 방안에 갖다 놓고 꺽정이 옆에 와서 앉았다.

"서울을 언제 오셨세요?"

"어제 저녁때."

"남소문 안에서 주무셨나요?"

꺽정이는 그렇다고 고개를 끄덕이었다.

"어제 오시는 길로 기별 좀 해주시지요. 그랬으면 집안이나 깨끗하게 치워놨지요."

"이만해두 깨끗해서 좋은데 무얼 그래?"

"깨끗한 게 무어에요. 앞뒤 마당 쓰레질도 내가 하니 오죽해요?"

"애꾸눈이는 가만히 놀리구 밥만 처먹이나?"

"대체 어디 가 그따위 천하 망한놈을 골라서 비부쟁이로 들여 주셨세요?"

"왜 그래?"

"왜 그래가 무어에요? 내가 그동안 그놈 때문에 속을 얼마나 썩였는지 아세요?"

김씨의 말소리가 새되어졌다.

"비부쟁이 잘못 들였다구 날 보면 시비하려구 벼르구 있었군."

"시비도 할 만하거든요."

"그까짓 시비는 나중에 가리구 우리 그동안 서루 그린 정회나 이야기하자구."

꺽정이가 김씨의 얼굴을 들여다보며 웃으니 김씨도 흔연하게 마주 웃었다.

꺽정이가 한나절 김씨와 같이 있다가 밤에 다시 오마고 말하고 의관을 차리고 원씨의 집으로 왔다. 오래간만에 원씨가 만든 맛깔진 음식으로 점심을 먹고 원씨와 둘이 방에 앉아서 이야기를 할 때, 동자치가 열어놓은 방문 앞에 와서 원씨를 들여다보며

"아씨, 심미실이가 선다님 오신 줄을 알구 보이러 왔다는데 어떡해요?"

하고 물었다. 꺽정이는 심미실이란 사람이 누구인지 몰라서

"누가 왔어?"

하고 채쳐 물은즉 원씨가 웃으면서

"담너머 집 하인이 보이러 왔나 봐요."

하고 말하였다.

"담너머 집 하인이라니?"

"노가 말씀이오."

"그놈이 왔으면 그대루 들어올 게지 무슨 연통이람?"

"노가가 사람이 하두 흉물스럽다기에 내가 집안에 들이지 말라고 일러두었세요."

꺽정이가 고개를 끄덕이고

"그런데 심미실이란 무어야? 노밤이가 변성명을 했나?"

"집의 할멈이 자살궂게 그런 성명 같은 별명을 지어놨세요."

"심미실이란 성명에 무슨 뜻이 있나?"

원씨가 마루에 앉았는 할멈쟁이를 내다보며

"할멈, 심미실이 무슨 뜻이냐고 물으시네."

별명 지은 사람더러 그 뜻을 말하라고 하는데

"아씨가 잘 아시면서 왜 할멈을 끌어대시어. 할멈은 정신이 사나워서 잊었습니다."

할멈쟁이가 딴청을 썼다.

"무슨 말하기 어려운 뜻인가?"

꺽정이 묻는 말에 원씨는 아니라고 고개를 가로 흔들었다.

"그럼 왜 서루 미루구 말을 안 해?"

"심은 심술망나니, 미는 미치광이, 실은 실본˚이라나요?"
 꺽정이가 심미실의 뜻을 듣고 한바탕 껄껄 웃은 뒤 동자치를 보고
 "심미실이를 들어오라구 그러게."
웃음의 소리로 말을 일렀다. 동자치가 밖으로 나간 지 한참 만에 먼지 켜켜 앉은 갓을 쓰고 툭툭한 무명 홑두루마기를 입은 노밤이가 가장 틀을 짓고 뚜벅뚜벅 걸어들어오더니 마당에도 서지 않고 뜰에도 서지 않고 바로 마루 위로 올라왔다.
 "어디루 올라가?"
 동자치가 뒤따라들어오며 나무라고
 "천둥했나?"
할멈쟁이가 한옆으로 피해 앉으며 욕하는데 노밤이는 모두 못 들은 체하고 안방문 앞에 가까이 와서 내다보는 꺽정이에게 공손히 문안을 드리었다.
 "잘 있었느냐?"
 "네, 덕택으로 잘 지냅니다."
 "네 처에게 구박이나 맞지 않느냐?"
 "제 첩년이 저라면 끔뻑 죽습니다. 구박이 다 무업니까. 그러구 사내 쳇것이 기집년에게 구박을 맞구야 갓철대를 이마에 붙이구 다닐 수가 있습니까."
 "저놈이 첩이라구 하다가 기집에게 뺨을 안 맞을까."
 "처나 첩이나 기집은 마찬가집지요. 저두 선다님을 본받아서

적서 분간 않습니다."

"누굴 본받아, 이 미친놈아!"

"선다님께서 저를 데리구 실없이 하시느라구 미친놈 패호를 채워주셔서 치마 두른 사람들까지 저를 아주 미친놈으로 돌립니다. 창피해서 죽겠습니다. 제발 덕분에 인제부터는 실없는 말씀이라두 미친놈 성한 놈 하지 맙시오."

"저놈이 아주 미치지 않았나."

"선다님, 야속두 하십니다."

"고만 가거라."

"네."

노밤이가 그제사 돌아서서 할멈쟁이를 보고

"각 골 아전은 원님 있는 동헌 마루에 못 올라가지만 장교들은 장막*의를 차려서 올라가는 법이오. 나두 선다님의 막하니까 마루에 올라와서 문안을 드린 것이오. 아무리 여편네들이라두 그런 것쯤은 알아야 하우."
말하고 뜰 위에 내려서다가 머리를 돌이켜서 원씨를 보고

"제가 업어 뫼실 때버덤 퍽 수척하셨구먼요."

말하는 것을

"이놈!"

꺽정이가 호령하니

"아니올시다."

하고 목을 자라같이 움츠리고 허둥지둥 밖으로 나갔다.

● 실본(失本)
본전에서 밑지거나 손해를 봄.
● 장막(將幕)
장수와 그가 거느리는 막하를 통틀어 이르는 말.

꺽정이가 원씨의 집에 눌러 저녁 먹고 초벌잠 한숨 늘어지게 자고 밤중이 지난 뒤에 다시 김씨 집에를 와서 보니, 김씨는 그때까지 자지 않고 기다리고 있었다. 베개 위에서 김씨가 낮에 미진한 이야기를 하는데 이야기 중에 그동안 노밤이에게 속상한 하소연이 많았다. 먹는 것은 다른 사람 배벌 먹으며 일은 죽어라고 아니하고 혹간 박부득이˙ 일을 시키려면 빌어 뫼시듯 해야 어떻게 꿈쩍거리나 그나마 제 마음이 내키지 않으면 쇠귀신보다 더 질겨서 비부쟁이라고 곧 상전인데 이런 것은 오히려 소분지小分枝요, 병신 고운 데 없다고 그중에 흉측스러운 마음이 있어서 선다님이 보구 싶지 않으냐 혼자 자기 고적치 않으냐 이따위 말을 가끔 하고 어느 때는 임선달이 누군 줄 아느냐, 해서대적 임꺽정이다, 지금까지는 운수가 좋아서 잡히지 않았지만 잡히는 날이면 따라서 경칠 테니 진작 알아차리라고 엄청난 소리를 다 하더라고 김씨가 가지가지 이야기한 뒤 끝으로

"내가 들인 사람이면 벌써 들거저 내쫓을 것인데 들여주신 사람을 내 자의로 내쫓기가 어려워서 단근질 참듯 참았세요. 인제 오셨으니 얼른 어떻게 조처해주세요."

하고 남편을 졸랐다. 꺽정이가 노밤이를 아무짝에 쓸데없는 기와깨미˙로 알면서도 미친 체하는 것을 밉지 않게 보고 거짓말하는 것을 웃음거리로 들어서 심심할 때 심심풀이 소일감이 되는 까닭에 한온이가 불길한 화상이라고 보내라고 말한 적도 있고, 또 황천왕동이가 이간질 잘할 위인이라고 상관 말라고 말한 일도 있었

건만, 꺽정이는 보낼 마음도 나지 아니하였고 상관 말 생각도 들지 아니하였었다. 김씨의 하소연하는 사람이 노밤이가 아니고 다른 사람이라면 내쫓기는 고사하고 곧 죽일 작정도 하였을 것인데, 꺽정이 자기가 자기 마음을 괴상하게 여기도록 화도 별로 나지 아니하여

"그놈이 원래 미친놈이야. 입은 사구일생이구."
대수롭지 않게 말하였다.

"미친놈을 왜 집에다 두고 속을 썩여요?"

"그것들 남진기집 사이는 어떤고? 말썽이 없나?"

"처음에는 기집이 서방을 싫어하는 눈치가 보이더니 지금은 연놈이 똑같이 서로 궁둥이를 따라다니지요. 그래서 오늘도 빨래 가는 데 같이 가지 않았세요."

• 박부득이(迫不得已)
일이 매우 급하게 닥쳐와서 어찌할 수 없이.
• 기와깨미
기왓개미. 기와의 부스러진 가루.

"내보내려면 기집까지 속량해주어서 내보내구 담너머 집처럼 늙은 할미와 기집아이년을 얻어두고 지내지."

"아무렇게든지 좋두룩 해주세요."

꺽정이가 다 샐 녘에 비로소 눈을 붙여서 잠을 잔지 만지하게 자고 깨었을 때, 밖에서 김씨와 노밤이 사이에 가고오는 말이 들리었다.

"선다님도 오시고 볼 게로군. 빗자루를 들고 돌아다니니."

"나는 일평생 무슨 일이든지 하구 싶으면 하구 말구 싶으면 말지 하구 싶지 않은 일을 남이 눈가림으루 해본 적이 없소. 지금두

선다님의 눈가림이라면 선다님이 일어나서 보는 데 해야 말이지."
 "선다님 주무시니 너무 떠들지 마라."
 "어젯밤에는 흐뭇하게 잘 주무셨소?"
 "흐뭇하게 잘 자는 건 무어야?"
 "오랜만에 선다님을 만났으니 말이지."
 "저런 망한놈이 있나."
 "식전 댓바람에 무슨 욕이오? 선다님 자세요?"
 "떠들지 말라니까 더 떠드네. 선다님이 깨시기만 해봐."
 "자기가 떠들며 누구더러 떠든대? 그러구 선다님이면 제일강산인가."
 꺽정이가 기침을 한번 하였더니 오고가던 말이 뚝 그치고 바로 김씨가 방으로 들어오는데 분이 나서 숨까지 잦게 쉬었다. 꺽정이가 일어나서 대님, 허리띠를 주워 매는 동안에 김씨는 홑이불을 개어 얹고 방문을 열어놓았다. 꺽정이가 탈망에 탕건만 쓰고 방문턱에서 밖을 내다보며
 "밤이 어디 있느냐?"
하고 소리치니 노밤이의 처가 부엌에서 나와서 문안을 하였다.
 "네 서방 어디 갔느냐?"
 "부엌에 있습니다."
 "불러라."
 노밤이가 그제야 꺽정이 앞에 나와서
 "침수 안녕히 하셨습니까?"

하고 허리를 굽실거리었다.

꺽정이가 밤 잔 인사하는 노밤이를 잡아먹을 것같이 노려보면서

"이놈, 네 모가지가 대체 몇이냐?"

하고 호령을 내놓으니 노밤이는 곧 누가 잡아엎치는 것같이 맨땅에 꿇어엎드렸다.

"네가 네 죄를 아느냐?"

"제가 무슨 죄가 있습니까. 저 알기엔 죽을죄는 고사하구 꾸중들을 죄두 없습니다."

"죄가 없어, 이놈아! 네 죄가 몇가진지 모른다. 다른 건 고만두고 우선 네가 아는 임선달이 어떤 사람이야? 내 앞에서 한번 말해봐라."

노밤이는 꺽정이를 치어다보며 히히 웃고

"선다님 같으신 장한 양반두 베개 너머 송사를 들으십니까? 베개 너머 송사가 옥합을 뚫는단˙ 말이 헛말이 아닙니다. 선다님께서 저를 믿으시구 제가 선다님을 바라구 살지 않습니까? 종작없는˙ 말은 아예 곧이듣지 맙시오."

능청맞게 지껄였다.

"뉘 말이 종작없단 말이냐, 이놈아."

"세상 사람 말이 죄다 종작이 없습지요. 제 말두 종작이 있다 없다 합니다."

● 베개 너머 송사가 옥합(玉盒)을 뚫는다
잠자리에서 아내가 남편에게 소곤소곤 일러바치거나 남에 대해서 불평하는 말을 그대로 믿고 큰일을 저지름을 비겨 이르는 말.
● 종작없다
말이나 태도가 똑똑하지 못하여 종잡을 수가 없다.

"네 죄는 죽여야 싸지만 내 손에 피 묻히기가 더러워서 고만두니 오늘부터 내 눈앞에 보이지 마라."

"선다님께서 오늘 시골 행차하십니까? 그러면 또 한동안 못 보입지요."

"네가 참말 죽구 싶으냐?"

"아니올시다. 꿈에두 죽구 싶지 않습니다."

"누가 잘한달까 봐서 말대답이냐! 이놈, 어서 말대답해라!"

꺽정이가 주먹을 부르쥐고 마루로 나오니 노밤이는 질겁하면서도 입은 여전히 놀려서

"재하자 유구무언입지요. 제가 언감생심 선다님께 말대답을 하겠습니까. 그저 요놈의 쥐둥이가."

하고 제 주먹으로 제 주둥이를 쥐어질러서 입속 어디가 터졌던지 피 섞인 침을 퉤퉤 뱉었다. 꺽정이가 속으로 웃으면서도 겉으로는 율기한 채

"너는 배냇병신 미친놈이라 족가할 게 없어서 용서하지만 여기 둘 수는 없으니 기집을 데리구 나가거라."

하고 호령기 있는 말로 분부하였다.

"선다님 안으서 댁이 즉 선다님 댁이니까 선다님 댁에서 비부쟁이 노릇하는 건 조금두 창피할 것이 없지요만, 선다님께서 특별히 생각하셔서 기집을 속량해주구 나가 살라시는데 거역할 길이 있습니까? 나가 살라시면 집칸두 장만해주시구 시량두 더 주시겠습지요."

"사지 성한 놈이 벌어먹지 누구더러 시량을 대달라느냐?"

"그러면 떨어 내쫓으시는 것과 다름없지 않습니까."

"너 같은 놈은 떨어 내쫓는 것두 과만하다.'"

"제가 긴말씀 여쭙지 않드래두 경가파산하구 선다님 따라온 놈을 어련히 잘 생각해주시겠습니까. 저는 그저 선다님 처분만 바라구 있겠습니다."

"되지 않은 소리 듣기 싫다. 고만 저리 가거라."

"네."

하고 노밤이는 일어나서 행랑방으로 나갔다.

꺽정이가 한온이에게 부탁하여 노밤이는 삼간초가를 사주어서 계집 데리고 나가 살게 하고, 김씨 집에는 늙은 할미와 계집아이를 얻어주게 하였다.

꺽정이가 서울 온 뒤 식사는 대개 원씨에게서 하고 잠은 많이 김씨에게서 자는데, 간간이 친한 기생 장찻골다리 소홍이를 찾아다녔다. 어느 날 남소문 안에 와서 종일 있다가 저녁 주비 대어서 동소문 안으로 돌아가는 길에 배오개 큰길을 건너올 때, 기생 하나가 하가마˚ 쓰고 몽두리˚ 입고 말을 타고 동대문 쪽에서 올라오는데 다시 보니 장찻골다리 소홍이라

"어디 갔다오나?"

하고 알은체하였더니 소홍이가 반색하며 말을 멈추었다.

"오늘 밤에 놀러갈까? 혹 상치되는 일 없겠나?"

- 과만(過滿)하다
분수에 넘치다.
- 하가마 예전에, 기생이 머리에 쓰던 쓰개. 가운데가 움푹 들어가 있다.
- 몽두리(蒙頭里) 조선시대에, 궁중에서 기녀가 춤출 때에 입던 옷. 보통 초록색 두루마기와 비슷한데, 어깨와 가슴에 수를 놓고 붉은 띠를 매었다.

"오세요."

"그럼 석후에 감세."

"기다립니다."

소홍이는 말을 몰아가면서 뒤를 돌아보고 손길을 쳐서 오라고 신신당부하는 뜻을 보이었다.

꺽정이가 원씨 집에 가서 저녁밥을 먹고 도로 나오는 길에 김씨 집에 들러서 밤에 기다리지 말라고 이르고 장찻골 소홍이 집을 찾아왔다. 소홍이는 십년 기생 노릇에 이에 신물날 때가 많아서 평생 의탁할 만한 사람을 은근히 물색하던 중에 임선달을 만났는데, 근지˙ 분명치 않은 것이 흠이라면 흠일까 다른 것은 하나도 마음에 흡족치 않은 것이 없어서 차차 보아가며 몰래 모아놓은 사천˙으로 기둥서방에게 몸값을 치러주고 임선달을 따라가서 그 집 사람으로 골을 누이려고 마음먹고 있는 까닭에 꺽정이의 얼굴을 보기만 하면 언제든지 입이 함박만큼 벌어졌다. 문간에서 꺽정이의 기침소리가 나자마자, 소홍이가 방에서 쫓아나와서 진정에서 나오는 웃음으로 맞아들이고 다른 오입쟁이를 받지 아니하려고 일각문을 초저녁부터 닫아걸게 하였다.

방에는 불을 켜지 아니하고 마루 끝에 사방등을 달아서 불빛이 방안을 은은하게 비추었다. 꺽정이는 방에 들어서며 바로 의관을 벗어서 소홍이를 주고 아랫간 방문 앞에 퍼더버리고 앉고 소홍이는 의관을 받아서 옷걸이에 갖다 걸고 꺽정이 옆에 와서 얌전하게 앉았다.

"오늘 어디 놀이 갔었나?"

"연못골 어선전魚宣傳 댁에 사랑놀음 갔었세요."

"어선전이란 자네 좋아하는 사람인가?"

"나는 지금 좋아하는 사람이 없세요."

"정말인가?"

"내 속을 속임없이 말하면 지금 잊자 잊자 해도 못 잊는 양반이 꼭 한 분 있지요."

"그게 누군가?"

"그건 말씀 안 할 테요."

"누군지 좀 알세그려."

"알아서 무어하시게?"

"내가 그 사람보구 건강짜˚라두 좀 해야겠네."

"진강짜는 안 하시구 건강짜만 하신다면 진짜 그 양반은 아직 숨겨두고 그 양반의 가짜 한 분 대드리지요. 자, 저기 기십니다."

소홍이가 뒷벽에 있는 꺽정이의 그림자를 가리키니

"사람을 놀리지 말게."

꺽정이는 그림자 가리키는 소홍이의 손을 잡아서 품안으로 끌어왔다.

"진정인가?"

소홍이는 대답이 없었다.

"자네 같은 일등 명기가 좋아하는 사람이 하나뿐일 리가 있나."

● 근지(根地)
자라온 환경과 경력을 아울러 이르는 말.
● 사천(私錢)
개인이 사사로이 가진 돈.
● 건강짜
별 이유없이 부리는 강짜.

"그게 사내 양반 말씀입니다. 사내의 정이란 건 들물과 같아서 여러 갈래로 흐르지만 여편네 정은 폭포같이 외곬로 쏟칩니다."

"사내두 사내 나름이구 여편네두 여편네 나름이겠지."

"그야 그렇지요. 그렇지만 여편네는 대개 정으루 살구 정으루 죽습니다."

"자네가 사내가 아니라 사내의 웅심 깊은 정을 몰라서 사내 정을 타박하네."

"정이 불이면 불길이 솟아야 하고 정이 물이면 물결이 일어야 하지 그저 웅심 깊어 무슨 맛입니까?"

"정 논란 고만하고 다른 이야기하세."

"무슨 좋은 이야기가 있거든 하십시오."

"자네 오늘 놀음 갔던 이야기나 좀 하게."

"술 치고 소리하고 웃고 지껄이고 그러고 하루해 보냈지요."

"어씨 집에 오늘 무슨 잔치든가?"

"아니요. 어선전이 친구 양반 대여섯 분 청해가지고 술들 자셨세요. 그 친구 양반 중에 새로 외임外任해 가는 분이 있어서 주장 그 양반 대접인갑디다."

"선전의 친구면 어디 변지 수령이겠군."

"황해도 봉산이라지요? 예전 세월에는 호반들이 못 가던 자리라고 말들 합디다."

"응, 그래? 새루 봉산군수 된 윤지숙일세그려."

"윤씨랍디다. 선다님도 그 윤씨를 아십니까?"

"나는 면분은 없구 말만 들었네. 언제쯤 도임한다고 말하든가?"

"그동안 숙배, 서경˙ 다 마치고 골에서 신연하인이 오기만 기다리는데 일간 오면 오는 대로 곧 떠난다고 합디다. 다른 양반들이 모래재로 작별을 나간다니까 나더러도 부디 같이 나오라고 말하든구먼요."

"봉산군수 작별하러 나갈 텐가?"

"그건 무어하러 나가요? 선다님이 어디 외임을 해 가신다면 작별은 고사하고 배행이라도 가지만."

"말만 들어두 고마웨."

"참말 선다님, 저 황해도 대적 임꺽정이 이야기를 더러 들으셨세요?"

꺽정이가 속으로 깜짝 놀랐으나 겉으로는 시침을 떼고 한참 만에

"그건 왜 묻나?"

하고 되물었다.

"꺽정이 오늘 귀가 가려웠을걸요? 어선전 사랑에서 종일 꺽정이 얘기로 판을 짰었세요."

꺽정이가 낮에 귀는 가렵지 않았지만 지금 낯은 간지러웠다. 소홍이에게 듣고 온 이야기를 물어보고 싶은 마음은 바이없지 아니하나, 필시 좋은 소리들 했을 리가 만무하여 묻지 않고 잠자코

● 들물
밀려들어오는 물이라는 뜻으로 '밀물'을 달리 이르는 말.
● 서경(署經)
고을 원이 부임할 때에 높은 벼슬아치들에게 고별하던 일.

있었다. 소홍이가 꺽정이의 눈치를 보면서

"요새 한서방 친환은 좀 어떤가요?"

다른 말을 꺼내는데 꺽정이는 소홍이 묻는 대로

"그저 한 모양이라네."

한마디 대답하고 바로

"윤봉산이 사람이 어떻든가?"

하고 물어서 먼저 말끝을 다시 자아내었다.

"사람이 배때 벗고 건방지고 흰소리 잘하고 그럽디다."

"자네가 사람을 너무 몹시 깎네. 조정에서 특별히 봉산군수를 시켜 보낼 제는 사람이 출중할 테지, 그럴 리가 있나?"

"봉산군수를 시켜주면 꺽정이를 잡아 바친다고 장담하고 얻어 했는지도 모르지요."

"장담한다구 군수를 시켜주면 군수 못할 사람이 없겠네."

"그 양반 장담이 하도 굉장하니까 그랬을는지도 모르겠단 말이에요."

"대체 장담을 무어라구 하든가?"

"꺽정이를 꼭 잡는단 장담이지요. 꺽정이 같은 대적은 일개 군수의 힘으로 잡기가 어렵다고 다른 양반들이 말하니까 그 양반이 팔을 뽐내면서 내가 백정놈의 자식을 잡아서 조정에 바치고 그 공으로 옥관자를 붙이게 될 테니 두고 보라고 흰목을 씁디다. 꺽정이가 백정의 자식이라나요? 그래서 그 양반은 꺽정이 말을 꼭 백정놈의 자식이라고 말합디다."

꺽정이는 백정의 자식으로 아잇적부터 창피를 보고 설움을 받은 것이 뼈에 맺힌 까닭에 천참만륙할 도둑놈이란 말은 오히려 웃고 들을 수가 있어도 백정놈의 자식이란 말은 듣기만 하면 언제든지 온몸의 피가 일시에 끓어올랐다. 꺽정이가 소홍이의 수상히 여길 것도 생각지 못하고 눈을 딱 부릅뜨고 입을 꽉 다물고 씨근씨근 가쁜 숨을 쉬다가 한참 만에 후유 하고 숨을 길게 내쉬고 눈을 스르르 감았다.

'윤지숙이란 놈을 그대루 가만둘 수 없다. 어떻게 할까. 그놈의 집을 알아가지구 찾아가서 주먹으루 때려죽일까, 도임하러 가는 것을 청석골루 잡아다가 곤장으로 쳐죽일까.'

"선다님!"

소홍이 부르는 소리에 꺽정이가 눈을 떠서 소홍이를 물끄러미 보았다.

"신기가 좋지 않으세요?"

"술 생각이 나니 술 좀 받아오라게."

"안주가 없지 술은 있세요."

"미리 받아다 놨나? 그럼 가져오라게."

소홍이가 조석해주는 여편네를 불러서 술상을 차려 들이라고 일렀다. 안주도 미리 다 장만해둔 것이라 얼마 아니 있다가 술상이 들어왔다. 소홍이가 술을 잔에 치려고 하는데 꺽정이가 홀짝홀짝 먹기 갑갑하다고 큰 양푼에 가득 부어달라고 하여 양푼을 들고 들이켰다.

"안주나 좀 집으시고 쉬엄쉬엄 잡수세요."

꺽정이가 바닥 드러난 양푼을 놓고 마른안주 한두 쪽 입에 넣으며

"술 또 있나? 있거든 마저 주게."

술을 토색하여 잠시 동안에 두 양푼 술을 먹고 바로 술상을 물리었다.

"술도 맛없이 잡수시오."

"홧술은 취하는 것이 맛이야."

"참말 왜 화가 나셨세요? 내가 무슨 말씀을 잘못했어요?"

"아닌게아니라 자네 하는 말이 비위에 거슬렸어."

"일개 천기로 양반님네를 헐뜯어 말하는 것이 괘씸해서 화가 나셨나요?"

꺽정이가 대답이 없었다. 소홍이는 빼또라져서 말을 않고 꺽정이는 속이 있어서 말을 아니하여 한동안 두 사람은 서로 소 닭 보듯 하였다. 마루에 있던 여편네가 뜰아랫방으로 내려간 뒤 꺽정이가 소홍이 앞으로 바짝 가까이 다가앉으면서

"소홍이."

정중하게 먼저 이름을 불러놓고 그다음에

"자네 임꺽정이가 누군지 아나?"

건정으로 물어보고 끝으로

"여기 있으니 한번 다시 보게."

나직이 말하고 자기 얼굴을 앞으로 내밀었다.

소홍이는 너무 놀라서 도리어 놀라운지 만지 한 모양이었다. 마음에 섬뜩하고 실쭉하던지 슬며시 꺽정이 옆에서 따로 떨어져 나앉았다.

"나는 함흥 고리백정의 손자구 양주 쇠백정의 아들일세. 사십 평생에 멸시두 많이 받구 천대두 많이 받았네. 만일 나를 불학무식하다구 멸시한다든지 상인해물[•]한다구 천대한다면 글공부 안 한 것이 내 잘못이구 악한 일 한 것이 내 잘못이니까 이왕 받은 것보다 십배, 백배 더 받드래두 누굴 한가하겠나. 그 대신 내 잘못만 고치면 멸시 천대를 안 받게 되겠지만 백정의 자식이라구 멸시 천대하는 건 죽어 모르기 전 안 받을 수 없을 것인데, 이것이 자식 점지하는 삼신할머니의 잘못이거나 그렇지 않으면 가문 하적(瑕跡)하는 세상 사람의 잘못이니까 내가 삼신할머니를 탓하구 세상 사람을 미워할밖에. 세상 사람이 임금이 다 나보다 잘났다면 나를 멸시 천대하드래두 당연한 일루 여기구 받겠네. 그렇지만 내가 사십 평생에 임금으루 쳐다보이는 사람은 몇을 못 봤네. 내 속을 털어놓구 말하면 세상 사람이 모두 내 눈에 깔보이는데 깔보이는 사람들에게 멸시 천대를 받으니 어째 분하지 않겠나. 내가 도둑놈이 되구 싶어 된 것은 아니지만, 도둑놈 된 것을 조금두 뉘우치지 않네. 세상 사람에게 만분의 일이라두 분풀이를 할 수 있구 또 세상 사람이 범접 못할 내 세상이 따루 있네. 도둑놈이라니 말이지만 참말 도둑놈들은 나라에서 녹을 먹여 기르네.

• 토색(討索)하다
돈이나 물건 따위를 억지로 달라고 하다.
• 상인해물(傷人害物)
마음이 음흉하여 사람을 해치고 물건에 손해를 끼침.

사모紗帽 쓴 도둑놈이 시골 가면 골골이 다 있구 서울 오면 조정에 득실득실 많이 있네. 윤원형이니 이량이니 모두 흉악한 날도둑놈이지 무언가. 보우 같은 까까중이까지 사모 쓴 도둑놈 틈에 끼여서 착실히 한몫을 보니 장관이지. 이런 말을 다 하자면 한이 없으니까 고만두겠네. 자네가 지금 내 본색을 안 바에는 인제 고만 자네하구 작별인데, 이 세상에서 다시 만날는지 모르는 마지막 작별에 말없이 일어서기가 섭섭해서 내 속에 있는 말을 대강 했네. 그러구 내 종적을 자네가 헌사할 리는 만무하지만 혹시 한두 사람에게라두 말한 것이 드러나면 오입쟁이 임선달 대신 도둑놈 괴수 임꺽정이가 자네를 보러 올는지 모르니 그리 알구 조심하게."

꺽정이가 말을 점잖게 하느라고 한참씩 생각해가며 띄엄띄엄 말하여 막된 말 상스러운 말을 한마디도 아니 섞고 긴말을 다 한 뒤에 슬며시 일어나서 의관을 다시 차리었다.

"나는 가네."

꺽정이가 소홍이를 굽어보며 말할 때 이때까지 그린 듯이 앉아 있던 소홍이가 별안간 꺽정이의 옷자락을 붙잡았다.

"왜 붙드나, 할 말이 있나?"

"네."

"무슨 말인가?"

"나하구 같이 가세요."

"어디를 같이 가?"

"어디든지 선다님 가시는 데 나도 가겠세요."

"내 사정이 자네하구 같이 갈 수 없는걸."

"그럼 나를 죽이고 가세요."

"무슨 까닭에 죽이라구 지다위하나?"

"선다님이 죽인다면 나는 웃고 죽겠세요."

"내가 사람 죽이기에 이골이 났어두 웃구 죽는 사람은 못 죽이겠네."

"나를 내버리고는 못 가실 테니 나는 몰라요."

"자네가 나를 따라가면 막이 도둑놈의 첩노릇을 하게 될 테니 자네 전정을 망치지 않나."

"물어미˙ 노릇이라도 하겠세요."

• 물어미
물 긷는 일을 맡아 하는 여자 하인.

꺽정이가 한참 우두머니 서 있다가 펄썩 소홍이 앞에 주저앉아서 두 손을 잡고 얼굴을 들여다보며

"자네 정을 내가 저버리지 않음세."

하고 말하였다.

이날 밤에 꺽정이가 소홍이 집에서 자는데 두 사람이 다같이 정에 겨워서 잠이 오지 아니하여 건밤을 새웠다. 이튿날 식전 일어나기 전 베개 위에서 꺽정이가 소홍이더러

"나는 오늘 시골 가겠네."

하고 말하니 소홍이가 대번에

"나는 어떻게 하구요?"

하고 물었다.

"어수선한 일을 다소간 정돈해놓구 자네를 데려감세."
"이야기할 게 많으니 며칠 더 기시다 가셔요."
"급한 볼일이 있어."
"무슨 볼일이에요?"
"그건 묻지 말게. 자, 고만 일어나세."

꺽정이가 소홍이 집에서 자리조반 먹고 바로 남소문 안으로 와서 한온이보고 윤지숙이에게 분풀이할 것을 대강 이야기하고 박씨, 원씨, 김씨 세 집으로 돌아다니며 급한 일이 생겨서 시골을 간다고 말하고 서울서 떠나서 길에서 하룻밤 자고 그 이튿날 청석골로 돌아왔다.

꺽정이가 도회청에서 두령, 두목, 졸개들의 문안을 차례로 다 받고 난 뒤 늙은 오가가 눈에 보이지 않는 것을 괴상히 여겨서 옆 교의에 앉은 서림이를 돌아보며

"오두령은 어디 병이 났소?"

하고 물으니

"오두령 부인이 병환이 나서 대단하시다구 광복서 기별이 와서 오두령이 허생원을 데리구 가셨습니다. 가신 지 벌써 삼사일 됐습니다."

서림이가 대답하였다.

"무슨 병이랍디까?"
"저녁밥 자신 것이 눌려서 병이 났다니까 아마 관격이겠지요."
"그럼 대단친 않은 게지."

"글쎄 모르겠습니다."

"조용히 의논 좀 할 일이 있으니 사랑으루들 갑시다."

꺽정이가 도회청에서 자기 사랑으로 올라오는데, 신불출이, 곽능통이 두 시위는 좌우에서 부축하고 서림이, 배돌석이, 곽오주, 길막봉이, 김산이 다섯 두령은 뒤를 따랐다.

꺽정이가 신임 봉산군수 윤지숙이 괘씸한 것을 여러 두령에게 말하고 도임 행차 습격할 계책을 서림이보고 의논하였다. 서림이의 말이 목하 청석골서 큰일을 내는 것이 재미적은 것은 고사하고 봉산 구관 박응천이 청석골 길을 피함인지 해주 가서 인궤를 감사에게 바치고 연안, 배천길로 서울을 올라갔단 말이 있으므로, 신관新官도 십의 팔구 먼저 해주 가서 감사에게 연명*하고 해주서 봉산으루 가기가 쉬운즉 일하기는 좀 불편하나 고양, 파주, 장단 등지에 가서 목을 지키는 것이 실수 없으리라고 하여 꺽정이가 그 말을 옳게 듣고 고양 혜음령에 가서 정상갑이, 최판돌이 패를 데리고 목을 지키기로 작정하고 혜음령에 갈 사람을 정하려고 하는데, 여러 두령이 너도 나도 다 가겠다고 자원하였다.

● 연명(延命) 조선시대에 원이 감사에게 처음 가서 취임 인사를 하던 의식.

"내가 지정할 걸 왜들 떠드느냐? 가만히 있거라."

꺽정이가 여러 두령을 꾸짖고

"돌석이, 막봉이, 산이 세 사람은 나하구 같이 혜음령에 가구 오주는 서종사와 같이 여기 남아 있거라."

하고 말을 일렀다.

곽오주는 입만 실쭉할 뿐이지 아무 말도 않고 서림이는 고개를 비틀고 있다가 아무리 생각해도 곽오주에게 성화를 받고 남아 있기가 싫던지

"임진 대적하러 가는 것이 아닌 바엔 대장께서 친히 가실 것이 없지 않습니까? 제가 한번 몸을 받아가지고 가면 어떠하오리까?"

꺽정이의 의향을 품하여 보았다.

"그래두 좋겠지만 내가 가야 분풀이를 톡톡히 하지."

"작죄한 놈을 치죄할 때 손수 매질한다구 화풀이가 더 됩니까?"

"서종사가 봉산군수하구 내리 척을 짓구 싶소? 아무리나 내 대신 가보우."

서림이에게 꺽정이의 허락이 떨어지자 곽오주가 혼잣말로

"대장 형님이 서종사 말을 저렇게 잘 듣다간 언제든지 큰코다칠 때 있을걸."

하고 중얼거려서

"무어야?"

하고 꺽정이가 소리를 질렀다.

봉산군수 도임 행차를 습격할 자리와 습격하러 갈 사람이 다 작정된 뒤에 서림이가 졸개를 내보내서 탑고개 동민에게 봉산 신연하인이 지나가는 것을 보거든 즉시 와서 고하라고 기별하였더니, 어제 벌써 지나갔다고 회보가 들어와서 서림이는 배돌석이,

길막봉이, 김산이 세 두령과 같이 불불이 떠날 준비를 차리었다.

꺽정이가 신불출이와 곽능통이도 같이 가라고 허락하여 네 두령 두 시위 여섯 사람 일행이 모두 장사치들 모양을 차리기로 하고 물건짐들을 만드는데, 신불출이, 곽능통이 두 사람 질 짐에는 왕래 길양식을 갈라넣고, 서림이, 배돌석이, 김산이 세 사람 질 짐에는 갈아입을 의복과 용 쓸 무명을 조금씩 나눠넣고, 길막봉이 짐은 칼, 활, 화살, 철편, 짧은 창 등 병장기로 속을 채웠다.

이날은 해가 이미 저물어서 떠날 준비만 다 해놓고 이튿날 식전에 일찍이들 청석골서 떠났다. 여섯 사람이 청석골서 떠나던 날 임진나루 못미처 동자원桐子院 와서 자고 이튿날 식전 나룻가에 왔을 때, 강 건너의 배가 좀처럼 오지 아니하여 사장에들 앉아서 한동안 늘어지게 쉬었다. 기다리기 진력이 날 지경에 배가 겨우 건너와서 타기까지 하였으나 사공이 행인 더 오기를 바라고 배를 띄우지 아니하여 서림이가

"여보, 고만 갑시다."

하고 재촉하니 사공은 못 들은 체하고 있었다.

"우리 여섯이 선가를 특별 후히 줄 테니 어서 띄우."

사공이 서림이를 흘낏 돌아보며

"얼마나 줄라구 특별히 준다우?"

하고 물었다.

"내가 선가 선셈하지."

서림이가 자기 짐에서 서총대무명 한 필을 꺼내서

"자, 이거 선가루 받으우."

하고 사공을 주었다. 서총대무명이 백목白木만 못한 낮은 무명이지만, 그때 시세가 한 필 가지고 쌀을 서너 말 바꿀 수 있었다. 사공이 하루 종일 배질하여도 쌀 서너 말 거리가 생길지 말지 한 것을 한번에 받았으니 입이 딱 벌어져야 옳건만, 이 사공 욕심 보아라, 매매교환에 많이 쓰는 닷새 무명을

"이거 석새 아니오?"

새를 낮잡아 시뜻하게 말하였다.

"선가루 부족하우?"

"부족한 게 아니라 북덕무명˚이라두 새가 너무 굵단 말이오."

"자, 갑시다."

"네."

사공이 삿대를 질렀다. 배가 깊은 물에 나와서 삿대를 뉘어놓고 노질을 시작한 뒤 사공이 서림이를 보고

"멀리 벌이를 나가시우?"

하고 물어서

"그렇소."

서림이가 대답하니

"벌이들 잘해서 우리 같은 놈두 좀 먹여 살리시구려."

말하고 껄껄 웃었다.

"혼자 먹구살 생각이 아니니까 배 한번 타는 데 무명 한 필씩 주지 않소?"

"서충대 한 필이 무어가 많소? 삼사십년 전 같으면 쌀이 여덟 아홉 말이니까 많다구두 하겠지만."

"서 말 쌀은 어디요?"

"전에는 닷새 한 필이면 명주 한 필하구 맞바꾸든 것이 지금은 안찝 명주 한 필을 바꾸재도 너덧 필 드는구려. 시세가 얼마나 틀렸소."

"명주 한 필하구 맞바꿀 때를 봤소?"

"우리 여남은살 적 일인데 보다뿐이오?"

"연세가 올에 몇이시우?"

"쉬지근해진 지가 한참 됐소."

"아들은 몇이나 두었소?"

"아들 하나 있던 것은 멀리 갔구 어린 손자새끼들뿐이오."

● 북덕무명
품질이 나쁜 목화나 누더기 솜 따위를 자아서 짠 무명.

이런 수작을 하는 중에 배가 나루터 가까이 와서 사공이 다시 삿대질을 하기 시작하였다. 서림이가 배에서 내릴 때 사공더러

"쉬 또 봅시다."

하고 인사하니 사공은

"녜."

대답한 뒤

"언제든지 한 필씩만 주시우. 그러면 밤배라두 내드리리다."

말하고 또다시 껄껄 웃었다.

여섯 사람이 파주에 가까운 서작포西作浦를 거의 다 왔을 때 행

차 하나가 앞에서 오는데 기구가 굉장치는 아니하나 전배, 후배 사령들 늘어선 것이 관행차가 분명하였다.

"저게 봉산 아니까?"

"글쎄, 그런 것 같소."

"그럼 낭패 났구려."

"어제 파주서 자구 오는 모양이지."

"우리가 그저께쯤 혜음령 가 앉아야 될 뻔했군."

"여기서 만났으니 저걸 어떻게 하우?"

"참말루 봉산이면 우리두 여기서 되돌아서는 수밖에 없지."

여섯 사람이 길을 비키느라고 길 옆 수풀 아래 와 서서 수군수군들 지껄이는 중에 행차가 앞으로 지나가는데, 진사립 쓰고 남철릭 입고 안장마 위에 높이 앉아서 거드럭거리는 양반은 원인 것 같고, 갓을 숙여 쓰고 반부담을 타고 뒤에 떨어져 가는 사람은 신연 이방인 것 같았다. 서림이가 김산이더러 봉산 신연 행차인가 물어보라고 하여 김산이가 길로 나와서 반부담 뒤에 따라가는 군노를 보고

"이 행차가 봉산 신연 행차 아니오?"

하고 물으니 군노는 말없이 고개를 끄덕하였다.

혜음령으로 장맞이하러 가는 봉산군수를 중로에서 만나서 예정하고 온 일이 다 틀리게 되니 다른 다섯 사람이 서림이만 치어다보는 것은 고사하고 서림이까지도 별로 좋은 계책이 생각나지 않아서 눈살을 찌푸리고 쓴 입맛을 다시다가 다섯 사람을 보고

"봉산 일행이 오늘 장단 가서 중화하구 송도 가서 숙소할 것이요. 봉산으루 바루 갈 것 같으면 내일 청석골서 일을 톡톡히 할 수 있지만 해주루 간다면 오늘 송도 가기 전에 일을 색책으루라두 해야 할 텐데, 심복골(心福洞)패를 불러내서 대추포大秋浦 근처에서 해보거나 어룡포魚龍浦패를 모아가지구 널무니(板門) 안에서 해봤으면 좋겠지만, 지금은 다 불급될 테니 소용없는 말이구, 하는 수 없이 우리 임진 가서 배 탈 때 흔단*을 내서 봉산군수를 망신이나 한번 시키는 수밖에 없겠소."
하고 말하였다. 다섯 사람 중에 배돌석이가

"그러면 일이 싱겁지 않소?"

말하고 또 신불출이가

● 흔단(釁端)
서로 사이가 벌어져서
틈이 생기게 되는 실마리.

"대장께 죄책을 당하지 않을까요?"

말하는 것을 서림이는

"일이 벌써 짭짤하게 되기 틀린 걸 하는 수 있소? 그러구 우리가 잘못해서 일이 예정대루 안 됐을새 죄책을 당하지."
하고 두 사람의 말에 함께 대답한 뒤

"봉산군수를 아주 놓쳐버리면 닭 쫓던 개 울 쳐다보게 될 테니 얼른들 뒤쫓아갑시다."
하고 다른 사람들보다 앞서 나섰다. 여섯 사람이 봉산군수를 멀찍이 뒤따라오는 중에 서림이가 김산이를 보고

"김두령, 한 걸음 앞서가서 혹시 봉산으루 바루 가나 좀 물어보시우."

말을 일러서 김산이가 봉산 행차 뒤를 바짝 가까이 쫓아가서 맨 뒤에 가는 군노와 느런히 같이 가며 서로 접어하는데, 이방이 말 위에서 뒤를 돌아보며 군노를 꾸짖어서 군노는 달음질하여 앞으로 나가고 김산이만 뒤떨어졌다가 일행과 같이 섞이게 되었다.

"물어봤소?"

서림이 묻는 말에 김산이는

"해주 감영으루 간답디다."

하고 대답하였다.

봉산군수 행차가 임진 나루터에 다 와서 군수는 말을 세우고 강색을 바라보고 이방은 말에서 내려와서 이것저것 보살피고 사령과 군노들은 먼저 와서 배 기다리는 행인들을 모두 뒤로 몰아내었다. 여섯 사람이 나중 와서 한옆에 짐들을 벗어놓고 웅긋중긋 서 있다가 배가 떠나게 되자마자 봉산군수보다 먼저 배에 오르려고 각각 짐짝들을 치켜들고 쫓아들어갔다. 사령, 군노들이 일변 소리질러 야단치며 일변 가로막고 떠다밀었다.

"이놈들아, 눈깔이 없느냐?"

"다리 뼉다귀들을 퉁겨놓기 전에 얼른 저리 나가거라!"

일부러 혼단을 내려고 하는 사람들이 곱게 오지 않는 말을 곱게 받을 리가 만무하다.

"네놈들이 임진 나룻배 도차지냐?"

"양반 떠세 작작 해라, 이놈들아."

그중에 서림이는 봉산군수의 골을 한껏 지르려고

"쇠뿌러기가 천신만고해서 원 맛을 보니까 맘에 곧 대국 천자天子나 한 성싶은 게지. 되지 못하게 기광두 부린다."
하고 큰 소리로 떠들었다. 배 탈 준비로 말에서 내려섰는 봉산군수 윤지숙이 서림이의 떠드는 소리를 듣고 과연 화가 충천하게 나서

"그놈들 모두 잡아 묶어라!"
하고 호령하니 이방이 원님 뒤를 받아서

"그놈들을 잡아 묶으랍신다. 빨리 거행해라!"
하고 소리를 질렀다. 사령, 군노들이 여섯 사람을 붙들려고 달려드는데, 길막봉이가 짐짝을 땅에 놓고 다섯 사람 앞에 나서서 달려드는 관속들을 가로막았다. 서림이가 자기 짐은 내던지고 길막봉이 짐을 들어다 놓고 잽싸게 묶은 것을 풀고 덮은 것을 열어젖혔다. 짐 속에 병장기가 가득 든 것을 윤지숙이 내려다보고 장사치들이 도둑놈의 패인 줄을 짐작하고 하인 손에서 고삐를 뺏듯이 잡아채서 말을 칩떠 타며 곧 혼자 오던 길로 도망질을 쳤다.

● 떠세
재물이나 힘 따위를 내세워 젠 체하고 억지를 쓰는 짓.
● 어마지두 무섭고 놀라서 정신이 얼떨떨한 판.

봉산 관속들이 원님의 도망하는 것을 보고 모두 각각 들고뛰었다.

"배두령, 빨리 군수놈을 쫓아가서 혼뜨검을 내구 오시우."
서림이가 말하여 배돌석이는 장달음을 놓아서 윤지숙의 뒤를 쫓았다.

윤지숙이 어마지두˚ 놀라 바람에 정신없이 말을 놓아 도망하

다가 놀란 마음이 조금 가라앉으며 곧 도망하는 것이 창피한 생각이 나서 처음에 말을 천천히 걸리고 나중에 말을 아주 멈추고 나루터로 도로 갈까 말까 망설이는 중에

 "이놈, 게 있거라!"

호통소리가 뒤에서 들려서 고개를 돌이키고 쫓아오는 놈을 돌아보는데 한쪽 광대뼈에서 딱 소리가 나며 정신이 잠시 아찔하였다. 어느 결에 고개는 앞으로 돌아왔고 한손은 올라가서 광대뼈를 눌렀다. 뒷덜미와 등줄기와 양쪽 어깻죽지가 뜨끔뜨끔할 때 비로소 광대뼈에도 돌팔매를 얻어맞은 줄 짐작하였다. 안장 위에 납작 엎드려서 한손으로 말갈기를 움켜잡고 또 한손으로 말고삐를 잡아채었다. 말이 별안간 뒤를 솟치며 냅다 뛰어서 하마터면 떨어질 것을 말 잘 타는 덕으로 겨우 면하였다. 닫는 말에 채질을 할 텐데 채찍이 없어 성화가 났었다. 돌팔매치는 놈이 뒤쫓아오지 않는 것도 모르고 엎드린 채 오는 중에 몸이 거북하여 꼿꼿이 일어앉아서 허리를 재며 둘러보니 서작포 동네가 바로 지척에 있었다. 동네 앞에 박힌 샘물가에서 푸성귀를 씻는 여편네들이

 "아이구, 저거 웬일이야?"

 "아까 지나가시던 원님인데 어디서 저렇게 되셨을까?"

 "피투성이가 되셨네. 아이구, 가엾어라."

지껄이는 소리들을 듣고 자기 앞을 살펴본즉 손바닥에도 피요, 철릭 앞섶에도 피요, 말갈기에까지 핀데 갈기의 피는 손에서 묻은 모양이었다. 얼굴이 보기 흉악할 것을 생각하고 말을 세우고

샘에 내려와서 손을 씻고 손수건을 물에 적시어서 아픈 광대뼈만 빼놓고 얼굴을 닦고 철릭 앞섶을 대강 문지르는데, 여편네들이 물도 뻔질 떠주고 얼굴에 닦을 데도 가르쳐주고 철릭 앞섶도 문지르기 좋도록 잡아당겨 주었다. 샘물 흘러가는 도랑에 와서 물을 먹는 말이 저도 씻겨달라는 듯이 뒤를 돌려대는데 보니, 한편 뒷다리 불그러진 마디에 피가 비쳤다.

 윤지숙은 한 시각이라도 빨리 파주목사를 찾아보고 말하려고 서작포에서 잠깐 지체하고 바로 파주읍으로 달려갔다.

 봉산군수 도임 행차와 장사치로 변장한 적당 사이에 시비 나는 광경을 임진나루 진군 수십명이 목도들 하였건만, 관원도 무섭고 적당도 무서운 까닭에 말썽스러운 일에는 참견 않는 것이 제일이란 듯이 슬슬 다 피하고 더구나 다른 행인들은 나루터 근처에도 오지 아니하였다.

 서림이 등 다섯 사람이 나루터를 차지하다시피 하고 있다가 윤지숙이를 쫓아갔던 배돌석이가 돌아온 뒤에 강을 건너가려고 사공을 부르니 사공들이 다 어디 가서 숨었는지 대답이 없었다. 여섯 사람 중 김산이가 조금 배를 저을 줄 안다고 하여 그대로 어떻게 건너가보려고 배들을 타고 김산이 시켜 배를 띄우게 할 즈음에 언덕 위에서 배를 가만 놓아두라고 부르짖는 소리가 나서 쳐다들 본즉, 건너올 때 무명 한 필 받은 사공이 거기 서 있었다. 내려오라고 손짓하여도 내려오지 아니하여 서림이가 쫓아올라갔다.

"칼을 가지구 와서 겨누면서 가자구 하면 내가 건너다 주리다."

사공의 말이 뒤에 발뺌거리 장만인 줄 서림이는 선뜻 짐작하고 사공을 붙들고 서서 배를 내려다보며

"신시위, 곽시위! 환도 하나씩 가지구 이리들 올라오."

하고 소리쳤다. 사공이 서림이더러

"이번에두 선가는 후히 내야 하우."

하고 말하여 서림이는 웃으면서 건너올 때의 곱절로 무명 두 필을 주마고 허락하였다. 신불출이와 곽능통이가 올라와서 서림이 시키는 대로 날이 번쩍번쩍하는 환도들을 빼어들고 사공을 양쪽에서 잡아 끌고 내려왔다.

여섯 사람이 임진나루를 건너서 장단길로 오다가 길에서 심복골패의 괴수 노릇하는 사람을 만나서 그 사람에게 술대접을 받게 되었는데, 술 먹으며 이야기들 하는 동안에 해가 저물어서 그날 밤 심복골서 자고 이튿날 청석골로 돌아오는 길에 봉산군수가 장단읍에 와서 숙소하고 간 것과 파주병방이 장교, 사령 삼사십명을 영솔하고 장단까지 배행한 것을 장단 읍내 사람에게 이야기 듣고 알았다.

여섯 사람이 청석골 떠난 지 사흘 만에 되돌아왔다. 이렇게 빨리들 올 줄 생각 못한 꺽정이는 여섯이 사랑 앞으로 들어오는 것을 방안에서 내다보고

"웬일들이야?"

하고 괴이쩍게 물었다. 여섯 사람 중 두 시위는 마루에 서고 네

두령은 방에 들어와서 각각 꺽정이에게 문안을 한 뒤, 서림이가 전에 앉던 자리에 와 앉아서 날짜 불급으로 일이 예정과 같이 되지 못한 사연을 말하니 꺽정이가 화가 나서 서림이의 말을 끝까지 다 듣지도 않고

"대신 간다구 주적대구˚ 가서 일을 그따위루 하구 왔어!"
하고 큰 소리로 꾸짖었다.

"날짜 불급이야 어떻게 하는 수 있습니까?"

"중로에서 만났으면 만난 데서 해볼 게지 날짜가 무슨 놈의 날짜야!"

"졸지에 중로에서 만나서 일을 어떻게 할 수가 있어야지요."

"관속들은 후두들겨 쫓아버리구 윤가놈을 말께서 끌어내려서 대번에 쳐죽이든지 쳐죽이지 않으면 어디 한 군데 병신이라두 만들어 보내지 그걸 못해!"

● 주적대다
주책없이 잘난 체하며
자꾸 떠들다.

"백주대로에 그런 일 하기는 어렵지 않습니까?"

"하기 어려우면 숫제 고만두지 임진까지 무어하러 따라와?"

"배 탈 때 시비를 붙여가지구 망신을 주는 수밖에 별도리가 없을 줄루 생각이 들었었습니다."

"윤가놈이 얼뜨게 도망질을 쳐서 제가 제 망신을 했지 만일 임진 진군들하구 합력해가지구 잡으러 들었으면 어떻게 할 뻔했노? 어디 말 좀 해보라구."

"하여튼 이번에 윤가가 망신두 톡톡히 했지만 배두령 돌팔매에 혼두 단단히 났을 줄 압니다."

"그래두 잘했다구 하는 말인가?"

"잘했단 말씀은 아니올시다."

"담당하구 간 일을 잘못하구 왔으면 석고대죄라두 할 것이지 뻔뻔스럽게 무슨 말인고!"

꺽정이의 언성은 처음보다 낮아져서 예사말소리와 거의 다름이 없으나 기색은 점점 더 험하여 바로 보기가 어려웠다. 꺽정이의 화가 꼭뒤까지 난 때는 이러하였다. 만일 기색을 살피지 않고 언성만 듣고 화가 가라앉은 줄로 알았다가는 큰코다치는 수가 많다. 서림이는 이것을 잘 아는 까닭에 꺽정이의 말대로 석고대죄를 하는 것이 화받이가 덜 될 줄 생각하고

"이번 일이 잘못된 건 모두 제 죄올시다. 다른 사람은 죄가 없습니다. 이것만은 통촉해주시기를 바랍니다."

말하고 곧 일어나 밖으로 나와서 공석을 갖다가 계하에 깔고 공석 위에 꿇어 엎드렸다. 서림이가 대죄를 드리는데 가만히 있을 수가 없던지 다른 사람들도 모두 계하에 내려가서 서림이와 같이 굴복들 하였다. 여섯 사람이 대죄하는 것을 보고 꺽정이의 기색이 비로소 적이 풀리었다.

"서종사는 도중에 유공한 사람이라 서종사루 봐서 모두 용서하니 그리 알구 다들 일어나거라."

꺽정이가 여섯 사람의 일 잘못한 것은 곧 용서하였으나 윤지숙에게 분풀이 톡톡히 못한 것은 끝내 마음에 불쾌하였다. 불쾌하게 며칠 동안 지내는 중에 소홍이를 보고 싶은 생각이 불현듯이

나서 또다시 서울을 올라가려고 내일쯤 떠나겠다고 여러 두령에게 말까지 하였을 때, 황천왕동이가 광복산에서 와서 오두령 부인이 오늘 새벽에 상사 났다고 흉보를 전하였다.

오두령의 마누라가 서체를 몹시 앓고 난 뒤 지위가 져서 병병하는 중에 오두령이 토끼 한 마리를 붙들어와서 점심에 토끼고기를 볶아 먹었는데, 그것이 체하였던지 저녁때부터 토사吐瀉를 시작하여 밤중까지 쉴새없이 토하고 사하고 진기가 다 빠져서 새벽에 숨이 지는데 마치 거품 잣듯 하였다 하고, 허생원이 처음에 보고 곽란霍亂에 땀 난 것이 좋지 않다고 꺼리면서 약 몇첩 쓰다가 나중에는 맥의 위기胃氣가 떨어져서 구할 수 없다고 약도 쓰려고 하지 아니하여 오두령이 허생원의 멱살을 잡고 날치기까지 하였고, 오두령이 마누라의 송장을 뻗쳐놓고 갖은 넋두리를 다 하며 몸부림을 쳐서 수시도 할 수 없는 까닭에 여러 사람이 다른 방으로 끌고 와서 붙들고 있다시피 하고, 박두령 부인이 친모녀와 다름없다고 머리를 풀려고 하는데 배두령 부인도 수양딸은 일반이라고 박두령 부인과 같이 발상을 하였다고, 황천왕동이가 초상 전후의 듣고 본 것을 꺽정이 이하 여러 두령에게 대강 이야기한 뒤 꺽정이를 보고

"이두령 형님이 형님께 여쭈라구 하는 말이 있습디다. 우리 중 초종 치르는 절차를 잘 알 사람이 서종사니 서종사를 곧 보내주셨으면 좋겠구, 또 박두령이 의루 맺은 사위래두 남과는 다르니 장전葬前에 오두룩 기별해주셨으면 좋겠구, 그러구 법석을 차릴

래두 광복서는 중을 청할 수 없으니 여기서 청해 보내주셨으면 좋겠다구 합디다."
하고 말하니 꺽정이는 고개를 끄덕끄덕하였다.
 "법석 벌일 중을 속히 보내주셔야 할걸요."
 서림이의 말을 듣고 꺽정이가 황천왕동이더러
 "네가 내일 쌍봉사雙鳳寺에 가서 주장중을 찾아보구 내 말루 법석시킬 중들을 곧 보내달라구 해라."
하고 말을 일렀다.
 "저는 내일 식전에 광복으루 도루 가야겠는걸요."
 "왜?"
 "수의가 여기 있다구 가지구 오라구 합디다."
 "수의는 다른 아이 해 보내지 네가 꼭 가지구 갈 거 무어 있니?"
 "대소렴大小殮이 급하다구 오늘루 다녀오라구까지 말하는데요."
 "오두령 내외 미리 짜둔 관이 여기 있을 텐데 관두 네가 지구 갈 테냐?"
 "그걸 누가 지구 가요? 광복서두 그런 말들을 하기에 내가 못한다구 말했세요. 우선 쓸 관은 거기서 박판으루라두 짜구 미리 짜둔 관은 여기 와서 쓴다구 합디다."
 "여기 와서 쓰다니?"
 "죽은 이가 전번 앓을 때 죽거든 청석골 갖다 묻어달라구 미리 유언을 했다나요. 그래서 장사는 여기 와서 지내기루 한답디다."

"오두령이 자기 신후지지˙ 정할 겸해서 여기 갖다 묻으려구 하는 게지. 굳이 그렇게 하구 싶다면 막을 건 없지만 죽어서 땅속에 묻히는 것만두 상팔잔 줄을 모르는 소리다."

꺽정이의 서글픈 말 끝에 다른 두령들은 모두 회심하여 하는데 곽오주 혼자 데시근도 않게 여기며

"사람이 한번 죽으면 고만이지 죽은 뒷일을 누가 아우. 달구질을 하거나 먼가래˙를 치거나 까막까치 밥이 되거나 죽은 사람이 알 배때기가 무어요?"

하고 무뚝뚝한 말소리로 지껄이었다. 꺽정이가 서글프게 웃으면서

"네 말이 옳다."

하고 칭찬하니

"형님이 내 말두 옳게 들으실 때가 있네."

하고 곽오주는 어른에게 칭찬받은 아이처럼 좋아하였다.

꺽정이가 서울길을 중지하고 청석골 앉아서 광복산 초상 뒷일을 보아주었다. 천신산天神山 쌍봉사 중들을 청해다가 서림이, 배돌석이 두 사람더러 데리고 가라고 같이들 가게 하고, 황천왕동이를 수의 갖다 두고 다시 오라고 하여 평안도 박유복이에게 기별하러 보내고, 김산이를 주장시켜서 장사 때 소입所入될 물품을 미비가 없도록 미리 준비하게 하는데, 장삿날 하루는 두령, 두목, 졸개를 죄다 흰옷 입히고 두건 씌인다고 의차衣次 무명과 두건감

● 신후지지(身後之地)
살아 있을 때 미리 잡아두는 묏자리.
● 먼가래
객지에서 죽은 사람의 송장을 임시로 그곳에 묻는 일.

북포를 많이 구해들이게 하였다. 모든 준비에 광복산 기별을 들어야 할 일도 있고 또 청석골서 기별해줄 일도 있어서 걸음 잘 걷는 황천왕동이를 두 쪽에 내어도 부족할 판인데, 평안도를 넉넉잡고 닷새에 다녀온다고 말하고 간 사람이 닷새 곱절 열흘이 다 되도록 오지 아니하여 혹시 중로에서 무슨 일이 생겼는지 몰라서 꺽정이가 궁금한 마음을 참지 못하여 두목 중 영리한 사람 하나를 다시 평안도에 보내려고 하던 차에 열흘 되던 날 저녁때 황천왕동이와 박유복이가 동행하여 들어왔다.

황천왕동이가 박유복이 가서 있는 양덕 고수덕古樹德을 이틀에 찾아가고 하루를 묵고 박유복이와 같이 떠나서 이레 만에 들어온 까닭에 내왕 열흘이 걸린 것이었다. 꺽정이가 황천왕동이더러 먼저 오지 않았다고 꾸지람하는데, 박유복이가 칠백여리 먼길을 혼자 오기 심심해서 먼저 오려고 하는 것을 억지로 붙들어서 동행하였다고 황천왕동이의 발을 빼주어서 꺽정이의 꾸지람이 길지 아니하였다.

박유복이가 평안도에 가서 맹산 두무산豆無山에는 삼십여 칸 큰 집 한 채와 삼간 초막 열 채를 지어놓았고, 고수덕에는 큰 집을 방금 짓는 중인데 떠나오던 전날 상량하였고, 성천은 회산檜山에 터만 보아두었다. 박유복이의 역사시킨 이야기를 꺽정이가 다 들은 뒤에

"네가 없다구 일들을 흥뚱거리지나˙ 아니할까?"
하고 물으니

"다들 제 일루 알구 하니까 그럴 리 없습니다."
박유복이가 대답하였다.

"회산에 마저 집을 짓자면 앞으루두 달포 넘어 걸리겠구나."

"한 달 걸리다뿐입니까? 그런데 부비 쓰라구 주신 무명으루 고수덕 역사를 겨우 마치게 되구 회산 부비는 통으루 턱이 없습니다. 그동안 부비 쓴 하기˙를 한 벌 닦아다가 보시게 할 것인데 총총히 떠나오느라구 못해가지구 왔습니다."

"부비야 드는 대루 쓰는 게지. 회산 역사에 쓸 부비가 없으면 보내주든지 가지구 가든지 네 생각대루 해라. 그러구 네가 가지구 쓰는데 하기는 봐 무어하겠니? 이 뒤에라두 일부러 하기 닦아 올 것 없다."

"형님 댁 일두 아니구 도중 일을 그렇게 해서 쓰겠습니까?"

"고지식한 사람이다."

● 홍뚱거리다
어떤 일에 정신을 온전히 쓰지 못하고 마음이 들떠 건들건들 행동하다.
● 하기(下記)
돈을 치른 내용을 적은 기록.

"고지식하다시니 말씀이지만 저의 이종매가 양덕읍 근처에서 사는데 사는 꼴이 망측합니다. 그래서 상목 몇필 손쓰구 싶은 걸 못 썼습니다."

"네 생각엔 그게 잘한 일인 성싶으냐?"

"역사를 다 하구 남는 것이면 집어주구 와서 말씀해두 좋겠지만 역사에 쓸 것두 부족한데 집어줄 수가 있습니까?"

"네가 몇필 손썼으면 그동안 역사를 중지하게 되었을까. 그만 변통성이 없으니까 고지시한 사람이란 말이다. 이담에 갈 때 한

몫 따루 가지구 가서 너의 이종매를 발빈*시켜 주어라."

"집을 지어서 비워두면 못쓸 텐데 그걸 어떻게 하실랍니까? 두무산 집두 지금 비어 있습니다. 고수덕 집이 다 된 뒤에 저의 이종매를 빌려주어두 좋겠습니까?"

"그건 안 된다. 각처 집 있는 데는 아주 졸개들을 십여명씩 보내둘 테다."

"그것들 먹구 입을 건 여기서 일일이 대주시렵니까?"

"저희들더러 벌이해 먹으라지. 그걸 누가 귀찮게 대준단 말이냐? 벌이를 할 수 없다면 따비밭*이라두 일구라지."

"두무산에서 일껀 지어놓은 새집을 텅 비워놓구 나오는데 맘에 공연히 애석한 생각이 나든구먼요. 그래서 고수덕 집이 다 되거든 이종매라두 들여볼까 생각했었습니다."

박유복이는 꺽정이와 이런 이야기를 하다가 꺽정이 사랑에서 자고 이튿날 또다시 황천왕동이와 동행하여 광복산으로 갔다.

오가 마누라의 초상은 광복산에서 입관하고 성복하고 법석하고 그곳에 초빈하여 두었다가 장삿날 며칠 전기하여 청석골로 운구하여 왔다. 서림이가 날을 볼 줄 알아서 장택葬擇도 내고 또 산을 볼 줄 안다고 장지도 잡았다. 초종부터 양례*까지 모든 절차를 서림이가 분별하는데, 아는 것도 있거니와 모르는 것도 알거냥하여 성복날을 택일하는 것이 좋다고 사일을 늘려서 육일에 시키고 칠월 보름께 초상이 나고 팔월 초승에 장사를 지내서 그 동안이 한 이십일 될까 말까 한데, 유월이장*이라니 달만 넘으면 장사 지내는 것이 예법이라고 말하고, 명정은 오두령 부인 원주 원씨지구原州元氏之柩라고 쓰고 관상棺上은 명정같이 갖추쓰지 않아도 좋다고 그저 원씨지구라고만 썼다. 이런 일이 한두 가지가 아니었으나, 다른 두령들은 모두 서종사가 어련히 잘 알아 하랴 믿고 의심하지 아니하였다.

장삿날 하관시下棺時가 사시巳時라 한낮이 되기 전에 평토하고 제 지내고 봉분까지라도 만들 것인데, 오가로 하여 일이 얼마가 늦어졌다. 매사에 뒤스럭스럽고˙ 흔감스러운 오가의 버릇이 슬픔에도 나타나서 하관하고 횡대를 덮으려고 할 때 광중에 뛰어들어가서 관 위에 드러누우며 자기를 함께 묻어달라고 부르짖었다. 일하는 졸개들이 뫼셔내려다 못하여 두령들이 끌어내는데 발버둥이를 쳐서 횡대턱을 많이 헐었다. 간신히 끌어내놓은 오가가 횡대를 미처 다 덮기 전에 또 뛰어들어가서 횡대 위에 누워서 디굴디굴 굴렀다. 꺽정이가 오가의 하는 꼴을 보려고 일하는 졸개들더러

"오두령 소원대루 고려장을 지내드려라."
말하고 졸개들이 주저하는 것을
"왜 빨리 끌어묻지 못하느냐!"
하고 호령하였다. 어느 영이라고 거역하랴. 가래질이 시작되었다. 삼물˙ 반죽한 것이 아랫도리에 떨어질 때는 오가가 눈을 뜨고 번듯이 누워 있더니 윗도리에 떨어지자 눈을 감고 모로 누웠

- 발빈(拔貧)
가난에서 벗어남.
- 따비밭
따비로나 갈 만한 좁은 밭. 따비는 풀뿌리를 뽑거나 밭을 가는 데 쓰는 농기구이다.
- 양례(襄禮) 장례.
- 유월이장(踰月而葬)
죽은 다음달에 장사를 지냄.
- 뒤스럭스럽다
변덕을 부리며 부산하게 굴다.
- 삼물(三物)
석회, 황토, 가는 모래의 세 가지를 한데 섞어 반죽한 물질. 집을 짓거나 관의 언저리를 메우는 데 많이 쓰인다.

다. 박유복이가 차마 보다 못하여 광중에 들어가서

"망령부리지 말구 나가십시다."

하고 손을 잡아 일으키니 오가는 순순히 일어나서 박유복이 끄는 대로 못 이기는 체하고 끌려나왔다. 달구질꾼들이 구슬픈 노래를 먹이고 받을 때 해는 벌써 한낮이 지났다.

꺽정이는 여러 두령들보다 먼저 산에서 내려와서 사랑에 누워 있는 중에 이봉학이와 서림이가 서로 웃고 지껄이며 사랑으로 들어왔다. 꺽정이가 일어앉으며

"무어 우스운 일이 있어?"

하고 물으니

"오두령 이야기를 하구 웃었습니다."

이봉학이가 대답하였다.

"오두령이 또 무슨 해거를 부렸나?"

"아니요. 그저 혼 나간 사람처럼 멀거니 앉았습디다."

"그럼 무에 우스워?"

"서종사가 실없는 말루 사람을 웃깁니다."

"무슨 실없는 말? 나두 좀 듣구 웃어봅시다."

꺽정이가 서림이를 보고 말하였다.

"남편 죽는 데 따라 죽는 여편네를 열녀라구 하니 아내 죽는 데 따라 죽는 사내는 열남이 아니겠습니까. 오두령이 박두령의 헤살루 죽지는 못했어두 그만하면 열남으루 치구 정문을 세워줘두 좋지 않겠습니까? 그래서 오두령 집에 정문 세울 공론을 했습

니다."

 서림이의 실없는 말을 이봉학이는 되풀이로 듣고도 허리를 잡도록 우스운데 꺽정이는 겨우 빙그레할 뿐이었다.

 "형님, 열남 정문이란 말이 우습지 않습니까?"

 "그 열남이 며칠 가랴. 소첩이나 하나 얻어주면 허겁지겁할 테지."

 "오두령 나이 올에 쉰셋이라두 젊은 사람같이 피둥피둥하니까 앞으루 사람이 있어야 할걸요."

 "십여년 아래 되는 나버더두 외려 젊어 보이니까."

 "젊어 보일는진 몰라두 이마의 주름살은 형님보다 되려 적을 겝니다."

 "내 이마의 주름살은 노래老來의 선생님버더 더했으니까 말할 것두 없지."

 "형님은 아잇적부터 상을 찌푸리기 잘하셔서 주름살이 일찍 굳었세요."

 "그게 백정의 아들인 표적이다."

 "유복이가 두어 달 객지 고생에 이마의 주름살이 갑자기 많아졌습디다."

 이봉학이가 말을 달리 돌리자 서림이가 곧 그 말끝을 달아서

 "박두령의 고생을 이두령께서 좀 나눠 하시면 어떨까요?"

하고 꺽정이보고 물었다.

 "이버에 평안도를 바꿔 보내란 말이오?"

"그랬으면 좋을 것 같습니다."

"당치 않은 소리요. 일을 시키던 사람이 마저 시켜야지."

"그러면 이두령께서 황주까지만 같이 가셔두 좋겠습니다."

"좋은 일이 대체 무어요?"

"대접받구 공노자 쓰구 잘하면 역사에 쓸 부비까지라두 뜯어 가지구 갈 도리가 있습니다."

하고 서림이가 그 도리를 자세히 말하니 꺽정이는 고개를 연해 끄덕거리었다.

"유복이 혼자 가선 안 될까?"

"박두령은 너무 변사가 없어서 일을 잡기가 쉽습니다."

"내가 유복이를 데리구 가보구 싶소."

"대장께서 가셔두 좋지만 윤지숙이를 보시구 화를 내시면 낭패 아닙니까."

"윤지숙이의 술을 얻어먹으면 화가 있드래두 풀리겠소."

"그럼 한번 행차해보시지요."

이때 마침 다른 두령들이 산에서 내려오는데 박유복이는 오가를 데리고 가고 오지 아니하여 꺽정이가 박유복이를 불러다가 언제 떠나려느냐 물어서 속히 떠나겠다는 대답을 들은 뒤

"속히라구 할 것 없이 내일 곧 떠나두룩 하구 그러구 서종사하구 의논해서 행장을 차리게 해라."

하고 말을 일렀다.

황해감사 전전 등내는 평산 사람 신희복愼希復이니 선산先山과

전장이 평산 사매천賜梅川에 있어서 청석골패에게 보복을 받기 쉬운 까닭에, 청석골패가 관하 각군에 횡행하여도 어름어름하여 덮어두고 지내다가 마침내 대계臺啓를 만나서 갈려 갔고, 전 등내는 성명이 이탁李鐸이니 조정에서 별택하여 보낸 인물인만큼 천품이 관후하되 무능하지 않고 처사處事가 원만하나 풍력˚이 있어서 걱정이도 다소간 기탄하는 마음이 없지 아니하여 진즉 갈려 가기를 바랐는데, 십육 삭 만에 겨우 갈리고 그 대에 유지선柳智善이 감사로 난 지 이때 아직 일 삭 미만인데 사람은 딱쇠요, 속은 먹통이라고 선성이 나서 관하 이십사관 수령 중에 벌써부터 코아래 진상할 물품을 구하는 사람이 한둘이 아니었다.

  평산부사 장효범蔣孝範이 감영에 가서 연명하고 온 뒤 한번 조용히 이방을 불러가지고

● 풍력(風力) 사람의 위력.

  "이애, 이번 관찰사 사또는 무엇이든지 인정으로 드리는 걸 좋아하신다는데 누가 보든지 선뜻 눈에 뜨일 만한 물건이 무엇이 좋겠느냐?"

하고 의논성 있게 물었다.

  "글쎄올시다. 골의 소산이 변변한 게 있어야 합지요."

  "그렇기에 너더러 좀 생각해보란 말이다."

  "보산寶山 청숫돌은 황해도 내에서 나는 데가 여기 외엔 우봉뿐이올시다. 귀한 물건입지요만, 그것만 가지구는 안 되겠습지요."

  "그럼 그까짓 숫돌이 무어 눈에 뜨일 게 있느냐"

이방이 고개를 기울이고 한참 생각하다가

"일등 사냥꾼들을 뽑아가지구 호랭이 사냥을 시켜서 호피를 보내시면 어떠하오리까?"

하고 의견을 내서 부사에게 취품하니 부사는

"그거 좋겠다."

하고 말한 뒤

"그러면 사냥을 네가 맡아서 시키두룩 해라!"

하고 분부하였다.

이삼일 지난 뒤 일 없는 저녁때 부사가 이방을 불러서 사냥 시키는 이야기를 듣는 중에, 관노 하나가 삼문 밖에서 들어와서 통인방으로 가는 모양이더니 얼마 만에 수통인이 동헌방에 나와서

"감사 사또의 종제˚ 됩시는 유도사 나리와 감사 사또의 친척 됩시는 박참봉 나리가 평양 구경을 가시는 길에 오늘 읍에 와서 숙소를 하시는데 밤에 잠깐 들어와 뵈입겠다구 하인을 보내서 통기하셨답니다."

하고 부사께 말씀을 아뢰었다.

"감사 사또의 사촌과 친척이 읍에 왔단 말이냐?"

"녜."

부사가 이방을 보고

"네가 친히 가서 내 전갈을 해라. 원로에 안녕히들 오셨습니까구, 석후에 내가 나가 뵈입겠습니다구."

하고 말을 일렀다.

이방이 하인을 따라나와서 사첫방 앞에 들어서자마자 깜짝 놀라고, 한참 만에 문안을 드리고 부사의 전갈을 옮기었다. 방안의 양반 한 분이 하인을 불러서 가까이 들어와 섰는 그 집 사람들을 밖으로 내물리고 이방과 한동안 조용히 수작하였다. 이방이 다시 관가에 들어와서 부사께 답전갈을 여쭌 뒤

"이번 손님을 잘 대접해 보내시면 보람이 호피만 못지않을 듯하외다."
하고 말하니 부사는 고개를 끄덕이었다.

"저녁 전에 다담상 하나를 내보내시는 게 좋을 것 같소이다."

"빨리 관청색˚을 불러서 지금 다담 한상을 차려 내보내구 이따가 나가 있을 때 주안상 하나를 잘 차려 내보내라구 일러라."

저녁 전에 다담상을 내보낼 때 부사가 통인에게 전갈하여 보내고 저녁 후에 부사가 통인 두엇만 데리고 걸어서 사처를 찾아나왔다.

- 종제(從弟) 사촌의 아우.
- 관청색(官廳色) 조선시대에 수령의 음식물을 맡아보던 구실아치.
- 척제(戚弟) 성이 다른 일가 가운데 아우뻘이 되는 사람.

부사가 통인 하나를 먼저 들여보내서 연통하여 사첫방에 파탈하고 앉았던 양반들이 분분히 의관을 정제하고 부사를 나와 맞았다. 선후를 서로 사양하다가 유도사는 부사의 앞을 서고 박참봉은 부사의 뒤를 따라 방으로 들어와서 각각 좌정한 뒤 초면 인사들을 하였다. 감사의 종제 유일선柳一善은 나이 사십세요, 감사의 척제˚ 박대중朴大中은 나이 삼십구세라 부사의 연배들이었다. 인사수작을 마치고 부사기 방안을 둘러보며

"방이 대단 비좁구려."

하고 말하니

"그래두 이 집에선 이 방이 제일 크다는갑디다."

유도사가 대답하였다.

"어째 이런 집에 사처를 정하셨소?"

"사처를 빌려준다니까 아무데나 들었지요."

"내게루들 들어가서 주무시는 게 좋겠소."

"하룻밤 자구 갈 텐데 번폐스럽게 옮길 것 없소."

"주무실 때 다시 나오시드래두 내게 들어가서 이야기를 하십시다."

부사가 유도사와 박참봉을 끌고 도로 관가로 들어왔다. 동헌방 아랫목에 널찍널찍 자리를 잡고 앉은 뒤에 부사가 유도사를 보고

"평양 구경을 가시는 길이라지요?"

하고 물었다.

"네, 그렇소."

"해주서 평양을 가자면 재령 지나 봉산으루 나가는 게 직로인데 어째 이리 작로들이 되셨소?"

"해주서 가는 길이 아니구 서울서 가는 길이오."

"어째 해주를 안 가시구 평양을 가신단 말씀이오?"

"종형 도임할 때 따라가서 해주는 구경했소."

"평양을 가실 테면 해주서 바루 가시지 왜 서울을 올라갔다 다시 가시우? 해주 평양 간은 불과 삼백리 길인데 해주서 서울 삼

백팔십리, 서울서 평양 오백오십리, 근 천릿길을 둘러 가신단 말이오? 길 다니기를 매우 좋아하시는 모양이구려."

"해주 갔을 때는 평양 구경이 염두에두 없었소. 서울을 올라간 뒤에 평안감사의 놀러 내려오란 서간을 받아보구 불현듯이 구경 갈 생각이 나서 저 사람을 끌구 나선 길이오. 저 사람이 해주를 가지로라구 하니까 평양 구경하구 해주루 갈까 생각하우."

"평양감사와 친하시우?"

"네, 우리 동네 어른이오."

부사와 유도사 사이에 이런 수작이 있은 뒤 주인 손 세 사람이 여러가지 세상 이야기들을 하였는데, 세 사람이라야 박참봉은 간간이 한두 마디씩 말참례를 할 뿐이었다.

왕세자 관례가 가까웠는데 세자빈 간택은 말썽 없이 되었는지 서원부원군瑞原府院君(윤원형의 군호)이 자기 딸의 시누이 황씨가黃氏家 색시를 억지로 간택에 뽑히게 하느라고 색시의 사주를 협잡으로 고쳤다는 소문이 낭자하나 참말 그런 짓을 하였을까, 하여간 서원부원군 까닭으로 간택에 말썽이 생긴 모양인데 예조 거행이 태만하다고 예조의 판서 이하 여러 관원이 모두 대계를 만났으니 일이 우습다고 서울 소문도 이야기를 하고, 금년 한재旱災가 심하여 팔도가 다 흉년인 모양이나 양서˚는 연년 흉년에 백성이 살 수 없을 지경이라고 시골 연사˚도 이야기를 하고, 또 칠월 이후로 꽁지 달린 별이 자주 보이던 중에 사오일 전 판월 초하룻날 밤 사경 오경에 별

● 양서(兩西)
황해도와 평안도를
아울러 이르는 말.

● 연사(年事)
농사가 잘되고 못된 형편.
또는 농사가 되어가는 형편.

똥 누는 것이 사방에서 비오듯 하였으니 이것이 필시 좋지 못한 징조라고 재변災變도 이야기를 하였다.

　어느 사이에 밤이 들었다. 부사가 통인을 불러서 주안상을 들이라고 분부하였다. 한동안 지난 뒤에 떡 벌어지게 차린 주안상을 통인들이 맞들어 들여왔다. 처음에는 통인들이 술잔을 부었으나 송도 순배로 잔을 연해 돌려서 여남은 잔 돌려먹은 뒤부터는 술잔을 친히들 부어서 서로 주고받고 하였다. 부사가 술이 엔간히 취하였을 때 유도사와 박참봉을 돌아보며

　"여보게, 우리 서루 허교들 하세."

하고 말하니 사람이 진득해 보이는 박참봉은 되려 선뜻

　"좋은 말일세."

하고 대답하는데 호걸남자로 생긴 유도사는 허허 웃기만 하고 대답이 없었다.

　"노형은 나하구 허교하기가 싫소?"

　부사의 뇌까리는 말도 유도사는 대척 않고 또 허허 웃기만 하여 부사가 성이 나서

　"말이 말 같지 않소? 어째 웃소?"

하고 시비를 차리었다.

　유도사가 천연덕스럽게

　"호반 친구가 좀 창피하지만 터줌세."

하고 말하여 부사는 더욱 성이 나서

　"창피라니 봉변이로군."

볼멘소리를 하며 술자리에서 뒤로 물러나 앉았다.

"우리더러 술을 고만 먹으란 말인가? 주인 된 도리에 그럴 수가 있나. 이 사람, 이리 들어앉게."

"홍당지쪽들이 호반을 업신여기드니 남행부스러기까지 차차루 못된 본을 떠가거든. 아니꼬운 일두 다 많지."

"자네 속 시원하게 말할까? 나두 투필˚한 사람일세."

"무어야? 그럼 호반 친구란 웬 소린가?"

"자네 성내는 게 우스워서 그런 소리를 해봤지."

"그러면 내가 벗하자는 데 왜 웃었나?"

"우리들이 황해감사의 결찌가 아니라면 평산부사가 초면에 벗을 하자겠나? 그래서 웃었네."

"에 이 사람, 알 만한 처지면 일면여구˚지 초면 구면이 왜 있을까."

● 투필(投筆)
문필을 그만두고 무예에 종사함.
● 일면여구(一面如舊)
처음 만났으나 안 지 오래된 친구처럼 친밀함.

성이 났던 부사가 그동안에 석연하게 풀리어서

"자, 술이나 더 먹세."

하고 다시 술자리로 들어앉았다.

술이 식어서 다시 데워오고 또 술이 없어져서 새로 들여왔다. 주인과 손이 퀀커니 잣거니 술들을 먹는 중에 밤이 깊어져서 시중드는 통인들 눈에 잠이 가득하였다. 통인들이 손님을 민주고주만 여길 때에 술상이 겨우 끝이 났다. 부사가 유도사더러

"여기 볼 건 별루 없지만 이삼일 놀다 가게."

하고 말하니 박참봉이 먼저

"아니야, 내일 가야 해."

대답하고 유도사는 그다음에

"앞으루 갈 길이 머니까."

하고 박참봉 대답에 주를 달았다.

"그래 내일 꼭 떠날 텐가?"

"떠나겠네."

"그럼 아침들이나 나하구 같이 먹구 느직해서 떠나게."

유도사가 그럴 듯이 하다가

"여기서 늦게 떠나면 내일 숙소참이 없을걸요."

하는 박참봉의 말을 듣고

"아침까지 같이 먹으나 마나 마찬가지니 그대루 일찍 떠나겠네."

하고 부사에게 대답하였다.

"자네네들이 일찍 떠나면 나는 식전 조사 까닭에 나가보기두 어려우니 그건 너무 섭섭하지 않은가?"

"이담에 서울서 만나세그려."

"앞으루 만날 날이야 많겠지만 이대루 작별하기가 섭섭하단 말일세. 평양서 어느 때쯤 해주루 오겠나? 해주 올 때를 알면 하인이라두 하나 보냄세."

"평양 가서 며칠 묵게 될지 그건 가봐야 알겠네."

"평양 기생에게 반하면 몇달이 되는지두 모르나."

"기생 놀이채 줄 건 자네가 뒤대려나?"

"어렵지 않은 일일세. 그 대신 해주 와서 종씨 영감께 공송˙이나 잘 해주게."

"평산 술값을 해주 가서 낼 테니 염려 말게."

부사와 유도사가 마주 보고 웃는데 박참봉도 옆에서 따라 웃었다.

유도사와 박참봉이 사처에 나와 자고 이튿날 식전 자리에서 일어나기 전에 통인 하나가 나와서 밤사이 안녕히들 주무셨느냐 부사의 전갈로 묻고 가고, 소세하고 조반들 먹을 때 관노 하나가 상목 열 필 묶은 것을 지고 나오는데 이방이 따라나와서 약소하나마 객지 비용에 보태 쓰라고 부사의 전갈을 옮긴 뒤 따로 은근히 원로에 조심들 하라고 당부하고 가고, 떠날 임시하여 장교 둘이 부사의 몸을 받아가지고 전송하러 나와서 멀리 보산寶山역말까지 배행하였다.

- 공송(公誦) 여럿의 의논이나 의견을 좇아 사람을 천거함.
- 별성(別星) 봉명 사신. 임금의 명령을 받고 외국으로 가던 사신.

보산역말에 사는 사냥꾼 둘이 호랑이를 잡으려고 성악산省岳山 기슭에 함정을 파놓았었는데, 이날 식전에 함정을 가서 본 뒤 호랑이 발자국을 찾으려고 산속으로 한동안 돌아다니다가 집으로들 돌아오는 길에 양반의 행차를 만나서 길을 비키었다. 행차의 기구는 장할 것이 없어서 안장마 하나, 반부담 하나, 마부 둘, 하인 둘뿐이나 마부와 하인들의 길을 휩쓰는 것과 말 탄 양반들의 거드럭거리는 품이 무슨 별성˙ 행차만 못지아니하였다. 사냥꾼들이 그 행차를 지내놓고 오면서

"나는 꼭 속았네."

"나두 처음엔 서울 양반들로 알았어."

"안장말 타구 앞에 가는 게 대장이지?"

"대장이 친히 나갈 젠 무슨 큰일하러 가는가베."

이런 말들을 서로 지껄이었다.

　사냥꾼들이 보산역말을 다 와서 주막거리를 지나가다가 안면 있는 장교들이 주막 마루에 앉았는 것을 보고 한 사람이 먼저 인사성으로

"어째들 나오셨소?"

하고 묻자 다른 한 사람이 곧 그 뒤를 대어서 장난조로

"누구를 잡으러 나왔소?"

하고 물었다. 장교 한 사람이 눈을 흘겨 뜨고 바라보며

"자네가 걸렸다네."

하고 말하는데 말하는 것이 조금도 거짓 같지 아니하여 그 사냥꾼의 얼굴에 당황한 기색이 나타났다.

"내가 무슨 죄가 있어서 걸려요?"

"자네 어떤 양반님네게 발악한 일이 있나?"

"그런 일은 꿈에두 없소."

"그래두 어떤 양반이 자네를 치죄해달라구 원님께 청한 모양이든데."

"그 눈깔 빠질 놈의 양반이 대체 누구요?"

"그건 몰라."

그 사냥꾼이 한참 생각해보다가 물었다.

"읍내 싸전 고샅 신생원 댁 아니오?"

"신생원께 무슨 작죄를 했나?"

"신생원이 이월 초생에 장끼 한 마리 사먹은 값을 이때까지 안 주기에 요전에 가서 말 몇마디 한 일은 있소."

"필시 불공설화를 한 겔세그려."

"아주 떼먹을 테냐구 말한 것밖에 불공스럽게 한 말은 없소."

"양반들 앞에서 기침 한번 크게 한 것두 죄루 몰면 죄가 되니까 장끼값 조른 것이 죄가 되어 잡혔는지두 모르겠네."

"그만 일에 잡아갈 것 무엇 있소? 인정으루 모면을 좀 시켜주구려."

"자네 대신 우리더러 넙치가 되란 말인가? 그건 안 되겠네."

● 산저담(山豬膽)
멧돼지의 쓸개를
한방에서 이르는 말.

"공연히 그러지 마시우."

"공연히라니, 자네가 예사루 걸렸으면 우리가 둘씩 나오겠나 생각해보게."

"술 한턱 낼 테니 인정 좀 쓰시우."

"글쎄 안 된다니까그래."

"집에 산저담˙이 두 보 있는데 신발값으루 한 보씩 드리다."

이때껏 손으로 입을 막고 앉았던 다른 장교가 입에서 손을 떼고 그 사냥꾼더러

"나는 자네가 꽤 약은 줄 알았드니 얼뜨기가 짝이 없네그려."

하고 웃음 반 말 반으로 말하는데 먼저 장교가 동무 장교 어깨를

툭 치며

"입아귀를 닳려서 간신히 얻어놓은 산저담을 자네가 터쳐버리네그려."

말하고 둘이 함께 껄껄 웃었다. 잡혀갈까 겁이 났던 사냥꾼이 장교에게 놀림받은 줄을 깨닫고

"예 여보, 사람을 그렇게 속인단 말이오?"

하고 책망하니

"인사 잘못하면 더러 속아 싸지."

그 장교가 대꾸하였다.

"내가 무얼 인살 잘못했소?"

"무얼 잘못했느냐 가르쳐줄까? 우리를 보구 안녕히 나오셨습니까 인사하든지 그렇지 않으면 무슨 일루 나오셨습니까 인사할 것이지, 누구를 잡으러 나왔소가 무언가? 우리는 사람만 잡으러 다니는 사람인가?"

동무 일을 염려하여 가지 않고 섰던 다른 사냥꾼들이 장교들 앉은 마루 끝에 와서 걸터앉으며

"참말 무슨 일루들 나오셨소?"

하고 다시 물으니

"서울 손님 전송하러 왔네."

사람 순직한 장교가 대답하였다.

"서울 손님은 어디 갔소?"

"지금 자네네들 오는 길에 말 타구 가는 양반들을 만났겠지.

그 손님들일세."

"그 손님들이 누구요?"

"새 감사의 지친들이라네."

놀림받은 사냥꾼이 마루 앞에 와 서 있다가 이 장교의 말을 듣고 하하 웃고서

"잘 속았소, 잘 속았어. 남을 속이드니 잘코사니요."

놀리던 장교의 얼굴을 들여다보며 빈정거리었다.

"무어야, 속다니?"

"그게 서울 손님 아닙디다."

"서울 손님이 아니라니 무슨 소린가?"

"청석골 대장입디다."

"꺽정이란 말인가?"

"두 번 말할 거 있소?"

"거짓뿌렁 아니지?"

"나는 누구처럼 거짓뿌렁할 줄 모루."

"자네두 적당과 한통속인 겔세그려."

"누굴 죽일라구 그런 말을 하시우? 나하구 저 사람하구 금교역말 아는 친구를 찾아갔을 때 두석산 속에 사냥을 나갔다가 적굴에 잡혀가서 그날 사냥한 토끼 두 마리, 노루 한 마리 다 뺏기구 목숨만 살아 나온 일이 있소."

장교들이 사냥꾼의 말을 듣고 보산서 즉시 읍으로 들어오고 읍에 들어오는 길로 바로 관가에 들어와서 부사께 이 사연을 아뢰

었다. 부사는 어이가 없어서 한참 동안 말을 못하다가 급하게 전인을 띄워서 서흥부사에게 기별해줄까 생각하고 이방을 불러서 의논하니 이방의 말이 사냥꾼의 종없는 말을 준신할 수도 없거니와, 설혹 준신할 만하더라도 도적 괴수가 평산 왔을 때 잡지 못하고 서흥이나 봉산에 가서 잡히게 되면 공은 남에게 밀어주고 우세는 혼자 차지하시는 셈이니 숫제 서흥, 봉산, 황주 각군에서는 어떻게들 하나 두고 보시는 것이 좋을 것 같다고 하여 부사가 이방의 말을 옳게 듣고 감사의 사촌이 도적의 괴수란 말을 쓸어 덮어두고 말았다.

유도사의 일행은 평산서 떠나던 날 서흥 와서 숙소하였다. 사처 잡고 들어앉은 뒤, 평산서와 같이 하인 하나를 관가에 들여보내서 석후에 부사를 찾아본다고 선성을 놓았더니 부사가 그 하인을 불러들여서 여러가지 말을 물어본 뒤

"내가 감기 기운이 있어서 나가 뵈입진 못하나 석후에 들어들오시면 만나뵈입겠다구 가서 말씀해라."

일러 보내고 따로 통인 하나도 내보내지 않는 것이 벌써 평산 같은 후대는 바라기가 어려웠다. 하인이 관가에 다녀나와서 부사가 여러가지 말을 묻더라고 말할 때 무슨 말을 묻더냐고 유도사가 물어보았다.

"택호가 무엇이냐, 나리들 연세가 얼마시냐, 어디를 가시느냐, 감영에서 오시느냐, 서울서 오시느냐, 서울 댁 동명이 무엇이냐 별걸 다 묻습니다."

"그래 다 대답했느냐?"

"묻는 대루 다 대답했습지요. 서울 댁 동명을 물을 때 남소문 안이라구 대답했숍드니 부사가 남소문 안을 잘 모르는지 남소문 안이야 하구 고개를 비틀어 꽂습디다."

"밖에 나가 있거라."

하인을 내보낸 뒤 유도사는 박참봉을 보고

"하인들이 제멋대루 수습없이 지껄이지 못하게 조용히 한번 일러두게."

하고 말하였다.

저녁밥들 먹고 한동안 지난 뒤 유도사와 박참봉이 부사를 만나러 관가로 들어왔다. 부사가 망건은 안 쓰고 탕건 위에 갓만 쓰고 웃옷까지 입고도 처네를 두르고 앉아 있다가 손들이 방안에 들어서는 것을 보고 비로소 통인들의 부축으로 자리에서 일어섰다. 이때 서흥부사 김연金堧은 환진갑 다 지난 노인이라 술이 취한 것 같은 불그레한 얼굴에 은실을 늘인 것 같은 흰 수염이 서로 비치어서 풍신이 좋았다. 무과 출신의 일개 수령이로되 풍신은 훌륭한 노재상과 같았다. 박참봉은 그 풍신 대접으로라도 절 한번 하고 싶었으나 유도사 하는 대로 따라 그대로 앉아서 입인사를 하였다.

"노형 연기年紀가 올에 몇이시오?"

"내 나인 몇살 안 됩니다. 갓 마흔입니다."

"저 노형은?"

"서른아홉입니다."

"나는 올에 예순일곱이오."

부사가 하인에게 물어본 나이들을 다시 묻고 또 자기의 나이를 분명히 말하는 속에 나이 자세하는 티가 보이었다. 연치가 이십 세 이상 틀리니 연존장˚인데 인사할 때 절 않고 입인사하고 자칭을 시생이라 하지 않고 나라고 하는 것이 감사의 친척이라고 방자히 교驕 부리는 것이거나, 그렇지 않으면 자기를 호반이라고 나쁘 대접하는 것이거니 주인은 손들을 미타하게 여기고 낯살 먹었다고 바로 거드름을 부리는 것이 어쭙잖고 같지 않아서 손들은 주인을 괘씸하게 생각하여 수작이 잘 어울리지 않는 까닭에 주인 손 세 사람이 한참씩 덤덤히 앉아 있었다. 꾸어다 놓은 보릿자루같이 우두머니 앉았는 것이 싱겁기가 짝이 없어서 유도사가 사처로 나가겠다고 말을 내니 부사는 주인된 체면에 안되었던지

"술들이나 한잔씩 자시구 나가시지. 나는 감기루 먹지 못하지만."

대작 않고 술을 먹이려고 하였다. 부사가 옆에 섰는 통인더러 약주 한상 차려드리게 하라고 이르는 것을 유도사가 고만두라고 말하고 박참봉과 함께 일어났다.

이튿날 식전에도 부사가 전갈 한번 아니하였다. 유도사가 하인을 보내서 이방을 불러다가

"너의 원님께 가서 상목 십여 필만 우리를 꾸어주시면 우리가 서울 가서 부쳐드리거나 해주 감영에서 보내드리두룩 하마구 말

씀 좀 해라. 용처는 말씀 안 해두 좋겠지만 평양 가서 쓸 것이다."
토색을 하였더니 이방이 관가에 들어가서 한동안 늘어지게 있다가 서총대무명 다섯 필을 가지고 나와서

"상목 십여 필은 갑자기 변통할 수가 없어 못 보내드리니 미안합니다구, 이것이 약소하나마 노비에 보태 씁시사구."
부사의 전갈을 하자마자, 곧 유도사는 큰 소리로 하인들을 불러서 이방을 맨땅에 잡아 꿇리고

"우리가 너희 골에 비럭질을 왔드래두 대접을 이렇게는 못할 게다. 너는 죄가 없지만 매를 좀 맞아라. 그러구 너의 원님께 가서 죄없이 매맞았다구 하소연해라."
하고 꾸중한 뒤 하인들을 호령하여 이방은 멍석말이 매로 매를 십여 개 치고 서총대무명은 이방 보는 데서 짓밟아버리게 하였다.

● 연존장(年尊長)
서로 나이를 비교하였을 때, 스무살 이상 많은 어른.

유도사가 이방을 사이에 넣고 부사를 욕보인 뒤 바로 서흥서 떠나서 봉산으로 향하였다. 칠십리 길이 그다지 멀지도 않거니와 늦게 떠난 가량하고 길을 조여온 까닭에 봉산읍에 들어올 때 해가 아직 높이 있었다. 장터 길갓집 하나를 골라서 사처를 정하고 이때까지 해온 전례대로 하인을 관가에 들여보내서 저녁 후에 군수를 찾겠다고 선성을 놓게 하였더니, 하인이 나올 때 아전 하나가 따라나와서 문안하고 저의 말로 안전께서 지금 아무 일도 없으시니 곧 들어가서 만나시는 게 좋겠다고 하여 유도사와 박참봉이 그 이전을 앞세우고 저녁 전에 관가로 들어왔다. 군수 윤지숙

이 얼굴은 끼끗하게 생겼으나 왼쪽 광대뼈에 고약을 붙여서 육냥이 틀려 보이었다. 초면의 인사수작들이 끝난 뒤에 군수가 유도사를 보고 해주서 오느냐, 봉산을 처음 오느냐, 서울 집이 어느 동네냐, 서울 누구를 아느냐 모르느냐, 이런 말을 대답하기 성가시도록 가지가지 물어서 유도사가 대강대강 대답하고 군수의 묻는 말이 그친 틈에

"얼굴에 고약을 붙이셨으니 면종面腫이 나셨소?"
하고 물으니 군수는 구렁이 담 넘어가듯

"대단친 않으나 뼈끝이 되어서 잘 낫지 않는구려."
대답하고 더 캐어묻지 못하게 하는 의사인지 얼른 다른 수작을 꺼내었다.

"사처를 조용한 처소루 옮기면 어떻겠소?"
군수가 묻는데

"옮겨두 좋구 안 옮겨두 좋소."
유도사가 두동싸게 대답한즉 군수는 옮기라고 더 권하지 않고 수통인을 불러서

"내가 아까 이른 말 있지? 그대루 지휘해라."
하고 분부하였다. 밑도끝도없는 군수의 분부가 다담상을 미리 일러둔 것이려니 유도사는 지레짐작하였더니, 다담상은 소식이 없고 방안은 어두워서 촛불을 켜게 되었다. 유도사가 박참봉을 돌아보며 사처로 나가자고 말하니 군수가 손을 내저으며

"가만히들 기시우. 좀 이따 나하구 같이 새 사처루 갑시다."

하고 말하였다.

"새 사처라니?"

"사처를 옮겨두 좋다구 하시지 않았소?"

"글쎄, 옮겨두 좋지만 인제 언제 옮기겠소."

"내가 새 사처를 정하구 행구를 옮기라구 일러놓았소."

군수의 하는 짓이 좀 건방지나 후의인 것은 틀림없는 듯하여

"우리가 절에 간 색시 꼴이 되었구려."

하고 유도사는 웃었다. 거미구에 수통인이 들어와서 저의 원님께

"분부대루 거행했소이다."

하고 여쭈니 군수가 고개를 끄덕인 뒤 유도사와 박참봉을 보고

"새루 정한 사처가 어떤가 우리 같이 가봅시다." ● 맞갖다
마음이나 입맛에 꼭 맞다.

하고 먼저 일어서서 유도사와 박참봉도 군수를 따라 일어섰다.

새로 정한 사처란 동헌 뒤에 있는 책실인데 방 둘, 마루 하나 있는 조그만 딴채 집이었다. 깨끗한 새 자리를 깔고 청심박이 대초를 켜놓은 책실 큰방에 들어와서 군수가 유도사와 박참봉을 돌아보며

"사첫방이 어떻소? 맘에들 드시우?"

하고 물은 다음에

"관청 음식두 맞갖지˙ 않지만 그래두 장터 음식버더는 좀 나을 듯해서 사처는 이리 옮기구 하인들만 먼저 잡은 사처에서 묵게 하려구 맘을 먹구 들어오시기들 전에 미리 일러두었소."

하고 말하여 유도사는 웃으면서

"손들을 편하게 해주는 건 후대지만 손들을 놀리듯이 속인 건 박대니 치사해야 옳소, 원망해야 옳소?"

하고 우스개로 대답하였다. 군수가 뒤따라온 통인더러 저녁상을 곧 들이도록 말하여 얼마 아니 있다가 저녁밥 두 반상이 들어와서 유도사와 박참봉이 먹기 시작한 뒤 군수는 동헌으로 올라갔다.

저녁 후에 군수가 올라오라고 청하여 유도사와 박참봉이 동헌에 와서 보니 기생이 여럿이 있었다. 주인과 손이 정당한 담화를 하는 것보다 기생들과 섞여 허튼수작을 많이 하는 중에 어느덧 밤이 들었다.

군수가 기생들을 시켜서 주안상을 들이게 한 뒤 주인과 손이 다같이 의관을 파탈하고 술을 먹기 시작하였는데, 술과 안주는 평산 폭만 못하면 못하지 나을 것이 없으나 시중 드는 계집들의 희고 보드라운 손이 술맛을 돋워서 유도사와 박참봉은 마음이 흐뭇들 하였다. 얼굴 반주그레한 기생 둘을 하나는 유도사에게, 또 하나는 박참봉에게 수청 들라고 군수가 일러서 그 기생들이 유도사와 박참봉에게 각각 특별히 친근하게 굴었다. 박참봉은 마음이 흐뭇한 중 일층 더 흐뭇하였으나, 유도사는 자기에게 돌아온 기생이 눈에 들지 않는 건 아니지만 자기 마음대로 고르라지 않고 몫을 지어주는 것이 마음에 시쁘었다. 군수가 술이 거나하게 취한 뒤부터 같지 않은 흰소리를 많이 하여 듣기에 괴란할 지경이나 극진한 대접을 받는 처지에 구태여 무안 줄 것이 없어서 유도사는 한손 놓고 흥흥 코대답하였다. 군수가 건방진 수작도 많이 하고 실없는 소리도 간간이 하되 평산부사 장효범과 같이 허교는 청하지 아니하므로 유도사가 먼저

"여보게, 우리 벗하세그려."

하고 말한즉 군수는 선뜻 대답을 아니하고 한참 생각하다가

"내가 이때까지 문관이나 남행하구 벗한 일이 없는데 자네들 하구는 벗하겠네. 나루는 파격일세."

하고 대답하였다.

"자네가 문관과 남행을 나삐 보나?"

"피장파장이지."

"온 세상이 다 호반을 나삐 보는 걸 자네 혼자 높이 보면 높아지나?"

"호반이 어째 나쁜가? 까닭 모를 일이니 까닭을 알거든 말 좀 해보게."

"호반에 사람 같은 것이 없는 까닭이겠지."

"무엇이야? 호반에 사람이 없다니! 그런 말 함부루 못하네. 우리 태조대왕께서두 여조麗朝 호반이실세."

"누가 고려 적 일 말하나. 지금 세상 말이지."

"근세近世루 말하드래두 우선 정국원훈靖國元勳 평성부원군平城府院君(박원종의 군호)이 호반이 아닌가. 올 사월에 돌아간 장판윤張判尹丈(정언량)이 어떠한 인물인 건 자네들 들어라두 알겠지. 그러구 지금 양산군수 장필무張弼武 같은 사람은 세상에서 잘 모

르지만 일대인걸—代人傑일세. 그런데 오십지년에 일개 군수루 썩네 썩어. 그외에두 남치근 남포장이며 김세한金世澣 김병사며 호반에 인물 많지. 문관이나 남행을 두름을 엮으면 그런 인물 하나를 당할 줄 아나? 호반에 사람이 없다니 그게 말인가, 무언가."

군수는 얼굴에 핏대를 올리고 떠드는데 유도사는 웃으며 듣다가

"윤지숙 윤봉산두 그 인물 틈에 한몫 끼겠네그려."

하고 조롱하여 말하니

"이 사람이 누굴 놀리는 셈인가."

하고 군수가 골을 펄쩍 내었다.

"주인이 골을 내면 손이 미안스럽지 않은가."

"조롱을 받구 골 안 낼 사람이 어디 있담?"

"조롱이 무슨 조롱인가. 자네가 그래 인물루 남치근이나 김세한이만 못하단 말인가?"

"내 말을 거기 엱을 까닭이 무언가?"

"자네루 해서 말이 났거든."

"호반을 보구 호반에 사람이 없다구 말하니 그게 사람을 파강청이 맨드는 수작이 아닌가."

"나두 호반 명색일세."

"아니 자네가 투필했단 말인가?"

"그랬네."

"그러면 그렇지. 자네 같은 사내다운 사내가 호반 출신이 아니

라면 변이지. 그런데 내가 서울에 있을 때 자네 말을 영 못 들었어. 하여튼 우리가 만나기가 늦었네."

군수의 얼굴에 화기가 가득하여졌다.

"자네들 여기서 며칠 놀다 가게. 나두 도임한 지가 얼마 안 돼서 아직 구경을 못했지만 이 골에 좋은 경치가 많다네."

"평양에다가 가마구 기별한 날짜가 있어서 곧 가야겠네."

"딴소리 말게. 못 가네."

"아니야. 곧 가야 해."

"내일 하루만이라두 더 묵어 가게."

"그럼 내일 좋은 경치나 구경시켜 주게."

유도사와 박참봉은 봉산서 하루 묵기로 작정하고 이날 밤 닭울녘까지 군수와 같이 술들을 먹었다. 구경 다닐 공론이 처음 났을 때 유도사가 기생들더러 어디 구경이 제일 좋으냐 물었더니, 혹은 봉황대가 유명하다고 말하고 혹은 양익봉이 기특하다고 말하고 또 혹은 수동水洞이 신기하다고 말하고 그외에도 나한동羅漢洞 경치가 좋다, 영천 약물이 좋다, 부엉바위 용추가 좋다, 좋다고 말하는 데가 하도 많아서 하루에는 다 구경할 가망이 없었다. 군수는 구경을 숫제 그만두고 환취루環翠樓에서 하루 놀자고 하는 것을 유도사가 이왕이니 어디든지 구경을 가자고 말하여 휴류성鵂鶹城과 신룡담을 구경하고 봉황대까지 나가서 대 아래서 천렵하고 놀다가 오기로 작정들 하였다.

이튿날 아침 전에 군수가 이날 공사를 대강 마치고 아침이 지난 뒤, 봉황대 아래서 천렵하고 점심 먹도록 준비를 차려놓으라고 분부하여 아전, 사령, 관노, 관비 십여명 사람을 봉황대로 바로 보내는데, 술시중할 기생들과 심부름할 통인들도 먼저 가서 등대하고 있으라고 함께 보내고, 군수는 유도사, 박참봉 두 손과 같이 말들을 타고 마부, 하인 육칠명을 데리고 휴류성으로 향하였다.

군수의 말은 부연 털에 손바닥 같은 붉은 점이 듬성듬성 박힌 얼룩인데, 귀가 뾰족하고 눈이 모진 것이 열기가 있어 보이고 다리가 날씬하고 굽이 높은 것이 걸음을 잘하게 생겨서 말 볼 줄 아는 사람이면 누가 보든 탐낼 만하고, 유도사의 말은 절따요, 박참봉의 말은 백따인데 절따는 잘생기진 못하였어도 그대로 탈 만하지마는 백따는 모색毛色만 깨끗할 뿐이지 몸이 질둔하게˚ 생긴데다가 서흥서 봉산으로 오는 길에 길을 보지 않고 한눈팔다가 돌사닥다리˚에서 굽 하나를 몹시 접질리더니 그 굽을 아직도 아껴 디디고 안장까지 제 것이 아니라 등에 잘 맞지 않는지 몸을 연해 뒤흔들었다. 읍 밖에 나온 뒤부터 탄 사람들이 모두 자견을 하여 말들이 견마잡이에게 성가심을 받지 않게 되니, 얼룩이가 절따, 백따와 한데 섭슬려가기 창피하다는 듯이 들고 달아나서 절따는 쫓아가려고 가탈걸음˚을 걷다가 네 굽까지 놓고 백따는 허덕허덕하다가 고만 지쳐버려서 까맣게 뒤떨어졌다. 군수가 손들과 하인들을 뒤떨어뜨리고 혼자 쮜가는˚ 것이 체모에 틀려서 말을 억제하여 세우고 기다리는 중에 유도사가 쫓아와서 말을 멈추며 곧

"자네 말 나 좀 빌려주게."

하고 청하였다.

"빌리다니 바꿔 타잔 말인가?"

"아니, 평양까지 타구 가게 빌려달란 말일세."

"내 말은 말을 썩 잘 타는 사람이 아니면 타기가 어려운걸. 놈이 성질이 순하지 않아서 견마를 잡히면 걸음을 안 걷구 자견을 하면 제어하기 어렵구, 사람 애먹이네."

"그건 염려 말구 빌려만 주게."

"그러구 내가 쉬 감영에를 갈 텔세."

"언제 갈 텐가? 내일모레는 안 가겠지."

"얼굴의 고약만 떼어버리면 곧 갈 테야."

"내가 평양 가서 하인 하나를 곧 올려보낼 테니까 이틀 가구 이틀 오구 넉넉잡구 닷새 동안만 빌려주게."

"빌려준대두 자네가 잘 탈는지 모르겠네."

"봉황대까지 가는 데 나하구 말을 바꿔 타세. 그럼 알겠지."

"어디 그렇게 해보세."

군수와 유도사가 다 각기 말께서 내릴 때 마부와 하인들이 쫓아오고 다시 얼마 동안 지난 뒤에 박참봉이 겨우 따라왔다.

유도사가 군수의 말을 바꿔 타고 혼자 달려오는데 길을 몰라서 마산馬山 가는 길로 얼마를 오다가 길가의 농군에게 물어서 길 잘못 든 줄을 알고 길을 자세히 배워가지고 오느라고 지체도 많

● 질둔(質鈍)하다
모양새가 투박하고 둔탁하다.
● 돌사닥다리 돌이나 바위가 많아 매우 험한 산길을 사닥다리에 비유하여 이르는 말.
● 가탈걸음 말이 불안정하게 비틀거리며 걷는 걸음.
● 쥐가다 쭈르르 가다.

이 하고 길도 많이 돌았건만, 휴류성에 올 때 뒤에 떨어졌던 일행과 어금버금˚ 같이 왔다. 휴류성은 신라 적에 쌓았다는 옛성이라 석축이 태반이나 무너졌었다. 성 자리를 대강 둘러보고 신룡담으로 향하려고 할 때 군수가 유도사더러

"이번에는 빨리 달리지 말구 천천히 걸려보게."

취재보듯 말하는 것이 유도사 마음에 아니꼬웠으나, 말을 빌릴 욕심에 군수의 말대로 천천히 걸리었다. 빨리 가려고 애쓰는 말을 빨리 가지 못하게 제어하는 데 수단이 익숙하여 순하지 않은 말이 순한 말같이 잘 복종하였다.

"자네 말 타는 것이 법수가 있네. 내 말을 빌려줄 테니 닷새 기한은 넘기지 말게. 내가 말을 하루 한번 못 보면 맘이 한구석이 빈 것 같애."

"나두 말을 사랑하는 까닭에 자네가 사랑하는 말을 빌려준다는 것이 조만 정분이 아닌 줄 짐작하네."

유도사와 군수는 길이 좁고 넓은 것을 따라서 말을 앞으로 세우기도 하고 또 나란히 세우기도 하며 신룡담까지 같이 왔다.

용추의 물 깊이는 으레 명주실이 몇꾸리씩 풀리는 법이라 침침한 물 밑에 잠겨 있는 용을 사람의 눈으로 볼 수는 없지만, 더러운 물건이 용추에 빠질 때 물 밖으로 밀어내는 것이 용의 조화라고 한다. 이것은 어느 용추든지 도항정 매일반이나 신룡담의 용은 다른 데 이무기와 달라서 신통을 부리고 영검을 보인다고 신룡담사神龍潭祠란 사당집까지 지어놓고 일군 백성이 모두 위하는

것이 다른 용추에는 별로 없는 일이었다. 일행이 신룡담에서 지체한 뒤에는 바로 봉황대로 나오는데 관하인들을 앞에 내세워서 길을 치우며 나왔다.

봉황대는 이름이 높이 난 가량하면 경치가 실상 하치않으나 서홍강瑞興江과 은파천銀波川의 여러 줄기가 얼기설기 얽혔다가 재령강載寧江과 합하여 굽이쳐서 흐르는 곳에 넓은 들이 봉산, 재령 두 골에 걸쳐 열리어서 대 위에 높이 서서 사방을 바라볼 때 눈앞을 가로막는 것이 없어 시원하였다. 시원한 맛에 박참봉은 주저앉는 것을 유도사와 군수가 다같이 내려가자고 재촉하여 물가에 차일 치고 자리 깔아놓은 곳으로 내려와서 기생들의 소리도 듣고 기생들과 우스개도 하다가 고기잡이들이 그물질로 잡아낸 펄펄 뛰는 생선을 회 만들어서 술안주도 하고 지짐이로 밥반찬도 하여 점심밥을 달게 먹었는데, 그중 유도사는 군수나 박참봉보다 몇곱절 많이 먹었다. 군수가 유도사를 보고

● 어금버금
오고 가는 행동이
큰 차이가 없는 모양.

"자네 원력이 세지?"

하고 물으니 유도사는 웃으면서

"글쎄, 장정 한둘은 거느릴 수 있겠지."

하고 대답하였다.

"자네 신익申翊 신첨사를 아나?"

"나는 안면 없어. 그건 왜 묻나?"

"그가 원력이 장사지."

"기운꼴이나 쓰면 세상에선 으레 장사라구 하느니."
"아니, 신첨사는 참말 장사야."
"그가 장산 것을 자네 눈으루 본 일 있나?"
"내 눈으루 본 일은 없지만 그가 장사루 발신하게˚ 된 것은 다들 잘 아는 일이니까."

유도사는 신첨사의 내력을 알지 못하지만, 군수가 다들 잘 아는 일이라고 말하는 것을 묻기가 창피하여 말을 더 하지 아니하는데 박참봉이 군수더러
"다들 안대두 나는 모르니 어디 신첨사 이야기 좀 들어보세."
하고 말하였다.

"신첨사가 일개 무명씨 신선달루 청파靑坡 배다리 옆에서 살 때 어느 날 병판 행차가 나오는데, 신선달이 길에 나섰다가 벽제˚ 소리를 듣구 길을 비킨다는 것이 미처 잘 비키지 못해서 전배 기수旗手에게 욕을 보구 분하니까 그 기수를 번쩍 들어서 개굴창에다 처박았더라네. 다른 병판 같았드면 신선달을 초죽음시켰겠지. 그때 병판 류전柳墺 류판서는 호기 있는 양반이라 신선달을 일부러 불러보구 문안에 들어오는 길루 위에 아뢰구서 바루 선천˚을 터주었다네. 그래 신선달이 선전관을 얻어 했네. 그런데 또 작년 재작년 오월인가베. 위에서 농사짓는 걸 봅시려구 서교˚에 거둥 합셨는데 별안간 광풍이 일어나며 위에서 앉아 기신 막차˚의 차일 끈이 끊어져서 차일이 한편으루 넘어백히는 것을 신선전이 마침 가까이 있다가 끊어진 끈을 붙잡아 캥겨서 넘어백히지 않았다

네. 그래 벼슬이 자꾸 올라서 지금 어디 첨사루 있네. 위에서 장사루 압서서 특별히 발탁해줍시니까 얼마 안 가서 병수사를 할 겔세."

"그까짓 힘이 무에 장사란 말인가?"

"저 사람 보게. 장정 하나 번쩍 들어서 동댕이치는 것두 그리 쉽지 않지만 바람이 쓰러뜨리는 차일을 한손으루 붙들어서 바루 세우는 게 여간 기운 가지구 될 줄 아나? 더구나 궐내 차일이 어디 이따위 차일인가. 유착스럽게 크지."

"우리 형님에게 대면……"

"이 사람들아."

유도사가 박참봉의 말을 무질뜨리고

"경치 구경하러 와서 이야기하구 앉었는 건 기생 데리구 떡먹는 거나 마찬가지 운치 없는 짓일세. 밖에 나가서 시원한 바람이나 쏘이세."

하고 먼저 일어서니 박참봉도 따라 일어섰다.

군수가 손들과 같이 물가에 와서 거니는데 기생, 통인들도 뒤를 따라다니었다. 다시 그물질을 시키고 고기 잡는 구경을 하다가 저녁때 다 되어서 읍으로들 들어왔다.

이날 밤에 군수가 또 술을 먹자고 동헌으로 청하는데, 박참봉은 곤하다고 초저녁부터 수청기생을 데리고 자기의 침소인 작은 방에 건너가서 일찍 자고 유도사만 혼자 술대접을 받았다. 군수

● 발신(發身)하다
천하거나 가난한 처지를 벗어나 앞길이 훤히 트이다.
● 벽제(辟除)
지위가 높은 사람이 행차할 때, 구종, 별배가 잡인의 통행을 금하던 일.
● 선천(宣薦)
새로 무과에 급제한 사람 가운데에서 선전관의 후보자를 천거하던 일.
● 서교(西郊) 서울의 서대문 바깥.
● 막차(幕次) 의식이나 거둥 때에 임시로 장막을 쳐서, 왕이나 고관들이 잠시 머무르게 하던 곳.

가 술을 여남은 잔 대작한 뒤부터 연해 하품을 하더니 마침내 앉아 배기지 못하고 술상 옆에 드러누워 코를 곯아서 유도사는 기생들만 데리고 술을 먹다가 나중에 술 한 병, 마른안주 한두 접시 기생들에게 들려가지고 자기 사첫방으로 내려와서 한 병 술을 마저 들어낸 뒤에 기생들과 그대로 같이 잤다. 이튿날 유도사와 박참봉이 봉산서 떠나는데, 유도사가 군수의 말을 빌려 타게 된 까닭에 박참봉 타고 온 말은 반부담 위에 하인이 걸머졌던 짐들을 주워얹어서 아주 복마를 만들었다. 군수가 마부까지 주며 데리고 가서 말을 주어 보내라고 하는 것을 유도사가 하인 하나를 서울 집에 올려 보내는 순기편順騎便에 말을 돌려보낼 테니 염려 말라고 마부는 고만두게 하였다.

봉산읍에서 이십리 사인암舍人巖을 지나오니 여기는 황주 땅이라 황주 관속들이 마중을 나와서 등대하고 있었다. 봉산 통방에서 전날 방위사통을 놓아서 감사의 사촌이 오는 줄을 황주서 미리 알았던 것이다. 관속들이 말머리에 느런히 서서 일제히 문안을 드린 뒤에 그중의 아전 하나가 유도사를 쳐다보며

"마침 사또 안 기신데 행차합셔서 재미가 없으시겠소이다."
하고 말하였다.

"너의 사또 어디 가셨느냐?"

"서울 댁에 행차하셨소이다."

"판관 나리는 기시겠지?"

"네, 기십니다."

"그럼 판관 나리나 잠깐 만나보구 가겠다."

유도사와 박참봉이 황주 관속들을 전후로 늘여세우고 황주 성안에 들어와서 판관을 만나본즉, 할 수 없는 고리삭은 샌님이라 데리고 말할 잡이도 못 되고 국물을 우려낼 건덕지도 없으므로 점심 한 끼만 얻어먹고 황주읍에서 삼십리 구현원駒峴院에 와서 숙소하였다. 여기는 평안도 중화 땅이니 평안감사 새로 올 때 신구 감사가 교대하는 곳이다.

유도사와 박참봉은 밤중까지 이야기를 하느라고 잠을 별로 안 잤건만 그 이튿날 첫새벽에 일어났다. 조반을 재촉하여 먹은 뒤에 길들을 떠나는데, 박참봉은 하인, 마부 네 사람을 다 데리고 평양길로 가고 유도사는 말을 자견하고 혼자 황주길로 도로 왔다. 다른 사람들 보기에는 황주 근방 양반이 먼길하는 정분 좋은 친구를 평안도 초입까지 같이 와서 작별하고 돌아가는 것과 같았다. 유도사가 황주읍에를 왔을 때, 전날 사인암으로 마중 나왔던 사령 하나가 길거리에 섰다가 깜짝 놀라는 것을 곁눈으로 보았지만 사령이 와서 알은체할 사이 없이 말을 달려 지나왔다. 동선역洞仙驛에 와서 해를 쳐다본즉 점심때는 아직 멀었으나, 말의 배를 채워주려고 길갓집 앞에 말을 세우고 주인을 불러내서 상목으로 셈할 테니 점심 한 끼 해주겠느냐 물어보았다. 사람 양식과 말먹이를 통이 안 가지고 두자 상목 십여 필만 견대에 넣어서 말안장 뒤에 달고 온 까닭이다. 주인이 묻는 말에는 대답 않고

"어제 황주루 가시던 손님 아니십니까?"

하고 되물었다.

"그래."

"어째 도루 오십니까?"

"급한 볼일이 있어 도루 오네."

"네, 급한 볼일루 도루 오세요? 점심때가 상기 멀었는데 어느새 점심을 잡수시렵니까?"

"조반을 설치구 왔어."

"읍이 얼마 안 되는데 읍에 들어가셔서 잡수시지요."

"점심을 못해주겠단 말인가?"

"아니요. 해달라시면 해드립지요만 찬이 없어놔서."

"찬은 장건건이만 해두 좋구, 그러구 사람버덤두 말을 잘 먹여주게."

유도사가 그 집에서 상목 서너 끗을 주고 말, 사람이 다같이 배를 든든히 불린 뒤에 먹은 것이 자위 돌 동안 밖에 나와서 말을 가찰하여 몸뚱이도 긁어주고 갈기도 쓰다듬어주고 하다가 다시 타고 봉산읍으로 달려왔다.

유도사가 봉산 장터 한바닥을 꿰뚫고 나오며 좌우를 돌아보아도 관속 하나 눈에 뜨이지 아니하였다. 서흥 가는 길목까지 거의 다 나오다가 홀제 말머리를 돌이켜서 관가를 향하고 들어왔다. 말이 눈에 익은 홍살문을 바라볼 때 대가리를 치켜들고 으흥 소리를 질렀다. 작청 앞에 박힌 둥구나무 아래 사령 서넛이 앉아 있다가 말소리를 듣고 부지런히들 쫓아나가니 유도사는 말을 세우

고 사령들 오기를 기다리었다. 사령들이 말머리에 와서 허리들을 굽실굽실한 뒤

"나리, 웬일이십니까?"

"어째 도루 오셨습니까?"

"평양 행차를 고만두시기루 파의하셨습니까?"

제각기 한마디씩 묻고 다같이 유도사를 쳐다들 보는데

"이놈들아, 이 눈깔 없는 놈들아!"

유도사 입에서 까닭 없는 호령이 나와서 사령들은 어리둥절하였다.

"나를 유도산 줄루 아느냐? 이놈들아, 내가 임꺽정이다, 임꺽정이야!"

꺽정이란 이름이 마른하늘에 벼락치는 소리만 못지아니하여 사령들의 얼굴이 당장 마전한 것같이 되었다. 그중에 하나는 겁을 잔뜩 집어먹어서 두 어깨를 귀밑에 닿도록 추키고 부들부들 떨기까지 하였다.

"너희 원님한테 내 말 좀 전해다우. 이틀 동안 특별한 후대를 받아서 내가 치사하드라구 하구, 그러구 말은 두구 가야 옳지만 다시 생각해본즉 전 군수 박응천이 때 내 말 한 필이 여기 와 있으니까 그 대신으루 타구 간다드라구 해라. 똑똑히들 들었느냐!"

사령들이 눈을 멀뚱멀뚱하게 뜨고 달려가는 말 뒤를 바라보고 섰다가 겨우 입들이 떨어져서

"안전께서 올에 망신살이 뻗치셨네."

"구관 같으시면 허무하게 속지 않으셨을걸."

"꺽정이가 하여튼 담보 큰 놈일세."

"나는 그놈이 우리를 죽이는 줄 알았네."

"얼른 관가에 들어가서 말씀이나 아뢰세."

서로 지껄이고 홍살문 안으로 몰려들어왔다.

군수가 사령들의 아뢰는 사연을 듣고 처음에는 기가 막히고 나중에는 분통이 터져서 펄펄 뛰었다. 방에서 일어섰다 앉았다 하다가 대청으로 나와서 발을 구르며 사령들을 호령하였다.

"너희놈들이 힘이 모자라서 그놈을 못 잡으면 말이나 뺏을 게지 말까지 타구 가게 가만두었단 말이냐! 말고삐를 잡구 매달려서 아우성들을 지르면 그놈이 아무리 담대한 도둑놈이라두 말을 내버리구 도망할 거 아니냐? 이놈들, 내 말을 찾아놔라."

군수가 옆에 나와 섰는 통인들을 돌아보며

"형틀을 들이래라!"

하고 이르고 곧 다시

"아니다, 수교를 먼저 부르래라."

하고 고쳐 일렀다. 통인 하나가 대청마루 끝에 나서서

"급장아."

"녜이!"

"수교 부르랍신다."

"녜이!"

급장이 삼문 밖을 향하고 서서

"사령."

"녜이!"

"수교 부르랍신다."

"녜이!"

긴대답소리가 끝난 뒤 얼마 아니 있다가 수교가 들어와 대령하였다.

"꺽정이란 놈이 유도사루 행세하구 와서 내 말을 훔쳐갔다. 지금 서흥길루 내뺐다니 오늘 해에 검수나 서흥밖에 더 가겠느냐. 장교 오륙명 걸음 잘 걷는 아이를 뽑아서 곧 그놈 뒤를 쫓아보내라. 그놈이 검수서 묵거든 역졸들의 조력을 받구 서흥까지 갔거든 서흥 관속과 합력해서 그놈을 잡으면 좋구 그놈을 놓치드래두 말은 꼭 찾아오게 해라. 그러구 그놈이 혹 촌가에 들어가서 묵을는지 모르니 연로에 잘 알아보며 가라구 일러라."

● 단참 중도에서 쉬지 않고 곧장 계속함.

수교가 군수의 분부를 드듸어서 장교 다섯을 뽑아 쫓아보냈는데, 그 장교들은 서흥까지 밤길 걷고 이튿날 돌아와서 애매한 매들만 맞았다. 사령 셋이 전날 매를 죽도록 맞은 것은 다시 말할 것도 없는 일이다.

꺽정이는 그날 봉산읍에서 단참˚에 검수역말을 와서 말을 여물 먹이느라고 지체한 뒤 다시 쉬지 않고 빨리 왔는데, 서흥강을 건널 때 해가 꼬박 다 졌다. 그러나 달이 밝아서 달빛을 띠고 서흥읍에 들어와서 자고 가려다가 앞길을 더 좀 줄이려고 용처龍泉

역말 와서 숙소하고, 이튿날 평산읍을 지날 때 봉산서와 같이 본색을 알리려다가 친한 이방에게 말썽이 있을까 염려하여 그대로 지나 김암金巖역말 와서 중화하고 해 다 진 뒤에 청석골을 들어왔다. 말이 걸음을 잘하여 삼백리 넘는 길을 이틀에 쉽사리 온 것이었다.

 꺽정이가 박유복이를 데리고 떠나갈 때 이봉학이더러 자기가 다녀온 뒤 광복산으로 가라고 이르고 또 자기 없는 동안이라도 사랑을 쓰라고 허락한 까닭에 여러 두령들이 전과 다름없이 매일 저녁 꺽정이 사랑에 모이는데, 이봉학이가 사람이 상냥하고 꺽정이같이 무섭지 아니하므로 자연 좀 무랍들이 없었다. 이날 낮에 곽오주가 데리고 있는 아이놈들이 서로 쌈질하는 것을 곽오주가 빌어서 간신히 뜯어말리더라고 길막봉이가 이야기하여 여러 두령이 곽오주를 조롱하느라고 사랑이 떠나가도록 웃고 떠드는 판에 두목 하나가 사랑 앞으로 뛰어들어오며

 "대장께서 오십니다."

하고 소리를 쳐서 여러 두령이 일어나서 부산히 벗어놓은 의관들을 다시 차릴 때 벌써 꺽정이가 탄 말이 사랑 댓돌 아래 들어왔다. 꺽정이가 방에 들어와 앉아서 두령들의 절을 받고 또 말 뒤에 쫓아들어온 두목과 졸개들의 문안을 받은 뒤에 이봉학이를 보고 그동안 별일 없었느냐, 광복산 안신安信을 들었느냐, 두어 마디 말을 묻고 바로 마루에 섰는 신불출이를 내다보며

 "저녁 다 지났겠지? 내가 지금 시장하니 얼른 밥을 시키구 그

러구 말을 잘 먹이라구 일러라."

하고 분부하였다.

"형님 타구 오신 말이 절따가 아니니 그게 웬 말입니까?"

하고 이봉학이가 묻는데 꺽정이는 웃으며 대답 않고

"내가 타구 온 말을 서종사 자세히 보았소?"

하고 서림이를 돌아보았다.

"신관˙이 어떠신가 보입느라구 말은 미처 눈여겨보지 못했습니다."

"끌어오래서 한번 보우."

"제가 어디 말을 잘 압니까?"

"알구 모르구 그대루 보구려."

• 무랍없다 몹시 가까워 어려워하는 티가 전혀 없다.
• 신관 '얼굴'의 높임말.

밖으로 끌어내간 말을 다시 끌어오라고 하여 달 밝은 마당 한중간에 세우고 서림이와 다른 두령 몇사람이 말 구경하러 마당으로 내려가려고 할 때, 배돌석이가 마루에서 바라보고

"윤지숙이 말이구먼요."

하고 외치듯 말하였다. 꺽정이가 마루에 나와서 배돌석이더러

"네가 알아보는구나."

하고 말한 뒤 신발 신고 댓돌 아래 내려서서 말을 앞으로 끌어오라고 하여 말목을 몇번 툭툭 쳐주고 또 고삐 잡은 졸개더러

"마구간 첫 칸에 갖다 들여매구 마죽에 콩을 많이 넣어줘라."

하고 일렀다.

늙은 오가가 꺽정이 돌아왔단 기별을 듣고 보러 와서 꺽정이가 오가와 같이 방으로 먼저 들어오고, 그 뒤에 다른 두령도 따라 들어와서 아래윗간에 좌정들 하였다.

  "윤지숙이의 말을 어떻게 뺏어 타구 오셨습니까?"

  서림이가 묻는 것을 꺽정이는

  "이야기가 기니 밥이나 먹구 나중 이야기합시다."

대답하고 곧 오가를 돌아보며

  "요즈막은 설움을 좀 잊으셨소?"

하고 물었다.

  "잊었으면 좋겠는데 잊혀지질 않습니다."

  오가의 대답에

  "요새두 하루 몇차례씩 산소에를 올라가신답니다."

서림이가 발을 달았다.

  "웬 성묘를 그렇게 자주 다닌단 말이오?"

  "속 답답할 때 무덤 앞에 가서 마누라를 부르면 속이 좀 시원한 것 같아요."

  "그럼 숫제 시묘˙를 살아보시구려."

  "망발 토 달아놓구˙ 그런 생각두 없지 않아 있습니다."

  "고적한 데서 여러가지 생각이 나시는 게니 첩 하나를 얻으시우. 그럼 위로가 되시리다."

  오가가 대답은 없이 도리머리를 흔들었다.

  "왜 그러시우?"

"내 맘속에 살아 있는 마누라를 마저 죽이게요? 싫습니다."

"내처 홀아비루 지내실 테요?"

"지금 말씀한 거와 같이 내 몸은 홀애비라두 내 맘은 아직두 핫애빕˚니다."

"서종사가 정문 세울 공론을 낼 만두 하우."

꺽정이가 서림이와 이봉학이를 돌아보며 웃었다.

얼마 아니 있다가 열두 접시 쌍조치의 저녁상이 들어와서 꺽정이가 밥을 먹고 상을 물린 뒤에 비로소 평산서 황주까지 가며 대접받은 이야기를 일장 다 하여 여러 두령들이 듣고 모두 좋아하였다. 그중에 서림이는 침속으로

"쌈 않구 이기는 것을 병법에 제일루 칩니다. 평산, 서흥, 봉산, 황주 네 골을 대병大兵으루 내리 무찌른들 이보다 더 통쾌할 수 있습니까. 대장께서 대공大功을 세우시구 돌아오셨으니 한번 큰 잔치를 배설하구 승전곡을 울리며 즐겁게 노는 것이 좋을 것 같습니다."

● 시묘(侍墓)
부모의 거상 중에 3년간 그 무덤 옆에서 움막을 짓고 삶.
● 망발 토 달다
무심결에 자기나 자기 조상에게 욕이 될 말을 함을 이르는 말.
● 핫애비
핫아비. 유부남.

하고 말하다가 당치 않은 소리 한다고 꺽정이에게 핀잔을 받았다.

이튿날 서림이가 뒤로 두령 몇사람을 충동이어서 잔치를 차리자고 꺽정이에게 등장을 들다시피 하여도 꺽정이는 종시 고개를 외치는 것을 이봉학이가 추석에 떡섬이나 나우 만들고 소바리나 더 잡혀서 추석놀이 어울러 한번 잔치를 하자고 말하여 겨우 허락을 얻었다. 승전곡을 울리자면 기악妓樂을 변통해야 한다거니

오두령 부인 졸곡 안이니 기악은 고만두자거니 잔치할 공론들이 분분한 중에, 남소문 안 한첨지가 작고하였다고 전인으로 통부가 와서 꺽정이는 곧 서울을 간다고 하여 잔치고 추석놀이고 다 고만두게 되었다.

청석골 두령들이 거지반 한첨지 부자와 면분이 있지마는 그중에 서울을 자주 다니는 황천왕동이는 한온이와 교분이 두터운 사이라 초종 때 가보겠다고 하고, 이봉학이도 서울 가서 조상하고 서울서 광복산으로 가겠다고 하여 꺽정이는 이봉학이와 황천왕동이더러 다같이 가자고 말하였다.

꺽정이가 청석골에 남아 있을 두령들을 보고 자기 서울 갔다올 동안 대소사를 서로 의논들 하여 조처하라고 이른 뒤에

"이번에 서울 가선 서울 있는 안식구 명색 넷을 모두 이리 데려올 작정인데 내가 한첨지의 장사까지 보구 오자면 그 안에 먼저들 내려보내게 될지도 모르니 초막 너덧 채 미리 치워놔두게 해라."

하고 말을 하니 다른 두령들은 그저 들을 만하고 있는데 서림이가 웃으면서

"서울에다가 치가하신 사람이 셋이라드니 셋이 아니라 넷입니까?"

하고 물었다.

"하나는 기생인데 그 기생이 치가한 기집들버덤 더 떼기가 어렵소."

꺽정이가 서림이의 묻는 말에 대답하고 나서 먼젓번 서울 갔을 때 소홍이에게 자기 본색까지 알린 것을 비로소 여러 두령에게 이야기하였다. 서림이가 꺽정이 듣기 좋게 소홍이를 조감˙ 있는 기생이라고 칭찬한 뒤

"서울 여편네들을 초막 살림 시키는 건 너무 가엾지 않습니까?"

하고 말하니

"그럼 대궐을 짓구 데려오까?"

하고 꺽정이는 허허 웃었다.

"광복산과 평안도 세 군데의 안주인으루 한 사람씩 보내두시면 어떨까요?"

꺽정이가 서림이의 말에는 대답 않고 다른 두령을 돌아보며 다른 말을 시작하였다.

● 조감(藻鑑)
사람을 겉만 보고도
그 인격을 알아보는 식견.

이튿날 꺽정이가 서울길을 떠나는데 이봉학이, 황천왕동이 두 두령 외에 내행을 내려보낼 때 배행시킬 사람으로 신불출이, 곽능통이 두 시위와 집안 하인같이 두고 부리는 졸개 두 명을 데리고 가기로 하여 서울서 온 전인까지 일행 여덟 사람이 늦은 아침 때 청석골서 떠나서 길에서 두 밤을 자고 사흘 되는 날 일찍 서울을 들어왔다.

한첨지 큰집에를 와서 보니 사랑방에 빈소를 만들고 앞마루에 달아내어서 여막을 지었는데, 여막 안에 한온이가 혼자 있었다. 한온이의 형 한윤이는 폐인이라 상주 노릇도 못하는 듯 주상을

받지 아니하였다. 조상을 마치고 한온이와 수작들 하는 중에 다른 조상 손이 왔다고 하여 꺽정이가 이봉학이와 황천왕동이를 데리고 여막 밖에 나섰는데, 머리사랑에서 일 보던 서사가 쫓아와서
 "어디들 들어앉으셔야 할 텐데 조용한 방이 있어야지요."
말하고 여막 안에 들어가서 주인 상주와 수어하고 나오더니 꺽정이를 보고
 "그전에 와서 기시던 방을 치워드릴게 저를 따라들 오십시오."
하고 일각문 밖에 있는 옆집으로 인도하였다. 안방, 건넌방에 사람들이 가득가득 있는데 서사가 안방 사람을 다른 데로 보내고 방을 치워주었다. 꺽정이가 서사더러 바쁜데 미안하지만 잠깐 기다리라고 말하고 황천왕동이를 밖에 내보내서 졸개들 지고 온 짐을 들여오게 하여 가지고 온 부의를 내주고 부의 외에 상목 온필 두 필을 내주며 전˙지낼 제물을 장만하여 달라고 부탁하였다. 한첨지의 집은 남소문 안 적당으로 양대兩代의 닦아놓은 지정至情이 있는 까닭에 상가에 와서 붙박여 있는 사람도 버걱버걱하도록 많거니와 왔다갔다하는 사람이 더욱 많아서 뻔질 그치지 아니하는데 사내는 어뜩비뜩한 오합잡놈이 태반이요, 여편네는 수상스러운 무리개˙짜리가 다수이었다. 말하자면 서울 안 무뢰배의 도회청인 듯하였다. 이봉학이가 꺽정이를 보고 이목이 너무 번다해서 재미없으니 어디든지 조용한 데로 거처를 옮기자고 말하여 꺽정이는 그 말을 좇아서 한첨지 집에서 가까운 남성밑골 박씨 집 안방을 치우고 세 사람이 옮기고 두 시위와 두 졸개를 마저 옮기

려고 박씨 집 이웃에 방 하나를 빌렸더니, 방이라고 됫박만 하여 장정 넷이 잘 수가 없으므로 두 졸개는 동소문 안 김씨 집 빈 행랑에 갖다 두었다.

꺽정이 일행이 상경한 이튿날이 한첨지 작고한 지 한이레라 동소문 밖 홍천사興天寺에 나가서 칠일재를 올린다고 하여 꺽정이, 이봉학이, 황천왕동이가 다같이 재 구경을 간다고 말하였는데, 재에 보시 쓸 포목을 따로 유렴하여 가지고 오지 아니하여 꺽정이의 객지 비용 쓸 것은 말할 것도 없고 이봉학이의 광복 노수 쓸 것까지 알뜰히 다 보시에 쓰기로 하였다. 보시를 많이 쓰면 재 주인의 낯이 나는 까닭에 더 있으면 더 써도 좋지만 한온이더러 대라기 외에는 달리 변통할 길이 없었다.

"한첨지 집 서사더러 말씀해보시지요."

황천왕동이가 말하는 것을 꺽정이는 듣고 대답이 없는데 이봉학이가 꺽정이 대신 대답하듯

"아무리 나중 회계는 해주드라두 당장 경황없는 집에 말하기가 무렴하지˙ 않아?"

하고 말하였다. 꺽정이가 이봉학이와 황천왕동이더러

"좀 창피하지만 내 한 군데 가서 물어보구 오마."

말하고 나와서 장찻골다리 소흥이를 찾아왔다. 서로 만나 반기는 수작이 끝난 뒤에 꺽정이가 한첨지 초종에 온 것과 홍천사 칠일재에 갈 것을 말하고 보시 쓸 상목을 열 필쯤 변통해주겠느냐고 물으니 소흥이가 웃으면서

● 전(奠)
장례 전 영좌 앞에 간단한 술과 과일을 차려놓는 예식.
● 무리개
뚜쟁이 노릇을 하는 여자.
● 무렴(無廉)하다
염치가 없음을 느껴 마음이 부끄럽고 거북하다.

"한 동이라도 쓰실라면 쓰십시오."
하고 선선하게 대답하였다.
"지금 자네게 있나?"
"내일 절에 나가실 때 가지고 가시게 해드리지요. 그럼 낭패 없지요?"
"뉘게서 꾸어줄 작정인가?"
"나도 그만한 근력은 있으니 염려 마세요."
"내가 갚을 때는 장리구 곱절이구 자네 요구대루 해서 갚음세."
"갚으신다면 나는 안 드릴 테요."
"갚지 말라면 나는 안 쓰겠네."
"내게 선다님 게고 선다님 게 내게지요. 갚는 건 다 무에요?"
"그만침 알구 가겠네."
"수선한 상가에 가서 주무실라고 그러세요? 내게서 저녁 잡숫고 주무시지요."
"이번에 내 동생을 둘이나 데리구 와서 가봐야겠네."
"다같이 와서 주무셔도 좋지 않아요? 저 아랫방을 치울까요?"
"고만두게. 이따 봐서 내나 자러 옴세."
꺽정이가 남성밑골로 돌아와서 이봉학이와 황천왕동이더러는 변통될 포서가 있으나 내일 식전에 보아야 알겠다고 어리뻥뻥하게 말하여 두었다.
석후에 이봉학이와 황천왕동이만 남성밑골서 자게 하고 꺽정이는 장찻골다리로 자러 왔다. 소홍이가 술을 사다 두어서 일년

중 제일 밝은 달 아래에서 미인이 권하는 술잔을 손에 드니 짬짬히 있을 이봉학이와 황천왕동이가 자연 마음에 걸리었다.

"술이 있을 줄 알았드면 동생들을 데리구 올 걸 그랬네."

"내일 저녁에 같이 오시지요."

"내일 절에서 늦게 들어오면 오게 되는지 모르겠네."

"그럼 모레 오시지요."

"모레 동생들이 시골을 안 가면 데리구 옴세."

"저녁 한 끼 대접하면 어떠까요?"

"그건 주인의 처분이지."

"그럼 와서 저녁들 잡숫고 눌러 밤까지 노시게 하세요."

밤이 이슥한 뒤 자리에들 누워서 꺽정이는 봉산군수 윤지숙을 두 차례 망신시킨 것을 이야기하고, 소홍이는 뒤로 모은 천량 손 모아서 신실한 사람에게 맡긴 것을 이야기하여 이야기에 깨가 쏟아져서 자지들 않고 닭을 울리었다.

이튿날 식전에 꺽정이가 상목 열 필을 소홍이의 집 바깥심부름하는 사람에게 걸머지워 가지고 남성밑골을 와서 얼마 안 되었을 때, 노밤이가 몸을 뒤흔들며 들어오더니 성큼 마루 위로 올라와서 방안을 들여다보고 절을 꾸벅꾸벅 세 번 하였다.

"너 어떻게 알구 왔느냐?"

꺽정이 묻는 말에 노밤이는

"선다님 오신 것을 저야 모를 수가 있습니까."

대답한 뒤 곧 이어서

"선다님께서 서울 오셨으면 오셨다구 제게 기별은 해주셔야 하지 않습니까? 선다님두 야속하십니다."
말하고 외눈을 희번덕거리었다.
"남소문 안을 다녀왔느냐?"
"동소문 안을 다녀왔습니다."
"엇먹지 말구 정당히 묻는 말에나 대답해라."
"엇먹다니 천만의 말씀을 다 하십니다. 남소문 안 놈들이 고약들 해서 저는 다시 안 갈랍니다."
"남소문 안에서 알면 저놈이 뼈도 못 추릴라구 저런 소릴 하지."
"선다님께서 오실 듯해서 지가 요새 날마다 남소문 안에를 갔습니다. 어제두 가서 선다님 오셨느냐구 물으니까 모른다구들 합디다. 그놈들이 저를 왜 속입니까. 그런 천하의 고약한 놈들이 어디 있습니까?"
"그래 동소문 안에 가서 나 온 줄을 알았느냐?"
"선다님께서 동소문 안에 와서 기실 듯 생각이 들어서 허허실수루 식전 일찍 갔드니 웬 놈이 문밖에서 세수를 하는데 낯이 익어 보이겠지요. 그래서 다시 보니 작년에 짐을 져다 주던 놈입디다."
"짐을 져다 주다니?"
"지가 선다님을 따라올 때 선다님 짐꾼놈이 제 짐까지 져다 주지 않았습니까?"

"옳다, 네가 그때 쌀자루 하나 짐 위에 얹어달라구 호부했지. 그러니 오늘 네가 부자 상봉한 셈이구나."

"선다님께서 저를 보시구 실없는 말씀 안 하시면 심심하십지요?"

"예끼놈."

"선다님 오늘 절에 행차하십니까?"

"그건 왜 묻느냐?"

"선다님께서 행차하시면 저두 뫼시구 갈랍니다."

"고약한 놈들이라고 욕을 하면서 잿밥은 얻어먹으러 갈라느냐?"

"그 집안 놈들은 고약하지만 주인 상주와 정분이 자별한 처지에 칠일재를 안 가봐 줄 수 있습니까?"

"네가 안 가면 섭섭하다구 할는지두 모르지."

말하는 꺽정이와 옆에서 듣는 이봉학이며 황천왕동이가 모두들 웃는데 노밤이는 능청맞게

"섭섭하다구 하다뿐이겠습니까."

하고 꺽정이의 말에 대답하였다. 이때 신불출이와 곽능통이가 같이 들어와서 꺽정이에게 식전 문안을 드리었다. 이봉학이와 황천왕동이에게는 먼저 와서 문안을 드리고 갔던 것이다. 꺽정이가 마루에 놓아둔 상목덩이를 재에 보시 줄 것이라고 일러서 신불출이와 곽능통이에게 내맡기는데 노밤이가

"저 많은 상목을 다 보시 주실랍니까?"

하고 물어서

 "너더러 누가 그런 참견 하라느냐!"

꺽정이가 꾸짖었다.

 "선다님, 저 몇필만 줍시오. 저희가 요새 지내는 게 아주 마련이 없습니다."

 "너 줄 것 없다."

 "중놈들 좋은 일 하시느라구 편히 굶다시피 하는 부하를 봐주시지 않는 법이 있습니까?"

 "이놈아, 되지 않은 소리 듣기 싫다."

 "아무리 재하자 말씀이라두 바른 말씀은 바르게 들어주세야지요."

 "듣기 싫다는데 그래두 지껄이는구나."

 "더두 바라지 않습니다. 두서너 필만 저를 줍시오."

꺽정이가 신불출이와 곽능통이를 내다보며

 "그놈 밖으루 내쫓아라!"

하고 분부하여 노밤이가 두 시위에게 등밀려 나가면서

 "선다님이 제게 이렇게 하실 줄을 몰랐습니다."

 "이래서야 어디 선다님을 믿구 살 수 있습니까."

 "사람을 남게 오르라구 하구 흔드시는˚ 게지 도덕여울서 태평 잘 지내는 놈을 서울 백사지 땅에다 끌어다 놓으시구……."

연해 두덜거리었다.

 꺽정이가 이봉학이와 황천왕동이를 데리고 남소문 안에 와서 아침 상식 참례하고 상식 끝에 서사 시켜서 따로 준비한 전을 드리고, 늦은 아침때 상주 일행과 작반하여 흥천사를 나오는데 노밤이가 어디 있다 왔는지 뒤에 따라오면서 갖은 미치광이짓을 다 하여 일행을 웃기었다.

　흥천사는 태조대왕이 신덕왕후 강씨의 혼령을 천도하려고 이룩한 절이라, 처음에 문안 황화방皇華坊 정릉동貞陵洞에 있었는데 태조 승하 후에 태종대왕이 신덕왕후의 정릉을 황화방에서 양주 사아리로 천봉薦奉할 때 절도 따라 옮기었다. 태종이 신덕왕후를 태조의 둘째 배위˙로 치지 아니하여 종묘에 묘주廟主를 뫼시지 않고 능침陵寢에 능관˙을 두지 아니한 까닭으로 정릉은 임자 없는 묵무덤˙같이 되어서 무덤 뒤의 곡장˙이 군데군데 무너지고 무덤 위에 억새가 길길이 자랐으나, 흥천사만은 경산절로 유수하여 문안의 큰 시주를 많이 받는 까닭으로 법당도 일신하게 중수하고 중들도 근감하게 많았다.

　요부한 한첨지 집에서 물력을 아끼지 않고 큰 재를 하므로 중들의 대접이 특별하여 상주의 가족은 차치하고 상주의 친구까지 칙사같이 떠받들었다.

　상사 난 때 불사를 세우˙ 하는 것은 고려 적부터 내려오는 풍속인데, 불사의 큰 것을 들어 말하면 상사 난 뒤에 한차례 중들을 청하여 빈소에서 법문을 펴는 것은 이름이 법석이니 야단스럽기

● 나무에 올려놓고 흔들다
남을 위험한 처지에 이끌어다 놓고 난처하게 만드는 경우를 비겨 이르는 말.
● 배위(配位)
남편과 아내가 다 죽었을 때에 그 아내를 높여 이르는 말.
● 능관(陵官)
능을 지키는 벼슬아치를 통틀어 이르는 말.
● 묵무덤 묵뫼. 오랫동안 돌보지 않아 거칠게 된 무덤.
● 곡장(曲墻) 능, 원, 묘 따위의 무덤 뒤에 둘러쌓은 나지막한 담.
● 세우 '몹시'의 방언.

가 짝이 없었고, 일칠일로부터 칠칠 사십구일까지 칠일마다 절에 가서 재 올리는 것은 이름이 식재니 물력이 많이 드는 중에 일칠일 첫재와 사십구일 마지막 재에는 상가에서 물력을 더 많이 들일 뿐 아니라 친척고구가 모두 와서 보시를 쓰므로 부비 드는 것이 엄청났고, 또 소대상과 기타 기곳날* 중들을 집으로 청하여다가 제사 전에 먼저 만반 공양하는 것은 이름이 승재니 중들의 인도를 받아야 혼령이 와서 운감한다고 믿었었다. 한양 개국 후 칠팔십 년까지는 사대부가에서도 불사를 으레 하던 것인데, 성종대왕 즉위 원년에 법을 세워서 이것을 금하였다. 사대부들은 국법이 두렵고 물의物議가 무서워서 차차로 못하게 되고 여염에서 옛 풍속을 지켜서 하기는 하나, 기강을 세우고 풍속을 바로잡는다는 사헌부 관원들이 알고 까다롭게 굴면 국법에 비춰서 죄책을 당하게 되므로 관원을 잘 기이는 사람이거나 또는 국법을 우습게 아는 사람이라야 비로소 예전 세월같이 상사에 불사를 세우 할 수 있었다.

한첨지의 집은 대대로 불사에 정성을 들여서 어른 상사는 말할 것 없고 어린아이 초상에도 법석을 차리고 사십구일 지난 뒤 백일에도 굉장한 재를 올리는 집인데, 홍천사가 단골 절인 까닭으로 조만한 재나 불공에는 얼굴도 내놓지 않는 주장중이 나와서 여러 젊은 중들을 데리고 친히 재를 올리었다.

보시들을 쓰게 될 때 노밤이가 꺽정이를 와서 보고 보시 쓰게 상목 한 필만 달라고 간청하여 꺽정이가 상목 열 필을 세 사람이 똑같이 세 필씩 쓸 가량하고 한 필은 노밤이를 내주었다. 노밤이가 보시 놓는 것을 꺽정이는 보지 못하였으나 놓았으려니 하였더니, 저녁때 재가 파하여 문안으로들 들어올 때 황천왕동이가 노밤이 허리에 상목 한 필 둘러 감은 것을 보고 꺽정이에게 말하여 꺽정이가 일부러 길가에 서서 뒤에 오는 노밤이를 기다리고 있었다. 노밤이가 앞에 와서 서는데 허리에 감은 상목이 홑두루마기 아래로 환히 다 보이었다.

"왜 안 가시구 여기 서셨습니까?"

노밤이의 묻는 말은 꺽정이가 들은 체 않고

"너 허리에 감은 것이 무어냐?"

하고 호령기 있는 말로 물었다. 노밤이는 제 허리를 굽어보며

● 기곳(忌故)날
기제사를 지내는 날.

"이것 봐, 훤히 보이네. 일껀 선다님 못 보시게 할라구 감추었는데."

하고 능글능글하게 말하였다.

"이놈, 네가 얼마나 죽구 싶어서 나를 속이느냐!"

"지가 선다님을 기망할 길이 있습니까. 처음에 보시를 냈습지요. 아니, 놓다가 생각하니까 부처님이 쓸 것 같으면 아깝지 않지만 까까중이 놈들이 쓸 것인데 아깝드구면요. 그래서 도루 집었습니다."

"잔말 말구 풀어서 이리 내라."

"선다님, 주신 것을 도루 뺏으시렵니까?"

"주먹으루 얻어맞기 전에 얼른 풀어내라!"

노밤이가 앙탈 않고 순순히 두루마기를 벗고 친친 감은 상목을 풀어서 꺽정이 앞에 사려놓았다. 꺽정이가 황천왕동이를 돌아보며

"이것을 얼른 갖다가 절에 주구 오너라."

하고 일러서 황천왕동이가 상목을 거두어 들고 홍천사로 다시 갈 때, 노밤이는 황천왕동이의 빠른 걸음을 바라보면서

"선다님두 이심하십니다."

하고 꺽정이를 매원하였다.

꺽정이가 심부름도 시키고 재 구경도 시키려고 겸삼수삼˙절에 데리고 갔던 신불출이와 곽능통이는 바로 남성밑골로 가라고 남소문 안 사람을 따라 보내고 이봉학이와 황천왕동이를 끌고 원씨 집으로 들어왔다. 남성밑골 박씨는 이미 인사들 하고 보게 하였으므로 동소문 안 원씨와 김씨를 마저 보게 하려고 역로에 원씨 집에 먼저 온 것인데, 이집저집으로 끌고 다니지 않고 원씨 집에 앉아서 김씨까지 데려다가 인사들을 시키었다. 이왕 들어온 길에 원씨의 반찬 솜씨를 보이려고 저녁밥을 시키었더니 군저녁에 별찬까지 장만하느라고 동안이 걸려서 밥들을 먹을 때 벌써 길거리에 행인이 그치었었다. 동소문 안에서 자게들 되었는데 김씨 집에 빈 사랑이 있지마는 전에 노인이 거처하던 구들인데 오래 폐방한 구들의 누기를 갑자기 점화하여 제할 수 없으므로 김씨가 쓰는 안방을 비워서 이봉학이와 황천왕동이를 재우고 김씨

는 원씨 집에 와서 외동서˙ 한방에서 자게 하고 꺽정이까지 삼내외 같이 잤다.

이튿날 원씨 집에서 아침들 먹고 남소문 안으로 올 때 이봉학이와 황천왕동이가 한온이를 잠깐 보고 바로 광복산으로 떠나겠다고 말하는 것을 꺽정이가 오늘 소홍이에게 가서 놀고 내일 떠나라고 붙들었다. 한온이에게는 조객들이 오는 까닭에 오래 앉았지 못하고 남성밑골로 왔다. 일기 좋은 날 방에 가만히 들어앉았기 심심하여 남산에를 올라가자고 공론하는데, 박씨가 꺽정이를 와서 보고 송편이 있으니 자시려느냐 물어서 송편으로 점심들을 엇기고˙ 나서려고 할 때 곽능통이가 따라오고자 하는 눈치로 증왕에 남산을 올라가보지 못하였다고 말하여 꺽정이가 곽능통이 외에 신불출이까지 다 데리고 나섰다. 남산 잠두를 향하고 올라오는 길에 한 곳에 와서 꺽정이가 걸음을 멈추고 뒤에 오는 이봉학이를 돌아보며

- 겸삼수삼 겸삼겸삼. '겸두겸두'의 방언.
- 외동서(外同壻) 첩끼리 서로 부르는 말.
- 엇기다 에우다. 다른 음식을 먹음으로써 끼니를 때우다.

"을사년 국상 나던 해 내가 여기를 올라와보구 그 뒤 오늘이 처음일세."

하고 말하니 이봉학이도 꺽정이를 따라서 걸음을 멈춘 뒤 입으로 을乙부터 경庚까지 천간天干을 외면서 손가락을 꼽아보고

"그럼, 열여섯 해 만입니다그려."

하고 대답하였다.

"ㄱ때는 캄캄한 밤에 여기 와서 헤매느라구 꽤 고생했네."

"어째 밤에 여기를 올라오셨습디까?"

"선생님 심부름으루 왔었어. 내가 이야기를 아니했든가?"

"형님께 그런 이야기를 들은 생각이 나지 않는데요."

"이야기를 한 것두 같구 안 한 것두 같구 의사무사해.'"

"대체 무슨 심부름이에요?"

꺽정이가 이야기를 하려고 돌아서니 황천왕동이는 이봉학이 뒤에 섰다가 옆으로 나서고 신불출이와 곽능통이는 황천왕동이 섰던 자리로 들어섰다.

"지금 영부사 윤원형의 형 윤원로가 인종대왕을 방자해 죽이려구 김륜이를 데리구 여기 와서 움집을 묻구 있었네. 김륜이란 우리 선생님하구 동문수학했다는 술수하는 사람이야. 나는 처음에 까닭두 모르구 선생님 하라신 대루 여기 와서 두 놈을 혼뜨검내서 쫓은 뒤에 움집 안에 있는 제웅에서 생년월일 써붙인 종이쪽을 떼구 앞뒤에 꽂아놓은 바늘 사십여 개를 다 뽑구 그러구 제웅을 불에 살라버렸네. 그 움집 묻었던 자리가 바루 저길세."

꺽정이가 가리키는 곳은 조그만 골짜기 안에 있는 자리 한 닢 깔 만한 편편한 둔덕이었다.

"윤원로의 방자를 형님이 제지하신 줄은 우리두 이때껏 몰랐으니 세상에선 더구나 알 까닭이 없지요."

하고 이봉학이가 말하니, 꺽정이는 이봉학이를 빈정거리듯 또는 자기 몸을 조롱하듯

"세상에서 알면 나 죽은 뒤에 비 하나 세워줄까?"

말하고 껄껄 웃었다.

"잠두에 올라가서 십만장안을 굽어봐야 그 세상이 어디 우리 세상인가. 올라갈 재미없네. 여기서 바루 소홍이게루 내려가서 술이나 얻어먹세."

꺽정이가 말하여 이봉학이와 황천왕동이가 다같이 한옆으로 비켜서서 꺽정이의 앞서갈 길을 틔워놓을 때, 곽능통이가 황천왕동이를 보고

"저희나 잠깐 잠두에 올라갔다가 남성밑골루 내려갑지요."

하고 묻는 것을 꺽정이가 듣고

"너희두 같이 가자."

하고 말하였다.

소홍이는 꺽정이가 다저녁때 올 줄 알고, 방 마루도 아직 어질더분한 채 치우지 않고 있다가 초면 손님들을 데리고 갑자기 들이닥치는 바람에 심부름하는 계집아이와 조석해주는 여편네 외에 살림해주는 늙은이까지 다 나서서 허둥지둥 비질, 걸레질들을 하고 꺽정이 일행을 맞아들이는데, 꺽정이의 말을 드디어서 가외로 따라온 두 사람은 따로 뜰아랫방에 들여앉히었다.

이봉학이와 황천왕동이가 꺽정이 앉은 자리에서 모를 꺾어 나란히 앉은 뒤 소홍이가 두 사람을 향하고 쪼그리고 앉아서 한 팔을 짚고 고개를 다소곳하고

"안녕들 합시오?"

● 의사무사(擬似無似)하다
같은 것 같기도 하고
같지 않은 것 같기도 하다.
또는 어떤 일을 한 것 같기도 하고
안 한 것 같기도 하다.

하고 도거리로 인사하는데 이봉학이는 초면이므로
"나는 이선달이란 사람일세."
황천왕동이는 남소문 안에서 한번 만나본 일이 있는 까닭에
"우리는 구면이지."
하고 각각 인사대답들 하였다. 인사들이 끝나자마자 꺽정이가 소홍이를 보고
"내가 이 사람들하구 소풍하러 남산에를 올라갔다가 갑자기 술두 먹구 싶구 자네두 보구 싶어서 산에서 곧장 자네 집으루 내려왔네. 저녁 전에 술 한차례 주겠나? 그러구 저 아랫방에 있는 군들은 내 수족 같은 사람인데 이왕 데리구 나선 길이기에 그대루 같이 왔네. 지금 술잔 먹여서 보내두 좋구 이따 저녁까지 먹여서 보내두 좋으니 그건 자네 처분대루 하게. 저녁을 먹이드라두 우리 대궁상에 밥 두 그릇만 놔주면 되네."
하고 긴말을 늘어놓으니 소홍이가 먼저
"그런 건 염려 마십시오."
간단하게 대답한 뒤 다시
"보구 싶단 말씀만이라두 감격합니다."
덧붙여 말하고 누가 보든지 밉지 않게 웃었다. 소홍이가 마루에 나가서 살림해주는 늙은이와 조석해주는 여편네를 데리고 안주 장만할 것을 의논하는 중에 꺽정이가 마루를 내다보며
"안주 장만할 것 없이 술을 얼른 주게. 지금 목이 말랐네."
하고 말하여 소홍이는 모든 것을 늙은이에게 쓸어맡기고 다시 방

으로 들어왔다. 소홍이가 이봉학이와 황천왕동이의 맞은편 방문 앞에 앉는 것을 꺽정이가 아랫목 옆자리로 불러서 꺽정이와 이봉학이의 중간에 와서 앉았다.

"술을 얼른 가져오라구 일렀나?"

"네, 일렀세요. 안주는 없으니 그리 아세요."

"자네 웃음이 제일 좋은 안준데 다른 안주 찾을 거 있나."

"이따 술 부어놓구는 자꾸 웃어야겠습니다그려."

"그래, 자꾸 웃게."

"다른 양반도 웃음 안주를 잡술 줄 아십니까?"

이봉학이는 말없이 빙그레 웃고 황천왕동이는 딴 데를 보고 있었다.

"한 분은 이선다님이시고 또 한 분은 성씨가 뉘댁이신가요?"

소홍이가 황천왕동이의 성을 물어서

"구면이라며 성두 모르나?"

꺽정이가 편잔주듯 말하였다.

"선다님께서 한서방 집에 와서 기실 때 선다님께 놀러갔다가 한번 보입긴 했지만 성씨는 못 들은 것 같아요. 정신이 사나우니까 그때 듣구두 잊었는지 모르지요."

"황선달이라구 불러두게."

"황선다님은 보입기에 글하시는 선비님네 같으세요."

소홍이 말에

"나는 글 못하는 선비구 활 못 쏘는 한량일세."

황천왕동이가 대답하니

"선다님, 자기 칭찬이 너무 과하시지 않습니까?"

하고 소홍이는 호호호 웃었다. 꺽정이가 소홍이더러

"저 황선달이 남의 없는 재주를 가진 사람일세."

하고 말한 다음에 다시 이어서

"걸음을 삼현령 역마처럼 빨리 걸어서 여느 사람 백리쯤 갈 동안에 사오백리 무난히 가네."

하고 말하니 소홍이가 입을 딱 벌리고 고개를 살래살래 흔들었다.

"왜 거짓말 같은가?"

"선다님 말씀이 아니면 곧이듣기지 않겠세요. 황선다님 다리도 무쇠다리는 아니시겠지요?"

"그렇기에 남의 없는 재주라지."

"이선다님은 또 무슨 재주를 가지셨세요?"

소홍이가 이봉학이를 돌아보고 묻는데

"이선달은 활이 고금에 드문 명궁일세."

꺽정이가 대답하였다.

늙은 여편네가 소홍이를 들여다보며

"약주상을 들여갈까?"

하고 물어서 소홍이가 들여오라고 고개를 끄덕이고 좌중을 돌아보며

"갓하구 웃옷들을 벗으시지요."

하고 말하여 세 사람의 의관을 모두 받아서 걸 데 걸고, 없을 데

앉은 뒤에 시중들기 편하도록 방문 앞으로 옮겨 앉았다. 술상이 들어오는데 마른안주, 진안주가 상에 가득 늘여놓였다. 꺽정이가 술상을 들여다보며

"웬 안주가 이렇게 많은가?"

말하고 이봉학이가 또 꺽정이의 뒤를 받아서

"없다든 안주가 갑자기 어디서 이렇게 생겼나?"

하고 말하니

"되지 못한 것 가짓수만 늘어놓았지 정작 잡수실 만한 것이 있어야지요."

소홍이는 겸사로 대답하였다. 송편 점심이 다 내려가서 속들이 출출한 판이라 세 사람이 술잔을 돌려 잡는 중에 이봉학이의 바른손 엄지가락이 특별히 굵은 것을 소홍이가 보고

● 오중몰기(五中沒技)
오시오중. 화살 다섯 발을
쏘아 다섯 번을 다 맞힘.

"선다님, 우궁을 쏘십니까?"

하고 물었다.

"그건 왜 묻나? 묻는 뜻을 말해야 대답하겠네."

"바른손 엄지가락이 유난히 굵으시니 깍짓손으로 세우 쓰셔서 그런가 하고 여쭤봤세요."

"자네가 용하게 알아냈네. 그렇지만 좌궁도 남만큼 쏘는걸."

"좌우로 다 쏘시더라도 우궁을 더 잘 쏘시겠지요?"

"그야 그렇지."

"우궁으로 쏘시면 언제든지 오준몰기 하십니까?"

꺽정이가 빈 잔을 소홍이 앞으로 내밀며

"이 사람, 이야기 고만하구 술 좀 치게."

하고 재촉하여 술 한 잔을 한 모금에 마시고 나서

"이선달 같은 명궁더러 오중몰기하느냐 묻는 것은 사천왕보구 앙증하단 셈일세."

하고 소홍이의 말을 책잡아 말하였다. 소홍이가 이봉학이를 보고

"말씀을 지망지망히 해서 죄송합니다."

하고 사과하니

"경진년庚辰年 무과武科가 수두룩하게 많은 세상에 오시오중五 矢五中하는 사람이면 명궁 아닌가. 나는 자네 말을 지망지망하다 구 생각않네."(세조 경진년 무과에 일천팔백여명을 뽑고 또 중종 경진년 무과에 일 천명을 뽑았는데, 그중에 활을 만져보지도 못한 사람이 많이 뽑힌 까닭으로 경진년 무과 란 말을 활 못 쏘는 한량이란 말과 같이 썼다.)

하고 이봉학이는 웃었다. 이때 별안간 밖에서

"이놈, 이놈!"

무엇을 쫓는 소리가 나고 그 뒤에

"저걸 어떡해요?"

"그걸 누가 먹어. 갖다 내버리지."

"박살할 놈의 고양이 미워 죽겠네."

"누가 좀 잡아 없애지 못하나."

지껄이는 소리들이 들리어서 소홍이가 열어놓은 방문으로 밖을 내다보며

"뭘 그래?"

하고 물으니 아이년이 마루 앞으로 뛰어와서

"고놈의 도둑고양이가 아까 사다 놓은 닭을 물어죽이고 뜯어먹다 내뺐세요."

하고 말하였다.

"얼른 광충다리 가서 새루 한 마리 사오라구 그래라. 닭장수가 다 가지나 않았을지 모르겠다."

하고 소흥이가 아이년더러 말한 뒤 곧 돌아앉아서 세 사람을 보고

"큰 도둑괴 한 마리가 두어 달 전부터 요 근방에 와서 돌아다니는데 고기고 생선이고 밖에 놓아두기가 무섭게 번쩍하면 물어간답니다. 어떻게 잘 물어가는지 기가 막혀요. 뒷집에서는 지난달에 영계 세 마리를 샀다가 이틀 동안에 다 물려보내고 그 뒤로 그 집 주인 박선달이 고양이를 활로 쏘아 잡으려고 벼르지만 활을 내들기만 하면 벌써 들고 내빼서 잡지를 못한답니다."

하고 이야기하는데 황천왕동이가 웃으면서

"활이 있으면 내가 지금 잡아주지."

하고 말하였다.

"참말씀이세요?"

"왜 나는 못 잡을 것 같아 보이나?"

"선다님은 활을 못 쏘신다면서요."

"경진년 축이 아닌 담에 아무러기루 고양이야 못 쏘아 잡겠나."

"선다님 말씀이 큰소리가 아닌가 어디 보십시다."

소홍이가 아이년을 불러다가

"고양이가 어디로 갔니?"

하고 물어서

"아직도 지붕 위에 웅크리고 앉았세요."

하는 아이년의 대답을 들은 뒤

"그럼 너 얼른 박선다님 댁에 가서 활하고 화살하고 좀 빌려줍시사고 해서 주시거든 고양이 못 보게 잘 감춰가지고 오너라."

하고 말을 일렀다.

얼마 동안 지난 뒤에 아이년이 활과 전동을 행주치마 밑에 숨겨가지고 왔는데, 활은 각궁*이나 넘어도 튀지 않을 물씬물씬한 태평궁太平弓이요, 살은 과거 보는 정량定量 엿 냥이나 깃을 좀이 먹어서 한 대도 쓸 것이 없었다. 설혹 쓸 것이 있다손 잡더라도 군센 활이 아니면 제작을 보내지 못할 무거운 살로 태평궁에는 당치 아니하였다. 이것은 활을 잘 모르는 사람도 알 수 있거든 하물며 활에 귀신이 다 된 이봉학이랴. 이봉학이가 한손으로 잠깐 활을 다뤄보고 곧 소홍이더러

"활이구 살이구 죄다 못쓸 겔세."

하고 말하니 소홍이 대답하기 전에 꺽정이가 대번에

"못쓸 것이거든 죄다 꺾어버려라."

이봉학이에게 말하고 곧 소홍이를 돌아보며

"박선달이란 게 어떤 놈인지 죽일 놈일세. 빌려주기가 싫으면 안 빌려주는 게지 빌려준다고 못쓸 것을 빌려준단 말인가. 활이

구 살이구 전동이구 다 아궁지에 처넣어버리게. 그놈이 도루 달라구 말썽을 부리면 그건 내가 담당할 테니 염려 말게."
하고 말하는데 박선달을 어찌 괘씸하게 여기던지 흰자 많은 눈방울까지 굴리었다. 이봉학이가 꺽정이를 보고

"형님, 그럴 게 아니라 고양이를 잡아서 박가놈의 집에 보냅시다. 그놈이 달포 두구 벼르며 못 잡았단 고양이를 이 활, 이 살루 잡아 보내면 그놈의 코가 납작해질 테니 그게 상쾌하지 않습니까?"

하고 말하는 것을 소홍이가 듣고 반색하다시피 좋아하며

"그랬으면 좋겠세요. 참말 상쾌하겠세요."

● 각궁(角弓)
소나 양의 뿔로 장식한 활.

하고 말하였다. 소홍이는 이웃간에 공연한 말썽을 내는 것이 재미스럽지 못하여 활과 전동을 도로 보내고 싶으나 꺽정이의 뜻을 거스르기 어려워서 말 못하고 있던 차였다.

"활이구 살이구 다 못쓸 것이라며 그래."

꺽정이의 말에

"아무리 못쓸 활이구 못쓸 살이기루 지붕에 있는 고양이야 못 쏘겠습니까. 내가 잡아놓겠습니다."

이봉학이는 대답한 뒤 곧 활에 시위를 메기기 시작하였다. 소홍이가 아이년을 불러서

"고양이 그저 있나 보아라."

하고 말한즉

"그동안에 어디로 가고 없세요."

하고 아이년이 대답하여

"다시 오거든 눈에 뜨이는 대로 얼른 와서 말해라."

소홍이는 아이년에게 말을 일러두었다.

술상을 물리고 한담설화를 하는 중에 동자하는 여편네가 한데 우물에 저녁 밥쌀을 씻으러 나갔던지 이남박 위에 받침박을 얹어 이고 들어오더니 이남박을 내려놓고 마루 앞으로 와서

"밖에 누가 와서 임선다님께서 오셨느냐구 묻기에 오셨다구 했드니 잠깐 보입게 해달라구 말합디다."

하고 찾아온 사람이 있다고 연통하여 꺽정이가 뜰아랫방을 내려다보며

"불출아!"

하고 불렀다. 신불출이와 곽능통이는 점심을 궐하여 시장한데다가 소홍이 집에서 주는 술을 양에 겹도록 먹어서 술이 취하여 누웠다가 잠들이 들었다.

"그 방에들 없느냐!"

꺽정이가 소리를 질러도 대답이 없어서 동자하는 여편네가 쫓아내려가서 방문을 열고

"여보 여보, 선다님께서 부르시우."

하고 소리치니 그제사 공중잡이로들 일어나서 네네 대답들 하며 뛰어나왔다.

"지금 무슨 잠들이란 말이냐! 밖에 누가 왔다니 하나 나가봐라."

신불출이가 밖으로 나갔다가 얼마 만에 들어와서
　　"애꾸눈이 노가가 와서 잠깐 뵈입겠다구 하옵기에 이따나 내일 남성밑골루 오라구 말씀했솝더니 급한 일이 있어서 지금 꼭 뵈어야겠다구 하옵디다."
하고 말하여 껄정이가 급한 일이 무슨 일인가 의아해하면서
　　"들어오래라."
하고 일렀다. 노밤이가 신불출이의 뒤를 따라 들어와서 계하에서 공손히 허리를 굽히었다.
　　"급한 일이 무슨 일이냐?"
　　"약주를 잡수러 오셨습니까?"
　　"급한 일을 말하라니까 웬 딴소리냐!"
　　"네, 말씀합지요."
　　"얼른 말 못하느냐."
　　"저의 집에 저녁거리가 없습니다. 어떻게 처분 좀 해줍시오."
　　"그게 급한 일이냐?"
　　"저녁을 굶게 되는데 그게 급하지 않으면 무에 급합니까."
　　"이애들, 그 미친놈 꼭뒤잡이 해 내쫓아라."
하고 껄정이가 분부하여 신불출이와 곽능통이가 꼭뒤잡이하려고 달려드니 노밤이는 손을 내저으며

● 꼭뒤잡이
뒤통수를 중심으로
머리나 깃고대를 잡아채는 짓.

　　"달려들지 마라. 내가 나갈 테니."
하고 말한 뒤 가장 거드름스럽게 걸어서 밖으로 나갔다.

이날 점심때 노밤이가 남소문 안에 갔다가 여러 사람 틈에 끼여서 국밥 한 그릇을 얻어먹고 점심 뒤에 꺽정이를 보려고 남성 밑골을 거쳐서 동소문 안에를 갔더니, 꺽정이는 역시 없고 꺽정이의 졸개들이 점심 먹고 할 일이 없어 방에 드러누워서 낮잠을 청하고 있었다. 졸개 둘 중에 하나는 구면으로 전에도 농지거리 하던 터수이나 다른 하나는 이번에 처음 만나서 겨우 인사수작한 처지인데 노밤이는 둘을 함께 껴잡아서

"이 자식들아, 염병을 하느냐. 왜 늘비하게 자빠졌느냐!"

하고 욕을 푸짐하게 내뱉였다. 구면 졸개가 누운 채

"너는 욕이 인사란 말이냐, 이 미친놈아!"

하고 대꾸한 뒤 동무 졸개보다 나중 일어앉아서 노밤이더러

"이리 들어오너라."

하고 말하였다.

"이런 일기 좋은 날 굴속 같은 방에 들어가서 무어하게. 나더러 들어오라지 말구 너희들이 나오너라."

"나가선 무어하느냐?"

"구경이라두 다니려무나."

졸개 하나는 서울길이 이번이 초행인데 아직 구경을 다니지 못하여 심증*이 나던 차에 노밤이 말에 귀가 번쩍 뜨이어서

"나 서울 구경 좀 시켜주게."

하고 말하니 노밤이가 그 졸개에게

"서울 온 지가 벌써 며칠인데 이때까지 무엇했느냐? 구경두

안 다니구."

대답하고 나서 구면 졸개를 보고

"이놈아, 동무를 데리구 다니며 구경이나 좀 시켜줄 게지 날마다 낮잠만 자빠져 자구 있어!"

하고 부옇게 핀잔을 주었다.

"내가 길을 모르는 걸 남 구경을 어떻게 시켜주니? 남소문 안두 길 잃어버릴까 봐 못 가구 있다."

"네가 길눈 밝은 품이 대낮 올빼미로구나. 자, 나오너라. 내가 바쁘지만 오늘 반나절 너희들 데리구 다니며 구경을 시켜주마."

"나는 구경이 소원 아니니 술이나 좀 사다우."

"오냐, 그래라. 남촌 술두 사주구 북촌 떡두 사주마."

노밤이가 졸개들을 데리고 동소문 안에서 나서서 박석티를 넘어 배오개 네거리로 나와서 종루鐘樓 큰거리를 향하고 올라오며 저기가 동관대궐이다, 여기가 원각사圓覺寺 절터다 가르치고, 종루에 와서 인경을 구경시키고 선전* 앞에서 여리꾼*에게 붙들려서 곤경들을 치르고 황토마루께로 올라와서 광화문을 바라보고 들어가며 육조 아문衙門을 일일이 일러주고, 마침 궐내에서 퇴출하는 재상 행차를 구경시키고 황토마루로 되곱쳐 나오는 중에 구경은 고만하고 술집을 찾아가자고 구면 졸개가 노밤이를 졸라서

"그럼 남촌으루 건너가자."

● 심증(心症) 마음에 마땅하지 않아 화를 내는 일.
● 선전(線廛) 조선시대에 비단을 팔던 가게.
● 여리꾼 상점 앞에 서서 손님을 끌어들여 물건을 사게 하고 주인에게 삯을 받는 사람.

하고 노밤이가 말하였다.
 "북촌에는 왜 술집이 없나?"
 "아까 가르쳐주었는데 고동안에 잊어버렸느냐! 북촌 떡이구 남촌 술이란다. 맛좋은 술을 먹으러 가잔 말이야."
 노밤이가 졸개들을 끌고 남촌으로 건너와서 남소문 편으로 내려오다가 어느 막다른 골목 안에 있는 용수 달린 집으로 들어왔다. 문밖에 용수는 달았으되 내외하는 안침술집이라 문간에 놓인 뒤트레방석에 앉아서 술들을 먹었다. 처음 내온 술그릇이 비어서 심부름하는 아이가 술 가지러 안에 들어간 사이에 노밤이가 졸개들더러
 "너희들 술값 낼 것 없지? 나두 마침 안 가졌다. 이 집 사람 안 보는 틈에 슬그머니 일어서 가자."
말하고 셋이 같이 불불이 일어서 나가려고 하는데, 일이 안 되느라고 때마침 포교 하나가 마주 들어오며 셋의 아래위를 한번 훑어보더니 바로 안을 향하고
 "아주머니, 밖에 오신 손님들 술값을 받으셨습니까?"
하고 소리쳐 물었다. 아이가 안에서 쫓아나와서 포교를 보고
 "언니 왔소?"
하고 인사한 뒤
 "남더러 술을 더 가져오라구 해놓구 몰래들 내뺄라구 했구먼."
하고 말하여 포교가 대번에 이 사람의 뺨을 치고 저 사람의 뺨을 칠 때, 안여편네가 문간 차면* 뒤에 나와 서서 술값이나 받지 손

찌검은 말라구 말리었다. 술값을 내라고 포교가 대드는데 노밤이가 평생 구변을 다 하여 갖은 사정을 다 한 끝에 셋이 옷갓을 벗어놓고 갔다가 술값 낼 것을 가지고 와서 찾아가겠다고 한즉, 포교 말이 술값 낼 것이 태산더미가 아닌 바에 셋씩 갈 것이 무엇이냐, 셋 중에서 볼모를 남기고 가라고 하여 노밤이가 혼자 갔다오마고 하는 것을 구면 졸개가 노밤이만 보냈다가는 십상팔구 다시 오지 않을 줄 짐작하고 포교의 허락을 얻은 뒤 노밤이를 따라왔다. 노밤이가 소홍이 집에 와서 꺽정이를 보고 술값 줄 것을 저녁거리라고 말하고 달라다가 빈손으로 쫓겨나왔을 때 골목 밖에서 기다리던 졸개가 쫓아와서 술값이 변통되었느냐 물으니 노밤이는 고개를 가로 흔든 뒤 다른 데나 가보자고 남소문 안으로 같이 왔다.

• 차면(遮面) 집의 내부가 바깥으로 드러나 보이지 않도록 앞을 가리는 장치.

한온이가 첩의 집에를 갔는지 사랑에 있지 아니하여 노밤이가 서사를 보고

"상제님 작은댁에 가셨소?"

하고 물으니 서사는 무엇에 골난 사람같이

"난 몰라."

대답하는 것이 퉁명스러웠다. 서사더러 말을 더 물어야 말만 귀양 보낼 줄 짐작하고 노밤이가 사랑에서 나와서 중문 밖에 세워두었던 졸개를 데리고 한온이가 가장 사랑하는 작은첩의 집에 와서 문간에서 하님을 불렀다. 누가 왔나 보러 나온 계집아이년더러

"상제님 여기 기시냐?"

하고 물은즉 계집아이년이 대답 않고 들어갔다가 얼마 만에 다시 나와서 상제님 안 오셨다고 대답하는 것이 한온이가 안에 있으며 없다고 따는 모양이나, 쫓아들어가서 치고 뺏지 못할 바엔 할 수가 없었다. 노밤이가 한온이에게 술값을 조르려고 장대고 온 것이 틀리고 보니 다시 돌아서 말할 데도 없고 말할 데가 있다고 하더라도 더 가고 싶지 아니하여 졸개를 보고

"인제 나는 집으루 가구 너는 동소문 안으루 가는 수밖에 없다."

하고 말하니 졸개는 다짜고짜로 노밤이의 먹살을 잡고

"이놈아, 볼모 잡히구 온 사람은 어떻게 하란 말이냐!"

하고 소리를 질렀다. 노밤이가 먹살 잡은 졸개의 손을 뿌리치면서

"가만있거라. 어디 다시 생각해보자."

말하고 한참 만에

"칼 물구 뛰엄뛰기나 한번 해볼까."

혼잣말하듯 말한 뒤 졸개를 끌고 남성밑골 박씨의 집으로 왔다. 노밤이가 박씨를 보고

"세 분이 지금 장찻골다리 소홍이 집에서 약주들을 잡숫는데 댁 선다님께서 그 집 사람들에게 행하를 주시려는지 상목 한 필 부담상자에서 꺼내줍시사구 해서 가지구 오라구 하십디다."

하고 능청스럽게 거짓부리를 하여 박씨가 속는 줄을 모르고 상목 한 필을 꺼내주었다. 노밤이와 졸개가 한달음에 술집으로 와서 그 집의 자와 가위를 얻어가지고 두자치로 끊어서 그중에서 먼저

먹은 술값을 치러주고 새로 먹을 술값까지 선셈하였다.

　노밤이가 지난번 남성밑골서 등밀려 쫓겨난 것과 절에 갔다 들어오는 길에 길에서 망신한 것이 다 잊혀지지 않는데다가 이번 기생의 집에서 꼭뒤잡이당할 뻔한 것을 생각하니 갑자기 꺽정이가 밉기 짝이 없었다. 미움이 쇠어서 악으로 변하여 노밤이는 번히 포교가 안에 있는 줄 알면서

　"너희 대장이 환장했드라."

　"대적 소리를 듣는 사람이 다랍게˙ 상목 한두 필을 아낀단 말이냐."

　"청석골두 더 볼 것 없다. 너희두 진작 알아채려라."

이런 말을 막 드러내놓고 떠들었다. 졸개들이 기가 막혀서

• 다랍다
언행이 순수하지 못하거나
조금 인색하다.

　"이 자식이 술 취했나?"

　"저녁때 다 되었네. 고만 일어나세."

둘이 먼저 일어서서 옷에 묻은 먼지들을 떠는데 노밤이는 좌우 손으로 졸개들의 옷소매를 잡고

　"먹든 술이나 마저 다 먹구 가자."

하고 일어서지 아니하였다. 졸개들이 노밤이에게 붙들려 다시 주저앉아서 남은 술을 다 먹고 남은 상목을 나눠서 허리춤에 지르고 술집에서 나서니 이때 해는 벌써 서산에 걸치었다. 술집에서 나와서 두어 간 동안도 채 못 왔을 때 뒤에서

　"여보 이분들, 술값 내구 가우."

하고 소리를 지르며 수건으로 머리 동인 사람 하나가 쫓아와서 셋이 다같이 돌아섰다.
"술값이 무슨 술값이오?"
노밤이가 물으니
"당신들 술 먹구 언제 술값 냈소?"
그 사람은 바로 목자를 부라리었다.
"우리는 술값 선셈하구 먹었소. 정신없는 소리 하지 마우."
"술값 선셈이란 게 다 무어요? 세상 천하에 선셈하고 술 먹는 놈두 있습디까?"
"긴말하기 싫으니 술집 아낙네에게 가서 자세히 물어보우."
"지금 나더러 술값을 받아달라는데 무얼 자세히 물어보란 말이야!"
"우리 먹은 술값을 정녕 안 받았다구 합디까?"
"술을 두 차례 먹구 먼저 한 차례 값만 냈다구 합디다."
"그 집 아낙네의 조카 되는 포교가 받았으니 그 포교를 이리 불러가지구 나오."
"포도군관은 벌써 자기 집으로 갔는걸."
"그 포교가 받아가지구 안 내놓구 간 게요. 내놓았거나 안 내놓았거나 그게야 우리가 알 배때기 있소?"
"무엇이 어째! 포도군관이 중간에서 술값을 훔쳐먹었단 말이야? 별 우스운 소리 다 듣겠네."
"우스운 소리라두 훔쳐먹은 걸 어쩌란 말이야!"

"포도군관을 불러올게 삼조대면합시다."

"삼조대면은 고만두구 삼삼구 구조대면이라두 합시다."

"그럼 술집으루들 도루 들어갑시다."

이렇게 술값으로 실랑이가 벌어져 세 사람이 다시 술집에 와서 포교 불러오기를 기다리는데 가까이서 산다는 포교가 부르러 간 지 한 식경이 되어도 오지 아니하여, 얼마 안 되는 술값이니 재징再徵이라도 물어주고 가자고 셋이 공론하는 중에 포교 사오명이 일제히 손에 방망이들을 빼어들고 풍우같이 들이닥치었다.

그 안침술집 안여편네의 친정 조카는 포교 구실을 다닌 지 불과 몇해 안 되는 애송이나 사람이 워낙 영리하여 좌포청에서 한 몫 보는 포교이었다. 이날 우연히 저의 고모를 보러 왔다가 공술 먹고 도망하는 술꾼 셋을 붙들어서 술값을 받아내는데, 그 술꾼들의 인물이 아무리 보아도 좀 수상하여 잡아서 등을 치면 꾸역꾸역 밥을 토할 것 같으나 그래도 혹시를 몰라서 손댈 마음을 먹지 못하고 있던 차에 저희들 아가리에서 대장이니 대적이니 하는 소리가 나오는 것을 듣고 곧 잡아 옭으려니 혼잣손에 셋이 버거워서 동무 포교들을 데리러 가는데 눈치를 들리지 아니하려고 문으로 나가지 않고 안 뒷담을 넘어 나가고, 또 갈 때 근처의 막벌이꾼 하나를 얻어서 술꾼들이 가려고 하거든 시비를 붙든지 쌈을 걸든지 수단껏 하여 자기 오기 전 못 가게 하라고 이르고 갔었다. 이리하여 노밤이와 졸개들은 술집에서 좌포청으로 들려오게 되었다.

서울 처음 온 졸개는 사람이 제법 다부져서 잡힐 때 순순히 잡히지 않고 뒤트레방석으로 포교들의 면상을 냅다 쳐서 포교 두서너 사람 얼굴에 생채기까지 내주었으나, 그 대신 포교들 방망이에 머리가 깨졌다. 포청에 온 뒤에 포교들이 이 졸개를 맨 먼저 끌어다가 제잡담하고 방망이로 사다듬이˙ 한차례 하고 비로소 말을 물었다.

"너희가 대장이 있을 젠 뜨내기 좀도둑놈이 아니구나. 너희 대장이란 게 어디 사는 어떤 놈이냐? 죽드래두 곱게 죽구 싶거든 얼른 바루 대라."

"멀쩡한 양민을 도둑놈으루 모니 이게 무슨 일이오? 대장이란 게 무언지 난 생전 듣두 보두 못했소."

"이놈 양민 봐라. 옳지, 대장이란 건 듣두 보두 못했겠다. 네가 얼마나 안 불구 배기나 어디 보자."

말 묻는 나이 많은 포교가 포교 중 영수인 듯 다른 포교들을 돌아보며

"올곧게 불기까지 사그리 조기게."

하고 일러서 툭툭한 보병것이 피투성이가 되도록 몹시 얻어맞았건만 이 졸개는 줄곧 불지 아니하였다.

"이놈은 치워놓구 다른 놈을 조겨보세."

그 졸개는 묶여서 한구석에 처박혀 있게 되고 다른 졸개가 밖에서 끌려 들어왔는데, 방망이로 한차례 톡톡히 얻어맞고도 먼저 졸개와 같이 도둑놈이 아니요, 대장이 없다고 잡아뗐었다.

"너희놈들이 방망이찜질은 무서워하지 않는 모양이니 학춤을 한번 추어봐라.'"

나이 많은 포교가 다른 포교들을 시켜서 이 졸개를 두 활개 벌려서 동그마니 매어달고 아랫도리에 잔채질을 하였다.

"묻는 대루 다 말할 테니 끌러놔 주시우."

"너희 대장이 누구냐 대라. 그러면 끌러놔주마."

"임껵정이요, 임껵정이."

포교들이 모두 놀라는 얼굴로 서로 돌아보는 중에

"이놈, 거짓말이지?"

나이 많은 포교가 소리를 버럭 질렀다.

"거짓말이라면 할 수 없지요."

"껵정이가 지금 어디 있느냐?"

"청석골 있소."

"너희는 어째 서울 와 있느냐!"

"서울 심부름 왔소."

"무슨 심부름?"

"물건 사러 왔소."

나이 많은 포교가 다른 포교들을 보고

"말이 맞나 한 놈 마저 물어보세."

하고 말하여 그 졸개도 먼저 졸개와 같이 묶어서 한구석에 처박아두고 맨 끝으로 노밤이를 끌어들여왔다. 노밤이는 방망이로 두서너 번 얻어맞은 뒤 곧

● 사다듬이
싸다듬이. 몽둥이찜질.
● 학춤을 추이다
붙들어다 심문하고 닦달하여 혼을 내어 주다.

"때리지 마우. 내가 다 이야기해주리다."
하고 말하였다.

"너희 대장의 성명이 무어냐?"

"저기 저놈들은 대장이 있어두 나는 내가 대장이오."

"네가 저놈들의 대장이란 말이냐?"

"아니오, 저놈들의 대장은 임꺽정이오."

"그럼 너두 꺽정이의 부하지 네가 대장이란 게 다 무어냐?"

"내 이야기를 좀 들어보시우. 나는 본래 강원도 철원서 사령 다니던 사람인데 상처하구 홧김에 난봉을 부리다가 천량두 까불리구 구실두 날리구 살 수가 없어서 작년에 서울을 올라와서 벌잇자리를 이리저리 구하는 중에 어떤 사람의 인권으루 어떤 집에 가서 비부를 들었었소. 처음에는 주인이 임선달인 줄만 알았더니 차차루 알구 보니까 그 임선달이란 게 곧 해서대적 임꺽정입디다. 대적의 집인 줄 안 뒤에야 하룬들 거기서 살 수 있소? 그래서 나는 그 집에서 나와서 따루 사우. 그 집에서 두서너 달 있는 동안에 저놈들하구 얼굴이 익었는데, 오늘 길에서 만나서 술 한잔 사내라구 자꾸 조릅디다. 저놈들은 무서울 거 없지만 저놈들 뒤에 있는 임꺽정이가 무서워서 저놈들을 얼렁얼렁 어루만져 배송낼라구 술집에를 데리구 갔었소."

노밤이가 힘도 안 들이고 수월수월 거짓말을 늘어놓았다.

포교 다니는 사람은 버릇이 양민도 도적놈으로 보려고 하고 참말도 거짓말로 들으려고 하여 양민을 도적놈으로 그릇 알망정 도적놈을 양민으로는 좀처럼 그릇 알지 않고 참말을 거짓말로 속을 망정 거짓말을 참말로는 좀처럼 속지 아니하므로, 노밤이의 힘 안 들이고 하는 거짓말이 흡사 참말 같았지만 그 말을 곧이듣고 흉물스러운 화상을 양민으로 여기는 넉적은˙ 포교는 하나도 없었다. 나이 많은 포교는 곧이나 듣는 것처럼 연해 고개를 끄덕이다가

"자네가 도둑놈의 동류 아니구 긴 것은 나중에 자연 핵변˙이 될 테니 발명 고만하구 꺽정이 집이 어느 동넨가 그게나 일러주게."

해라하던 말투까지 하게로 고쳐 말하였다.

"집 구경하러 가실라면 몰라두 꺽정이를 잡으러 가실라면 그 집에 가서 소용없소."

"꺽정이가 지금 그 집에 없나?"

"그 집에 없으니까 말이지요."

"그럼 어디 가 있나?"

"꺽정이를 잡으면 나두 상급을 후히 주실라우?"

"우리가 상급을 후히 준다구는 말할 수 없지만, 후히 받두룩은 해줄 수 있네. 염려 말게."

"그럼 좌우포청 사람을 한 백명 모아가지구 나하구 같이 갑시다."

"좌우포청이 쏟아져 나가거나 오위군사가 풀려 나가거나 그건 자네가 아랑곳한 것 없구 꺽정이 있는 데만 말하게."

● 넉적다
넉없다. 제 정신이 없이 멍하다.
● 핵변(覈辨)
사실에 근거하여 밝힘.

"글쎄 내가 가서 가르쳐줄 테니 같이 갑시다."

"같이 갈 때 가드래두 우리가 먼저 알아야겠네. 말하게."

"꺽정이가 장통방*에 사는 기생 소홍이 집에 있기가 쉽소. 거기 없으면 두서너 군데 다른 데 가보면 영락없이 있을 게요."

"꺽정이가 기생방에 갔으면 저 혼자 갔겠지?"

"그건 알 수 없소. 부하를 너더댓 데리구 갔을는지 모르우."

"꺽정이 부하가 서울 안에두 많은가?"

"아니오, 청석골서 데리구 온 놈들이오."

나이 많은 포교가 술집 여편네의 조카 되는 포교를 옆으로 오라고 손짓하여 불러가지고

"우선 시급히 대장 댁에 가서 품할까, 더 자세한 문초들을 받을까 자네 들어가서 부장 나리께 여쭤보게."

하고 이른 뒤 다시 노밤이를 보고

"자네 참 성명이 무어야?"

비로소 성명을 물으니 노밤이가 본성명은 감추고 전에 들은 철원사령의 성명 하나를 빌려서

"김춘선이오."

하고 대답했다.

"나이는 몇 살인가?"

"마흔이 이마 위에 와 닿았소."

노밤이 옆에 가까이 있던 젊은 포교가 노밤이의 귀싸대기를 철컥 우리고

"이놈이 서른아홉이면 서른아홉이라구 마흔이면 마흔이라지 이마 위에 와 닿은 건 다 무어냐!"

하고 꾸짖었다. 노밤이는 얻어맞은 귀를 손바닥으로 누르고 비비다가 손바닥을 떼고 고개까지 흔들어본 뒤

"귀가 먹먹해 죽겠네. 귀창이 떨어졌나 보우. 그만 말에 그렇게 손찌검할 거 무어 있소?"

하고 두덜두덜하였다. 나이 많은 포교가 노밤이의 하는 꼴을 가만히 보고 있다가 한참 만에

"여기가 자네 집 안방이 아니니 말대답을 조심해서 하게."

하고 타이르듯 말하니

"인제는 무슨 말을 묻든지 대답 안 할 테요."

● 장통방(長通坊)
오늘날의 종로 2가 부근을 이름.

노밤이의 입이 열댓 발이나 앞으로 나왔다.

"대답을 안 하면 더 경치지 별수 있나."

"무슨 물을 말이 또 있소?"

"있다마다. 인제 겨우 부리만 헌 셈인데."

"사람을 기름을 내릴 작정이구려."

"쓸데없는 소리 고만하구 물을 말이나 좀 물어보세. 껵정이 집 종년을 아직두 데리구 사나?"

"그 집에서 나올 때 그년을 내버리구 나왔소."

"그러면 지금은 홀아빈가?"

"그렇소."

부장청에 들어갔던 포교가 도로 나오더니

"부장 나리가 대장 댁에 가서 지휘를 물어가지구 오실 테니 그동안에 번 난 사람들을 불러 모으라구 하시구, 만일 우변 사람이 알면 되지 못하게 가리를 틀기*가 쉬우니 알리지 않두룩 하라구 하십디다. 그러구 저놈들을 앞장세우구 갔다가는 어수선한 틈에 도타할 염려가 없지 않으니 아직 남간*에 집어넣어 두었다가 장통방에 갔다와서 다시 문초를 받게 하라구 하십디다."

하고 말하고 노밤이와 졸개들은 굴속 같은 간으로 끌려들어가게 되고 포교들은 번 난 동무들을 부르러 사방으로 흩어져 나갔다.

얼마 동안 지난 뒤에 포도부장 하나가 포교 이십여명을 거느리고 장통방으로 나가는데, 이때 밤은 이경 가까웠고 달은 대낮같이 밝았다.

장찻골다리에서 소홍이 집을 찾아가자면 다리 남쪽 큰 골목을 십여 간쯤 나가다가 동쪽 실골목으로 꺾이는데, 그 실골목이 사람 서넛만 늘어서면 팔 놀리기 거북할 만큼 너비도 좁다랗거니와 길이 역시 짤막하였다. 실골목 안을 들어서면 바른손 편은 큼직큼직한 집 뒷담이요, 왼손 편은 작은 집들 문 앞인데 맞은바라기 서향으로 문 난 집은 치지 말고 작은 집이 모두 다섯 채에 안침 다섯째가 소홍이의 집이었다.

소홍이의 집은 기역자 원채에 안방, 안방 부엌, 대청, 건넌방이 있고 일자 아래채에 문간, 뜰아랫방, 광이 있는데, 서쪽 안방 뒤와 북쪽 대청 뒤와 동쪽 장독대 담 너머는 삥 돌아 남의 집이요, 오직 남쪽 아래채 앞이 실골목이다. 아래채가 광 있는 쪽은 막다른 집 행랑 뒷벽과 나란하나, 문간 있는 쪽은 옆집보다 조금 앞으로 나와서 문간과 안방 부엌 모퉁이에 조그만 기역자 담이 끼였는데 그 담 위에는 좀도적 방비로 도깨그릇 깨어진 것이 수북하게 얹혀 있었다.

 소홍이 집을 찾아오는 손님이 수효도 많거니와 그 손님들이 열의 여덟아홉은 조신치 못하여 아닌 밤중에 드잡이 놓을 때도 있고 오밤중까지 떠들 때도 많아서 이웃 불안이 적지 아니하였다. 그러나 소홍이 집 문이 일찍 닫히는 날 밤에는 드잡이도 안 나고 떠들지도 않으므로 이웃집 사내들은

 "그 기집년 잘두 물어들인다."

하고 웃고 여편네들은

 "오늘 밤엔 조용하겠구먼."

하고 좋아하였다.

● 가리를 틀다
잘 되어가는 일을
안 되도록 방해하다.
● 남간(南間) 조선시대에
기결 사형수를 가두던 옥.
의금부 안의 남쪽에 있다.

 이날 소홍이 집의 저녁밥은 대중없이 늦어서 인정 친 뒤에 겨우 끝났으나, 문만은 초저녁부터 닫아걸고 오는 손님들을 모조리 따돌리었다. 밤이 이경쯤이나 되었을 때 누가 와서 문을 두들기는데 하도 몹시 두들기어서 조석해주는 여편네의 사내가 뜰아랫방 들창문을 치어들고 밖을 내다본즉 패랭이 쓴 사람 하나가 문틈으로 안을 들여다보며 문짝을 두들기다가 들창문 열리는 소리를 듣고 뒤로 물러 나섰다.

 "누굴 찾소?"

 "임씨 성 가진 양반이 지금 여기 와 기시우?"

"어디서 왔소?"

"그 양반의 친구 양반들이 알아 오라십디다."

"지금 여기서 약주를 잡수시우."

"몇 분이 기신가요?"

"세 분이오."

"녜, 잘 알았소."

소홍이 집에 있는 사람이 들창문을 닫고 돌아서서 눈 뜨고 누워 있는 신불출이와 곽능통이를 내려다보며

"가서 말씀해야지?"

하고 물으니 두 사람이 다같이 고개 끄덕이는 시늉을 하였다. 그 사람이 안방에 있는 꺽정이에게 사람 왔다간 것을 말하러 간 동안에 신불출이와 곽능통이가 서로 돌아보며

"누가 알러 보냈을까?"

"남소문 안에서 보냈는가베."

"초상 상제가 설마 기생방에 올라구."

"그외에는 여기 와 기신 줄을 짐작할 사람이 별루 없을걸."

"우리는 남성밑골루 못 가구 여기서 자는데 서울 사람은 인정 친 뒤에두 맘대루 나다니는 모양일세."

"순라에 잡히지 않는 무슨 표나 패를 가지구 다니는 게지."

이런 말들을 지껄이었다.

꺽정이가 신불출이와 곽능통이는 저녁들을 먹여서 남성밑골로 보내려고 한 것이 저녁밥을 다 먹기 전에 인정을 쳐서 순라에 잡

히지 않도록 보내려고 궁리하는 것을 소홍이가 보고 그대로 밤들을 지내고 가게 하라고 말하고, 조석해주는 여편네는 늙은이와 아이년이 자는 건넌방에 가서 자게 한 뒤 그 여편네의 사내와 셋이 같이 뜰아랫방에서 자게 한 것이었다. 신불출이와 곽능통이가 왔다간 사람이 어디서 온 것을 물어보지 않은 탓으로 꺽정이에게 불려 올라가서 꾸중 실컷 듣고 내려온 뒤, 한 식경이 채 못 되었을 때 안방 부엌 모퉁이에서 질그릇 깨어지는 소리가 나서 신불출이가 소홍이 집 사람보다 먼저 방문을 열치고 내다보니 기역자 진 담 위로 사람의 얼굴 하나가 보이었다.

"그게 웬 놈이냐?"

신불출이가 소리치자 그 얼굴이 아래로 내려가더니 한참 만에 그 얼굴이 다시 더 불끈 솟아오르며 담 위에 얹힌 깨진 그릇을 마당으로 집어던져서 짜끈짜끈 소리가 나고, 또 한편에서는 문짝을 부수는 듯 우지끈 우지끈 소리가 났다. 뜰아랫방의 사내들은 다시 말할 것 없고 안방의 사내들까지 모두 마당으로 쫓아나왔다.

포도부장이 포교들을 거느리고 꺽정이를 잡으러 나올 때 꺽정이가 과연 소홍이 집에 있는가 알려고 포교 하나를 앞서 보냈는데, 그 포교가 눈치를 들리지 아니하려고 고의적삼 바람에 패랭이를 쓰고 갔었다. 포도부장과 포교들이 장찻골다리 북쪽 천변에까지 왔을 때 앞서 보낸 포교가 경충경충 다리를 건너와서 부장을 보고 꺽정이와 그 동류 두 놈이 지금 소홍이 집에서 술들 먹더라고 고하였다. 이제 남은 것은 소홍이 집에를 어떻게 들어가랴

뿐인데 문을 속여 열리자니 기생의 집이라 한번 닫은 문을 좀처럼 열어줄 리가 없고 문을 부수고 들어가자니 흉악한 도둑놈 세 놈이 미리 준비를 차리고 있다가 싸우러 덤빌 것이라 다 신통치 못하고, 한 가지 된 수는 가만가만 담을 넘어 들어가서 세 놈이 미처 준비를 차리기 전에 칼과 창을 앞으로 들이대고 꿈쩍 말라면 제아무리 신출귀몰하기로서니 곱게 잡히지 별수 없을 것이다. 부장이 담 넘어 들어갈 꾀를 말한 뒤 사다리 얻어올 공론을 내고 포교 중에 한 사람이 수표교 근처에 사는 친척의 집에 사다리가 있다고 동무 포교 두엇을 데리고 그 집에 가서 사다리를 들고 왔다. 실골목 앞까지는 예사 걸음들로 걸어오고 실골목 안에 들어올 때는 부장이 단속하여 발자취 소리들을 내지 않고 사뿐사뿐 걸었다. 포교들이 부장의 지휘를 좇아 소홍이 집 부엌 모퉁이 담에 사다리를 기대어 세우고 가만히 넘어갈 준비로 사다리 위에 서넛이 층층이 올라서서 도깨그릇 깨진 것을 집어 내리는 중에, 어떤 것이 위아래가 서로 엇갈려 얹히었던지 위의 것을 집어들자마자 아래 것이 땅에 떨어져 요란스러운 소리가 나서, 이왕 발각난 바에는 얼른 깨진 그릇을 치우고 담으로 넘어가고 닫힌 문짝을 부수고 문으로도 들어가게 하라고 부장이 포교들을 재촉하였다.

꺽정이가 마당에 내려와서 휘휘 돌아보다가 광 앞으로 뛰어가서 발을 구르며 몸을 솟치었다. 손이 처마 끝에 닿자 몸이 바로 지붕 위로 올라갔다. 꺽정이가 뜰아랫방 지붕 댓마루 가까이 와서서 밖을 내다보니 실골목 안에 포교가 가득한데 칼과 창을 가진 자도 여럿인 듯 번쩍번쩍 빛이 났다.

"이놈들, 내 말 들어라! 내가 지붕에서 지붕으로 뛰면 넉넉히 피할 수 있지만 너희놈들을 피해갈 내가 아니다. 너희놈들이 나를 잡겠다구? 같지 않은 놈들 같으니!"

꺽정이가 큰 소리를 지른 뒤에 지붕 댓마루의 수키왓장 암기왓장을 손에 닿는 대로 벗기어서 포교들을 내리쳤다. 포교 두서넛이 아이쿠지쿠하며 앞으로 고꾸라지는 것을 포도부장이 보고

"이애들, 빨리 골목 밖으루 나가자."

하고 소리쳤다. 포교들이 머리를 싸고 골목 밖으로 몰려나갈 때 그중에 담기 있는 사람들이 고꾸라진 동무를 잊지 않고 끌고 나갔다. 꺽정이가 실골목 안을 두루 살펴보고 지붕에서 문 앞으로 뛰어내리며 곧 담에 세운 사다리를 들고 와서 뉘어서 길이로 뻗쳐 들고 골목 밖에 결진하고 섰는 포교들을 쫓아나가며

"사닥다리루 너희놈들을 모주리 때려죽일 테니 내빼지 말구 게 섰거라!"

하고 호통하였다. 포교 대여섯이 앞으로 나오는 사다리 끝을 붙잡아서 뺏으려고 하다가 꺽정이가 한번 흔드는데 모두 허깨비같이 나가떨어졌다. 포교들은 차치하고 포도부장부터 속으로 겁이 나서 장찻골다리 천변으로 뒷걸음을 치기 시작하였다. 이봉학이, 황천왕동이, 신불출이, 곽능통이 네 사람이 이때 비로소 꺽정이의 뒤를 쫓아나오는데, 이봉학이는 고양이 잡으려던 활과 화살을

가지고 나왔다. 포도부장이 뒷걸음으로 천변까지 다 나와서 포교들을 돌아보며

"이러다가는 저놈들을 잡지 못하구 놓치겠다. 활을 안 가지구 온 것이 실책이다."

하고 말할 때 이봉학이가 활을 포도부장에게 그어대었다. 부장이 눈결에 이것을 바라보고 급히 몸을 굽히었으나, 몸 굽히는 것보다 살 오는 것이 더 빨라서 어깨바디에 살을 맞고 옆으로 비실걸음을 치다가 개천에 떨어졌다. 활과 화살이 모두 못 쓸 것이고 또 부장의 몸이 움직인 까닭에 산멱통˚으로 들어갈 살이 어깨바디로 흐른 것이었다. 부장이 살 맞고 나가떨어지자 포교들이 와 하고 사방으로 흩어져 도망하는데 기왓장 맞은 포교들은 멀리 도망하지 못하고 개천으로 뛰어들어가서 다리 밑에 엎드렸다.

　꺽정이가 사다리를 들고 천변까지 쫓아나와서 위로 광제교廣濟橋 쪽과 아래로 수표교 쪽을 이리저리 바라보더니 포교들이 도망하는 꼴이 우습던지 한번 껄껄 웃고 사다리를 개천에 내던졌다. 개천가 건바닥에 환도 하나가 떨어져 있어서 황천왕동이가 집어 오려고 뛰어내려가는 것을 화살 맞은 자가 죽었는가 보러 가는 줄로 꺽정이는 생각하고

"그깐 놈 죽었거나 살았거나 들여다봐 무엇하느냐. 고만두구 올라오너라."

하고 말을 일렀다.

"아니요. 칼 집으러 내려왔세요."

"그게 그놈의 칼인가 부다. 이왕 칼을 집을 바엔 그놈의 몸에 칼집이 있나 봐라."

황천왕동이가 환도를 집어서 손에 든 뒤에 사지를 뻗치고 있는 부장에게 와서 허리에 찬 환돗집을 떼었다. 부장은 어깨바디에 화살을 맞을 때 과녁박이 자리를 얼른 비키려고 할 정신까지 있으면서 자기 선 곳이 다리와 천변의 어름인 것은 생각을 못하고 그대로 옆으로 비켜나다가 한 길이 넘는 개천 속에 모로 나가떨어지는데, 옹이에 마디로 머리를 빨랫돌에 부닥뜨리고 기절하여 다 죽은 송장같이 되어 있었다.

"화살 맞구 죽은 놈 외에 서너 놈 다리 밑에 숨어 있는데 어떻게 할까요? 마저 다 죽여버리까요?"

● 산멱통
살아 있는 동물의 목구멍.

황천왕동이가 아래서 묻는 것을

"그깐 놈들 내버려두구 얼른 올라오너라."

하고 꺽정이가 대답하였다. 황천왕동이가 천변에 올라와서

"이 칼 형님 드리까요?"

하고 집에 꽂은 환도를 앞으로 내미니 꺽정이는 받아서 날을 뽑아 달빛에 비추어보며

"그대루 쓸 만한가 보다."

말하고 집에 도로 꽂아서 허리춤에 지른 뒤

"인제 고만 들어가지."

하고 이봉학이를 돌아보았다.

"다시 들이가는 것이 부질없지 않아요? 바루 가시지요."

"의관이나 해야지."

"불출이, 능통이더러 가서 가지구 나오랬습니다."

"다른 데루 간다면 어디루 가는 게 좋을까?"

"내 생각엔 지금 바루 성밖으루 나가는 게 제일 상책일 것 같습니다."

"월성越城하잔 말인가?"

"월성할 것 없이 오간수˙ 구녕으루 나가뵙시다."

"동소문 안에 있는 아이들은 어떡허구?"

"그놈들은 나중에 소문 들으면 저희대루 오겠지요."

"오늘 밤 동소문 안에 가서 자구 내일 아주 다 데리구 가는 게 좋지 않을까?"

"내일은 성문에서 기찰을 심하게 할걸요."

"그두 그래. 그럼 긴말할 것 없이 밤에 오간수루 나가세."

꺽정이와 이봉학이가 수작하는 동안에 신불출이와 곽능통이는 세 사람의 옷갓을 나눠 들고 나와서 한옆에서 기다리고 있었다. 길에서 의관들을 차리는 중에

"대체 우리가 소홍이 집에 와 있는 걸 포청놈들이 어떻게 알았을까?"

꺽정이가 말하여

"어떤 놈이 밀고한 게지요."

이봉학이가 대답하는데 황천왕동이가 옆에서

"밀고한 것이 놈인지 년인지 어떻게 아시우?"

하고 말곁을 달았다.

"년이라니 자네 맘에 의심나는 기집이 누군가?"

"나는 첫째 소홍이가 의심나는걸요."

"나두 처음엔 그런 의심이 들었는데 다시 생각해보니까 그렇지 않은 성싶어."

"소홍이가 우리버더 더 놀라는 걸 보시구 그러지 않은 줄루 생각하셨나요? 거짓 울기두 잘하구 거짓 웃기두 잘하는 기생년이 거짓 놀라는 시늉을 못 낼라구요."

"아니야, 만일 소홍이가 미리 밀고해두었으면 형님 기시구 안 기신 걸 알려 왔을 리가 있나. 나는 의심이 낮에 왔던 노가에게루 가네."

"노밤이가 미덥지 못한 놈이지만 그래두 소홍이에게 대면 되려 미더울걸요."

황천왕동이와 이봉학이가 각자 자기 소견 말하는 것을 꺽정이는 잠자코 듣다가

● 오간수(五間水) 예전에, 서울 동대문과 수구문 사이의 성벽에 뚫린, 쇠창살을 박은 다섯 개의 구멍으로 흘러내려가던 물. 매우 더러웠다고 전한다.

"소홍이두 아니구 노밤이두 아닐 게다. 나중에 알아보면 어떤 놈이 한 짓인지 알 수 있겠지. 고만 가자."

하고 말하였다. 꺽정이가 활 가진 이봉학이를 맨 앞에 세우고 아무것도 안 가진 황천왕동이와 신불출이와 곽능통이를 중간에 세우고 자기는 맨 뒤에 서서 수표교 천변으로 내려오는 중에 뒤에서

"잠깐만 기다리세요."

소홍이가 소리쳤다.

꺽정이가 돌아서니 다른 사람도 다 따라서 돌아섰다. 소홍이가 종종걸음을 쳐서 쫓아오는데 손에 자그마한 보통이를 들어서 꺽정이는 무엇을 주러 오는 줄만 짐작하고 소홍이가 앞에 와서 선 뒤에

"그것이 무엇인가?"

하고 물으니 소홍이가 보퉁이를 내들어 보이면서

"이거요? 도망꾼이 봇짐이에요."

하고 상긋 웃었다.

"도망꾼이 봇짐이라니?"

"나도 선다님 따라서 도망할라고 나왔세요."

"허허, 이 사람 보게."

"아무리 창황 중이라도 어떻게 하란 말씀 한마디 없이 가신단 말씀이오? 그렇게 인정 없는 선다님을 쫓아오는 내가 실없는 년일는지 모르지요."

"집은 대체 어떻게 하구 나왔나?"

"여기 섰지 말고 가면서 이야기하십시다."

"그 보퉁이는 이리 주게."

"선다님이 들고 가실래요?"

"속에 든 게 무엇이게 보기버덤 꽤 막직해."

"되지 않은 패물이지만 내버리고 오기가 아깝길래 싸가지고 왔지요."

꺽정이가 신불출이를 돌아보며

"이거 들구 가자."

하고 소흥이게서 받은 보퉁이를 내어주었다. 다른 사람들을 먼저 와 같이 앞세우고 꺽정이는 소흥이와 같이 붙어 가는데 소흥이의 걸음이 허우적거려서 손목을 잡고 끌다시피 하였다.

"자네 집 사람들에게 말하구 왔나?"

"그러먼요. 나중 포청에들 불려가서 말할 것까지 일러주고 왔는데요."

"무어라고 말하랬나?"

"공연히 횡설수설하지 말고 모르쇠로 내뻗으랬지요. 실상 다들 아무것도 모르거든요. 오늘 밤 풍파를 겪고도 선다님이 누구신지 아직 모르는걸요."

"자네가 포청에 잡혀가서 조련질 받을 것이 겁이 나서 나를 따라오네그려."

"그뿐만 아니에요."

"또 무엇이 겁이 나든가?"

"선다님께 의심을 받을는지 몰라서요."

일행보다 얼마 뒤떨어진 꺽정이와 소흥이가 이때 하랑교河浪橋 다리목을 지나는데 순라군들이 건너편 골목에서 내달아서 다리로 쫓아 건너오며

"가지들 말구 게 섰거라!"

하고 소리를 질렀다. 꺽정이가 소흥이더러 앞서간 일행을 따라가라고 말하고 다리 위에 올라서서 순라군들이 가까이 오기를 기다

리고 있다가

"내가 순라 잡힐 사람이 아니다!"

하고 호령하니 순라군들은 꺽정이의 위아래를 훑어보고 같지 않게 여기는 듯 콧방귀들을 뀌었다.

"너희들 순경 고만 돌구 좌우변 포청에 가서 임꺽정이가 오간수루 가드라구 말이나 해라."

꺽정이가 순라군들의 몽치 든 바른팔을 양쪽 손으로 일시에 붙들고서

"너는 우변으루 가구."

하고 바른손의 순라군을 동댕이치고

"너는 좌변으루 가거라."

하고 왼손의 순라군을 동댕이쳤다. 철썩철썩 순라군들이 개천물에 떨어진 뒤 꺽정이는 천변에 와서 앞서가지 않고 기다리고 섰는 소홍이를 끌고 부지런히 일행을 쫓아왔다. 오간수 다리께를 와서 일행 여섯 사람이 한데 모여서 개천 바닥으로 내려가려 할 때 오간수에서 파수 보는 군사 둘이 긴 창들을 질질 끌고 쫓아오는데, 하나는 노닥다리˙인 듯 걸음이 지척지척하고 또 하나는 포병객˙인 듯 기침을 콜록콜록하여 한참 바쁘게 쫓아온다는 꼴이 여느 사람의 걷는 폭만 못하였다. 꺽정이가 이봉학이를 돌아보며

"그 화살 두었다 무엇하나? 저놈들 혼뜨검이나 내게."

하고 말하여 이봉학이는 활을 들고 군사들 오는 편으로 마주 나갔다.

"이놈들, 살 받아라!"

이봉학이가 살을 내리키고 치키고 두 번 쏘아서 한번은 앞에 오는 노닥다리의 발목을 맞히고, 또 한번은 뒤따라오는 병객의 벙거지 꼭대기를 꿰었다. 발목을 맞은 노닥다리는 다시 말할 것 없고 벙거지만 맞은 병객까지 도망도 못하고 그대로 주저앉아버리었다.

이봉학이의 장난조 활이 파수 군사들을 혼꾸멍낸 뒤에 꺽정이가 일행을 데리고 개천 바닥으로 내려와서 오간수 수문 다섯 중에 물이 말라 잦은 수구水口 구멍을 골라서 기어나가는데, 소홍이가 선등 나가서 한 사람의 갓을 받고 먼저 나간 사람이 차례로 다음 사람의 갓을 받아서 사내 다섯 사람이 갓 하나 부수지 아니하였다. 성밖에 나와서 다시 천변 길로 영도교永渡橋 다리목에 왔을 때, 앞장선 이봉학이가 걸음을 멈추고 돌아서서 꺽정이에게

"어디루 가실랍니까?"

하고 물으니

"앞서서 가는 대루 따라가니까 난 몰라."

하고 꺽정이가 너털웃음을 웃었다. 의외의 큰 풍파를 겪고 야반도주하는 사람이 너털웃음을 웃을 경황도 없고 덧정도 없을 것이지만, 화를 당할 뻔하고 면한 것이 쾌한데다가 소홍이 따라오는 것이 대견하여 꺽정이는 소홍이 집에서 술 먹을 때보다 되려 더 흥이 났다.

- 노닥다리 늙다리. '늙은이'를 낮잡아 이르는 말.
- 포병객(抱病客) 몸에 늘 병을 지니고 있는 사람.

"우리가 바루 청석골루 가려면 서울을 안구 돌아서 모래재루 나가야 할 텐데 조정에서 비상한 수단을 써서 모래재 길목을 미리 지키지 말란 법두 없구요, 또 우리가 아무리 밤 도와 길을 가드래두 내일모레나 청석골을 들어가게 될 텐데 조정에서 신속히 조처하면 내일 하루 안에 서울서 송도까지 연로의 방비를 시킬 수가 있습니다. 그러니 청석골루 가지 말구 광복산으루 가는 게 좋을 듯합니다."
하고 이봉학이가 긴말하는 것을 꺽정이는 간단하게
"좋을 대루 하는 게지."
하고 대답하였다. 광복산으로들 가기로 작정하고 영도교를 건너와서 논틀밭틀길로 다락원 가는 큰길을 찾아나오는 중에 소홍이는 벌써 발이 아파서 꺽정이가 거들어주지 아니하면 걸음을 잘 떼어놓지 못하게 되었다. 황천왕동이가 꺽정이를 보고
"오늘 밤길은 많이 가기 틀렸으니까 장수원 가서 자구 가지요."
하고 말한 뒤
"제가 먼저 가서 방을 치워놓으라구 이를까요?"
하고 물으니 꺽정이가
"그래 봐라."
하고 고개를 끄덕이었다.
장수원은 상거가 가까운 다락원에 내왕 행인을 몰수이 앗기어서 원이라고 명색뿐인 곳인데, 지난해 청석골패들이 광복산에 가서 있을 때 꺽정이가 서울을 오는 길에 하룻밤 숙소한 일도 있거

니와 그 뒤에 황천왕동이가 서울을 자주 오르내리는 중에 원 주인과 면분이 생기어서 어느 때 지나는 길에 무슨 날이라고 술대접까지 받은 일이 있었다.

황천왕동이가 순식간에 까맣게 멀리 가는 것을 소홍이가 정신 놓고 바라보다가 발을 헛디디고 넘어질 뻔하여 꺽정이가 얼른 붙들어주며

"이 사람, 앞을 안 보구 어디를 보나?"
하고 나무랐다.

"걸음이 어쩌면 저렇게 빠르시까요? 저 양반 걸음 걸으시는 걸 보니까 나는 걸음이 더 안 걸려요."

"밤새두룩 가면 설마 장수원이야 가겠지."

"장수원이 예서 몇 린가요?"

"한 삼십리 될 겔세."

"삼십리요? 어떻게 가면 좋아요?"

"저애들한테 업혀 갈라나?"

꺽정이가 신불출이와 곽능통이를 가리키니

"싫어요."
소홍이는 도리머리를 흔들었다.

"그럼 내가 업구 갈까?"

"아이구 망측해라."

소홍이가 말은 먼저보다 더 호들갑스럽게 하여도 머리는 가우뚱 아양을 짓는 것이 마음에 얼마쯤 솔깃한 모양이었다.

"자, 내게 업히게."

"그대로 걸어갈 테니 손만 붙들어주세요."

소홍이가 전과 같이 꺽정이에게 손을 잡히고 끌려오다시피 한 삼 마장가량 더 온 뒤에 끌려오는 것도 약약하던지

"난 인제 더 못 가겠세요."

하고 꺽정이를 보고 울상을 하였다. 꺽정이가 웃으면서

"어부바."

하고 소홍이를 두리쳐업으니

"아이구, 남부끄러워라."

하고 소홍이는 꺽정이 등에 얼굴을 파묻었다. 소홍이가 큰머리를 내려놓고 밑머리만 틀어얹었던 까닭에 업히는 데 가로거치는 것이 없었다. 꺽정이가 소홍이를 업은 뒤로는 길이 잘 불었으나 밤이 워낙 늦어서 첫닭울이에야 장수원을 대어 왔다.

원 주인이 황천왕동이와 같이 나와서 일행을 원집 큰방으로 맞아들이는데, 방바닥에는 공석을 깔고 멍석을 깔고 그 위에 기직자리 서너 닢까지 덧깔았고 방 중간에는 질화로에 숯불을 발갛게 피워놓았다. 그러나 방안은 소랭하였다. 밑에서 올라오는 찬기운은 공석, 멍석, 기직자리가 막지마는, 문새가 맞지 않는 앞뒷문으로 들어오는 찬바람은 화롯불 하나로 가실 수가 없었다. 주인이 인사성으로

"이부자리를 안 가지구 오셨으니 치워서 어떻게들 주무시나요?"

하고 꺽정이보고 말하는 것을 이봉학이가 옆에서

"주인이 선심으로 이불 한 채만 빌려주구려."

하고 가로채어 대답하였다.

"이불이라구 어디 덮으실 만한 것이 있어야 빌려드리지요."

"이불이면 덮는 게지 덮을 만하구 못하구가 어디 있겠소."

"참말 더러운 포대기쪽이라두 덮으시겠소?"

"빌려주면 덮다뿐이오."

주인이 자기네 살림하는 처소로 가더니 한참 만에 이불 쳇것에 요 명색까지 끼워가지고 온 것을 문밖에 나섰던 신불출이가 받아서 방안에 들여놓았다.

"곤하실 텐데 어서들 누우시지요."

주인이 방안을 들여다보며 인삿말 한마디 하고 도로 가려고 하는 것을 꺽정이가 할 말이 있다고 방안으로 불러들이었다.

● 초련 일찍 익은 곡식이나 여물기 전에 훑은 곡식으로 가을걷이 때까지 양식을 대어 먹는 일.

● 풋바심하다 채 익기 전의 벼나 보리를 미리 베어 떨거나 훑다.

"여보 주인, 우리가 양식을 안 가졌는데."

꺽정이의 말이 채 끝도 나기 전에 주인이 연거푸 녜녜 대답하며

"아까 황선달께 말씀을 들었습니다. 초련˚ 먹으려구 풋바심 한˚ 양식이라두 있으니까 내일 아침 진지들을 해드립지요."

하고 말하였다.

"우리가 갈 길이 멀어서 앞으루 여러 끼를 먹어야 갈 테니까 길양식을 아주 좀 변통했으면 좋겠소."

"이런 사정은 말씀을 안 해두 다 아실 테지만 원에 손님들이

안 드니까 대궁술두 얻어먹을 수 없구, 생계가 농사뿐인데 남의 땅 너댓 마지기 지어가지구 여러 자식새끼하구 입구입해 가기두 어렵습니다. 길양식을 변통해 드릴 주제가 어디 됩니까?"

"주인에게 없으면 이웃에서라두 쌀 너덧 말 꾸어줄 수 없겠소?"

"이웃집두 다 저 같은 가난뱅이들이라 꾸어달라구 말할 데두 없습니다."

"우리가 떼어먹을까 봐 핑계하는 것 아니오?"

"원, 천만의 말씀을 다 하십니다. 아까 황선달께두 말씀했지만 제가 식구만 없으면 곧 따라다니며 하인 노릇이라두 하겠습니다. 그런데 쌀 너덧 말을 안 꾸어드리겠습니까?"

꺽정이가 소홍이를 돌아보며

"자네 자장붙이를 한 가지 내놓게."

하고 말하여 소홍이가 보퉁이를 풀어서 그대로 꺽정이 앞에 내놓으니 꺽정이는 보퉁이 속을 뒤적뒤적하다가 말굴레 같은 은가락지 한 벌을 꺼내 들고

"은가락지 가지구 쌀을 바꿀 수 있겠소?"

하고 주인더러 물었다.

"다락원이나 가면 혹시 바꿀 수 있을는지 모르겠습니다. 그렇지만 들구나는 것이라구 제값어치를 다 주지 않을걸요."

"제값 다 못 받아두 좋소. 내일 식전 일찍 가서 바꿔가지구 오우."

꺽정이가 은가락지를 주인에게 내준 뒤에

"그러구 또 한 가지 청할 것이 있소. 삯마 한 필만 얻어주우. 마삯은 가서 후히 줘 보내리다."

하고 소홍이의 탈것을 부탁하였다.

얼마 동안 있다가 주인이 간 뒤에 잘자리들을 보는데 이봉학이가 이부자리를 소홍이더러 깔고 덮으라고 말한즉 소홍이는 구질구질하다고 싫다고 하여 개떡쪽 같은 요는 신불출이와 곽능통이를 내주고 포대기쪽만 한 이불은 소홍이까지 네 사람이 깔고 자려고 펼쳐 깔았다. 소홍이는 기직자리 위에 나가서 보퉁이를 베고 동그마니 따로 누웠다. 나중에 소홍이가 추운 것을 견디다 못하여 한갓지게 치워놓은 화로를 가지러 가려고 일어나는 것을 꺽정이가 잠이 들려 말려 하다가 눈을 떠서 보고 소홍이를 끌어다가 품안에 누이어서 추위를 모르고 자게 하였다. ● 입구입하다 구입하다. 겨우 벌어 먹다. 또는 겨우 밥벌이가 되다.
● 자장붙이 여자들이 몸단장을 하는 데 쓰는 물건.

이튿날 식전에 주인이 은가락지를 가지고 가서 쌀 한 섬을 바꾸어 왔는데 꺽정이가 닷 말만 길양식으로 내놓게 하고 나머지는 다 주인을 주었다. 소홍이 탈 말과 말 따라온 마부까지 마, 사람 여덟이 늦은 아침때 장수원서 떠나갔다.

장통교 천변에서 부장이 화살 맞는 것을 보고 거미새끼같이 흩어진 포교들 중에 칠팔명은 바로 파자교把子橋 모퉁이에 있는 좌포청으로 뛰어왔으나, 포청에 사람이 몇 안 되고 더욱이 대장의 명령을 못 받아서 뒷조처를 급히 할 도리가 없으므로 달음질 잘 하는 포교 두엇이 장달음을 놓아 낙산駱山 밑 포장 댁으로 쫓아 왔다. 이때 좌변포도대장 남치근은 꺽정이 잡은 기별이 오기를 고대하고 있다가 잡지 못하고 놓쳤단 말을 듣고 화가 천둥같이 나서 기왓골이 울리도록 고래고래 소리질러서 포교들을 야단친 뒤 곧 말에 안장을 지우라고 하인들에게 분부하였다. 남치근이 좌포청에 나와 앉아서 청에 있는 상하 소속을 친히 지휘하여 꺽정이의 거처를 빨리 탐지해오게 하고 소홍이 집 식구를 있는 대로 다 잡아오게 하고, 또 집에 나가 있는 종사관, 부장으로부터 서원書員, 사령들까지 모두 불러들이게 하였다.

　좌포청 소속이 한 사람 두 사람 연방 청으로 모여드는 중에 꺽정이가 하랑교에서 순라군사들을 동댕이쳤다는 기별이 들어오고 또 꺽정이 일행 계집 사내 수십명이 오간수 구멍으로 빠져나갔다는 기별이 들어왔다. 꺽정이 일행의 사람 수효가 엄청 많아진 것은 오간수 파수군사들이 빗보았거나, 그렇지 않으면 허풍친 것이니 듣는 이 짐작으로 들을 말이었다. 남치근이 이튿날 새벽 파루 치기 전에 꺽정이를 그예 근포하려고 생각하였던 것이 틀린 줄 알고는 화가 복받쳐서 한참 동안 안절부절을 못하다가 아닌 밤중에 좌기하고 졸개 세 놈 국문할 거조를 차리었다.

　"간에서 한 놈씩 꺼내오게 해라."

　대장의 분부가 내린 뒤 초참에 문초를 받던 나이 많은 포교가 가장 다기지게 불지 않던 졸개를 맨 먼저 잡아 내오게 하였다.

"꺽정이의 서울 집이 어느 동네 있으며 꺽정이의 무엇 되는 것이 그 집에서 사느냐?"

그 졸개가 처음에는 꺽정이의 서울 집이 없다고 잡아떼다가 치도곤에 초죽음을 당하고 비로소 꺽정이의 아내 김씨가 동소문 안에서 산다고 저희 와서 있던 집을 대었다.

"그 집이 동소문 안 어느 동네냐?"

그 졸개는 동명을 몰라서 대지 못하는 것을, 기만할 심산으로 자세히 대지 않는다고 성정이 혹독한 남치근이 압슬하라고 호령하였다. 튼튼한 나무널 두 쪽 사이에 두 무릎을 집어넣고 양쪽 끝을 지지누르는데, 그 속에 뿌린 서슬 있는 사금파리가 아지직아지직 부서지며 살에 들어가 박힐 때 졸개는 끔뻑끔뻑 죽다가 살아났다. 촛불 등불이 바람에 후려서 침침하다 환하다 하는 대청 위에 높이 앉은 포도대장은 염라대왕인 듯, 사람의 얼굴에 주톳빛이 나도록 동횃불이 이글이글하는 뜰아래에 벌려 선 군사와 사령들은 야차夜叉나 아귀인 듯, 산 몸이 염라국에 가서 고초를 겪는지 죽은 혼이 포도청에 와서 악형을 당하는지 졸개는 정신이 가물가물하다가 고찰하는 호령소리가 귀에 들릴 때 한껏 말한다는 것이 얼른 죽여달란 말밖에 더 하지 못하였다.

"그놈은 도루 갖다 집어넣구 다른 놈을 꺼내오너라."

나이 많은 포교가 남간 앞에 와서 그 졸개 다음에 노밤이를 끌어내게 하고 노밤이더러

"꺽정이 기집의 사는 동네를 바루 대지 않으면 자네두 지금 저

놈처럼 다 죽어 들어오게 될 테니 미리 알아차리게."
하고 귀띔해주듯 말하니 노밤이는
"네, 잘 알았소."
대답하고 나서
"대관절 꺽정이는 잡았소?"
하고 물었다.
"그건 지금 대답할 수가 없네. 나중에 알게."
"꺽정이 기집의 성은 무엇이라구 합디까?"
"그 기집의 성을 자네는 모르나?"
"먼저 말한 놈이 무어라구 말했는지 말이 서루 외착이 날까 봐 그러우."
"그년의 사는 동네만 바루 대면 성은 모른다구 아니 대두 상관없네."
"먼저 말한 놈이 외댔는지 바루 댔는지 그걸 알면 내가 짐작이 나설 일이 있어 알구 싶소."
"김가라구 하데."
"인제는 외착날 염려가 없소."
노밤이가 양쪽 팔죽지를 잡고 있는 사령들더러
"자, 고만 들어가봅시다."
하고 말하였다.
사령들이 노밤이를 상투 들고 또 덜미 집어서 잡아들여다가 뜰 아래 꿇려놓을 때 대청 위에서

"바루 형틀에 올려매라!"

하는 호령이 내리었다. 노밤이가 달려드는 사령들을 잠깐 참으라고 손을 내젓고 곧 대청 위를 치어다보며

"그저 물으시드라두 소인이 아는 것은 다 곧이곧대루 바루 아뢰겠소이다."

하고 말하여 뜰아래의 사령과 뜰 위의 서원이 차례로 그 말을 받아올리었다.

"꺽정이의 기집이 어디서 사느냐?"

"동소문 안 숭교방崇教坊에서 사옵는데 집을 찾기가 거북합네다. 포교 하나만 주시면 소인이 같이 가서 들똘같이 잡다 바치겠소이다. 그 집에 있는 사람이 꺽정이 기집 외에 늙은 할미 하나, 기집아이년 하나뿐이올시다. 셋을 한데 묶어두 사내 하나 폭이 못 되오니까 포교 하나와 소인과 둘이 가면 넉넉하외다."

대청 위의 남치근이 뜰 위에 섰는 부장 하나를 앞으로 가까이 불러서

"포교 서넛더러 저놈을 앞세우구 나가서 꺽정이의 기집과 그 집에 같이 있는 것들을 다 잡아오라구 해라. 그 집은 단단히 봉쇄하구 이웃 사람들을 불러서 풀 한 포기라두 있던 것이 없어지면 이웃에서 죄책들을 당할 테니 잘 지키라구 이르래라. 그러구 저놈은 그대루 데리구 가지 말구 항쇄해서 끌구 가게 해라."

하고 분부하였다.

포교들이 넉자 길이 쇠사슬루 노밤이의 목을 옭아서 개같이 끌

고 나간 뒤에 꺽정이 졸개 세 놈 중에 남은 한 놈을 마저 잡아내서 도적질들 한 죄상을 국문하는데, 노밤이의 근본과 행사도 그 졸개의 입에서 다 나왔다. 노밤이는 포교 하나와 같이 가게 되면 틈을 타서 도망하려고 마음을 먹었던 것이 포교가 셋이나 같이 가게 될뿐더러 더구나 목에 항쇄가 있어서 도망할 가망이 없는 까닭에 갑자기 마음이 변하여 요공을 하려고 김씨와 격장하여 사는 원씨도 꺽정이의 계집인 것을 포교들에게 일러바쳤다. 포교들이 김씨를 잡은 뒤에 노밤이가 말한 것을 김씨에게 물어보는데, 김씨가 물귀신 심사로 원씨를 끌고 들어가서 원씨와 원씨 집 사람까지 다함께 포청으로 잡혀오게 되었다.

김씨는 제천 양반 권씨의 집 과댁으로 서울 와서 사는 중에 자칭 임선달이란 자에게 욕을 보고 욕볼 때 죽어 마땅한 것을 죽지 못하였다고 수월히 다 대답하고, 원씨는 당시 재상 원계겸의 딸인 것을 숨기고 서울 여염가 계집아이로 임가에게 잡혀와서 살았다고 네댓 번 다그쳐 물어야 겨우 한두 마디씩 대답하였다. 둘이 다 꺽정이의 계집이로되 소위 임선달이 꺽정인 줄도 모르고 꺽정이가 유명한 대적인 줄까지도 전혀 몰랐었다. 두 계집의 초사가 거짓말인가 아닌가 물어볼 겸 먼저 졸개의 입에서 나온 말이 무함인가 아닌가 다져보려고, 남치근이 사령들더러 항쇄한 놈의 항쇄를 끄르고 앞으로 잡아내라고 분부하여 사령들이 한옆에 죽쳐 앉았던 노밤이를 앞으로 끌어내서 굴복을 시킨 뒤에 첫대

"네 성명이 무엇이냐?"

하고 물으니 본성명이 졸개 입에서 나온 줄을 모르는 노밤이는 서슴지도 않고 먼저 위조한 대로

"김춘선이올시다."

하고 대답하였다.

"정녕 김춘선이냐?"

노밤이가 가슴이 조금 뜨끔하나

"네, 그렇소이다."

하고 그대로 내뻗었다.

"네가 꺽정이의 부하 노릇을 몇 해나 했느냐?"

"꺽정이의 부하 노릇은 하루두 한 일이 없소이다."

"그럼 너는 너대루 도둑질하구 다녔느냐?"

"소인은 도둑놈이 아니올시다."

남치근이 별안간 큰 소리로

"천하의 죽일 놈 같으니, 뉘 앞에서 거짓말이냐!"

호령하고 노밤이가 변명할 사이도 없이 곧 뒤이어서

"그놈을 빨리 형틀에 올려매라!"

하고 분부를 내리었다.

전하는 말이 곤장을 썩 잘 치는 사람은 무지스러운 대곤大棍으로 연한 두부를 벼락같이 내리치되 두부가 위만 좀 부서지고 아래는 모가 깨지지 않게 할 수도 있고, 또 그보다도 더 어렵게 두부가 겉은 성하고 속만 으스러지게 할 수도 있었다고 한다. 곤장 치는 것도 여기 이르면 회한한 재주라 이런 재주를 가진 사람은

흔치 않겠지만, 대개 집장사령 노릇하는 사람은 다 조금씩 손대중으로 농간을 부려서 혹 죄인에게 두남을 두기도 하고 혹 죄인을 더 곯리기도 하였었다. 노밤이는 이런 물계가 훵한 사람이라 사령들이 대들어서 형틀에 올려맬 때

"상목 한 동 찾을 어음쪽을 내 몸에 지녔는데 틈타서 내드릴 테니 찾아서 노놔 쓰시우."

사령들을 보지 않고 혼자 중얼거리듯 지껄였다. 뜰 위에 섰는 부장이 사령들더러

"그놈이 무어라구 지껄이느냐?"

하고 물으니 사령 하나가 뜰 위를 치어다보며

"실성한 놈처럼 알아듣지 못할 소리를 지껄입니다."

하고 대답하였다. 그러나 노밤이 지껄인 소리에 집장사령의 손대중이 많이 달라졌다. 되우 치라는 호령 아래 내리치는 치도곤이 겨우 살가죽을 터쳤을 뿐이건만 노밤이는 곧 죽는 것처럼 엄살을 떨었다. 남치근이 치도곤을 세 개에 중지시키고 나서 문초를 받기 시작하였다.

"네 성명이 무엇이냐?"

"소인의 성명은 대중이 없소이다. 어느 때는 노밤이라구 하옵구 어느 때는 김춘선이라구 하옵구 또 어느 때는 임꺽정이라구까지 하옵네다."

"무엇이야, 꺽정이야?"

"소인이 철원, 영평 등지로 돌아다닐 때는 임꺽정이루 행세했

소이다."

"네가 철원서 살인한 일이 있지?"

"소인이 남의 재물을 뺏은 일은 있어두 남의 목숨은 뺏은 일이 없솝는데, 철원서 다른 놈 눈 똥에 주저앉아서 누명을 홈빡 뒤집어썼소이다."

노밤이가 이와같이 거짓말 참말 뒤섞어서 공초˚를 다 한 뒤에

"소인의 죄를 사합시구 소인에게 상을 줍신다면 꺽정이의 기집 하나두 마저 잡아 바치구 또 꺽정이의 와주두 잡아 바치겠소이다."

하고 아뢰었다.

"꺽정이의 기집이 대체 몇이게 또 있단 말이냐?"

● 공초(供招) 조선시대에 죄인이 범죄 사실을 진술하던 일.

"꺽정이의 아내 명색이 소인이 확실히 아는 것만 넷이온데 하나는 시골 있솝구 셋은 서울 안에 있소이다."

"그 기집은 어디 살며 와주는 누구냐?"

"두 번 다시 아뢰옵기는 황송하오나 소인에게 상급을 내리시겠습니까?"

"상급을 준다구 해야 말하겠느냐?"

"지당하외다."

"지당하다? 오냐, 치도곤 몇 개까지 네놈이 말 않고 배기나 보자."

"아니올시다. 치도곤 상급은 소원이 아니올시다."

노밤이가 제 입으로 벌어서 치도곤 너덧 개를 더 얻어맞고 남성밑골 박씨의 집과 남소문 안 한온이의 이름을 홱홱 다 불었다.

포교 두 패가 남성밑골과 남소문 안으로 나가더니 남성밑골 나간 패는 박씨 모녀와 아이년까지 세 식구를 잡아왔고 남소문 안 나간 패는 빈손으로 들어와서

"한온이란 놈이 제 아비가 죽어서 엊그제 지관을 데리구 구산하러 나갔는데 십여일 후에 들어오리라구 하옵디다. 그놈의 아비의 빈소만 지키면 그놈은 절루 잡히게 될 듯하외다."

하고 대장께 아뢰었다. 꺽정이는 잡지 못하고 놓쳤으나 꺽정이의 계집을 셋이나 잡은 까닭으로 남치근이 화가 적이 풀리어서 오래 전부터 밖에 와서 대죄하고 있는 화살 맞은 부장을 비로소 집으로 나가라고 분부하였다.

꺽정이의 계집 셋과 노밤이까지 꺽정이의 졸개 셋은 남간 두 칸에 갈라 넣고 세 계집의 집 사람들과 소흥이 집 사람들은 북간 두 칸에 나누어 넣게 한 뒤, 남치근이 좌기를 파하고 다 샐 녘에 집으로 돌아갔다.

이튿날 늦은 아침때 지난 뒤 남치근이 좌포청에 나와서 잠시 있다가 바로 예궐하여 탑전에 들어가서

"작야˚에 해서대적 임꺽정이의 도당 세 명을 체포하와 꺽정이가 동류 사오명과 같이 장통방에 모여 있는 것을 아옵고 체포하려고 부장, 군사 이십여명을 내보냈숩더니, 지휘하던 부장이 도적의 화살을 맞고 넘어지는데 군사들이 겁겁하와 도적들을 체포

하지 못하고 놓쳤사오니 부하를 잘 동독하지 못한 신의 죄가 막대하온 줄로 아옵네다. 신이 삼경에 등청登廳하와 부하들을 데리고 달야˙하오며 꺽정이의 도당 세 놈을 국문하온 결과, 그놈들의 초사로 꺽정이의 처 세 명과 기외에 다소간 간련이 있는 인물 십여 명을 체포하였소이다. 꺽정이의 처와 도당과 기타 간련 인물을 다 형조로 보내올지 어찌하올지 탑전정탈˙을 받자와지이다."
하고 아뢴즉 꺽정이는 심상한 도적이 아니요, 곧 반적˙인즉 비록 처속˙과 도당이라도 형조로 보내는 건 헐후하니 포청에서 세세히 문초를 받은 후 전옥에 내려 가두게 하고, 기외 간련 인물은 형조로 보내서 경중을 분간하여 치죄하게 하라고 위의 처분이 내리었다. 남치근이 퇴궐하는 길에 다시 포청에 와 앉아서 북간의 십여 명은 모두 형조로 넘기고 남간의 여섯 명만 포청에 남겨두게 하였다.

　남녀 여섯 명의 용모파기를 일일이 다 낸 뒤에 세 계집의 원정˙을 받는데, 계집들 원정에 한온이가 강도 와주인 것이 여지없이 다 드러나서 남치근이 한온이를 체포하려고 그 병신 형과 본아내를 볼모로 잡아다가 포청에 가두어두고 또 포교들을 보내서 그 아비의 빈소를 지키게 하였다. 세 계집 중에 원씨는 원정할 때도 여염가 여자로 근본을 꾸미느라고 말이 구석이 비고 동이 잘 닿지 아니하여 남치근이 노밤이를 잡아내다가 원씨의 근본을 물었더니, 모전다리 원판서의 딸을 꺽정이가 업어 내왔다는 말이 노

- 작야(昨夜) 어젯밤.
- 달야(達夜) 밤을 새움.
- 탑전정탈(榻前定奪) 신하가 제기한 의견에 대하여 왕이 그 자리에서 결정함.
- 반적(叛賊) 자기 나라를 배반한 역적.
- 처속(妻屬) '아내'를 낮잡아 이르는 말.
- 원정(原情) 사정을 하소연함.

밤이 입에서 나왔다. 모전다리 원판서란 당시 예조판서 원계검이라 남치근이 속으로는 놀랐으나, 재상가 문호의 수치 될 것을 생각하여 겉으로 율기하고

"그놈, 멀쩡한 미친놈이구나. 그따위 미친 소리 또 하면 아가리를 찢어놓을 테니 그리 알아라."

노밤이를 다시 말 못하도록 윽박지른 뒤에 원씨의 근본을 덮어두고 더 밝히지 아니하였다.

꺽정이의 계집들을 잡은 뒤 나흘 되는 날, 사간원에서 일어나서 포장 탄핵하는 합계를 올리었다.

"국가에서 포도청을 설치하고 좌우대장을 둘 때 소관˚이 많고 절목˚이 자세하온데, 지금 대장의 책임을 가진 사람들은 수탐하는 것이 무엇인지 체포하는 것이 무엇인지 통히 알려고도 하지 아니하여 대적패가 경기 경내에서 큰 소요를 지어도 잡지 못한 것이 오로지 군율이 엄하지 못하고 조처가 합당치 못한 탓이옵고, 일전에 대적들이 장통방에 모여 있는 줄을 알았으면 대장 된 자가 당연히 계책을 내서 다 잡아야 할 것이온데 도적들이 도성 안에서 관군에 저항하고 심지어 부장까지 활로 쏘았다니 이것은 근고에 없는 변이외다. 도적이 화살 한 개 쏜다고 군졸들이 사방으로 도망하여 도적의 괴수는 놓치고 겨우 그 처속과 졸도를 오륙명 잡았다니 이런 한심한 일이 어디 있소리까. 좌변대장 남치근은 먼저 파직시킨 후 다시 추고시키시고 도적을 놓친 부장과 군졸들은 금부에 내려서 치죄시키고 또 우변대장 이몽린은 비단

나이가 늙었을 뿐 아니라 다리에 종기가 나서 집안에서도 행보를 잘 못하므로 대장의 중한 책임을 감당 못할 것이온즉 체차시키심을 바랍네다."

사간원 계사는 대지가 이와같고 위에서 내린 비답은 남치근의 파직은 너무 과하니 체차시킨 후 추고하게 하고, 기외는 다 계사와 같이 하라 하여 좌우변 포도대장이 일시에 갈리게 되었다. 남치근과 이몽린이 정원에 들어와서 몸에들 찼던 병부˚와 대장패˚와 전령패˚를 도로 바치고 나간 뒤, 정원에서 포장 중임을 일시라도 비워두지 못할 터이온데 어찌하오리까 하고 위에 품하여 포장의 망단자˚를 빨리 바치도록 재촉하란 처분을 물었다.

남치근이 정원에 들어왔다가 나갈 때 궐문 밖에서 마침 궐내로 들어오는 예조판서 원계검을 만났다.

"위에서 특별하신 처분으로 간원諫院을 누르셔서 영감이 체차만 되셨다지?"

원계검이 위로인사로 말을 묻는데 남치근은 밤에 잠 못 자고 애쓴 보람 없이 체차에 추고까지 겸쳐 당한 것을 속으로 못내 분하게 여기면서 입에 발린 말로

"천은이 망극해서 황감하기 이를 데 없소이다."

하고 대답하였다.

● 소관(所管)
맡아 관리하는 바. 또는 그 범위.
● 절목(節目)
법률이나 규정 따위의 낱낱의 조나 항목.
● 병부(兵符) 조선시대에 군대를 동원하는 표지로 쓰던 둥글납작한 나무패.
● 대장패(大將牌)
포도대장이 차던 패.
● 전령패(傳令牌)
조선시대에 좌우포도대장이 지니던 직사각형의 쪽패.
● 망단자(望單子)
벼슬아치를 발탁할 때 공정한 인사 행정을 위하여 세 사람의 후보자를 임금에게 추천하던 일인 '삼망(三望)'의 내용을 기록한 종이.

"영감은 연부역강˚하구 더욱이 지우가 특별하니까 곧 다시 조용˚되겠지만 이포장은 이번 체차에 전정이 낭패일걸."

"이포장은 사직하려구 상소까지 해놓구 있던 차에 체차를 당했다구 말씀합디다."

"이포장을 어디서 만났소?"

"지금 궐내에서 만났습니다."

"이포장은 먼저 나갔소?"

"아니올시다. 지금 막 정원으루 명소˚ 환납하러 들어갔습니다."

"영감은 벌써 명소를 도루 바치고 나가는 길이구려."

"네, 그렇소이다. 그런데 대감께 한번 조용히 여쭐 말씀이 있습니다."

"무슨 말이오?"

"여기서는 여쭐 수가 없는 말씀입니다. 그리구 여쭐 바엔 속히 여쭤드려야 할 텐데 어떻게 하면 좋을까요?"

"대체 무슨 일이오? 우선 운만 좀 떼어보우."

"대감 댁 문호에 관계되는 일입니다."

"그게 무슨 일일까? 이따 저녁때 영감이 내 집으루 좀 오구려."

"지금 댁으루 못 나가시겠습니까?"

"지금은 못 나가겠소. 동궁 관례 절차의 대신께 품할 일이 있어서 빈청에를 들어가는 길이오."

"추고 중에 한만히 출입하기가 어려우니까 지금 집으루 가는 길에 잠깐 대감 댁에를 들러 갔으면 좋겠어서 말씀입니다."

"그러면 영감이 먼저 내 집에 가서 좀 기다리우. 내가 빈청에 다녀나온 뒤 잠깐 마을에 들러보구 곧 집으루 나가리다."

"오래되시진 않겠습니까?"

"아니, 오래될 건 없소."

"그럼 이 길루 대감 댁에 가서 기다리구 있겠습니다."

"사랑문이 닫혔거든 상노아이 불러서 열라구 하구 들어가 앉아 기시우."

원계검은 궐문 안으로 걸어들어가고 남치근은 궐문 밖에서 멀리 걸어나와서 말을 타고 원판서 집으로 왔다.

남치근이 주인 없는 사랑에서 혼자 앉았다 누웠다 하며 주인을 기다리는데 오래되지 않는다던 주인이 너무 오래도록 오지 아니하여 그대로 가려고까지 생각할 때, 문간이 떠들썩하며 주인 대감이 사랑으로 들어왔다.

- 연부역강(年富力彊) 나이가 젊고 기력이 왕성함.
- 조용(調用) 벼슬아치로 등용함.
- 명소(命召) 조선시대에 임금이 의정 대신, 포도대장 등을 은밀히 궁궐로 불러들일 때에 사용하던 패.

"오래 기다리게 해서 미안하우."

"얼른 말씀을 여쭙구 가봐야겠습니다."

"조용히 할 말이라지? 그럼 이 방으루 들어오우."

원계검이 옷도 갈아입지 않고 바로 침방으로 남치근을 인도하였다. 단둘이 서로 대하여 앉은 뒤에 원계검이 먼저

"대체 무슨 일이오?"

하고 물었다.

"일전에 잡은 꺽정이의 처 셋 중에 원씨 성을 가진 기집이 하나 있는데, 그 기집이 제 말은 여염 사람이라구 하나 언어동작이 재상가 생장 같구 그 본집을 대는 말이 되숭대숭해서 수상하기에, 꺽정이의 도당 한 놈을 잡아내서 그 기집의 근본을 캐어물어본즉 그놈의 말이 꺽정이가 모교천변 원판서 댁 따님을 업어내다가 데리구 살았다구 합니다. 그놈을 미친놈으루 돌리구 그따위 소리를 다시 하면 아가리를 찢어놓는다구 야단을 쳤습니다. 그러구 그 기집의 근본을 더 자세히 캐지 않구 어물어물해서 덮어두었습니다."

원계겸의 얼굴에 핏기가 없어진 것을 보고 남치근이 말을 더 하지 않고 그만 그치었다. 원계겸은 열기 없는 눈으로 남치근의 입만 바라보고 있다가 한참 만에 겨우

"그게 무슨 소리요?"

하고 말하는데 말소리가 앓는 사람의 신음하는 소리와 같았다.

"새루 나는 포장이 혹시 생각이 부족하면 대감께서 의외의 망신을 당하실는지 모릅니다. 진작 전옥으루 보냈으면 이런 염려가 없을 것인데 미처 못 보냈습니다. 이번에 애는 애대루 쓰구 체차에 추고에 겹철릭을 입게 될 줄이야 누가 알았습니까."

"영감두 아실는지 모르나 내 딸이 형제에 큰 것은 출가해서 자식까지 여러 남매 두었구 작은 것은 출가 전에 요사했는데 웬 딸이 또 있단 말이오?"

"그러면 그 기집의 근본을 밝혀두 좋은 걸 지나친 염려를 했습

니다."

"그러니 아니니 떠들기만 해두 나는 망신이니까 영감 용의用意가 고맙소."

"인제 물러가겠습니다."

"내가 수이 한번 영감을 찾으리다."

원계검이 남치근을 보낸 뒤에도 한동안은 넋잃은 사람같이 우두머니 앉아 있었다.

'내 딸이 도둑놈의 계집이 되다니, 그년이 아비 어미의 혈육을 더럽혀도 분수가 있지. 제게 수치요, 부모형제에 수치요, 온 문내門內에 수치인 걸 그대로 무릅쓰고 살았으면 그년이 오장육부가 썩은 게지 오장육부 성하고야 그럴 수 있나. ●강포의 욕 강간당하는 욕. 그년 성깔에 강포의 욕*을 당하고 살 리가 없는데 천하 흉악한 도둑놈의 계집 노릇을 하고 살다니 그 천참만륙할 도둑놈이 무슨 약을 먹여서 사람을 등신을 만들어놓았나. 등신이 아니라도 죽어야 하지만 더구나 등신이면 살아서 무어하나. 하루바삐 죽어야지. 전옥에 내려 가두라신 처분이 내렸을 젠 필경 극형에 처하실 모양인데, 군기시 다리나 당고개[堂峴]로 나가기 전에 소리 소문 없이 약사발을 안겼으면 좋겠다. 마누라가 알면 요량 분수 없이 딸을 살려내라고 조르렷다. 딸 까닭에 성화 상성된 사람이 무슨 해거를 부릴는지 누가 아나. 마누라에게도 알리는 게 부질없지. 남포장이 우물쭈물 해놓은 대로 일이 끝나면 좋겠지만 만약 새로 나는 포장이 찬찬하게 밭기집어내면 큰 탈이야. 위에 입문이 되고 조관들이 다 알게 될 테니 내가 인두겁을 쓰고서야 다시 조정에 나설 수가 있나. 지금 불과 칠팔일만 지나면 동궁 관례에 찬˚ 노릇하고 직품이 숭품으로 돋쳐서 귀 뒤에 도리옥˚을 붙이게 될 텐데, 도리옥 맛을 못 보고 만다. 될 말인가. 포청에 두지 말고 빨리 전옥으로 넘기도록 주선이라도 해야지. 남포장부터 보기가 부끄러워서 안 나오는 발명을 억지로 했더니 다시 생각하니 숫제 까놓고 이야기하고 이런 의논이라도 해볼 걸 잘못했나 보다. 아니야, 갈린 포장과 의논해서 소용 있나. 혹 무슨 도리가 있을까. 장의동壯義洞이나 가보겠다.'

원계검이 혼자 속을 지글지글 끓이던 끝에 장의동 이량을 찾아갈 생각이 났으나, 그러나 이량과 의논하거나 또는 이량에게 청촉하려고 마음을 먹지는 못한 것이 이량의 사랑에는 항상 손이 많아서 조용치 않고 설혹 조용하더라도 얼굴에 개가죽을 뒤어쓰기 전에 개구開口하여 말하기가 어려운 까닭이었다.

원계검이 이량의 집에 왔을 때 마침 주인은 궐내에서 일찍 나왔고 매일같이 댁대령˚하는 손들은 아직 모이지 아니하여 사랑이 의외로 조용하였다.

"대감, 지금 마을에서 나오시오? 마을에 무슨 일이 있소?"

이량이 묻는 말에 원계검은 고개를 가로 흔들며

"아니오."

하고 대답하였다.

"그럼 웬일이시오?"

"이렇게 조용한 때 좀 와서 보이려고 일찍 왔소."

"내가 일찍 퇴궐하기를 잘했구먼."

"오늘 좌우변 포장이 다 새로 났나요?"

"네, 났소."

"좌변이 누구요?"

"김순고金舜皐요."

김순고는 원계검과 세혐*이 있는 사람이다. 원계검의 아버지가 무슨 별성으로 김순고의 조부 어디 부사를 장파*시킨 일이 있어서 서로 세혐을 보았다. 김순고의 좌포장은 원수를 외나무다리에서 만난 셈이라 원계검이 속으로 왼새끼를 꼬지* 않을 수 없었다. 원계검의 기색이 좋지 못한 것을 이량이 보고

"대감, 무슨 근심이 생기셨소?"

하고 물었다.

"내가 벼슬을 버리고 어느 시골로든지 낙향하게 될까 보오."

"그게 웬 말씀이오. 급류용퇴急流勇退할 생각이 났단 말씀이오?"

"아니오. 그런 생각이 난 게 아니라 그럴 사정이 있소."

"그럴 사정이 무어요?"

"집안 사람들도 모르게 숨겨둔 문호의 수치 되

● 찬(贊) 관례의 절차를 주관하는 빈(賓)의 보좌를 맡아보던 사람. 빈의 자제 가운데 주인의 친척이 되는 사람을 뽑았다.
● 도리옥 조선시대에 정일품과 종일품 벼슬아치의 관모에 붙이던 옥관자.
● 댁대령(宅待令) 대갓집에 불려다니며 심부름 따위를 해주는 사람이 한 집에 늘 대령해 있다시피 붙어 있는 것을 이르는 말.
● 세혐(世嫌) 두 집안 사이에 대대로 내려오는 원한과 미움.
● 장파(狀罷) 원이 죄를 지었을 때, 그 도의 감사가 임금에게 장계를 올려 원을 파면시키던 일.
● 왼새끼를 꼬다 일이 꼬여 어떻게 될지 몰라 애를 태우다.

는 일이 한 가지 있는데 말씀하잔즉 낯이 뜨뜻하오."

원계검이 이렇게 말한 끝에 출가 전 작은딸이 하룻밤새 없어져서 죽었다고 헛장사를 지낸 일을 이야기한 다음에, 남치근이 말하던 사연을 옮기어 말하고 나서

"이 일을 아는 사람이 집안에서 우리 내외뿐이고 외인으로는 지금 남포장이 기연가미연가하게 알 뿐인데 새로 난 좌포장은 내 집과 세혐 있는 사람이니 알기만 하면 온 세상 사람이 다 알도록 떠들어놓지 않겠소? 그러면 내가 갓철대를 이마에 붙이고 남의 앞에 나설 수가 있소?"

하고 눈물까지 머금으며 말하였다. 이량이 원계검의 말을 들은 뒤

"김순고가 손을 대지 못하게 하면 염려가 없겠구려. 그만 일이 무에 어렵겠소? 내가 맡을 테니 염려 마시오."

하고 말하여 원계검은 염려가 적이 놓이었다.

새로 제수된 좌변포도대장 김순고가 처음 시무하기 시작하던 날, 꺽정이 계집과 졸개들의 구초받아 적은 것을 뒤적뒤적 보다가 종사관 한 사람을 불러서

"원가 성 가진 기집년은 서울 여염 사람의 딸이라구만 했지, 그 아비 이름두 없구 그 본집 동명두 없구 꺽정이의 기집 된 경로두 분명치 않으니 문초를 어떻게 받은 셈인가?"

하고 나무라는 구기로 말을 물으니 그 종사관은 자기가 잘못이나 한 것같이 황송하여 하며

"그 기집이 하두 몹시 깐깐해서 그나마두 받는 데 힘이 여간

키이지 않았소이다."

하고 대답하였다.

"깐깐하다구 문초를 건정 했단 말인가?"

"그런 건 아닙지요만 그 기집이 사람이 잔약해서 뺨 한번 맞구두 까물치니 어떻게 매질을 할 수가 있어얍지요."

"그 기집과 같이 잡혀온 것들이 있는데 그것들이라두 조겨서 물어볼 게지."

"재상가의 딸을 꺽정이가 업어내왔다구 꺽정이의 부하 한 놈이 말하옵는 것을 전 대장 영감께서 미친놈 미친 소리 한다구 윽박지르시구 더 캐어묻지 않으셨소이다. 이번 꺽정이의 기집들을 잡게 된 데는 그놈이 내통한 힘이 많습지요만, 그놈이 사람이 실성한 놈 같구 말이 사구일생이외다."

● 패초령(牌招令)
임금이 승지를 시켜 신하를 부르던 명령.

"원씨의 재상가라면 지금 원계검 원판서밖에 더 있나?"

"그놈이 모교다리 원판서라구까지 말하옵디다."

"도무지 새 판으루 내가 한번 문초를 받아봐야겠네."

"지금 곧 거조를 차리라구 하오리까?"

"오늘은 내가 몇군데 인사 다닐 데가 있어서 일찍 나가야겠으니 내일 하세."

"소인은 처소루 물러나가오리까?"

"그러게."

김순고가 종사관을 내보낸 뒤 얼마 아니 있다가 집으로 나가려고 히는 처에 패초령*이 내려서 집으로 나가지 못하고 궐내로 들어왔다. 위에서 김순고를 편전으로 불러들여서 꺽정이의 계집들과 도당들을 곧 전옥으로 보내서 가두게 하라고 분부를 내리었다. 김순고는 원계검의 딸이란 계집이 아닌가 긴가 밝혀볼 마음이 골똘하여

"초사에 불분명한 점이 간혹 있사오니 신이 일차 추문하온 후 하옥하오면 어떠하올지?"

하고 품하였다.

"꺽정이의 처와 도당인 것은 분명하지?"

"그는 분명한 줄로 아뢰오."

"그러면 초사를 더 상세히 받을 것이 없으니 그대로 즉시 전옥으로 보내라."

"지당합시외다."

김순고가 어명을 받고 궐내에서 물러나오는 길로 다시 포청에 와서 꺽정이의 계집 셋과 졸개 셋을 다 전옥으로 압송시키었다.

노밤이가 치도곤을 맞을 때 상목 한 동 어음쪽을 나중에 사령을 준다고 일시 발림수로 거짓말하고 이튿날 사령 두엇이 간 앞에 와서 어음쪽을 내라고 말할 때, 옷고름을 뜯고 넣어둔 것이 숭교방을 갔다오는 동안에 길에 빠졌는지 없어졌다고 거짓말 뒷갈망으로 또 거짓말하여 사령들이 터무니없는 거짓부리로 사람을 놀렸다고 노밤이를 곧 잡아먹을 것같이 별렀었다. 집장사령이 어느 때 간 앞을 지나가다가 도끼눈을 뜨고 들여다보며

"이놈아, 요다음엔 대매에 심줄이 끊어질 테니 그리 알아라!"
하고 벼르는데

"여보, 한번 벼르지 말구 열 번 치라는데 사람을 공연히 왜 그렇게 벼루우? 상목 한 동은 내가 나가는 날루 곧 여러분께 내줄 테니 염려 마우."
하고 노밤이는 이죽이죽 말하였다.

"이놈아, 나가긴 어딜 나가! 궁귀서다리*루 나가?"

"나를 상급은 안 주드래두 백방이야 안 할라구."

"백방! 이놈아, 쉬어라."

"두구 보우."

"두구 봐야 모가지 뎅겅이다."

"내가 죽으면 시원할 게 뭐요? 상목 몇필만 떠나가지."

● 궁귀서다리 군기시 다리.
● 사자밥을 등에 짊어지고 다니다 사람은 언제 어디서 어떻게 죽을지 모른다는 말.

"상목 소린 다시 입 밖에 내지 마라. 듣기두 싫다."

"지금은 저래두 상목 줄 때는 싫단 말 않구 여게 노첨지 고마웨 하구 받을 테지."

"뒷덜미에 사자밥을 짊어진* 놈이 잘두 너덜댄다."

"실없는 말은 고만두구 내가 언제쯤이나 놓여나가겠다구 말들 합디까?"

"너희 연놈을 허루히 다스린다구 간관들이 먹어대서 남대장께서 벼슬이 떨어지셨다. 새 대장이 누가 오시든지 너희는 여기서 초죽음하구 궁귀서다리ㅑ 당고개에 가서 영죽음한다. 내 말이 헛

말인가 두구 봐라."

사령이 삶의 웃음을 웃어가며 말하는 것을 듣고 노밤이는 마음이 좀 떨떠름하여졌다.

강도의 초범으로 죽일 죄상이 없는 자는 이마에 강도라고 자자하여 먼 변지로 귀양을 보내고, 또 강도의 처자는 소재관所在官에 관비, 관노를 박는 것이 법전의 정한 형벌이니, 법전대로 시행하면 꺽정이의 졸개 두 사람과 계집 세 사람도 다 죽지 않으려든 하물며 노밤이의 공로 있음이랴. 꺽정이의 있는 처소와 계집들과 와주를 고해 바친 공로가 아무리 줄잡더라도 전에 지은 죄는 넉넉히 대속할 만하므로 노밤이는 죽을 리 만무할 줄 믿고 있었다. 남치근 대에 새로 나는 포도대장이 남치근보다 더 혹독한 사람이라도 억지로 죽을고에 몰아넣을 리는 없겠지만, 문초는 다시 받기가 첩경 쉬운데 문초를 다시 받는다면 땅벼락같이 벼르는 집장사령의 손에 치도곤을 되게 맞을 염려가 없지 아니하여 반죽 좋은 노밤이도 치도곤은 무서워서 손톱 여물을 썰게˙되었다.

새 포도대장이 등청한 뒤에 문초는 다시 받지 않고 불각시不刻時 전옥으로 넘기더니 전옥에서 스물닷근 칼을 씌우고 차꼬까지 채우는 것이 분명히 사죄수死罪囚로 다루는 모양이라, 노밤이는 어이가 없어서 한동안 입에서 말이 나오지 아니하였다. 노밤이가 갇혀 앉아서 곰곰 생각하여 보니 상급은 주지 않더라도 포청에서 백방해야 옳을 것을 백방하지 않고, 넘기면 형조로나 넘겨야 옳을 것을 형조로도 넘기지 않고 전옥에 갖다 가두어도 유만부동이

지 머리에 스물닷근 칼이 당하며 다리에 차꼬가 당한가. 그러나
옳지 않은 것을 따질 데도 없고 당치 않은 것을 물을 데도 없으
니, 인제는 살지 않으면 죽을 판인데 죽는 것이 얼뜨고 사는 것이
장사다. 하늘이 무너져도 솟아날 구멍이 있지, 설마 아주 죽으랴.
살아 나갈 꾀를 이것저것 생각하는 중에 마침 쇄장이 하나가 창
살 앞으로 지나갔다. 쇄장이를 불러서 말을 좀 해볼 생각으로 노
밤이가 여보 여보 소리치니 쇄장이는 한번 흘끗 옆눈질만 하고
그대로 가버리었다.

   노밤이가 홀제 엉엉 울기 시작하였다. 울음소리가 야단스러울
때 쇄장이가 창살 앞에 와서 들여다보며

   "이놈아, 시끄럽다!"

하고 소리를 질렀다. 쇄장이를 부르느라고 우는
울음이라 노밤이는 울음을 뚝 그치고

   "내가 원통해서 죽겠소."

하고 우는 소리로 말하는데, 쇄장이가 무엇이 바쁜지 대꾸도 안
하고 또 그대로 가버리려고 하였다.

   "여보시우, 참봉 나리를 좀 뵙게 해주시우."

   "참봉 나리는 왜?"

   "말씀 여쭐 일이 있소."

   "말씀 여쭐 일이 있거든 됐다가 지밌 올릴 때 실컷 여쭤라."

   "내가 역적 고변을 할라구 그러우."

   "역적 고변을 할라면 진작 포청에서 할 것이지 왜 여기 와서

• 손톱 여물을 썰다
앞니로 손톱을 씹는다는 뜻으로,
곤란한 일을 당하여
혼자서만 애를 태우는 모양을
이르는 말.

수선이냐!"

"포청에선 고변 안 하구두 놓여나갈 줄만 알았드니 인제 할 수 없어서 고변하구 목숨이나 살아 나갈 생각이오."

"내가 말씀을 여쭤줄 테니 시끄럽게 굴지 말구 가만있거라."

비록 죄수라도 고변한다는 것은 막는 법이 없다. 노밤이가 고변한다고 말한 지 사흘 만에 의금부에서 노밤이를 데려가게 되었다. 여느 사람이 고변을 하여도 죄인같이 몽두˚를 씌우거든 전옥에 갇힌 사죄수야 더 말할 것이 있으랴. 몽두만 씌울 뿐 아니라 항쇄족쇄까지 다 하였다. 금부 나졸들이 노밤이를 끌고 와서 몽두를 벗기고 항쇄족쇄를 풀고 상투 잡아 끌어다가 당직청˚ 댓돌 아래 꿇려놓은 뒤 번 든 도사가 대청 위에서 내려다보며

"네가 역적 고변한다구 한 놈이냐?"

하고 호령으로 말을 물으니 노밤이는 가장 황송한 체하면서

"네, 그렇소이다."

하고 대답하였다.

"역적모의하는 놈의 성명이 무엇이냐?"

"임꺽정이올시다."

"임꺽정? 임꺽정이란 도둑놈이 아니냐?"

"그놈이 여느 도둑놈이 아니구 역적질하려는 도둑놈이올시다."

"역적질을 어떻게 하려구 하느냐?"

"그놈이 군사를 끌구 서울을 쳐들어올라구 합니다."

"그 기일이 언제냐?"

"기일이란 날짜 말씀입지요? 날짜는 아직 작정이 없습니다."

"서울 안에 내응˚이 많으냐?"

"녜, 많습니다. 남소문안패가 모두 내응하기루 됐습니다."

"남소문안패란 무엇이냐?"

"서울 안 도둑놈패의 엄지가락이올시다. 그 패의 괴수가 남소문 안에서 사는 까닭에 남소문안패라구 이릅니다."

"그 괴수가 누구냐?"

"괴수 한백량이가 얼마 전에 죽구 그 아들 한온이가 괴수 노릇을 합니다."

이때 마침 나장이 하나가 도사에게 와서

"지사知事 대감께서 잠깐 들어오시라구 여쭈십니다."

하고 말하여 도사가 노밤이에게 말 묻는 것을 중단하게 되었다.

판의금˚이 유고하여 들어오지 아니한 까닭에 마을 일을 지의금˚이 총찰하였다. 지의금이 당직청에서 들어온 도사를 보고

"고변한다는 놈이 성이 노가라지?"

하고 물은 뒤

"포청에서 문초받은 문안文案이 통이 여기 와 있으니 한번 내려보게."

● 몽두(蒙頭) 조선시대에 죄인을 잡아올 때 죄인의 얼굴을 싸서 가리던 물건.
● 당직청(當直廳) 조선시대에 의금부에 속하여 소송 사무를 맡아보던 관아.
● 내응(內應) 내부에서 몰래 적과 통함. 또는 적의 내부에서 몰래 아군과 통함.
● 판의금(判義禁) 판의금부사. 조선시대에 둔, 의금부의 으뜸 벼슬.
● 지의금(知義禁) 지의금부사. 조선시대에 의금부에 속한 정이품 벼슬.

하고 앞에 놓인 문안을 도사에게 내주었다. 도사가 여러 초사 중에 노밤이의 것만 자세자세 내려다보고 다시 당직청으로 물러나와서 마당 한구석에 죽쳐 앉힌 노밤이를 끌어내다가 앞에 꿇리게 하였다.

"껵정이가 흉악한 대적인 것은 다시 더 말할 것 없고 한온이가 껵정이의 와주인 것도 포청에서 받은 초사에 다 드러났는데 새삼스럽게 무슨 고변이냐? 고변한다구 떠든 의사를 바루 아뢰어라."

"소인이 껵정이하구 가까이 지내는 동안에 그놈이 도둑질은 여차구 역적질하려구 골독한 것을 알구서 그놈을 나라에 잡아 바치구 소인의 몸에 붙은 도적의 때를 씻으려구 맘을 먹었소이다. 그래서 일견 껵정이가 있는 처소를 포청에 고해 바쳤드니 포도부장과 포교들이 변변치 않아서 독 안에 든 쥐를 놓쳤소이다. 껵정이만 잡혔드면 소인이 상급을 타면 타지 전옥에 갇히게 되겠습니까. 소인이 변변치 않은 포도부장과 포교들의 언걸을 입은 셈이올시다. 소인이 어떻게든지 그예 껵정이를 잡아서 나라에 바치구 그 공로루 죄명두 벗구 도적 때두 씻구 태평성대의 양민으루 맘 놓구 살아보구 싶어서 새삼스러운 줄까지 알면서 고변한다구 했소이다."

"껵정이를 네가 어떻게 잡아 바칠 테냐, 껵정이가 어디루 도망한 것을 너는 아느냐?"

"껵정이 도망해 간 데는 청석골 아니면 광복산이겠지요만, 청석골이든지 광복산이든지 쫓아가서 힘으루 잡자면 일이 너무 거창하니까 꾀루 잡아야 합니다."

"꺽정이 잡을 꾀가 있거든 말해봐라."

"지금 소인의 생각에는 제일 좋은 꾀가 꺽정이의 어미를 먼저 잡는 것이올시다. 그놈의 어미는 적굴이 싫다구 혼자 따루 사는 까닭에 잡기가 쉽습니다. 그 어미를 잡아다가 전옥 같은 데 가두어두면 꺽정이가 천하무도한 놈이지만, 제 어미에겐 효성이 무던하니까 파옥하러 올 것이구 파옥할 힘이 없으면 자수라두 할 것입니다."

"꺽정이의 어미는 어디서 사느냐?"

"역시 청석골 산속이지만 적굴에서 상거가 거의 오리가량이나 됩니다. 소인이 포도군사 서넛만 데리구 가면 동소문 안 꺽정이의 기집을 잡아오듯 든손 잡아올 수가 있습니다."

• 동의금(同義禁)
동지의금부사. 조선시대에 의금부에 속한 종이품 벼슬.

도사가 노밤이의 말을 듣고 한참 생각하다가 나장이 하나를 불러서 노밤이를 아직 금부 장방에 가두어두게 하고 노밤이가 말한 사연을 곧 지의금과 동의금˙에게 고하였다. 꺽정이를 잡으면 조정의 큰 근심거리 하나를 덜게 되므로 지의금과 동의금이 다 노밤이의 말을 기특하게 여겨서 조금도 의심 않고 그대로 준신하여 꺽정이의 어미부터 잡아올리도록 위에 품하자고 상의를 할 때, 도사 한 사람이 앞으로 나와서

"꺽정이란 놈의 어미 아비가 있단 말은 들은 일이 없슈니다.

그 어미가 과연 살아 있나 그것부터 알아보시는 것이 좋을 듯합니다."
하고 말하여 지의금 한 분과 동의금 두 분이 다 함께 고개를 크게 끄덕이었다.

"그걸 어떻게 알아볼까?"

지의금 묻는 말에

"꺽정이 속내를 잘 아는 사람이 나장이, 나졸 중에두 더러 있을 줄 압니다."

하고 그 도사가 대답하였다. 꺽정이의 어미 아비가 없는 줄을 아는 나장이와 나졸이 대여섯이나 되는데, 그중에 나장이 하나가 그 아비는 죽은 지 얼마 안 되고 그 어미는 죽은 지 오래된 것까지 자세히 알았었다. 노밤이의 말이 허무맹랑한 거짓말이라면 거짓말한 까닭이 무엇인가 일차 국문하자고 지의금이 동의금들과 의논한 뒤, 곧 나졸들을 호령하여 형구를 벌이고 노밤이를 잡아들이게 하였다.

나졸들이 노밤이를 호두각˙ 대청 섬돌 아래 잡아 엎치고

"죄인 잡아들였소."

하고 소리친 뒤에 지의금이 노밤이의 성명과 연령과 꺽정이와 관계된 것을 몇마디 묻고 나서

"꺽정이의 어미가 어디 있느냐?"

하고 내려 물으니

"청석골 근처에 있소이다."

하고 노밤이는 대답을 올리었다.

"죽은 년의 무덤이 청석골에 있느냐?"

"아니올시다. 꺽정이의 죽은 어미의 무덤은 양주에 있숩구 청석골 있는 것은 산 어미올시다."

"꺽정이의 어미 아비는 다 죽었는데 웬 산 어미가 또 있단 말이냐! 이놈, 네가 얼마나 죽구 싶어서 거짓말을 하느냐!"

"꺽정이의 어미가 있거나 없거나 소인에게 꼬물두 이해 상관이 없숩는데 공연히 없는 걸 있다구 거짓말씀을 여쭐 리가 있소리까."

"꺽정이의 산 어미가 정녕 있느냐?"

"녜, 있소이다."

"그럼 산 어미는 무슨 어미구 죽은 어미는 무슨 어미냐?"

● 호두각(虎頭閣)
조선시대에 의금부에서 죄인을 심문하던 곳.

"죽은 어미는 낳은 어미옵구 산 어미는 양어미올시다."

"꺽정이가 양자 간 일이 없는데 웬 양어미가 있단 말이냐? 그게 거짓말이 아니구 무엇이냐?"

"꺽정이의 가문 내력을 소인이 아뢰리다. 이 장자 곤자 이찬성 대감 부인의 고모 되는 꺽정이의 할미가 자식 형제를 두었숩는데, 큰자식은 함흥서 대대루 해먹던 고리백정질을 해먹구 작은자식은 이찬성 부인을 바라구 서울을 올라왔다가 양주 쇠백정의 데릴사위가 되어서 양주서 푸주를 했소이다. 쇠백정의 딸년이 꺽정이 산남매를 낳았숩는데, 꺽정이의 손위 누이는 이찬성 부인의 사촌 올케가 되었다가 서방이 일찍 죽어서 청춘과부로 친정살이를 하게 된 것이 지우금* 꺽정이와 같이 지내옵구 꺽정이의 동생은 연전에 양주 옥중에서 그 아비와 함께 죽었소이다. 꺽정이의 아비가 살았을 때 그 형이 딸자식 하나두 두지 못하구 죽어서 그 형수를 함흥서 데려오구 꺽정이를 형의 몫으루 형수에게 바친 까닭에 꺽정이의 큰어미가 곧 양어미올시다. 꺽정이 낳은 어미는 벌써 죽은 지가 오래지요만 양어미는 아직두 얼마를 더 살는지 피둥피둥하외다."

"지금 네 말에 일호 거짓말이 없지? 달리 알아봐서 만일 거짓말이 섞였으면 장하에 물고를 내두 원망을 못하렷다!"

"원망을 못하다뿐이겠습니까. 다만 한 가지 미리 아뢰올 말씀이 있습는데 들어주실는지요?"

"무슨 말이니?"

"소인의 말과 틀리는 말을 하는 사람이 있습거든 그 사람을 소인과 면질面質을 시켜주셨으면 좋겠소이다. 그건 다름이 아니오라 이목 넓은 포청에두 꺽정이의 일을 잘 아는 사람이 없어서 꺽정이의 기집이 서울 안에 셋씩이나 있는 것을 소인의 말을 듣구 비로소 알구 웬 기집이 그렇게 많으냐구 모두 놀라옵디다. 포청뿐 아니올시다. 당장 꺽정이 수하에 있는 도둑놈들두 두령이나 꺽정이에게 신임받는 두목들 외에는 꺽정이의 일신상 일을 소인만큼 아는 놈두 별로 없소이다. 잘 알지 못하구 소인의 말을 거짓말이라구 하오면 소인이 억울하온 까닭에 미리 이런 말씀을 아뢰옵는 게올시다. 제일 좋기는 소인이 나졸이나 포교들과 같이 가서 잡아오는 기집을 닦달해봅셔서 꺽정이의 어미가 아니거든 소인을 어떻게든지 치죄합시오."

노밤이의 대답이 처음부터 조금도 구김이 없어서 누가 듣든지 거짓말 같지 않고 참말 같았다. 노밤이를 장방에 도로 갖다 가두어두라고 분부하여 나졸들이 밖으로 끌고 나간 뒤에 지의금이 동의금과 도사들을 돌아보며

"그놈의 말이 아주 허무맹랑한 거짓말 같진 않지?"
하고 물으니

"그놈의 대답하는 것이 별루 어색한 데가 없어 보입디다."

"꺽정이의 아비가 이찬성 후취 부인과 척의戚誼 있단 말은 나두 전에 들은 법합니다." ● 지우금(至于今) 예로부터 오늘에 이르기까지.

동의금들이 이렇게 대답할 뿐 아니라 먼저 꺽정이의 어미 있단 말을 의심하던 도사까지

"그놈이 생김생김은 흉물스러우나 하는 말은 바이 거짓말 같진 않습니다."
하고 의심이 적이 풀린 모양으로 말하였다.

이튿날 판의금이 금부에 들어와서 지의금과 동의금들에게 노밤이의 일을 자세 다 듣고 어떻게 조처할까 상의들 하였다. 노밤이가 꺽정이의 부하로 꺽정이를 배반하고 조정에 귀순하려고 하는 것은 포청에서 여러가지 밀고한 것만 보더라도 알 수 있는 일이고, 노밤이가 꺽정이의 모를 잡아온다는 것은 그다지 미덥지

못하나 중로에서 도타할 것 외에 다른 염려는 없는 일이라 허허실실로 한번 보내보자고 의논이 일치하여 판의금이 이 뜻으로 위에 품한 뒤 나장이 둘과 나졸 다섯을 노밤이와 안동하여 꺽정이의 모를 잡으러 보내는데, 노밤이는 몸에 오라를 지우고 그러고도 또 일동일정을 임의로 하지 못하게 하여 도타를 방비하라고 나장이와 나졸들을 각별히 신칙하였다. 노밤이가 전옥을 벗어나고 금부를 벗어나서 마음은 날 것 같으나, 두 팔이 오라에 묶여 팔짓을 할 수 없어서 걸음은 잘 걸리지 아니하였다. 잘 걸리지 않는 걸음을 짐짓 더 굼뜨게 떼어놓아서 나졸들이 조급증이 나도록 걸음이 느리었다.

"이놈아, 걸음 좀 빨리 걸어라."

"네놈하구 같이 가자면 여드레 팔십리 가기가 바쁘겠다."

"굼벵이 천장하느냐,˙ 이 년석아!"

나졸들의 입에서 이런 말이 나올 때 노밤이는 걸음을 아주 멈추고 서서

"여보, 걸음을 빨리 걷자면 활갯짓을 해야 하지 않소? 두 활개를 잔뜩 묶어놓고 어떻게 빨리 걸으란 말이오? 활갯짓 좀 하게 두 팔을 내놔주시우."

하고 말하였다.

나졸들이 노밤이를 앞에서 잡아끌고 뒤에서 떠다밀고 하다가 성이 가시든지 나중에 나장이들에게 말하고 노밤이의 두 팔을 놀리게 해주어서 그 뒤부터는 노밤이가 팔짓을 하며 걸음을 거든거

뜬 걸었다. 첫날은 서울서 늦게 떠나서 고양 와서 숙소하는데, 밤에 잘 때 오라를 풀어주지 않고 도리어 내놓은 팔까지 마저 넣어서 묶으려고 하여 노밤이가 나장이들을 보고 밤잠이나 편히 자게 해달라고 비두발괄하였다. 나장이들이 처음에는 떼떼하더니˙ 나중에 어찌 생각하고 큰 혜택이나 베푸는 것처럼 허락하여 노밤이는 오라를 벗고 나졸들 틈에 끼여 자게 되었다. 노밤이가 우스개 할 계제만 있으면 어릿광대짓도 하고 시중들 일만 있으면 하인 노릇도 하여 나장이와 나졸들의 비위를 맞추었다. 그 다음날은 파주 와서 중화하고 장단 와서 숙소하는데, 숙소에 들며 곧 노밤이의 오라를 벗겨주었으나 혼자 밖에는 나가지 못하게 하고 심지어 뒷간에를 가는 데도 나졸 한둘이 따라가서 지키었다. 끝날은 송도 와서 중화하고 청석골로 나오는데, 골 어귀 동네 앞에 왔을 때 앞서오던 나장이 하나가 뒤를 돌아보며 여기서 잠깐 쉬어 가자고 말한 뒤 길가에 나섰는 동네 늙은이를 보고 여러가지 말을 물어봤다.

● 굼벵이 천장(遷葬)하듯
굼벵이는 느리므로 무덤을 옮기자면 오래 걸린다는 뜻으로, 어리석은 사람이 일을 지체하며 좀처럼 성사시키지 못함을 비유적으로 이르는 말.
● 떼떼하다
뜨악하게 여기고 불평스럽게 투덜거리다.

"이 산속에 대적의 소굴이 있다지요?"

"네, 있지요."

"그런데 여기서들 어떻게 사시우?"

"있는 사람이 도적이 겁이 나지 우리 같은 없는 사람이야 무슨 상관 있소?"

"도적의 괴수 이름이 꺽정이라지요?"

"네, 그렇답디다."

"꺽정이가 요새 적굴에 있답디까?"

"그건 우리 몰라요."

"꺽정이의 어미는 어디 가지 않구 있겠지요?"

"꺽정이의 누님은 있답디다만 어머니 있단 말은 듣지 못했소."

노밤이가 쫓아와서

"꺽정이의 양어미가 따루 사는 걸 모르우?"

하고 곧 시비나 하려는 것같이 덤비어서

"그런 자세한 속내야 우리가 알 수 있소?"

하고 늙은이가 긴말을 아니하니

"속내를 자세히 모르거든 국으루 가만히나 있지 않구."

하고 노밤이는 혀를 낄낄 찼다.

"네야말루 국으루 가만있거라."

나장이 노밤이를 꾸짖은 뒤 다시 늙은이더러 이말저말 더 물어보았으나 늙은이는 모두 모르쇠로 방패막이하였다.

탑고개를 넘어온 뒤 얼마 아니 오다가 산길을 잡아들었다. 노밤이가 나졸 서넛과 함께 앞장을 서서 길을 인도하는데, 노밤이도 청석골 산속길이 초행이나 산속에서 드나드는 길목에는 말뚝이 박혀 있단 말을 졸개들에게 들어서 잘 아는 까닭에 말뚝만 눈여겨보며 익숙히 다녀본 길같이 서슴지 않고 들어왔다.

이때 청석골서는 대장과 대장의 버금가는 유력한 두령들이 밖에 나가고 없어서 소굴이 허소하므로, 만일을 염려하여 사산 파수꾼 외에 따로 순산군巡山軍 사오십명을 뽑아두고 순산을 멀리 시키는 중이라 서산 밖 셋째 등성이 위에 수상한 인물들이 올라서는 것을 순산군이 멀리서 바라보고 쏜살같이 들어와서 두령들에게 보하였다. 도중 일을 맡아보는 배돌석이와 사산 파수를 총찰하는 길막봉이가 급히 졸개 십여명에게 무기를 나눠주어서 데리고 서산으로 나가려고 하는데 곽오주가 쇠도리깨를 끌고 쫓아와서 배돌석이를 보고

"내가 막봉이하구 같이 나가리다. 오래간만에 도리깨질 좀 해봅시다."

하고 말하여 배돌석이는 뒤로 물러섰다. 서림이가 이것을 보고 배돌석이 옆에 가서

● 허소(虛疎)하다 얼마쯤 비어서 허술하거나 허전하다.

"죽이면 어디서 온 무엇인지를 알 길이 없으니 죽이지 말구 사로잡아 오라시우."

하고 소곤거려서 배돌석이가 군령으로 죽이지 말고 사로잡으라고 이르니 길막봉이는 네 대답하고 곽오주는 입을 비쭉하였다. 곽오주와 길막봉이가 졸개들을 거느리고 서산을 넘을 때 해는 먼저 앞서 넘어갔다. 산골이라 해가 넘어가며 바로 어둡기 시작하여 맞은편 등성이에서 내려오는 사람이 수효는 칠팔명밖에 더 안 되는 줄 알았으나, 복색은 군복인지 평복인지 분별할 수 없었다. 길막봉이가 곽오주더러 오는 놈들이 바짝 가까이 오도록 숨어 있다가 별안간 내닫자고 말하여 바위 뒤와 덤불 속에 은신들까지 하였으나 포교 복색 같은 것이 눈에 보이게 되자마자, 곽오주가

쇠도리깨를 높이 치켜들고 뛰어나가며

"너놈들이 웬 놈들이냐!"

하고 소리를 벼락같이 질렀다. 더 가까이 오도록 기다려도 좋을 것을 곽오주가 지레 뛰어나가니 길막봉이도 마저 큰 소리를 지르며 쫓아나가고 졸개들도 아우성을 치며 쫓아나갔다. 여러 놈들은 다 도망가고 오라진 놈 하나가 남아 있다가 쇠도리깨 들고 달려드는 곽오주를 보고

"곽두령 아니시우?"

하고 알은체하였다.

"네가 누구냐? 나는 너를 모르겠다."

"내가 노밤이요."

"노밤이? 성명은 귀에 익다."

"서울 있는 노밤이를 모르시겠소?"

"옳지, 네가 영평 도덕여울 있던 애꾸냐? 어디 눈 좀 보자. 참말 보름보기구나. 네가 노밤이면 서울 있지 여기를 왜 왔느냐? 그러구 같이 온 놈들은 웬 놈들인데 도망질을 치느냐!"

길막봉이가 와서 곽오주 옆에 섰다가

"뉘게 잡혀왔느냐, 어째 묶였느냐?"

하고 덧붙이어 물었다.

"서울서 야단이 났소. 대장께서 장통방 소홍이 집에 가서 노시다가 포교들에게 하마터면 붙잡힐 걸 요행으루 빠져 도망하셨소. 서울 오실 때 데리구 오신 졸개 두 놈하구 나하구 셋이 먼저 잡히

구 서울 있던 부인네 셋이 나중 잡혀서 다같이 전옥에 가서 갇히었는데, 내가 가만히 생각해보니 죽는 것두 까닭이 있지 그렇게 얼뜨게 죽을 수가 없습디다. 그래서 대장 어머님이 청석골 산속에서 혼자 따루 사시니 잡다가 바치마구 멀쩡한 거짓말루 속이구 이 꼴을 하구 여기를 왔소. 같이 온 놈들이 금부 나장이, 나졸들이오. 자세한 이야기를 하자면 책 한 권두 만들 만하니까 창졸간에 다 말할 수 없소."

곽오주가 옆에 와 둘러서서 노밤이의 이야기를 듣는 졸개들더러

"빨리 가서 홰들을 가지구 오너라."

하고 호령하여 졸개들이 홰를 가지고 온 뒤에 홰들을 잡히고 도망한 나장이, 나졸들을 두루 찾아보았으나, 원체 너무 오래 지체되어서 하나도 잡지 못하고 다 놓치었다.

장통방 사건에 앉아 벼락맞은 사람이 박씨와 원씨와 김씨와 한온인데, 한온이는 잡히지는 아니하였으나 삼대 내려오는 지정이 하룻밤 사이에 흔들리었다. 포교들이 처음 한온이를 잡으러 나가던 날 밤에 한온이가 작은첩의 집에 가서 자는 것을 큰집 건넌방 사랑에서 자다가 붙들려나온 서사가 능통하게 주인 상주는 구산하러 나갔다고 거짓말하고 포교들의 신발차를 후히 주어 보냈었다. 이튿날 저녁때 포교 한 패가 다시 나와서 한온이의 형과 아내를 잡아가고 또 그 뒤에 포교 두엇이 따로 나와서 서사 쓰는 사람

을 차지하고 들어앉았다. 한온이가 아비 궤연에도 오지 못하고 첩의 집에도 있지 못하고 이리저리 숨어다니며 뒤로 포청 일을 알아보니 노밤이와 박씨, 원씨, 김씨 세 여편네가 불지 않아도 좋은 말을 다 불어서 꺽정이의 와주로 몰리었는데, 이름이 위에까지 입문되어서 자하˚로 빼놓지도 못하게 되고 일이 인왕산만큼 벌어져서 포청에서 우물쭈물하지도 못하게 된 것이었다. 한온이는 강도 와주란 죄명을 벗으려고 재물을 아끼지 않고 뇌물을 쓰며 길 닿는 대로 여러 군데 청질을 하였으나, 자기의 죄명은 벗지 못하고 겨우 형과 아내만 포청에서 놓여 나왔다. 꺽정이의 와주는 비록 초범이라도 다른 강도 와주의 삼범과 같이 처교處絞되기가 쉬운데, 유력한 사람들이 뒤에서 힘을 써서 가장 경하게 처벌되면 강와˚라고 자자를 받고 귀양가게 될 것이 거의 의심이 없었다. 서사가 한온이 숨어 있는 처소에 와서 여러가지 일을 상의하는 중에

"전가사변˚이면 어렵지만 그런 염려가 없거든 귀양을 한번 갔다오실 작정하구 자현˚해보시오."
하고 권하니 한온이는 골을 내며

"그래 나더러 이마에 자자를 받구 귀양가란 말인가? 나중에 귀양이 풀린다니 그 이마를 가지구 어디를 나서겠나. 차라리 죽는 신세가 낫지."
하고 푸푸하였다.

"아무리 생각해봐두 청석골루 가는 게 제일 상책이야. 온 집안

식구 다 끌구 청석골루 갈라구 작정했네. 가벼운 세간이라든지 귀한 물건은 슬금슬금 손모아서 먼저 실려보내구 그다음에 식구들을 죄다 쓸어보내구 그러구 내가 갈 테니 자네는 뒤에 처져서 방매*할 것 방매하구 추심할 것 추심해가지구 나중 오게. 액내 사람 중에 따라오구 싶어하는 사람은 다 데리구 와두 좋겠지."

"선대 적부터 내려오는 지정을 일조에 내버리기 아깝지 않소?"

"아까운들 어떡하나?"

"청석골을 가실라면 혼자나 가보시우."

"나 없으면 집안일이구 도중 일이구 다 엉망될 것은 정한 일인데."

"이번 바람이 얼마나 오래 갈라구. 바람 자거든 도루 오시지."

"도루 와두 좋거든 그때 와서 다시 수습하면 고만 아닌가."

"서울 살림을 아주 파산하면 다시 와서 차리기가 어디 쉽소?"

"이번 일이 귀정날 때 적몰은 안 당하지 못할 텐데 아까운 천량을 왜 속공하게 둔단 말인가?"

"이사두 큰일이지만 빈소를 어떻게 하실라우?"

"포교들 몰래 관을 뫼셔낼 수 없을까?"

"관은 빈소방 뒷문으루 가만히 뫼셔낼 수 있겠지만 양례 절차야 어떻게 몰래 차릴 수 있소?"

● 자하(自下)
자하거행. 윗사람의 승낙이나 결재를 받지 아니하고 스스로 해나감.
● 강와(强窩) 몹쓸 큰 도적.
● 전가사변(全家徙邊)
전 가족을 변방에 강제로 이주시킴.
● 자현(自現)
예전에, 자기 스스로 범죄 사실을 관가에 고백하던 일.
● 방매(放賣)하다
물건을 내놓고 팔다.

"이런 때 절차가 왜 있겠나? 우리 어머니 산소에 합폄만 해드려두 무던하지."

"그럼 곧 장택을 내서 양례를 잡숫두룩 합시다."

"장택을 내다가 만일 합당한 날이 가까이 없다면 어떻게 하나. 불복일이 좋겠네."

"더구나 그럴 바엔 오늘 밤에라두 관을 뫼셔내다가 다른 데 뫼셔놓구 속히 양례 잡술 준비를 차립시다."

"그렇게 하세."

한온이와 서사가 이런 의논을 하던 다음날, 한첨지의 상행은 마주잡이로 수구문 밖을 나갔다. 한온이가 초초하게나마 그 아비의 장사를 지내고 난 뒤 큰집 사랑 세간만 아직 가만두고 대소가 여러 집 세간의 알짬을 뽑아내서 짐들을 만들려는데, 사랑에 와서 있는 포교들은 서사가 붙들고 앉아서 술로 곯아떨어뜨리는 까닭에 한온이가 마음놓고 큰집 안에까지 왔다. 세간은 워낙 많고 짐은 몰래 싸자니 자연 날짜가 걸렸다. 짐 싸기 시작한 지 사흘 되던 날, 한온이가 다저녁때까지 짐 싸는 것을 보살피다가 작은첩의 집에서 저녁밥을 먹고 숨어 있는 처소로 자러 가려고 나오는데 문간을 나서자마자 어떤 사람이 손목을 꽉 붙들었다.

한온이는 붙드는 사람의 복색이 포교 아닌 것을 번히 눈으로 보면서도 포교인 줄만 여겨 소스라쳐 놀라다가

"왜 이렇게 놀라나?"

웃는 말소리를 듣고 다시 보니 황천왕동이였다.

"자넨가?"

"어디 가나?"

"나하구 같이 가세."

"어디를?"

"어디든지."

한온이가 황천왕동이를 끌고 잘 처소로 같이 왔다.

"자네 저녁을 어떻게 했나?"

"안 먹었네."

"여기 나 먹을 밥이 있을 테니 자네 먹게."

"자네는 어떡허구?"

"나는 집에서 먹구 왔네."

한온이가 방 밖에 와 섰는 주인더러 저녁상을 내오라고 일렀다.

"이 집 주인이 어떤 사람인가?"

"내 집안 사람이야."

"여기서 아무 이야기나 다 해두 괜찮겠나?"

"내 집 사랑이나 별루 다름없으니 그렇게 알구 이야기하게."

저녁상이 나와서 황천왕동이가 밥을 먹으며 장통방에서 도망하던 날 밤에 풍파 겪은 것을 대강 이야기하고 끝으로 그 뒤에 서울을 두번째 온다고 말하였다.

"먼젓번 와서는 어째 나를 안 찾아보구 갔나?"

"요전 왔을 때 서사 방에 있는 젊은 사람을 자네 집 골목 밖에서 만났는데 그 사람이 자네 소조당한 것을 대강 이야기하구 자네는 어디루 피신했는지 집안 사람두 모른다구 하데. 이야기나 더 좀 자세히 듣구 가려구 서사를 만나볼라구 했드니 서사는 포교들 술대접하는 중이라지. 그래서 남성밑골, 동소문 안 빈집들만 한바퀴 돌아보구 그대루 내려갔네."

"저런 놈 보게. 나중에라두 내게 말을 해야지. 나는 통이 몰랐네."

"정신없는 중에 잊은 게지."

황천왕동이가 밥을 다 먹고 상을 물린 뒤에

"대체 이번 일이 어디서 꿰져 났는지 자네는 알았나?"

하고 물었다.

"노밤이하구 졸개 두 놈하구 술집에 가서 술들을 처먹구 술값을 못 내서 붙들렸는데 술집 여편네의 친정 조카가 좌포청 포교드라네. 그 포교가 수상한 인물들루 간파하구 세 놈을 모짝 포청으루 잡아가지구 가서 내려조졌는가 부데. 김씨는 졸개 한 놈의 입에서 튀어나오구 원씨는 김씨가 끌구 들어가구 박씨는 노밤이가 불어넣은 모양인데, 나는 노밤이놈이 와주라구 불 뿐 아니라 여편네 셋이 살림을 차려줬다, 시량을 대어줬다, 갖은 소리를 다 불어서 입이 백이구 천이래두 와주 아니라구 발명할 도리가 없이 됐네."

"우리가 소흥이 집에 있는 건 노밤이놈이 불었다든가?"

"그건 알아보지 못했지만 노밤이나 졸개들 입에서 나왔겠지."

"포청 일이 어떻게 될 모양인가?"

"포청 일은 다 끝났네."

"어떻게 끝이 났어?"

"장통방에서 봉패한 것이 포장들의 잘못이라구 사간원에서 들구 일어나서 좌우변이 다 갈렸네. 좌변 남치근은 책임을 지을 만두 하지만 우변 이몽린은 공연히 휩쓸려들어가서 늙은이가 가엾게 됐지."

"포청에 갇힌 사람들이 어떻게 될 모양이냐 말이야."

"김순고란 사람이 새루 좌변대장으루 제수되어서 첫번 등청하던 날 바루 사내 셋, 여편네 셋을 전옥으루 넘겨버렸네. 여섯이 다 살아나올 가망은 없는 모양인데. 그중에 노밤이는 일전에 금부에서 넘겨갔단 말을 들었는데 그 속은 알아보지 않아서 모르겠네."

"자네 백씨하구 부인이 포청에 잡혀갔단 말을 요전에 듣구 갔는데 어떻게 되었나?"

"그동안에 놓여나왔네."

"자네 일은 무사타첩이 될 모양인가?"

"무사타첩이 다 무언가? 나는 포교 손에 들리는 날이 신세를 조지는 날일세."

"그럼 언제까지든지 이렇게 서울 안에서 피해 다닐 텐가?"

"식구를 끌구 청석골루 얻어먹으루 갈 텔세."

"오게. 자네 도중 사람을 다 끌구라두 오게."

"집을 오늘까지 사흘째 뮜었는데 내일 하루는 더 걸릴 모양일세."

"실없는 말이 아니구 참말 청석골루 올 텐가?"

"실없는 말이 무언가. 내가 지금 실없는 말을 할 경황이 있는 사람인가."

"크나큰 살림을 졸지에 어떻게 거둬치우나?"

"되지 못한 세간이 많아서 성가시어 못 견디겠네."

"포교들이 사랑을 지키구 있다니 짐두 드러내놓구 묶지 못하겠지?"

"우리 서모 집 한 채를 통이 치워놓구 물건을 날라다가 짐을 묶이네."

"짐이 갈 때 중로에서 혹시 작경하는˙ 사람이 있거든 청석골루 가는 짐이라구 말하구 군호를 산山하거든 천川하구 초艸하거든 목木하구 대답하라구 영거해가지구 가는 사람들에게 이르게. 그러구 짐은 띄엄띄엄 보내는 게 좋을 겔세."

황천왕동이는 한온이와 이런 이야기를 하다가 그 집에서 같이 자고 이튿날 바로 광복산으로 회정하였다.

황천왕동이가 서울을 먼젓번 갔다와서 두 졸개와 세 여편네가 포청에 잡히고 한온이의 집이 난가되었단 소식을 전하고, 두번째 갔다와서 두 졸개와 세 여편네는 전옥에 가서 갇히고 노밤이는 전옥에서 금부로 넘어가고 한온이는 청석골로 철가도주하여 온다는 소식을 전하였다. 꺽정이는 세 여편네가 불쌍하여 뇌물을 써서 빼내올 도리가 있으면 재물은 아끼지 않고 들이려고 마음을 먹고 있었는데, 법을 법대로 켜면 관비나 박히게 될 것을 엄청나게 교紋에 처하게 되리라고 하니 더구나 모른 체하고 가만둘 수가 없었다. 뇌물과 청질로는 빼내올 가망이 없은즉 전옥을 깨치고 꺼내오는 수밖에 없는데, 전옥은 시골 옥과 달라서 깨칠 엄두가 잘 나지 아니하였다. 꺽정이가 황천왕동이의 전하는 소식을 들으며부터 입을 일자지도록 꽉 다물고 말을 하지 아니하여 그 앞에서 감히 먼저 말을 걸 사람도 없었다. 때마침 점심이 되어서 신불출이가 졸개 계집의 말을 받아가지고

"안에서 진지 여쭙십니다."

하고 말하다가 대답이 없어서 두 번 말하지 못하였다. 안에서는 점심상을 벌여놓고 기다리다 못하여 애기 어머니가 백손이더러

• 작경(作梗)하다 못된 행실을 부리다.

"너 나가서 너의 아버지 진지 좀 여쭤봐라."

하고 이르니

"난 싫소."

백손이는 도리머리를 흔들었다. 애기 어머니가 이날 아침밥을 설치어서 시장하다고 점심을 재촉까지 한 까닭에 애기가 어머니의 시장한 것을 생각하고 또 외삼촌의 귀염을 믿어서

"내가 뒷문 밖에 가서 여쭤보지요."

자청하고 나갔다. 애기가 꺽정이 있는 바깥방 뒷문께 와서 나직이 기침소리를 낸 뒤에

"아저씨, 점심 진지 안 잡수세요? 어머니가 시장하시대요."

하고 말하며 속으로

'오냐, 들어간다. 저년 제가 배가 고파서 어머니를 팔지.'
외삼촌은 이런 대답을 하려니 예기하였는데 의외에 대답이 없어서

"녜, 아저씨?"
하고 대답을 재촉하니

"웬 수선이냐!"
하고 꺽정이가 소리를 꽥 질렀다. 외삼촌이 저에게 소리지르는 것은 거의 없다시피 드문 일이라 애기가 처음에는 놀라고 나중에는 부끄러워서 고개를 푹 숙이고 풀기없이 걸어들어왔다. 백손 어머니가 이것을 보고 졸개 계집들을 시키지도 않고 자기 손으로 상을 들어다가 애기 어머니 앞에 놓으며

"형님, 우리나 먼저 먹어치웁시다. 살찐 놈 따라 부어 죽겠소.'"
하고 말하였다. 백손 어머니가 애기 어머니와 시누이올케 겸상하여 밥을 먹는 중에 밑도끝도없이 송악산 대왕당 그네터 이야기를 꺼내었다. 대왕당 그네를 뛴 보람으로 서울 세 계집이 떨어지게 되거니 생각하는 백손 어머니의 속을 애기 어머니는 꿰뚫고 들여다보듯이 아는 까닭으로

"그따위 이야기는 다시 입 밖에 내지 말게."
하고 나무랐다.

꺽정이가 반나절 동안 혼자 앉았다 누웠다 하다가 승석때가 거의 다 되었을 때

"밖에 아무두 없느냐?"

하고 소리를 쳐서 신불출이가 네 하고 쫓아들어가니

"황두령 어디 가셨느냐. 빨리 오시라구 해라."

하고 말을 일렀다. 황천왕동이가 이봉학이와 같이 밖에 나가서 거닐다가 신불출이에게 불려서 들어왔다.

"너 지금 청석골 좀 가거라. 가서 한온이 집 식구가 내려오거든 치워놓은 초막들에 전접시키라구 하구 배돌석이, 길막봉이, 서림이 세 사람을 새달 초사흗날 장수원으루 오라구 해라. 너는 곧 되짚어서 이리 오너라."

"오늘은 벌써 해가 다 져가니 내일 식전 일찍 떠나가면 어떨까요?"

"오늘 가라거든 두말 말구 곧 가거라."

황천왕동이가 하릴없이 네 대답하고 나와서 불불이 행장을 차려가지고 청석골로 떠나갔다.

● 살찐 놈 따라 붓는다
살찐 사람처럼 되느라 붓는다는 뜻으로, 실속없이 남이 하는 짓을 무리하게 모방함을 이르는 말.

꺽정이가 이봉학이, 배돌석이, 길막봉이 세 사람을 데리고 밤에 오간수 구멍으로 성안에 들어가서 전옥을 깨치고 세 여편네와 두 졸개를 꺼내오려고 결심하고 구월 초사흗날 장수원에 모여서 거사하려고 계획을 세웠다. 모일 처소를 장수원으로 정한 것은 전번 도망하여 나온 길을 뒤쪽 들어갈 생각이요, 모일 날짜를 구월 초사흗날로 정한 것은 황천왕동이 청석골 내왕에 사흘 넉넉, 광복산서 장수원을 가는 데 나흘 넉넉 낭패 없도록 넉넉히 잡은 셈이었다. 꺽정이가 황천왕동이를 떠나보낸 뒤 이봉학이를 보고

전옥 깨칠 계획을 말하니 이봉학이가 한참 생각하여 보다가
 "어려운걸요."
하고 고개를 가로 흔들었다.
 "다들 어렵다구 할 줄 아네. 그렇지만 일을 해보면 어렵지 않을 겔세. 생각할 때 아주 못 될 것 같은 일두 하면 되거든. 그렇기에 무슨 일이든지 하는 게 장사라니."
 "십만장안 한복판에 있는 전옥을 단 넷이 가서 어떻게 파옥합니까? 아무래두 안 될 일 같습니다."
 "그럼 몇이 가야 되겠나? 한 사십명 가면 될 것 같은가?"
 "글쎄요. 제 생각에는 삼사십명 사람 가지구두 안 될 것 같은걸요."
 "그러기에 숫제 우리 넷이만 가잔 말이야. 일이 여의하면 다시 더 말할 것 없구 혹시 여의치 못하드래두 피신할 때 가로거치는 것이 없어 좋을 것일세."
 "우리 넷만이라두 마치 잘 피신하게 되는지 모르겠습니다."
 "겁이 나서 못 가겠나?"
 "아닙니다. 아무리 사지死地라두 형님이 같이 가자시는데 싫단 말을 하겠습니까. 그렇단 말씀이지."
 "그럼 염려 말구 나만 믿구 따라올 작정하게."
 "서종사는 어째 오라셨습니까?"
 "파옥하는 데 혹 좋은 꾀가 있나 물어보려구 오라구 했네."
 "아무리 꾀가 많기로서니 워낙 되기 어려운 일을 되두룩 만들

수야 있겠습니까."

"우리가 미처 생각 못한 것을 뚱겨만 주드래두 도움이 될 수 있지 않은가."

"그거야 그렇지요."

이봉학이는 꺽정이의 계획을 섶 지고 불로 기어드는 것과 같은 무모한 일로 알지마는 언제든지 한번 당할 일을 미리 당할 뿐이거니 생각하여 마음이 태연하였다. 그러나 사랑하는 첩 계향이와 같이 앉아서 어린 아들의 재롱을 볼 때는 한숨이 부지중 절로 나왔다.

황천왕동이가 떠나간 지 사흘 만에 되돌아와서 보고 들은 청석골 대소사를 꺽정이에게 이야기하는데, 가던 전날 노밤이 까닭으로 한바탕 난리 꾸민 이야기를 들은 대로 다 옮기고 나서

"노밤이는 형님께서 오셔서 조처하실 때까지 함부루 나다니지 못하두룩 감금해두라구 이르구 왔습니다."

하고 말하니

"잘했다."

하고 꺽정이는 고개를 끄덕끄덕하였다.

황천왕동이 돌아오던 이튿날 꺽정이가 이봉학이와 같이 장수원길을 떠나는데, 황천왕동이는 안식구들을 보호하고 있으라고 광복산에 머물러 두고 신불출이와 곽능통이는 무기와 길양식을 지워가지고 데리고 떠났다. 광복산서 장수원까지 삼백이십여리 길에 첫날 백리, 이틀에 이백리를 접어버리고 나머지 일백이십여

리를 이틀에 별러 온 까닭에, 광복산을 떠난 지 나흘 되던 날 점심때 장수원 원집에 와서 청석골서 오는 일행을 반나절 동안 기다리었다. 배돌석이, 길막봉이, 서림이 세 사람이 다저녁때 겨우 대어와서 저녁 전에는 이야기할 사이도 별로 없었다. 저녁들을 먹은 뒤에 꺽정이가 신불출이와 곽능통이더러 방문 밖에 나가 서서 원 주인도 가까이 오지 못하도록 금하라 하고, 청석골서 온 세 사람에게 계획을 이야기하여 들리니 길막봉이는 당장 전옥 문을 때려부술 것같이 주먹을 부르쥐며 좋다고 말하고 배돌석이는 팔맷돌을 많이 가지고 나오지 아니하여 내일 준비해야 하겠다고 말하고 서림이는 아무 말도 안 하고 눈만 까막까막하였다.

"서종사는 좋은 꾀나 생각해서 말 좀 하우."

"글쎄올시다. 좋은 계책이 있을는지 생각해봐야겠습니다."

서림이가 한동안 천장도 치어다보고 자리도 내려다보고 하다가 헛기침을 한두 번 한 후 꺽정이를 바라보고

"지금 제 생각엔 상중하 세 가지 계책이 있습니다."

하고 말하여

"세 가지가 뭐뭐요?"

하고 꺽정이가 물었다.

"창졸간에 생각한 계책이라 세 가지가 다 신통치 않습니다. 맘에 드시지 않드래두 꾸중은 마십시오."

서림이가 먼저 발뺌부터 하고 나서 비로소 계책을 말하기 시작하였다.

"전옥에 갇힌 사람들이 불쌍하지 않은 건 아니지만 대장께서 그 사람들을 위해서 위험을 무릅쓰구 파옥하려구 하시는 건 너무 과한 일이 아닙니까? 그러니 파옥할 계획을 파의하시는 것이 상책일 것 같습니다."

이봉학이가 서림이의 상책을 듣고 연해 고개를 끄덕이니, 꺽정이는 흰자 많은 눈으로 이봉학이를 흘겨본 뒤 서림이더러

"내가 한번 맘에 작정한 일이니까 그따위 상책은 아무짝에 소용이 없소."

하고 불쾌스럽게 말하였다.

"그러면 중책을 말씀하겠습니다."

"소위 상책이란 게 소용이 없으니 중책, 하책은 들을 것두 없소. 고만두우."

"중책은 파옥할 준비를 말씀하려는 것이올시다."

"무슨 준비요?"

"전옥은 조그만 골 토옥土屋과 달라서 파옥하자면 큰일인데 준비없이 되겠습니까?"

"글쎄 무슨 준비란 말이오?"

"가령 내일 밤 오경에 파옥하러 가신다구 잡구 말씀하면 내일 저녁 성문 닫히기 전에 사람을 서너너덧씩 작패해서 뿔뿔이 문안에 들여보내서 빈집이나 으슥한 곳에 은신들 하구 있다가 밤이 사경쯤 되거든 전옥 전후좌우 십여 간 내외 되는 곳과 위아래 대궐 좌우 옆과 종묘 앞과 육조 뒤와 좌우포청, 한성부, 내수사內需

司, 장흥고 근처에 있는 조그만 초가집들을 골라 들어가서 불씨를 뺏어가지구 그 집과 그 이웃집에 불들을 놓게 합니다. 아닌 밤중에 화재가 여러 군데 나서 서울 안이 발끈 뒤집히거든 그 틈을 타서 파옥하시는 것이 중책은 될 줄루 생각합니다."

"그러자면 사람이 얼마나 들겠소?"

"사람이 많으면 많을수록 좋지요만 적어두 사오십명은 있어야지요."

"하책이란 건 또 무어요? 마저 들어봅시다."

"하책은 사람 한 십여명 데리구 가서 파옥해보시는 게올시다. 다른 사람들 안 데리구 단 네 분이 가셔서는 일이 애초에 성사될 가망이 없습니다."

"어째서?"

"파옥하는 데는 다른 사람이 더 간다구 별루 더 나을 것이 없겠지요만, 옥중에 갇힌 다섯 사람이 다들 제발루 걷지 못하기가 쉬운데 네 분이 어떻게 다섯 사람을 주체하실랍니까. 게다가 만일 군관과 군사들이 앞뒤루 대어들게 되면 네 분은 앞을 짓치구 뒤를 막느라구 다섯 사람을 돌보실 새가 없을 테니 네 분 외에 열 사람쯤이나 더 가야 번갈아 업구라두 오지 않습니까."

"청석골서 한 오십명 불러 올려다가 불 놓는 계책을 써봐두 좋겠지만 그러자면 날짜가 너무 늘어지는걸."

꺽정이 말끝에 이봉학이가

"일만 여의하게 된다면 날짜야 좀 늘어진들 어떻습니까?"

하고 말하니

"저런 사람 봐. 청석골 내왕하는 동안이 하루이틀인가. 그동안 우리는 여기서 내처 묵잔 말두 안 되구, 갔다가 다시 오잔 말두 안 되구 어떻게 하잔 말이야."

꺽정이가 핀잔을 주었다. 서림이가 꺽정이를 보고

"가까운 데 사람을 불러 써보시지요."

"가까운 데 어디?"

하고 꺽정이가 물었다.

"혜음령 정상갑이, 최판돌이에게 기별해보시면 어떨까요?"

"혜음령패가 사람이 몇이나 되리라구."

"그래두 모두 주워 모으면 오십명이야 되겠습지요."

"정가, 최가가 저의 일이 아닌데 그렇게 알뜰히 다 모아가지구 올까?"

"상갑이, 판돌이하구 친한 길두령이 가서 서울 안에 불 놓구 전옥 파옥한단 말은 말구 그저 사람이 많이 드는 큰일이 있으니 사람을 모을 수 있는 대루 많이 모아가지구 가자구 하면 뒤의 노느몫을 바라구 저희 자식놈들까지라두 다 데리구 옵니다."

"노느몫을 바라구 왔다가 노느몫이 없는 줄 알면 낙망이 되어서 일들을 잘할라구."

"일이 성사되면 상급을 후히 주마구 낙망들 안 되두룩 어루만지시지요."

"어디 그렇게 해봅시다."

꺽정이가 서림이의 말을 좇아서 길막봉이 시켜 혜음령패를 불러오기로 작정하였다. 꺽정이는 길막봉이를 곧 밤길로 떠나보내고 싶었으나 이날 밤에 가을비가 제법 소리를 치고 와서 떠나보내지 못하고 그대로 하룻밤을 같이들 지내었다.

이튿날 식전 길막봉이를 떠나보낼 때 꺽정이가 처음에 당일 도다녀오라고 이르다가 사람을 모으는 동안이 있어서 당일 오기 어려우리라는 서림이의 말을 듣고 하루 말미를 주어서 닷샛날 저녁 전에는 틀림없이 대어오게 하라고 고쳐 일렀다.

혜음령패가 오면 오는 날 저녁과 가는 날 아침 두 끼는 먹어야 할 터인데, 장수원 온 동네 예닐곱 집에 양식 주고 밥을 시킬 수는 있겠지만 양식까지 대라기는 어려워서 양식 변통할 공론이 났다. 어디 가서 부잣집 하나를 떨어다가 양식거리 외에 다른 부비까지 쓰자고 서림이가 발론하여 이봉학이와 배돌석이가 모두 좋다고 찬동할 때 꺽정이는 다른 생각을 먹고

"우리 오늘 홍천사에나 가보까?"

하고 말하였다.

"절을 떨게요?"

서림이 묻는 말에 꺽정이가 아니라는 대답으로 고개를 외쳤다.

"혹시 오늘들 올는지두 모르니 양식을 시급히 변통해놔야 하지 않습니까?"

"그래서 홍천사에를 가볼 생각이 났소."

"홍천사에 가서 양식을 꾸어오실랍니까?"

"글쎄, 어디 가봅시다."

꺽정이가 한첨지 일칠일재에 갔을 때 홍천사 주장중이 속이 택택하단˙ 말을 들은 까닭에 그 주장중을 가서 보고 떼를 쓰려고 생각한 것이었다.

절에 놀러가는 셈을 잡고 가자고 꺽정이가 세 두령, 두 시위를 다 데리고 홍천사에 와서 주장중을 찾아보았다. 주장중은 꺽정이와 이봉학이를 한첨지 재에 보시 많이 쓰던 시주로 대접하여 정결한 방을 치워서 들어들 앉게 하고 특별한 찬을 장만해서 점심들을 먹게 하였다. 점심이 끝난 뒤에 꺽정이가 주장중을 보고

"내가 대사보구 할 말이 있네."

하고 말시초를 내었다.

"무슨 말씀입니까?"

● 택택하다 속이 가득차서 눌러도 우그러들지 않을 정도로 탄탄하다.

"내가 객중에 급히 쓸 일이 있으니 상목 댓 필만 취해주게."

"있으면 취해드리겠습니다만, 없어서 못 취해드립니다. 미안합니다."

"댓 필을 못 취해주겠다? 그러면 열 필만 내게."

"다섯 필두 없는데 열 필이 어디서 납니까? 소승을 놀리시느라구 실없는 말씀을 하십니다그려."

"네가 나를 누군지 모르지? 나는 청석골 임꺽정이다. 상목 열 필을 당장에 내놓지 않으면 네 모가지를 돌려앉힐 뿐 아니라 네 절 기둥뿌리를 빼놓을 테다!"

주장중이 얼굴빛이 노래져가지고 한동안 아무 소리 못하고 앉

앉았다가 다 죽어가는 사람의 목소리로

"나가서 주선해보겠습니다."

하고 말하며 바로 일어서려고 하는 것을 꺽정이가 눈을 부라리며

"내 말두 안 들어보구 어딜 나가려구 하느냐!"

하고 꾸짖어서 도로 주저앉히었다.

"네가 밖에 나가서 어디루 도망할 생각이냐, 뒤루 포청에 밀고 할 생각이냐?"

"아닙니다. 아닙니다."

"그러면 여기 앉아서 상좌를 불러다가 말해라."

"상좌를 누가 불러옵니까?"

"내 사람을 시켜두 좋다."

주장중이 신불출이에게 상좌의 이름을 일러주어서 신불출이가 그 상좌를 불러온 뒤에 주장중은 주머니 끝에 찬 열쇠를 끌러서 상좌를 주며

"문안 시주가 불공드려 달라구 맡긴 상목이 궤 속에 있다. 아마 네댓 필 될 게니 다 꺼내오너라."

하고 이르는데 꺽정이가 신불출이에게

"너 상좌하구 같이 가서 상목을 들구 오너라. 그러구 대사 말 대루 궤 속에 있는 상목은 있는 대루 다 가져오너라."

하고 분부하였다. 신불출이를 보낼 것이 없다고 주장중이 밀막는 것을 꺽정이는 들은 척 안 하고

"어서 가거라."

하고 재촉하여 상좌의 뒤를 딸려보냈다. 주장중이 네댓 필 되겠다던 상목이 가져온 뒤 보니 거의 삼 곱절 열두 필이나 되었다.

"열 필을 가져가기루 했으니 두 필은 내놓구 열 필은 다섯 필씩 묶어서 너하구 능통이하구 둘이 걸머지구 가자."

하고 꺽정이가 신불출이에게 말을 일렀다. 신불출이와 곽능통이가 상목을 걸머지기 좋도록 묶은 뒤에 세 두령더러 두 시위를 데리고 먼저 가라고 하고, 꺽정이는 뒤에 떨어져서 주장중을 붙들고 앉아 있다가 먼저 간 사람들이 멀리 갔을 만한 때 비로소 주장중을 보고 가노라고 인사하고 홍천사에서 나와서 장수원으로 돌아왔다.

홍천사 주장중은 탐심 많고 인색하여 남이 주는 건 받지 않는 일이 없고 남이 달라는 건 주어 본 적이 없는 사람인데, 상목 열 필을 꺽정이에게 뺏기고 아까워서 가슴이 쓰리고 분해서 치가 떨리었다. 꺽정이가 가는 곳을 알아서 포청에 고발하려고 꺽정이가 절에서 나간 뒤에 영리한 불목하니˙ 하나를 쫓아보내서 뒤를 밟게 하였다.

• 불목하니 절에서 밥을 짓고 물을 긷는 일을 맡아서 하는 사람.

홍천사 대중大衆이 몰려오든지 또는 좌우포청이 쏟아져 오든지 꺽정이는 조금도 겁날 것이 없었으나, 소소한 일로 앞의 큰일에 방해를 끼치지 아니하려고 조심조심하여 장수원으로 가는 뒤를 밟지 못하도록 일행 여러 사람을 먼저 보냈을 뿐 아니라 자기가 올 때도 곧장 오지 않고 동소문 밖 삼선평길로 멀리 돌아왔다. 주장중이 보낸 불목하니가 한동안 허덕지덕 꺽정이 뒤를 밟아오다가 중간에서 떨어져서 다리를 쉬어가지고 천천히 절로 돌아가서 그 사람이 동소문 안에 들어간 뒤 어디로 새었는지 아무리 찾아보아도 눈에 보이지 않더라고 주장중에게 말하여, 주장중은 즉시 상좌를 포청에 들여보내서 꺽정이가 도당을 많이 거느리고 절에 나와서 상목 십여 필을 뺏어가지고 동소문 안으로 들어왔다고 고발하게 하였다. 좌포장으로 우포장을 일시 겸대兼帶하고 있던 김순고가 좌포청에서 홍천사 중의 고발을 받고 우포청 포교들까지 함께 내놓아서 꺽정이의 종적을 염탐시키었다. 좌우포청 포교들이 성안, 성밖으로 가을 중 쏘대듯˚ 하였다.

길막봉이가 바눌티 정상갑이 집에 와 앉아서 상갑이의 짝패 최판돌이까지 청해다 놓고 장수원에 대장과 두령 몇사람이 모여서 무슨 일을 경영하는데 의외로 사람이 많이 들게 되어서 가까운 데로 청병하러 왔으니 사람을 많이 모아가지고 장수원으로 가자고 말한즉, 최판돌이는 그저 들을 만하고 있고 정상갑이는 일을 알려고 여러가지로 캐어물었다. 구변 없는 길막봉이가 한참 끙끙거리다가 일은 가보면 알 테니 미리 묻지 말라고 막잘라서 정상갑이가 더 묻지는 못하나 진기˚가 나지 않는 모양이었다.

"어떻게 할 텐가?"

길막봉이 다그쳐 묻는 말에 정상갑이는

"글쎄요."

하고 대답한 뒤

"자네, 어떡허면 좋겠나?"

하고 최판돌이를 돌아보았다.

"우리 사람을 청석골 대장이 쓰실 데 있다구 오라시는데 안 갈 수 있나."

"부르러 오신 길두령 낯을 뵙드래두 안 간달 수는 없지만 변변치 못한 놈들을 몰아가지구 가서 일을 잘못해서 낭패를 시켜드리면 우리가 되려 미안스럽지 않은가."

"일은 잘못하드래두 몫이나 많이 노놔줍시사구 말씀하세그려."

"그런 뻔뻔스러운 소리는 자네나 하게. 좌우간 가긴 가야 할 테니 내일 아침밥들 일찍 먹구 이리 모이라구 밤에 돌아다니며 일러두세."

정상갑이는 길막봉이 대접한다고 가지 않고 최판돌이만 혼자 돌아다니며 일러서 이튿날 아침에 바늘티로 모아들인 사람이 겨우 한 삼십명 되었다. 사람수가 적어서 길막봉이는 마음에 좀 시원치 못하나 최판돌이 말이 올 만한 사람은 거의 다 왔다고 하는 것을 더 모아오라고 말할 수 없어서 그대로 데리고 오는데, 삼십여명이 성군작당하여 한데 몰려오는 것은 불길하므로 셋씩 넷씩 따로 떨어져 오게 하였다. 길막봉이가 정상갑이, 최판돌이와 같이 맨앞에 오는 중에 홍제원 조금 못미처서 정상갑이와 최판돌이의 잘 아는 젊은 사람 하나를 만났다. 정상갑이가 먼저

"자네 오래간만일세, 인제 벌이터에 나가나?"

- 가을 중 쏘대듯
수확이 많은 가을철에 조금이라도 더 시주를 얻기 위하여 중이 바쁘게 돌아다닌다는 뜻으로, 여기저기 분주히 돌아다님을 비유적으로 이르는 말.
- 진기(振氣)
기운을 떨쳐냄.

젊은 사람이 미처 대답도 하기 전에 최판돌이가 연달아서
"요새 벌이 좋은가?"
하고 물었다. 젊은 사람의 벌이터는 녹번이고개요, 벌이는 단신 행인의 보따리와 주머니를 발리는 것이었다.
"그동안에 두 분이 다 저승 행차하신 줄 알았드니 사자가 아직 두 뫼시러 오지 않았구려."
젊은 사람 농담 인사에 정상갑이가 웃으면서
"이놈아, 악담 마라!"
하고 꾸짖었다.
"두 분 다 연만하신 터에 혜음령같이 되우 가파른 고개를 하루 몇번씩 오르내리시자면 숨이 가쁘실 테지요. 내 벌잇자리를 바꿔드리까요?"
"오, 네가 혜음령이 욕심이 나서 우리가 죽기를 바라는 모양이다만 틀렸다. 너는 그저 녹번이서 산골이나 파먹어라."
"대체 어디들 가시는 길이오?"
"서울 간다."
"궁귀서다리에서 망나니가 오시라구 부릅디까?"
"이놈아, 그따위 주둥이 놀리면 입술에 주먹덩이 같은 정이 부릍는다."
젊은 사람이 방수 꺼리는 말 하는 것을 길막봉이는 불쾌하게 생각하여 정상갑이더러 실없는 소리 고만하고 어서 가자고 재촉하였다. 젊은 사람이 정상갑이의 소매를 붙잡고

"참말루 서울 가시우?"

하고 다진 뒤에

"문안에 들어가기 어려운 건 고사하구 이 앞의 모래재두 넘어가기가 쉽지 않소. 실없는 말씀 아니오."

하고 말하여

"어째서?"

정상갑이가 까닭을 물었다.

"오늘 식전에 내가 볼일이 있어서 문안에를 들어가는데 서대문 턱에서 포교들이 기찰을 하두 어마어마하게 하기에 나는 문안에 무슨 큰일이 난 줄 알았드니, 포청 속내 잘 아는 친구를 만나서 물어본즉 다른 별일은 없구 청석골 대장 임꺽정이가 서울 안에 와 파묻혀 있단 소문이 있다나. 그래서 어제 저녁때부터 좌우 포청 포교들이 임꺽정이 종적을 알려구 나와서 발동을 한답디다. 그러나 종적을 알면 무엇하겠소? 임꺽정이같이 귀신 찜쪄먹을 친구가 그렇게 어리무던하게 포교 손에 잡히겠소? 요 전자에 장통방에 와 있는 것을 철통같이 에워싸구두 잡지 못하구 놓친 주제들이 또 인제 잡으러 가서 칼 맞구 화살 맞구 놓치구 와서 매 맞구 곤장 맞구 그렇구 그렇지 별수 있겠소. 그런 건 딴 이야기구 포교들이 개 싸대듯 하는 판에 잘못 걸리면 경이니까 맥없이 돌아다닐 까닭 있습디까. 부리나케 볼일 보구 바루 나오는데 나올 때 기찰은 들어갈 때버덤 더 심합디다. 묻는 말에 고분고분 대답해두 으르딱딱거리구 쥐어박구 치구 차구 갖은 짓을 다 합디다.

나올 때는 모래재에두 포교들이 나와 앉아서 쌀자루 걸머진 촌뜨기까지 열나절씩 세워놓구 기름을 내리구 보냅디다. 두 분이 다 아시다시피 내가 못생긴 겁쟁이는 아니건만 오늘 문안에 한번 갔다오는 데 십년 살 건 감수했소."

젊은 사람의 수다스러운 말을 정상갑이가 다 듣고 나서 길막봉이를 돌아보며

"우리가 모르구 모래재에까지 갔든들 봉변할 뻔했구면요."
하고 말한 다음에

"어떻게 하면 좋을까요?"
하고 물었다. 정상갑이는 걱정이 세력에 눌리고 또 길막봉이 안면에 끌려서 오기 싫은 것을 억지로 참고 오는 길이라 핑곗모가 좋은 김에 중로에서 돌아갈 생각이 없지 아니하였다. 길막봉이가 정상갑이의 묻는 말에는 대답 않고 인사도 아니한 젊은 사람더러

"실없는 거짓말 아니오?"
하고 묻는데 말투 거센 품이 을러대는 것과 같았다. 젊은 사람이 정상갑이게로 가까이 가서 귓속말로 길막봉이를 누구냐고 묻는 듯 정상갑이가

"참말 자네 인사 여쭙게. 청석골 길두령이실세."
하고 길막봉이도 다 듣게 말하였다. 젊은 사람이 길막봉이 앞에 와서

"저는 여기 사는 최가올시다."
하고 절을 너푼 하는데 정상갑이가 옆에서 웃으면서

"녹번이 최까불이라면 요 가근방에선 다들 알지요."
하고 말하니 최가는
"점잖은 사람더러 까불이가 무어요?"
하고 정상갑이에게 말대꾸한 뒤에 비로소
"아까 말은 실없는 말이 아닙니다. 기찰이 참말루 여간 심하지 않습니다."
하고 길막봉이의 말에 대답하였다. 길막봉이가 어떻게 하면 좋을까 생각하느라고 눈살을 찌푸리고 있는 중에
"임대장께서 과연 서울 와 기십니까?"
하고 최가가 묻는 것을 길막봉이는 그러니 아니니 긴말하기가 싫어서 고개를 한두 번 끄덕이었다.
"문안에를 꼭 들어가실라면 길을 돌아서 창의문으루 들어가보시지요. 창의문에서두 기찰은 할는지 모르지만 서대문같이 심하진 않을 듯하구 설혹 심하드래두 모래재 한번은 비키지 않습니까."
"동행이 여럿이니까 서루 의논해서 작정하겠소."
그동안에 뒤에 오던 서너 패가 멀찍이 와서 길가에서 쉬면서 앞의 동행들을 바라보고 있었다.
"저기 앉아 있는 여러분두 같은 동행이십니까?"
"그렇소."
"아이구, 한두 분두 아니구 십여 분이 들어가시자면 무슨 특별한 방법이 있어야겠습니다"

"그렇기에 서루 의논해봐야겠소."

"그럼 저는 볼일 보러 가겠습니다. 이담에 또 뵙지요."

"그럽시다."

최가가 정상갑이와 최판돌이에게도 다시 만나자고 인사하고 녹번이길로 활개치며 간 뒤에 길막봉이가 정상갑이, 최판돌이를 보고

"모래재를 넘지 않구 돌아갈 수 있겠지?"

하고 물으니 정상갑이는 잠자코 있고 최판돌이는 선뜻

"있다뿐이에요."

하고 대답한 뒤

"여기서 연희궁 쪽으루 내려가다가 서강, 삼개 가는 길루 꺾어서 공덕리를 가서 고개 하나 넘으면 용산이구 용산서 강을 끼구 돌면 서빙고구 서빙고서 왕시미루 가면 고만 장수원 가는 길이 나서지 않습니까."

하고 서울길 잘 아는 것을 자랑하듯 이렇게 이렇게 간다고 지형을 손으로 공중에 그리기까지 하였다.

길막봉이가 혜음령패를 데리고 바눌티서 떠날 때 장수원 팔십 리 길을 해 있어 올 요량 잡았더니 서울을 꿰어뚫고 지나오지 못하고 멀리 안고 돌아서 백릿길이 넘어 되는데다가, 홍제원서 최가의 이야기 듣고 노정을 고쳐 정하고 또 일행이 모여서 인절미로 점심 요기를 하느라고 지체를 좋이 한 까닭에 해가 져서 깜깜 어둔 때 겨우 장수원을 들어왔다. 저녁 전에 와야 할 것인데 밤이

되고, 사람을 오십명가량 잡은 것인데 삼십명이 와서 꺽정이는 화가 났다. 혜음령패의 문안을 받으며 잘들 왔느냐 말 한마디를 않고 길막봉이의 발명을 듣기 싫다고 끝까지 들어주지 아니하였다. 이봉학이가 신불출이와 곽능통이를 불러서 분부하여 온 사람들에게 즉시 저녁밥을 공궤하는데, 정상갑이, 최판돌이 두 사람은 길막봉이와 같이 방에서 상 받치고 먹게 하고 기외의 삼십명은 화톳불 놓고 멍석 깐 마당에 둘러앉아서 바가지로 각기 퍼먹게 하였다. 오십명가량 먹도록 시켜놓은 밥이라 다들 허리띠를 늦춰가며 실컷 먹고도 함통이와 소래기˙에 밥이 많이 남아 나갔다. 방과 마당의 저녁밥들이 다 끝난 뒤에 정상갑이가 꺽정이를 향하고 꿇어앉아서

● 소래기
운두가 조금 높고 굽이 없는 접시 모양으로 생긴 넓은 질그릇.
● 전기(前期)하다
기한보다 앞서다.

"저희 같은 변변치 못한 것들을 무슨 일을 시키실라구 부르셨습니까?"

하고 묻는데 꺽정이는 도무지 말이 하기 싫어서 서림이를 바라보고 턱을 한번 추썩하여 대신 말하란 뜻을 보이었다.

"오늘 밤은 곤할 테니 일찍들 자구 내일 이야기를 들으시우. 일을 워낙은 오늘 밤에 할 작정이었는데 여러분이 늦두룩 아니 오는 까닭에 할 수 없이 내일 밤으루 기일을 물렀소."

서림이의 말끝에 정상갑이가 서림이를 보고

"하루 전기해서˙ 말씀하시기루 어떻습니까. 저희가 다른 데 누설할까 봐 말씀 안 하십니까?"

하고 물었다.

"그런 건 아니오."

"그러면 지금 말씀해주십시오."

"무슨 일인지 몰라서 궁금하겠지만 궁금한 것두 한 재미루 알구 더 좀 참았다가 내일 대장께 말씀을 듣줍구려."

"대장 앞에서 말씀하시면 대장께서 말씀하시나 다름없지 않습니까?"

"정히 그렇게 듣고자 하면 내가 지금 이야기하리다."

서림이가 신불출이를 불러서 방 근처에 다른 사람을 오지 못하게 하라고 이른 뒤에 정상갑이와 최판돌이를 번갈아 보면서 서울 안에 불 지르고 그 틈에 전옥 깨치려는 계획을 이야기하니 최판돌이는 눈이 휘둥그레지고 정상갑이는 머리를 절레절레 내흔들었다.

"왜 일이 잘 안 될 것 같소?"

"안 되구말구요. 여느 때두 잘 안 될 일인데 지금 포교들 눈이 빨갛다는데 될 뻔이나 한 말입니까?"

"일이 좀 어렵긴 하지만."

하고 서림이가 정상갑이의 말을 꺾으려고 다시 말을 낼 즈음에

"되구 안 되구 내가 하기루 결심한 일이야. 딴소리는 소용없어!"

호령기 있는 말이 꺽정이 입에서 떨어져나왔다. 정상갑이가 서울 안에 불 지르러 가는 것보다 꺽정이의 비위를 거스르는 것이 당

장 더 무서운 일인 줄을 생각 못하고

"딴말씀 더 할 것 없이 저희는 못하겠습니다."

하고 불쾌스럽게 말하였다. 꺽정이가 정상갑이 앞으로 버쩍 가까이 나와 앉았다.

"무어야? 한번 다시 말해봐!"

"저희는 겁이 많아서 그런 대담스러운 일을 못하겠단 말씀입니다."

정상갑이의 말이 듣기에 비꼬아 하는 말같이 들리었다. 꺽정이의 손길이 번개같이 앞으로 나가며 정상갑이 뺨에서 딱 소리가 나고 정상갑이 입에서 아이쿠 소리가 나왔다. 꺽정이가 힘껏 친 것도 아니건만 정상갑이의 한쪽 위아래 어금니가 다 빠졌다. 정상갑이가 피묻은 이를 뱉으면서

"사람을 일부러 오래서 이게 무슨 행악이람."

하고 우는 소리로 중얼거렸다.

"행악?"

하고 뇌며 꺽정이가 벌떡 일어서니

"소인이 저놈 대신 빌겠습니다. 용서합시오."

하고 최판돌이가 한편 소매에 매어달리고

"형님, 참으십시오."

하고 길막봉이가 한편 손목을 잡아당겼다. 꺽정이가 최판돌이와 길막봉이를 뿌리치며 발길로 정상갑이를 걸어찼다.

"행악? 오냐 행악한다."

하고 두서너 번 연거푸 발길질하였다. 정상갑이는 첫번에 나가동 그라진 뒤 다시 일어나지 못하고 그대로 사지를 쭉 뻗쳤다.
　최판돌이가 정상갑이를 와서 붙들고
　"여보게 이 사람, 왜 이러나? 정신 차리게."
하고 자는 사람 잠 깨우듯 몸을 흔들어야 정상갑이는 콧구멍에서 끙끙 소리가 나올 뿐이고 그나마도 차차로 가늘어졌다. 길막봉이는 와서 들여다보다가 고개를 푹 숙이고 이봉학이와 배돌석이는 바라보며 눈살들을 찌푸리는데, 서림이가 신불출이를 불러서 찬물을 떠오라고 하고 또 더운물을 얻어오라고 한 뒤 약낭에서 청심원淸心元과 옥추단玉樞丹을 꺼내주어서 더운물은 청심원을 개어 입에 흘려넣고 찬물은 옥추단을 갈아 머리에 들어붓게 하였다. 그러나 명문뼈가 무서운 발길에 걷어채어서 안의 홍근紅筋이 이미 끊어진 것을 청심원이나 옥추단으로 다시 이을 수가 있으랴. 정상갑이는 눈 뜨고 입 벌리고 마지막 숨을 지었다. 꺽정이가 정상갑이를 걷어찰 때 죽거나 말거나 불계하였지만, 급기 죽어자빠진 것을 보고는 어이가 없어서
　"응."
하고 혀를 찼다. 최판돌이가 송장을 끌어안고
　"상갑이, 상갑이!"
부르다가 별안간 벌떡 일어나 꺽정이게로 와락 달려들며
　"나까지 마저 죽여라, 이놈아. 네가 우리하구 무슨 원수냐, 이놈아, 이놈아."

하고 부르짖었다. 꺽정이가 처음에는 몸에 손만 못 대도록 밀막다가 버럭버럭 달려드는 것이 성가시어서 나중에 한번 왈칵 떠다밀었다. 최판돌이가 맞은편 벽 밑에 가서 자빠지는데 뒤통수 부닥뜨린 곳에 벽의 맥질˚한 흙이 떨어지고 외얽이˚가 드러났다. 자빠진 채 일어나지 못하는 최판돌이를 길막봉이가 와서 일으켜 앉혀보니 눈은 감기고 고개는 가누는 힘이 없어 건드렁건드렁하였다.

"이 사람마저 탈났나 보우. 서종사, 좀 와보시우."

서림이가 와서 최판돌이를 반듯이 눕혀놓고 길막봉이와 둘이서 허리띠, 대님을 끄르고 버선을 벗기고 손바닥 발바닥을 비벼주는데, 발바닥의 용천혈을 화끈화끈 달도록 억센 손으로 비벼야 좋다고 고린내나는 발은 길막봉이를 맡기었다. 한동안 지난 뒤에 최판돌이가 눈을 번쩍 뜨고 사람을 보다가 다시 슬며시 감으며 아이구 소리를 한숨 섞어 내었다.

• 명문뼈 명치뼈.
• 맥질 매흙질.
벽 거죽에 매흙을 바르는 일.
• 외얽이
나무로 만든 벽에 흙벽을 치기 위하여 가로세로 외를 얽는 일.

꺽정이가 이봉학이더러 서림이와 의논하여 뒤처리를 하라고 맡기어서 이봉학이가 서림이를 불러가지고 둘이 서로 공론하였다.

"뒤처리를 어떻게 해야 좋겠소?"

"혜음령 사람을 오늘 밤에 다 도루 보냅시다."

"나두 그 생각인데 죽은 사람은 거적에 싸서 지워 보낼 셈 잡구, 저 사람은 어떻게 보내야 좋소?"

"업혀 보내지요."

"내일 하루쯤 조리를 시켜 보내는 게 좋지 않겠소?"

"또 미친 사람같이 날뛰면 피차간 좋지 못하니까 오늘 밤에 보내는 게 상책입니다."

"한번 나가자빠진다구 고만 까물키니 그런 얼뜬 사람이 어디 있소?"

"뇌후˚가 깨졌습디다."

"몹시 깨졌습디까?"

"자세히 보든 않았어두 몹시 깨진 것 같습디다."

"묵솜˚을 얻어다가 지져나 주구려."

"보낼 때 지져주어 보내지요."

"죽은 사람 장비葬費는 주어 보내야지."

"상목 두서너 필 주어서 장비두 쓰구 의약비두 쓰라면 되겠지요."

이봉학이가 신불출이와 곽능통이더러 혜음령 사람을 불러모으라고 일렀더니, 삼십명 중에 남아 있는 사람이 칠팔명밖에 더 되지 아니하였다. 혜음령패가 정상갑이 죽는 것을 엿보고 엿들어서 알고 모두 도망질들을 치는데, 그중에 정상갑이, 최판돌이와 정의情義 깊은 사람이 하회를 보려고 남아 있었던 것이다. 이봉학이가 남아 있는 사람들을 보고 정상갑이, 최판돌이의 화를 받은 것이 반은 자취˚요, 반은 수數라고 누누이 말한 뒤에 정상갑이의 장비와 최판돌이의 의약비로 상목 세 필을 내주는데, 꺽정이가 상목을 있는 대로 다 주라고 하여 열 필에서 쌀 바꾸고 남은 여덟 필을 통틀어 내주었다. 길막봉이가 최판돌이를 업어다 두고 오겠다고 하는 것을 꺽정이가 아무리나 하라고 시원치 않게나마 허락하여, 정상갑이의 시체는 혜음령 사람들이 돌려가며 지고 가고 최판돌이는 길막봉이가 내처 업고 가기로 하고 밤중에 길들을 떠나갔다.

 방을 치우고 조용하게들 앉았을 때, 서림이가 파옥은 파의하는 수밖에 없겠다고 말을 꺼내다가 누가 파의한다더냐고 꺽정이에게 핀잔을 받고 다시 말을 못하였다. 이봉학이와 배돌석이는 파옥할 일이 근심되고 서림이는 초저녁 광경이 눈에 밟혀서 닭울녘까지 잠들을 이루지 못하고 꺽정이만은 자리에 누우며 바로 잠이 들었다.

- 뇌후(腦後) 뒤통수.
- 묵솜 묵은 솜.
- 자취(自取) 잘하든 못하든 자기 스스로 만들어 그렇게 됨.

 이튿날 새벽 다른 사람들은 아직 곤히 자고 꺽정이만 잠이 깨었을 때, 방 밖에서 황천왕동이의 말소리가 나서 꺽정이가 일어나 방문을 열치고 내다보며

 "너 웬일이냐?"
하고 물었다.

 방안에 자던 사람이 다 일어났다. 황천왕동이가 방에 들어와서 절할 데 절하고 입인사할 데 입인사한 뒤 배돌석이가 비켜주는 자리에 와 앉았다.

 "어디서 자구 이렇게 일찍 왔나? 비선거리서 잤나?"
 배돌석이 묻는 말에

"아니오. 어제 석후에 이천 읍내서 떠나서 내처 밤길루 왔소."
대답하고
"무슨 급한 일이 생겼나?"
이봉학이 묻는 말에
"큰일이 하나 생겼세요."
대답하고
"큰일이 무슨 큰일이냐?"
꺽정이 묻는 말에
"어제 백손이가 이천읍에 잡혀 갇혔습니다."
황천왕동이는 비로소 밤길로 급히 온 연유를 말하였다.
"무어야? 백손이가 잡혀 갇히다니 그게 무슨 소리냐?"
"어제가 이천 장날이지요."
"그래."
"애기 어머니가 실인가 무엇을 사오라구 명녹이를 장에 보내는데 백손이가 장구경을 간다구 따라갔답니다. 저는 가는 줄두 몰랐지요. 아침에 누님을 뵈러 들어갔드니 누님이 말씀합디다."
"그래 장에 가서 무슨 짓을 하구 잡혀갔단 말이냐?"
"말 않구 간 것이 괘씸해서 곧 쫓아가서 붙잡아오구 싶은 생각두 없지 않았으나 이왕 간 걸 그렇게까지 할 것은 없기에 고만 내버려두었드니 해가 승석때나 되어서 명녹이 혼자 왔겠지요. 도련님은 어디 가구 너 혼자 왔느냐 하구 물으니까 명녹이란 놈이 울면서 이야기를 하는데 들어보니 백손이는 별루 잘못한 것두 없습디다."

"잘잘못간에 일이 무슨 일이야?"

"둘이 장에 가서 살 것 사구 구경할 데 구경하구 떡으로 점심 요기들까지 하구 돌아올 참인데, 백손이가 애기 준다구 엿을 좀 사가지구 가자구 하드랍니다. 그래서 명녹이가 강엿하구 밥풀엿하구 섞어 샀는데 강엿이 화독내˙가 나서 엿장수를 보구 마저 밥풀엿으루 바꿔달라구 했더니 그 엿장수가 안 바꿔주드랍니다. 엿장사 말은 이모저모 떼어먹구 가지구 와서 바꿔달란 법이 있느냐구 하구, 명녹이 말은 물러달라면 모르지만 바꿔달라는데 못 바꿔줄 것이 무어냐구 해서 말다툼이 났는데, 맨망스러운 명녹이란 놈이 성깔이 나서 안 바꿔줄라거든 네나 처먹어라 하구 강엿쪽을 엿장사 얼굴에 내던져서 코피를 냈답니다. 여러 장꾼들이 와서 구경들 하는데 백손이두 그 틈에 섞여 서서 구경하구 있었답니다. 이때 사령 한 놈이 어디서 보구 구경꾼들을 잡아제치구 들어오더니 불문곡직하구 명녹이를 이 뺨 치구 저 뺨 치구 하는데, 명녹이가 항거두 못하구 맞는 것을 백손이가 보구 구경꾼 틈에서 쫓아나와서 그 사령을 보기 좋게 메어꽂았답니다."

● 화독내 음식 따위가 눌다가 타게 되어 나는 냄새.

황천왕동이가 숨을 돌리느라고 이야기를 중간에 잠시 그치니

"그래 어떻게 돼서 뒤쪽으루 잡혀갔단 말이냐?"

꺽정이가 이야기 끝을 재촉하였다.

"백손이가 명녹이더러 고만 가자구 해서 둘이 바루 광복으루

나오는데, 읍에서 불과 한 이 마장쯤 나왔을 때 뒤에서 이놈들 게 있으라구 소리들을 지르며 사령 예닐곱 놈이 쫓아오드랍니다. 명녹이가 빨리 도망가자구 한즉 백손이 말이 이런 때 서루 돌보다가는 낭패보기가 쉬우니 각각 도망하자구 하드랍니다. 명녹이가 그 말을 곧이듣구 저 혼자 도망질을 치는 중에 백손이 일이 종시 궁금해서 차츰차츰 도루 가면서 앞을 바라본즉 먼저 도망하자구 말하던 그 자리에서 백손이가 사령들에게 붙잡혀 묶이는 중이드랍니다. 명녹이가 제 힘으루 뺏어올 수는 없구 같이 잡혀가기나 하려구 앞으루 더 나가다가 다시 생각해보니까 저마저 잡혀가면 소식을 통할 수가 없어서 혼자 왔다구 하구 제 잘못으루 이런 일이 났으니 치죄하여 달라구 대죄를 합디다."

"그 자식은 나 잡아가거라 하구 가만히 한자리에 서 있었단 말이냐? 그랬다면 그런 넉적은 자식이 어디 있단 말이냐?"
하고 꺽정이가 쓴 입맛을 다시었다.

꺽정이 말끝에 황천왕동이가 고개를 외치며
"백손이가 넉적은 짓을 한 게 아니라 깜냥 없는 짓을 했세요."
하고 말하였다.

"깜냥 없는 짓이라니?"

"그 깜냥 없는 아이가 혼자서 맨주먹으루 사령 예닐곱 놈과 마주 싸웠답니다. 그래두 제법 이놈 치구 저놈 치구 해서 사령들 중에 몸에 상채기 하나 안 나구 성한 놈이 한 두어 놈뿐이었다니, 저딴엔 난생처음으루 큰 쌈을 해본 셈이겠지요. 한참 치구 달쿠

하는 중에 사령 한 놈이 살그머니 백손이 뒤에 가서 몽치루 골통을 내려패서 고꾸라뜨려놓구 여러 놈이 대들어서 묶었답다."

"골통이 깨졌으면 죽기가 쉽겠구나."

"그렇게 몹시 깨지지는 않은 모양입디다."

"읍에 와서 김좌수를 찾아봤느냐?"

"지금 말씀한 이야기두 김좌수에게 들었습니다. 명녹이의 말을 듣구 곧 읍으루 쫓아내려와서 김좌수를 찾아보구 백손이를 빼주두룩 힘 좀 써달라구 청했더니, 김좌수가 자기 힘으루 어떻게 할 수 없는 형편을 자세 이야기합디다. 백손이가 사령들에게 뭇매를 맞을 때 청석골 임대장의 아들이라구 말을 했다나요? 이 말을 사령들이 이방에게 고하구 이방이 원에게 고해서 원이 백손이를 잡아들여다가 문초를 받는데, 우리가 광복산에 와 있는 것까지 다 바루 댔답디다. 원이 큰 공명할 수나 생긴 줄 알구 백손이를 큰칼 씌워서 옥에 가두게 하구 옥사쟁이게만 맡겨두는 것이 허소하다구 장교들을 시켜 옥을 지키게 했답디다. 그러구 서울 포청과 강원 감영에 보내는 보장들은 오늘쯤 띄우게 되리라구 합디다."

• 인책(引責)
잘못된 일의 책임을 스스로 짐.

황천왕동이는 이야기를 다 하고 끝으로

"이런 일이 생긴 것은 구경 저의 불찰인즉 무슨 죄책을 내리시든지 달게 받겠습니다."

하고 식구 보호할 책임 다하지 못한 것을 인책*하여 말하는데

"네게는 과실이 없는 걸 무슨 죄책이란 말이냐?"

하고 껑정이는 황천왕동이를 책망하지 아니하였다. 황천왕동이가 그제야 길막봉이 없는 것을 괴이쩍게 생각하여 옆에 앉은 배돌석이더러

"막봉이는 어째 아니 왔소?"

하고 물었다.

"다른 데 갔네."

"어디를 갔소?"

"바눌티."

"바눌티라니 정상갑이 집 말이오? 거기는 어째 갔소?"

"이야기하자면 자네 이야기만 못지않게 길 걸세."

배돌석이는 이야기가 길다고만 하고 고만 덮어두는 것을 서림이가 간단하고도 조리있게 혜음령패 불러왔다 도로 보낸 사정을 이야기하여 황천왕동이에게 들려주었다.

"막봉이가 혜음령패에게 욕이나 보지 않을까요?"

"혜음령패가 저희 괴수의 복수를 할는지 모른단 말씀이지요? 그럴 리는 만무하우. 상갑이의 유족들이라두 우리에게 복수할 생각은 먹지 못할 게요."

"판돌이가 대장 형님께 욕설하며 대들기까지 했다면요?"

"일시 미쳐서 날뛰었지 맑은 정신 가지구야 될 말이오? 설혹 우리에게 복수할 맘을 가진 자가 있드래두 저희들끼리 못하게 말릴 게요. 왜 그런고 하니 패 중에 하나가 섣부른 짓을 하는 날이면 일불이 살육통˚으루 전패가 망할 걸 잘들 아니까."

서림이가 황천왕동이와 수작하는 것을 그친 뒤에 꺽정이를 보고

"어떻게 하실랍니까, 이천을 곧 가보셔야지요?"
하고 물으니 꺽정이는 혀를 한번 찟 차고

"할 수 있소, 가봐야지."
대답하고 나서 바로 황천왕동이를 돌아보며

"우리는 이천으루 갈 테니 너는 문안에 들어가서 한온이를 찾아보구 이사두 어떻게 하는지 물어보려니와 전옥 옥사가 어느 때쯤 결말이 날까 알아봐달라구 해라. 알아보는 데 날짜가 걸린다거든 며칠을 묵든지 아주 똑똑히 알구 오너라. 그러구 바눌티 가서 막봉이보구 이리 다시 오지 말구 바루 청석골루 가라구 말해라."
하고 말을 일렀다.

● 일불(一不)이 살육통(殺六通)
한 가지 잘못으로 여섯 가지 일이
다 망쳐진다는 뜻으로,
한 가지 잘못으로 모든 것이
다 망쳐짐을 비유적으로 이르는 말.

꺽정이가 외아들 백손이의 일이 급하여 전옥
파옥은 중지하고 이봉학이, 배돌석이, 서림이 세 두령과 신불출이, 곽능통이 두 시위를 데리고 총총히 장수원서 떠나서 이천으로 향하였다.

꺽정이의 일행 여섯 사람이 첫날 백여리 연천 와서 자고 이튿날 백리 놋다리고개를 해동갑하여 넘어와서 촌가에서 저녁밥들을 시켜 먹고, 석후에 달빛을 띠고 다시 사십리 길을 걸어서 이천 읍내를 대어오니 밤이 벌써 삼경이었다. 사직단 위에 지는 달이 걸리고 성산城山 허리에 자는 구름이 둘렸는데, 어디서 개 짖는

소리가 나다가 그치고 인적은 괴괴하였다.

읍내를 들어서기 전에 일제히 준비를 차리는데 짐에 든 병장기들은 꺼내고 웃옷들은 벗어 짐에 넣었다. 꺽정이는 검술 선생에게서 받은 장광도를 빼들고 이봉학이는 전주 감영에서 장만한 일등 좋은 각궁을 내들었다. 이것은 다 서울 가서 전옥을 깨칠 때 쓰려고 가지고 갔던 것이다. 배돌석이가 팔맷돌을 한줌 가득 쥔 것은 말할 것도 없고 서림이까지 환도 하나를 손에 잡았다. 신불출이와 곽능통이는 가벼운 짐이나마 짐을 진 까닭에 접전할 준비는 고만두고, 그 대신 한 사람은 화살을 많이 가지고 또 한 사람은 팔맷돌을 보에 싸들고 이봉학이와 배돌석이의 뒤에 각각 붙어다니기로 되었다.

옥사쟁이가 초저녁잠 한숨을 늘어지게 자고 나서 옥을 한번 돌아보고 들어오려고 하던 차에, 개 짖는 소리에 의심이 나서 초롱불도 안 가지고 옥으로 나오다가 병장기 가진 사람들이 몰려오는 것을 바라보고 꺽정이가 아들을 찾으러 온 줄 선뜻 짐작하고 뒷길로 빠져서 장청으로 달려갔다.

꺽정이가 옥 앞에 와서

"백손아!"

하고 불러도 대답이 없어서 또다시

"백손아!"

하고 불렀다. 두번째 목소리는 첫번보다 훨씬 컸다. 백손이는 마침 잠이 들었다가 잠결에 아비의 목소리를 듣고

"아버지."

하고 불러서 꺽정이가

"오냐."

하고 대답하였다. 반가운 마음이 복받쳐서 아버지 소리는 굵고 급하였고, 자애가 흘러나와서 오냐 소리는 부드럽고 길었다.

옥문은 튼튼한 자물쇠로 잠갔지만, 꺽정이가 자물쇠를 쥐고 비트는데 배목이 부러져서 잠근 보람이 조금도 없었다. 꺽정이가 옥문을 열어젖히고 옥 안에 들어가서 백손이의 칼을 벗기고 끌고 나오며

"너, 걸음을 걷겠느냐?"

하고 물으니 백손이는

"그러면요."

대답하고 옥 밖에 나와서 경충경충 뛰어 보이었다.

이봉학이와 배돌석이는 신불출이와 곽능통이를 데리고 앞을 서고 서림이는 백손이와 함께 중간에 서고 꺽정이는 뒤에 서서 광복 가는 길로 나오는데, 칼이며 창이며 활을 가진 장교와 사령과 군노들이 한 떼는 앞길을 가로막고 또 한 떼는 뒤에서 쫓아왔다. 관속 편에는 횃불이 있어서 활로 쏘고 돌로 치는데 겨냥대기가 좋았다. 이봉학이의 활과 배돌석이의 팔매로 앞에서 쌈이 벌어졌다. 화살은 빨랫줄같이 건너가고 팔맷돌은 별똥같이 흘러갔다. 관속 대여섯이 삽시간에 고꾸라졌다. 횃불 있는 것이 불리한 줄 깨닫고 꺼버리는 듯 여러 자루 해가 일시에 다 꺼졌다. 저편에

서 들어오진 못하나 이편에서 나가서 이편저편의 동안이 가까워지며 웅긋중긋 섰는 것이 별빛 아래 보이었다.
"살 받아라!"
"돌 받아라!"
웅긋중긋이 하나 줄고 둘 줄자, 나머지는 이리저리 다 달아났다. 앞에서 막는 것을 물리치는 동안에 뒤에서 쫓는 것은 쫓는 대로 내버려두었건만 앞의 기세가 꺾이는 데 뒤의 기세도 따라 줄어서 힘껏 쫓아오지 않고 멀찍이 따라오며 활들을 쏘았다. 앞에서 막는 데는 살수가 많고 뒤에서 쫓는 데는 사수가 많았다. 사수는 많으나 활솜씨들이 오죽지 아니하여 겨냥을 잘 잡고 쏘더라도 열에 한 대 맞힐 동 말 동한데 더구나 겨냥도 잡지 못하고 함부로 쏘니 살이 바로 나가서 넘고 처지는 것보다도 어림없이 빗나가는 것이 더 많았을 것이다. 그러나 이런 때 망령살이 바로 가 맞지 말란 법도 없다. 꺽정이는 뒤에서 활 쏘는 것을 알지도 못하고 오는 중에 오른쪽 견대팔이 홀제 뜨끔하여 돌아보니 화살 하나가 와서 박혔다. 왼손으로 박힌 살을 뽑아버리고 맞은 자리를 썩썩 비빈 뒤에 칼을 검무 추듯 휘두르며 활 쏘는 관속들에게로 쫓아갔다.
"이놈들, 목을 늘이구 칼 받아라!"
꺽정이가 호통을 지르며 달려드는 길로 관속 서넛을 꺼꾸러뜨려서 오랫동안 피맛을 보지 못한 장광도에 고사를 지냈다. 이 관속 떼를 지휘하던 병방이 칼을 두르며 꺽정이와 마주 싸우러 내닫는데, 칼과 창을 가진 장교와 사령들이 병방을 조력하려고 전후좌우로 꺽정이게 대들었다. 칼잡이 칼로 치고 창잡이 창으로 찌르려고 여럿이 일시에 악 소리를 칠 때, 꺽정이는 어느 틈에 테 밖에 뛰어나가 서서 껄껄 웃고 있었다. 검술 모르는 칼잡이와 창법 모르는 창잡이가 대적하러 대드는 것이 꺽정이 마음에 같잖았던 것이다. 병방이 꺽정이의 놀림을 받고 분하여

"이 도둑놈아, 내빼지 말구 내 칼을 받아라!"

하고 소리를 지르며 쫓아왔다. 병방은 꺽정이의 장광도가 채가 짧은 것을 넘보고 멀찍이서 긴 환도를 앞으로 내들고 차츰차츰 나오며 어르다가 별안간 정면으로 내리쳤다. 꺽정이가 몸을 비틀어 환도날을 옆으로 홀리고 다시 끌어들여갈 사이 없이 뛰어들어가서 한 칼을 먹였다. 병방이 어깨에서 가슴으로 엇비슥 칼을 받고 당장에 푹 고꾸라졌다. 여러 관속들은 모두 와 하고 도망질을 쳤다.

● 살수(殺手)
창과 칼 따위를 가진 군사.

꺽정이가 뒤쫓던 관속들을 물리친 뒤 일행을 쫓아와서 거침없이 광복산으로 나오는데 길에서 날이 밝았다. 백손이가 꺽정이 옷소매에 피가 내밴 것을 보고

"아버지, 팔에 피가 났세요. 웬일입니까?"

하고 물어서 여러 사람이 비로소 꺽정이의 화살 맞은 것을 알았다. 꺽정이가 병방 이하 관속들을 죽인 것은 이야기하였지만, 화살 맞은 것은 상처가 대단치 아니하여 이야기도 하지 아니하였었다. 광복산에를 오니 벌써 조반 먹을 때라 들이다치며 곧 조반들

을 먹고 조반 먹은 뒤에는 뿔뿔이 잠잘 궁리들을 하였다. 하루 낮 하룻밤에 이백리 길을 오고 또 작은 접전이나마 접전을 하고 온 까닭에, 평생에 피로란 것을 모르는 꺽정이까지 소홍이의 시중으로 옷을 갈아입은 뒤 누워서 다리를 치이다가 잠이 들어서 한숨을 옳게 잤다. 꺽정이가 잠이 깨어서 사람을 부를 때 안에 들어가 있던 소홍이가 다시 쫓아나왔다.

"냉수 좀 떠오라게."

"양치하실래요, 잡수실래요?"

"양치질한 냉수는 먹지 못하는 냉순가?"

"잡수실라면 더운 숭늉을 갖다 드릴라고 여쭤봤세요."

"냉수가 좋으니 냉수를 떠오라구 이르게."

소홍이가 친히 물그릇을 쟁반에 받쳐가지고 나와서 앞에 놓는데, 꺽정이가 먹여까지 달라고 입을 아 하고 벌리니 소홍이는 웃으며 물그릇을 입에 대어주었다. 꺽정이가 뻘떡뻘떡 물을 들이켜고 나서 소홍이의 손을 가리키며

"그 손에 묻은 것이 무엇인가?"

하고 물으니

"가루예요."

하고 소홍이가 손에 묻은 가루를 비볐다.

"무슨 가루야?"

"국화전 좀 집었세요.'"

"국화전?"

"오늘이 구일이에요."

"그래 구일이라구 오늘은 국화전으루 점심들을 어일˙텐가?"

"우리는 벌써 점심들 먹었는걸요."

"그럼 저녁 사이들루 먹을 작정인가?"

"우리가 먹을라구 만든 것 아니에요. 여러분들하구 같이 잡수세요."

"국화전은 안에서 노놔먹구 우리는 국화주나 해주게."

"국화주도 해놨세요."

"국화주두 해놨다? 그럼 먹어야지."

꺽정이가 밖을 내다보며

"게 아무두 없느냐?"

하고 두서너 번 소리를 쳤다. 평시에 가까이서 도는 신불출이와 곽능통이는 어디 가서 잠들을 자고 아랫도리 일을 하는 졸개 두엇이 긴대답들 하며 들어와서 대령하였다.

● 짐다
손으로 반죽을 뜯어 떡, 전, 수제비 따위를 만들다.
● 어이다
다른 음식으로 끼니를 때우다.

"이두령, 배두령, 서종사 세 분 다 오시라구 그래라."

하고 졸개들더러 말을 일러 내보낸 뒤 한동안 지나서 세 사람이 같이 왔는데, 서림이는 어떻게 몸이 고달프던지 눈까지 뙤었었다.

"서종사는 실컨 자게 가만둘 걸 공연히 불렀군."

"아까 주무실 때 밖에 한번 왔다갔는걸요."

"왜 자지 않구 돌아다녔소?"

"현감이 뒷일을 어떻게 하나 읍내 사람을 보내보는 게 좋을 듯해서 여쭤보러 왔었습니다."

"보내지."

"이두령께 말씀하구 보냈습니다."

"현감이 뒷일을 어떻게 꾸미거나 우리는 청석골루 단취하는 게 좋겠지?"

"제 생각에두 그렇습니다. 그러나 어떻게들 하는 것을 알구 앉었는 것이 좋지 않습니까?"

"읍내 사람 보낸 건 잘했소."

꺽정이가 심기가 좋아서 자기 자는 틈에 사람 보낸 것을 미타하게 여기지 않고 도리어 칭찬까지 하였다.

점심 요기들 하란 입맷상˚과 술 먹으란 주안상이 안에서 나오는데 소홍이가 주장하여 차리어서 음식이 안목이 있었다. 입맷상에는 온면, 편육, 실과, 정과,˚ 수란,˚ 창면,˚ 사슬느리미, 국화전이 놓였고, 주안상에는 연계찜, 메추리찜, 도야지 순대, 마른안주, 뮈쌈,˚ 전복쌈, 마늘선, 무생채가 놓였다. 입맷상에 놓인 것은 여러 상이 다 같으나, 고인 높이는 꺽정이의 상이 다른 상보다 더 높았다. 입맷상들은 놓아두고 주안상으로 국화주들을 먹는 중에 배돌석이가 안주 좋은 데 술탐이 생겨서 여기 있는 술은 여기서 다 없애고 갈 것인즉 오늘 구일날 낮에서 밤까지 실컷 먹었으면 좋겠다고 말하니 느런히 앉은 이봉학이가 돌아보면서

"이번 반이에는 내행 배행이나 짐 영거할 사람이 자네하구 난

데 우리가 청석골을 몇 고팽이씩 할는지 아나. 갈 때두 먹구 갔다 와서두 먹구 두구두구 먹어야 할 걸 오늘 한꺼번에 다 먹어서 쓰겠나."

말하고 웃었다. 이봉학이의 말끝에 서림이가 꺽정이를 보고

"이번 반이하는 데는 여러 날 두구 띄엄띄엄 떠날 것 없이 한 날 한꺼번에 떠나두룩 하시지요."

하고 말하는데 꺽정이가 그럴 이유를 묻는 눈치로 물끄러미 바라보니 서림이가 다시

"요전 여기를 올 때두 우리가 여기 와 있는 것을 아무쭈룩 남에게 알리지 않으려구 띄엄띄엄 왔지만 이번에 가는 데는 알려두 좋구 안 알려두 좋구 아무래두 좋은데, 지금 이두령 말씀마따나 가깝지두 않은 길에 여러 차례 내왕들 하시게 할 것 있습니까? 한꺼번에 가면 번폐스럽지두 않구 또 길에서 다른 염려두 되려 적을 것 같습니다."

하고 말하였다.

"반이할 이야기는 나중 하구 지금은 술이나 먹자구."

꺽정이가 술을 재촉하여 잔이 한동안 빨리 돌았다. 술이 밤까지는 가지 않았으나 배돌석이도 마음이 느긋하도록 술을 많이 먹었다. 입맷상 음식의 안주 될 만한 것 외에는 거의 저들도 대지 아니하였는데, 그중에 국화전만

● 입맷상 잔치 같은 때에 큰상을 차리기 전에 먼저 간단하게 차려 대접하는 음식상.
● 정과(正果) 온갖 과일.
● 수란(水卵) 달걀을 깨뜨려 수란짜에 담고 끓는 물에 넣어 흰자만 익힌 음식.
● 창면 끓는 물에 그릇째 넣어 익힌 얇은 녹말 조각을 갈쭉갈쭉하게 채를 쳐서 꿀을 탄 오미자 국물에 넣어 먹는 음식.
● 뮈쌈 마른 해삼을 물에 불려서 배를 가르고 쇠고기와 두부를 이겨 붙이고 달걀을 씌워 지진 음식.

은 꺽정이가 소흥이의 정성을 받느라고 자기도 먹고 다른 사람도 권하였다.

이튿날 식전에 읍에 보낸 졸개가 돌아와서 읍내 소식을 들었다. 관속에 상한 사람은 넷이요, 죽은 사람은 그 곱절 여덟이고, 읍내 장정은 반상班常을 물론하고 다 군총으로 뽑아서 순경을 돌린다, 파수를 보인다, 큰 난리가 난 것 같고, 또 서울과 감영에서 포도군사들이 내려오리라고 하였다. 읍내 소식을 들어보았자 조금도 겁날 것이 없으나 꺽정이는 빨리 반이를 시켜놓고 다시 전옥 파옥을 경영하려고 마음을 먹고 광복산서 곧 떠나기로 작정하였다. 개 잡고 돼지 잡고 술 있는 대로 걸러서 두목과 졸개들을 먹이게 한 뒤 바로 짐을 묶기 시작하여 이틀 동안에 다 묶어가지고 사흘 되는 날 떠나는데, 사람 탄 말, 짐 실은 소 짐승이 십여필이요, 상하 남녀 사람이 오륙십명이었다. 안식구 몇사람이 오가 마누라 장사 때 청석골 가서 눌러 있고 오지 않고 광복산을 아직은 아주 비우지 않으려고 두목, 졸개 십여명을 뒤에 남겨두고 가는 까닭에 올 때보다 사람이 많이 줄었다. 노정은 판교면板橋面, 산내면山內面, 하남면河南面을 지나 서면西面에 와서 황해도 지경으로 넘어서서 토산 땅, 우봉 땅을 거쳐 청석골로 돌아왔다. 이틀 한나절에 이백오륙십리 길을 왔는데, 길에 오는 동안 조석들은 큰 동네를 골라 들어가서 그 동네 견디는 사람에게 복정을 안겨˚ 시켜 먹었다.

한온이의 집 이사는 한 머리가 이왕 벌써 왔고 내행이 광복산 일행과 어금버금 같이 들어오고 그 뒤에 한온이가 황천왕동이와 작반하여 내려왔다. 황천왕동이는 광복산으로 갈 작정인데 한온이에게 끌려서 청석골로 온 것이 도리어 헛걸음을 안 하고 잘되었다. 전옥에 갇힌 다섯 사람 중에 원씨는 포청에 잡힌 뒤로 물 한모금 아니 먹는 것을 전옥에서 억지로 한번 미음을 먹였더니 미음 먹이던 날 밤에 혀를 깨물어서 이내 죽었고, 박씨와 김씨는 원씨 죽은 뒤에 형조 장례사*로 넘기라고 위에서 처분이 내려서 장차 관비들로 박히게 되었고, 두 졸개만은 처참을 당하게 되리라고 한온이가 소식을 알아가지고 왔다. 꺽정이가 전옥을 파옥하려고 결심한 것은 주장 세 여편네를 살릴 마음이었는데, 하나는 이미 자결하여 죽고 둘은 장차 관비가 되어 살게 된 바엔 구태여 위험을 무릅쓰고 어려운 일을 할 까닭이 없어서 중지한 전옥 파옥을 아주 파의하기로 하였다. 장통방 사건이 생긴 고동을 한번 노밤이에게 물어보고 노밤이를 죽이든지 살리든지 하려고 꺽정이는 광복산에서 온 뒤 알은체 않고 내버려두었던 노밤이를 도회청 조사 끝에 잡아들여다가 뜰아래 꿇려놓고 전후 전말을 일호 기이지 말고 아뢰라고 호령하였다.

● 복정(卜定)을 안기다
남에게 억지로 부담을 지우다.
● 장례사(掌隷司)
조선시대에, 형조에 속하여 노비 문서와 소송에 관한 일을 맡아보던 관아.

"소인이 그날 낮에 대장께서 동소문 안에 기신가 하구 뵈이러 갔숩드니 소인 쓰던 행랑방에서 두 놈이 쫓아나와서 서울 구경을 시켜내라구 조릅디다. 졸리다 못해서 두 놈을 데리구 나와서 위아래 대궐을 구경시켜 주구 북촌에서 남촌으로 건너와서 회동서 초전골루 내려오는 중에 그놈들이 술을 사먹으러 가자구 꼬옵기에 소인은 그놈들이 술값 줄 것을 가졌나 부다 태평 믿구 술집에를 가지 않았겠습니까. 급기 술을 몇잔씩 먹구 나서 그놈들더러 술값을 주라고 하온즉 그놈들은 소인을 믿구 왔다구 소인더러 주랍니다. 세 놈이 다 빈손이니 어떡합니까. 할 수 없이 몰래 일어서 나오려다가 포교놈에게 붙들렸습니다. 나중 알구 보니 그 포교놈이 술집 주인마누라의 조카랍디다. 창피한 걸 무릅쓰구 가서 술값 치를 걸 가지구 오마구 빌다시피 사정하구 나오는데, 소인이 혼자 뺑소니칠까 봐 한 놈이 같이 가자구 따라나서서 한 놈만 볼모루 술집에 남겨두구 두 놈이 나왔습니다. 대장께 황송한 말씀을 여쭈려구 이리저리 찾아다니옵다가 장찻골 가서 뵈입긴 뵈었지만 꾸중만 들었습죠. 한서방께나 말씀해보려구 대소가 여러 댁을 쫓아다녔는데, 따구 보시질 않습죠. 할 수가 있어얍죠. 그대루 쭐레쭐레 가서 만날 사람을 못 만나서 변통을 못했으니 우리를 믿구 보내주면 술값을 내일 보내줄 게구 못 믿어서 못 보내주겠으면 욕을 하든지 빰을 치든지 맘대루 하라구 배짱을 부렸습죠. 그러다가 포청으루 들려갔소이다. 술값 동티루 뒤에 그런 큰일이 벌어질 줄은 꿈에두 생각 못했소이다. 능구렁이 다 된 포교놈들은 소인들을 수상하게 보구 등을 치는데 줄곧 잡아떼면 별일 없을 것을 그 못생긴 놈들이 방망이찜질 한바탕에 혼신이 나갔든지 할 소리 안 할 소리 다 지껄인 모양입디다. 그놈들이 청석골서 대장을 뫼시구 왔다, 동소문 안 대장 부인 댁에서 묵었다, 대장이 낮에 장찻골다리 기생집에서 약주를 잡수셨다. 이따위 소리 지껄인 것을 딴 방에 잡혀 앉았던 소인이 알 까닭이 있습니까. 말 맞춰보느라구 묻는 것을 소인이 아니라구 잡아떼다가 학춤까지 추어봤습니다. 학춤 추이던 젊은 포교 한 놈이 소인더러 병신이 급살한다구까지 말합디다. 어떤 포교놈이 밉살스럽지 않은 건 아니지만 고놈은 참 정말 밉살스럽기가 짝이 없습디다. 장찻골 기생 아가씨 댁과 동소문 안 김씨 댁은 두 놈 중에 어떤 놈 한 놈이 댔솝구 원씨와 박씨는 김씨가 물귀신 심사루 불어넣솝구 남소문 안 한서방은 김씨, 원씨, 박씨 세 분 초사에서 들춰났소이다. 소인은 동소문 안 김씨 댁과 남성밑골 박씨 댁을 가르쳐준 것밖에 잘못한 것이 꼬물두 없소이다. 이건 소인이 말씀을 안 여쭤두 뒤루 알아보셔서 대개 알구 깁실 듯하외다."

노밤이가 길게 지껄인 말이 열의 여덟아홉은 거짓말이건만, 그 거짓말을 분명히 발기잡을 사람이 없었다. 거짓말이 으레껏 많이 섞였으려니 걱정이가 짐작하고

"우리가 장찻골 가 있는 것두 네가 대구 한서방과 우리의 사이 두 네가 다 붙었다는데, 이놈 누구를 속이려구 거짓말이냐!"
하고 넘겨짚고 꾸짖으니 노밤이는 기가 막히는 모양을 하고 한참 있다가

"어떤 놈의 입에서 그런 말이 나왔는지 그야말로 거짓말이올시다. 소인이 그런 말을 불었으면 다른 데루 내뺄 궁리를 하지 이리루 오겠습니까?"

하고 발명하였다.
 "전옥에 갇힌 놈이 여기까지 오긴 어떻게 왔느냐?"
 "소인은 처음에 귀양이나 보낼 줄루 짐작했숩드니 전옥에 갖다가 스물닷근 칼을 씌워서 가두는 품이 잘못하다간 얼뜨게 죽을 것 같흐기에 역적 고변한다구 거짓말하구 금부루 넘어가구 대장대부인을 잡아 바친다구 거짓말하구 금부 나쟁이, 나졸들을 끌구 여기까지 왔소이다. 소인이 거짓말한 것두 기이지 않구 다 바루 아룁니다."
 "백골이 된 지 오랜 우리 어머니를 들춰내서 빈말루라두 욕을 보였으니 그 죄만 하드래두 너는 당연히 죽일 것이지만 간신히 살아온 걸 죽이기 불쌍해서 특별 용서하니 그리 알아라."
하고 꺽정이는 노밤이를 용서하여 주었다.
 꺽정이가 한온이 부자의 와주 노릇한 공로를 생각하여 한온이를 두령을 시키고 처음 와서 전접하는 데 모든 편의를 보아주었다. 첫째 거처할 집만 하더라도 오가더러 마누라의 제청'을 끌고 박유복이 집으로 가고 그 집을 한온이에게 내주라고 하고, 그 집 한 채만 가지고 한온이의 수다 권솔이 지낼 수가 없으므로 조금조금한 집을 서너 채 새로 세우기로 하고 새집들을 짓기 전까지는 초막 중에 가장 깨끗한 것을 치워서 쓰게 하였다. 한온이가 아비의 제청과 형의 식구와 저의 본아내는 오가의 집에 몰아 있게 하고 두 첩과 여러 심부름꾼은 초막들에 갈라 들게 하고 세간을 대강 정돈한 뒤 가지고 온 재산의 절반을 도중에 들여놓고, 또 자기가 부비를 내서 한번 호군을 하겠다고 하는데 꺽정이가 호군은 아직 좀 기다리라고 중지시키었다. 기다리란 것은 박유복이가 평안도에서 올라오고 길막봉이가 혜음령에서 돌아와서 원만히 모인 뒤에 하라는 말이었다.

박유복이도 올라올 기한이 지났거니와 길막봉이가 너무 오래 돌아오지 아니하여 혹시 무슨 변고가 생기지 않았나 의심들까지 들게 되었다. 황천왕동이가 가보고 온다고 꺽정이에게 말하고 내일 식전쯤 떠날 터인데, 오늘 밤에 길막봉이가 혜음령패 한 사람을 데리고 들어왔다. 길막봉이는 정상갑이의 장사를 보고 곧 오려고 한 것이 최판돌이가 뇌후의 상처보다도 파상풍이란 병으로 금일금일하여 그대로 눌러 있다가 죽어서 장사 지내는 것을 마저 보고 혜음령패들을 모아놓고,

● 제청(祭廳) 제사를 지내기 위하여 마련한 대청.
● 예료(豫料) 예측.

그중에서 나이 지긋한 사람을 하나 뽑아서 괴수로 정하여 주었는데, 데리고 온 사람이 곧 혜음령패의 새 괴수이었다. 꺽정이는 그 사람을 특별히 후대하고 갈 때 상목 수십 필을 짐꾼에게 지워주며 가지고 가서 정상갑이와 최판돌이의 유족들을 구휼하여 주라고 당부하였다.

길막봉이 돌아온 지 불과 이삼일 후에 박유복이가 평안도 역사를 끝마치고 올라왔다. 역사는 팔월 그믐 전에 끝날 줄 안 것인데, 성천에 늦장마가 져서 역사도 예료˙보다 늦어졌거니와 양덕, 맹산, 성천 세 군데 새집에 각각 두목과 졸개를 십여명씩 남겨두고 몇달 동안 먹을 양시들을 변통하여 주고 오느라고 더욱 늦어

졌다고 박유복이가 이야기하여 꺽정이가 듣고

"역사 부비를 다 쓰구두 상목이 그렇게 많이 남았드냐?"

하고 물으니

"여기 하기를 닦아왔으니까 보시면 아시겠지만 가져간 상목은 역사 부비루 다 들어가구 올라올 노비두 남지 않았었습니다."

하고 박유복이가 대답하였다.

"그럼 양식은 어떻게 변통해주구 노비는 무얼루 썼느냐?"

"성천, 맹산, 순천 등지 밥술 먹는 놈의 집에서 우려냈습니다."

"응."

하고 꺽정이는 고개를 끄덕이었다.

급한 때 동에 가 번쩍, 서에 가 번쩍 종적을 황홀하게 하려는 준비로 완전한 소굴을 여러 군데 만들어두자고 서림이가 계책을 낸 뒤 사오 삭 만에 양덕, 맹산, 성천 세 군데 소굴이 완성되었다. 소굴이 더 생기고 두령이 더 늘어서 도중의 경사라고 도중에서 큰 잔치를 하고 그 뒤에 한온이가 도중 잔치만 못지않게 큰 잔치를 하여 며칠 동안 청석골 안에 헤진 것이 술, 고기, 떡이었다.

두령들의 맡은 소임이 그동안 뒤죽박죽이 되어서 꺽정이가 서림이와 상의하여 새로 작정하는데, 한온이는 도중 재산을 관리시키고, 김산이는 미곡, 포목을 출납시키고, 배돌석이는 사산 총찰을 맡기고, 황천왕동이는 각항各項 전령傳令을 맡기고, 좌군과 우군을 새로 만들어서 이봉학이와 박유복이는 좌우군의 정두령正頭領을 시키고, 길막봉이와 곽오주는 좌우군의 부두령을 시키었다.

서림이가 모사로 주모설계做謀設計할 직책을 맡은 것은 다시 말할 것도 없고, 오가는 소임이 없어 사무한신*이로되 꺽정이가 출타 할 때 대장 대리할 권한을 오가 홀로 가지게 하였다.

* 사무한신(事無閑身) 별로 하는 일이 없는 한가한 사람.

임꺽정 ❽ 화적편 2

1985년	8월 31일	1판 1쇄
1991년	11월 30일	2판 1쇄
1995년	12월 25일	3판 1쇄
2007년	8월 15일	3판 15쇄
2008년	1월 15일	4판 1쇄
2023년	5월 20일	4판 10쇄

지은이	홍명희
편집	김태희, 박찬석, 조소정, 이은경
디자인	오진경
제작	박흥기
마케팅	이병규, 이민정, 최다은, 강효원
홍보	조민희
출력	블루엔
인쇄	천일문화사
제책	J&D바인텍

펴낸이	강맑실
펴낸곳	(주)사계절출판사
등록	제406-2003-034호
주소	(우)10881 경기도 파주시 회동길 252
전화	031)955-8588, 8558
전송	마케팅부 031)955-8595 ǀ 편집부 031)955-8596
홈페이지	www.sakyejul.net
전자우편	literature@sakyejul.com
블로그	blog.naver.com/skjmail
페이스북	facebook.com/sakyejul
인스타그램	instagram.com/sakyejul

ⓒ 홍석중 2008

값은 뒤표지에 적혀 있습니다. 잘못 만든 책은 구입하신 서점에서 바꾸어 드립니다.
사계절출판사는 성장의 의미를 생각합니다. 사계절출판사는 독자 여러분의 의견에 늘 귀 기울이고 있습니다.
이 책은 저작권법에 따라 보호받는 저작물이므로 무단 전재와 복제를 금합니다.

ISBN 978-89-5828-268-6 04810
978-89-5828-260-0 (세트)